Marie-Paul Armand

La Cense aux Alouettes

Roman

Cette édition des *La Cense aux Alouettes*
est publiée par les Éditions de la Seine
avec l'aimable autorisation des Presses de la Cité.

PREMIÈRE PARTIE

MÉLANIE

(1895-1916)

1

J'ai toujours aimé le chant des alouettes. Je me revois, toute petite, sur les épaules de mon grand-père, tandis qu'il me montrait, le doigt tendu, une alouette qui montait dans le ciel. Je cillais dans le soleil, m'efforçant de la suivre des yeux jusqu'à ce qu'elle ne fût plus qu'un minuscule point noir que je finissais par perdre de vue.

— L'alouette est l'amie du paysan, m'expliquait grand-père. Elle l'accompagne tout au long de la journée. Tu vois, elle s'élève droit dans le ciel, toujours en chantant, et même quand on ne la voit plus on l'entend encore. Ensuite, elle redescend, puis se laisse tomber au sol. Elle rejoint ainsi son nid, quelque part dans les champs. Mais attention ! Elle est maligne, tu sais ! Elle ne tombe pas à l'endroit précis où se trouve son nid, mais à plusieurs mètres. Elle fait ensuite le trajet au sol, et son plumage brun se confond avec la terre. Si bien qu'on ne peut pas la suivre. Elle agit ainsi pour protéger ses petits des bêtes qui leur voudraient du mal.

Je m'émerveillais qu'un si petit animal pût être aussi intelligent. Chaque année, dès le mois de février, je guettais le premier grisollement. C'était mon grand-père qui, le plus souvent, venait me prévenir :

— Mélanie, *min tiot* ! Je viens d'entendre la première alouette ! Viens vite !

J'accourais et, ensemble, avec ravissement, nous l'écoutions chanter, en cherchant à l'apercevoir dans le ciel encore trop brumeux. Nous savions que ce premier chant serait bientôt suivi par un, puis deux, puis plusieurs autres. Nous nous regardions, souriant du même plaisir : nos amies musiciennes, de nouveau, allaient nous enchanter pendant de longs mois.

Lorsque le printemps était enfin bien installé, au mois de mai, c'étaient elles qui m'éveillaient, dès les premiers rayons du soleil. Ensuite, à mesure que l'été s'épanouissait, je voyais arriver avec crainte la fin de la belle saison, car alors leur chant se raréfiait puis cessait tout à fait. Il fallait attendre le prochain printemps pour qu'il revînt, et les mois d'hiver me paraissaient bien longs.

Notre ferme s'appelait la « Cense aux alouettes ». Elle était la dernière de la rue, la dernière du village. Après elle, s'étendaient les champs et leur immensité. Ce qui expliquait que, bien plus que les autres fermes, elle fût ainsi entourée d'alouettes, d'où son nom. J'y vivais avec mes parents et mon grand-père, qui était le père de mon père. Ce fut lui qui guida mes premiers pas, qui me fit découvrir le monde qui m'entourait : notre cheval, nos vaches, nos cochons, nos poules, nos lapins. Notre chien, aussi, qui répondait au nom de Bobbi et que j'avais tenu, tout bébé, dans mes bras, l'année de mes cinq ans.

Mon grand-père avait plus de soixante ans, ce qui, à l'époque, me paraissait très vieux. Lorsqu'il donnait à manger aux poules, aux vaches, aux lapins, je l'accompagnais. Les poules m'effarouchaient un peu ; je craignais leurs coups de bec. Mais les lapins me plaisaient bien. J'aimais leur tendre une feuille de chou, des fanes de carottes. Je riais de la façon dont se fronçait leur petit nez rose tandis qu'ils engloutissaient avec gourmandise ce que je leur donnais.

Mon grand-père s'occupait également du potager qui se trouvait derrière la maison. Chaque année, avant le printemps, il bêchait la terre, ratissait, semait. Avec lui, je guettais les premières pousses. Il me montrait les rangées bien droites :

— Là, ce sont des radis. Ici, de la salade.

Il prenait sa houette, remuait la terre près des jeunes pousses, affirmant qu'un binage valait deux arrosages. Il craignait plus que tout le *fouan qui donne* : ainsi appelait-il la taupe qui, en creusant des galeries souterraines, repoussait à la surface de petits monticules de terre. Il protégeait les premières feuilles tendres des salades du bec vorace des oiseaux par de petits épouvantails qui ne parvenaient pas à les éloigner complètement. Il faisait la chasse aux limaces, aux escargots. Il m'apprenait à reconnaître les différents légumes. Je l'écoutais attentivement lorsqu'il m'expliquait que, si l'on voulait avoir du beau persil, il fallait le semer le vendredi saint et que, pour le quatorze juillet, tous les poireaux devaient être repiqués. Je l'aidais en arrachant les mauvaises herbes, je l'admirais tandis qu'il ratissait la terre avec application, avec douceur, et même avec une sorte de tendresse. Il me disait :

— La terre, il faut l'aimer. Il faut la courtiser. C'est elle qui nous donne notre nourriture et, pour cela, elle mérite notre respect.

Notre ferme était une petite ferme. Nous avions un seul cheval, Bijou. Mon père, parfois, me hissait sur le dos large et puissant et, ravie, je m'accrochais à la crinière rugueuse. Nous possédions quatre vaches : Carmen, Rosalie, Charmante et Noiraude. Avec mon grand-père, je les conduisais en pâture. J'en eus bien un peu peur, au début, mais j'appris vite à apprécier leur placidité et leur obéissance.

Ma mère s'occupait du travail de la ferme, trayait les vaches, faisait le beurre, fabriquait le pain, préparait les repas, faisait le ménage, la vaisselle. Chaque semaine, elle allait vendre le beurre, ainsi que des œufs et parfois un ou deux poulets, au marché de la ville voisine, distante de plusieurs kilomètres. Elle faisait le trajet à pied, par tous les temps, son panier au dos. Elle revenait, selon la saison, trempée par la pluie, ou le visage rougi par la chaleur, mais toujours satisfaite : elle avait bien vendu, et elle comptait soigneusement l'argent ainsi gagné, qu'elle serrait dans le bas de laine rangé dans l'armoire de sa chambre, sous une pile de linge.

Elle était d'une propreté irréprochable. Tous les jours,

elle balayait soigneusement le carrelage de pierres bleues. Elle obligeait les hommes à laisser dehors, sur le paillasson en fer devant la porte, leurs sabots de travail tout boueux. Elle nettoyait le *grinbillon* ; ainsi appelait-elle le trottoir de briques rouges qui, dans la cour, longeait la façade de la maison, jusqu'à l'étable et l'écurie. Elle m'apprenait à ne pas laisser traîner mes affaires, à toujours bien les ranger ; elle ne supportait pas le désordre.

— Je ne veux pas passer, aux yeux des autres, pour une *toutoulle*, disait-elle.

Elle m'avait expliqué qu'une *toutoulle* était une femme désordonnée, souvent négligente, quelquefois malpropre. En un mot une mauvaise maîtresse de maison, donc extrêmement critiquable. Or ma mère était fort sensible à toute critique, et agissait de façon à ne pas s'en attirer. Mon père partageait ses idées. Il était aussi très fier, voire orgueilleux. Notre ferme était l'une des plus modestes du village, mais il aimait à répéter :

— Nous ne sommes pas riches, mais on ne peut rien dire sur nous. Nous n'avons rien à nous reprocher.

Outre la cuisine, qui était grande et servait de salle commune, notre maison comportait quatre autres pièces. La *salle*, aux beaux meubles patinés et au plafond enrichi de solives, où l'on n'allait pratiquement jamais et qui ne servait que pour les grandes occasions ; puis, au-dessus de la cave, la chambre de mes parents, surélevée par rapport au reste de la maison, et à laquelle on accédait par un étroit escalier de quelques marches ; et enfin, sur l'arrière de la maison, exposées au nord et donc peu éclairées, deux petites pièces voisines : la chambre de mon grand-père et la mienne.

J'étais rassurée, la nuit, de savoir mon grand-père non loin de moi. J'avais peur de l'obscurité, et surtout, je faisais des cauchemars. Je n'oubliais pas le premier de ces mauvais rêves, qui avait commencé d'une façon joyeuse. Mon grand-père m'avait acheté, à la ducasse du village, une balle multicolore. Dans la cour de la ferme, ravie, j'avais donné un coup de pied dans la balle, la projetant à plusieurs mètres. Mais mon pied était parti en même temps que la balle, la suivant de près, me laissant paralysée d'horreur. Je m'étais réveillée en larmes, et mes sanglots bruyants avaient attiré mon grand-père. Penché sur moi, avec inquiétude il m'interrogeait :

— Mélanie ! Qu'y a-t-il, *min tiot* ?

Je ne pouvais que répéter :

— Mon pied... Mon pied... Il est parti, en même temps que ma balle... Je n'ai plus de pied !

Sans comprendre mes paroles, mon grand-père tenta de me calmer. Mais je continuais à pleurer, m'entêtant à répéter que je n'avais plus de pied. À la fin, mon grand-père rejeta mes couvertures :

— Allons, regarde ! Il est là, ton pied. Ils sont là tous les deux.

À la lueur de la lampe qu'il avait allumée, je pus constater qu'il disait vrai. Mon étonnement fut grand. Je ne savais pas encore ce qu'était un cauchemar, et mon rêve avait été si vrai que je l'avais cru réalité. Lorsque je vis mes deux pieds intacts, rassurée, je me blottis dans mon lit et me rendormis.

Mais, par la suite, j'eus d'autres cauchemars. Ils venaient de temps en temps, sans raison précise. Ils avaient presque toujours le même thème : je me trouvais dans une rue toute noire, et des monstres me poursuivaient. Je ne les voyais pas, mais je les savais derrière moi, énormes et menaçants. Les yeux écarquillés dans l'obscurité, la bouche ouverte sur un hurlement d'épouvante, je courais à perdre haleine. Ma fuite durait ainsi plusieurs minutes, et je me réveillais à l'instant précis où les monstres me rattrapaient et me saisissaient.

Je me retrouvais dans mon lit, hagarde, terrorisée. Mon grand-père, attiré par mes cris, se penchait sur moi, murmurant des paroles apaisantes :

— Allons, c'est tout... calme-toi. Ce n'est qu'un mauvais rêve. Je suis là. Tu ne crains rien.

Je m'accrochais à lui, incapable de me calmer, secouée d'un tremblement nerveux qui refusait de me quitter. Je ne voulais pas rester seule à nouveau, me rendormir et retrouver les monstres qui, au-delà du sommeil, m'attendaient. Alors mon grand-père me prenait dans ses bras, m'emmenait jusque dans sa chambre, me couchait dans son lit.

— Tu vas dormir près de moi, disait-il. Là, tu n'auras pas peur ?

Avec gratitude, je secouais la tête, apaisée. Le grand lit que j'entrevoyais dans la pénombre m'apparaissait un havre de sécurité, dans lequel effectivement je ne craignais rien. Blottie contre le corps rassurant de mon grand-père, je me rendormais avec la certitude que, cette fois, les monstres ne me poursuivraient pas. Et, en effet, ils ne venaient plus.

Le lendemain matin, je m'éveillais dans mon lit, où grand-père m'avait transportée, encore endormie. Mon cauchemar de la nuit ne représentait plus qu'un mauvais souvenir, et je préférais l'oublier. J'étais reconnaissante à mon grand-père de venir à mon secours, alors que mes parents, dont la chambre était séparée de la mienne par la grande salle, dormaient et n'entendaient pas mes cris. Les nuits où il m'emmena ainsi dans son lit, terrorisée et secouée de sanglots, restèrent toujours un secret entre lui et moi.

***

Mon père avait un frère aîné, oncle Alfred, qui habitait au centre du village et exerçait le métier de cordonnier. C'était lui qui chaussait tous les habitants, hommes et femmes. Il fabriquait sabots, souliers et bottines sur mesure. J'aimais aller dans son atelier, respirer l'odeur du cuir qui y régnait, et le regarder travailler. Assis sur un tabouret, penché sur son établi, il était plus souvent occupé à réparer ou à ressemeler qu'à fabriquer de nouvelles chaussures. C'est qu'une paire de chaussures coûtait cher, et tous les habitants portaient les leurs jusqu'au bout. Oncle Alfred se vantait, à juste titre, d'utiliser du cuir d'excellente qualité, et ses talents de perfectionniste faisaient de chaque paire qu'il fabriquait une sorte d'œuvre d'art. Lorsqu'il en avait terminé une, il disait avec satisfaction :

— Elles feront bon usage. Elles sont faites pour durer des années.

Ce qui était vrai, particulièrement pour nous qui ne mettions des chaussures que le dimanche ou pour sortir. Pour travailler, nous portions des sabots.

Oncle Alfred était veuf. Sa femme, qui répondait au prénom original d'Esmérie, était décédée d'une mauvaise grippe alors que je n'avais que trois ans. Je ne me souvenais pas d'elle. Elle avait laissé un mari éploré et deux enfants de treize et onze ans, Georgina et Émilien. Tout naturellement, ce fut Georgina qui remplaça sa mère, s'occupant du ménage et de la maison. Pour ses deux enfants, oncle Alfred s'était efforcé de surmonter son chagrin, ne vivant que pour eux et pour son travail. L'année suivante, mon cousin Émilien — que tout le monde appelait Milien — quitta l'école. Mon oncle le prit comme apprenti et lui enseigna, patiemment, le métier de cordonnier.

Ma cousine Georgina avait dix ans de plus que moi. Je la trouvais très belle avec ses longs cheveux qu'elle maintenait en chignon mais qu'elle dénouait parfois pour moi. C'était comme un manteau soyeux qui l'enveloppait et dans lequel j'enfonçais, avec admiration et délices, mes petites mains. Elle se parfumait à l'eau de Cologne, et je trouvais qu'elle sentait bon. Chaque fois que j'allais chez elle, elle me donnait un sucre d'orge.

J'aimais la petite maison qu'elle habitait ; contrairement à la nôtre, elle possédait un étage. De là, nous voyions, derrière la maison, l'immensité des champs, avec, au loin, comme point de repère, le clocher de l'église du village voisin. Tandis que ma cousine Georgina brodait ou cousait, je me mettais à la fenêtre. Je ne me lassais pas du spectacle que j'y découvrais, différent selon les saisons. À l'automne, après les premiers labours, la terre apparaissait nue et brune, survolée de noirs corbeaux ; en hiver, elle semblait sommeiller, puis se réveillait au printemps. Mais c'était au début de l'été que je la préférais, parée de la blonde luxuriance des épis, épanouie et féconde comme une femme heureuse.

Parfois, dans un de nos champs, j'apercevais mon père

avec Bijou, notre cheval. Je les regardais tracer les sillons, j'admirais leur lente progression, la force tranquille et sûre de l'animal, que mon père guidait du geste et de la voix. De cette entente pacifique entre la terre, l'homme et le cheval émanait une sorte de sérénité immuable qui me rassurait.

Lorsqu'elle en avait le temps, ma cousine Georgina me prenait sur ses genoux et me berçait tendrement en chantant, de sa voix douce, *Cadet Rousselle, La Mère Michel* ou *Il pleut bergère*. Blottie contre elle, tout en suçant mon sucre d'orge, je l'écoutais en souhaitant que cet instant ne finît jamais. Ma mère, sans cesse occupée, ne prenait jamais le temps de me cajoler de cette façon. Secrètement, j'espérais, plus tard, ressembler à ma cousine Georgina et devenir aussi douce et aussi belle.

***

Une autre parente de mon père habitait le village, sa cousine Florentine. Restée veuve très jeune, elle vivait avec son fils unique Léon, qui avait quatre ans de plus que moi. Elle possédait une ferme plus importante que la nôtre, qu'elle exploitait avec l'aide d'un ouvrier agricole, Sylvestre. De plus, depuis le début de l'été jusqu'à la récolte des pommes de terre et des betteraves, elle employait deux ouvriers belges, toujours les mêmes, qui venaient de leur pays uniquement dans ce but et y retournaient ensuite. Ces deux ouvriers, Félix et Casimir, venaient aussi aider mon père pour la moisson.

Je n'aimais pas mon cousin Léon. Je le trouvais brutal, bruyant, violent. Petit et trapu, il avait un gros visage rond qu'une blessure à l'œil défigurait. À l'âge de sept ans, un été où il faisait très chaud, sa mère l'avait envoyé porter à boire à un jeune taureau enfermé dans une pâture. Sans que l'on sût exactement pourquoi, l'animal, pourtant attaché à un pieu solidement fixé en terre, réussit soudainement à se libérer et fonça à toute allure sur Léon qui, affolé, tenta de s'enfuir. Dans sa précipitation, il tomba alors qu'il arrivait à la clôture. Le pieu pointu, que le taureau avait emmené avec lui, l'atteignit au visage, en plein dans l'œil droit.

Outre une cicatrice qui lui tirait la paupière vers le bas et qui lui conférait un air sinistre, mon cousin était devenu borgne. Son œil blessé avait un aspect globuleux et trouble qui me mettait mal à l'aise. J'évitais de le regarder.

Lui ne semblait pas s'apercevoir de ma répugnance. Lorsque nous nous trouvions ensemble, il cherchait toujours à me plaire. Au printemps, par exemple, il attrapait des papillons aux couleurs vives qu'il tuait et qu'il m'offrait ensuite. J'aurais préféré qu'il laissât ces jolis insectes en liberté, et, au lieu de le remercier, je lui en voulais de les supprimer. Mais je n'osais pas le lui dire.

Un jour, devant moi, avec sa fronde il tua un jeune merle qui commençait tout juste à voler. Il alla le ramasser et me l'apporta avec un sourire satisfait que je jugeai cruel. Avec horreur, je regardai l'oiseau pantelant, ses yeux clos, son bec entrouvert. Un filet de sang coulait d'une blessure à la tête, là où la pierre l'avait atteint. Une violente indignation me fit réagir brutalement, et je criai :

— Oh, comme tu es méchant ! Je te déteste !

Et, le laissant là, je m'enfuis en pleurant. À partir de ce jour, j'essayai le plus possible de l'éviter, et j'appréhendais sa présence lorsqu'il venait chez nous.

***

La personne la plus proche de moi, celle qui comprenait mes tourments d'enfant, celle à qui j'osais tout dire et qui m'écoutait toujours avec une immense compréhension, était mon grand-père. Sa présence a enchanté mes jeunes années. Je l'accompagnais partout tandis qu'il vaquait aux petits travaux de la ferme. Une grande complicité nous unissait. J'étais fière de l'aider ; de son côté, il prenait la patience de tout m'expliquer, et je l'écoutais avec un plaisir toujours renouvelé.

Il y avait, aussi, des moments où nous nous amusions comme des enfants. Il avait gardé un état d'esprit très jeune, et nos parties de plaisir étaient fréquentes. Un jeu me plaisait beaucoup, les soirs d'été, lorsque nous étions assis sur le banc de bois adossé à notre maison. Nous observions les gros nuages blancs et cotonneux, et nous nous amusions à leur trouver des formes.

— Regarde, disait mon grand-père, celui-là, là-bas, c'est un ours. Vois-tu sa grosse tête, et ses oreilles ?

Je renchérissais :

— Et là-bas, c'est un mouton. Un mouton en train de sauter. As-tu vu ses pattes, qu'il lance en avant dans le ciel ?

Nous passions de longs moments dans cette sorte de rivalité amicale, et lorsque le vent étirait les nuages, déformant nos animaux, nous avions toute l'immensité du ciel pour en trouver d'autres, encore et encore.

Mais le jeu que je préférais par-dessus tout, c'était lorsque mon grand-père me faisait sauter sur ses genoux. Il commençait lentement, puis allait de plus en plus vite, tout en chantant un refrain racontant l'histoire du cheval de Monsieur Guyot, qui avait tant mangé d'avoine qu'il ne pouvait plus « ravoir son haleine ». Et, à cet instant précis de la chanson, en imitant quelqu'un à bout de souffle, grand-père accélérait encore le mouvement de ses genoux, me faisant sauter de plus en plus fort jusqu'au moment où, d'un seul coup, il écartait les jambes, formant ainsi un grand creux dans lequel je basculais avec des cris de plaisir et d'effroi.

Ensuite, avant d'aller au lit, il me gardait contre lui et me racontait des souvenirs de sa propre enfance. Il vivait déjà dans la ferme que nous habitions, et il avait appris à travailler très jeune.

— Dès l'âge de quatre ou cinq ans, disait-il, après la moisson je glanais dans les champs. Dans la ferme, je donnais à manger aux lapins, aux poules, à boire aux veaux, je ramassais les œufs. Et attention, je n'avais pas intérêt à en casser un ! Après, en grandissant, j'ai plus d'une fois manqué l'école parce que mes parents avaient besoin de moi. Il faut dire qu'à l'époque, l'école n'était pas obligatoire.

Lorsque j'eus, à mon tour, l'âge scolaire, cette déclaration me laissa plus d'une fois incompréhensive et envieuse. Comment était-ce possible ? Et pourquoi étais-je obligée, moi, d'aller en classe tous les jours ? Je voyais là une injustice. J'aurais préféré rester avec mon grand-père et l'aider dans son travail, comme je l'avais toujours fait auparavant. Je ne trouvais pas l'école agréable. Il fallait rester enfermée toute la journée, sans avoir le droit de bouger ou de parler, il fallait sans cesse écouter, et nous nous faisions gronder lorsque nous ne comprenions pas les explications de la maîtresse. Le calcul me donnait beaucoup de mal, et je reçus plus d'une fois des coups de règle sur la tête parce que je ne savais pas faire mes opérations. Pourtant, mon travail scolaire m'apporta un avantage que je ne tardai pas à apprécier : de nouveaux moments de connivence avec mon grand-père.

Lui qui avait très peu fréquenté l'école, qui savait tout juste lire et écrire, s'intéressait à tout ce que je découvrais. Ainsi, lorsque le soir je faisais mes devoirs, il se penchait sur moi, observait mon travail. Alors que, le reste du temps, c'était lui qui m'apprenait tout, à ces moments-là, la situation s'inversait. Il devenait l'élève, et moi, je lui montrais ma page de lecture, je lui expliquais les mots nouveaux que nous avions étudiés à l'école, des mots qui ne faisaient pas partie du langage courant et dont mon grand-père ignorait le sens. Ensuite, après le souper, tandis que ma mère reprisait et que mon père lisait le journal, c'était mon grand-père qui me faisait réciter mes leçons, apprenant en même temps que moi les affluents de la Seine ou la date de l'assassinat de Henri IV. Il n'y avait qu'en sciences naturelles qu'il se retrouvait en terrain connu ; il connaissait les plantes mieux encore que le livre de l'école.

Un jour, notre maîtresse nous parla du choléra. Lorsque, le soir, je rapportai ses propos à mon grand-père, il hocha la tête en soupirant :

— J'ai connu cette maladie, hélas ! Je peux te dire qu'elle est affreuse et terrifiante. Elle choisit ses victimes au hasard, elle arrive sur elles sans prévenir, et on a bien peu de chances d'y échapper. Si on l'attrape, on meurt en l'espace d'un jour ou deux. Moi, j'ai réussi à ne pas l'avoir. Pourquoi ? Je n'en sais rien. Mais j'avais une petite sœur que j'aimais beaucoup, et...

Grand-père se tut un instant, me regarda avec, dans les yeux, une expression pensive et douloureuse :

— Elle avait ton âge. Elle était jolie comme toi. Et si douce, si gentille ! Le choléra l'a choisie parmi ses premières victimes. Je l'ai vue se tordre de douleur, crier, pleurer, je l'ai vue se battre en vain contre cette horrible maladie, et le lendemain, elle est morte sous mes yeux... J'avais douze ans à l'époque, et je n'ai jamais oublié.

Mon grand-père prit son grand mouchoir à carreaux et se moucha bruyamment. Il s'essuya les yeux, me fit un sourire tremblant :

— Tu lui ressembles. C'est comme si, à travers toi, elle était revenue sur terre pour se faire pardonner de m'avoir quitté si vite et pour, en échange, éclairer mes dernières années.

Cette déclaration m'émut profondément, et tissa un lien de plus entre mon grand-père et moi.

Dans mon esprit d'enfant, je n'imaginais pas qu'il pût un jour me quitter. Il gardait une excellente santé, et je ne voyais pas qu'il vieillissait, malgré ses cheveux et sa moustache devenus tout blancs. Je remarquais simplement qu'il s'essoufflait s'il allait trop vite, et il lui arrivait parfois de porter une main à son cœur avec une grimace de douleur. Il demeurait alors immobile et, après quelques instants, il reprenait ses occupations comme s'il ne s'était rien passé.

Habitué très jeune à être dur avec lui-même, il ne s'écoutait pas, selon sa propre expression. Dès que l'hiver commençait, pour prévenir les maux de gorge et rester en forme, il avait une méthode qui à la fois m'étonnait et me fascinait. Dans le feu qui ronflait, il introduisait le tison et le laissait là jusqu'à ce que la pointe en fût toute rouge. Pendant ce temps, il se versait un verre de bière. Ensuite, il retirait le tison du feu et il en plongeait la partie incandescente dans la bière. Je regardais avec un peu d'effroi le bouillonnement effervescent du liquide, qui semblait chuinter de colère. Lorsqu'il avait cessé, mon grand père retirait le tison et buvait la bière d'un trait, jusqu'à la dernière goutte. Et, effectivement, il supportait les hivers les plus rudes sans un seul rhume.

J'étais heureuse de constater que tout le monde l'aimait, y compris les animaux de la ferme. Lorsqu'il apportait sa ration d'avoine à Bijou, notre cheval, celui-ci hennissait doucement. Il penchait sa tête vers mon grand-père, la posait sur son épaule. Ils restaient ainsi unis un long moment, et mon grand-père me disait :

— Tu vois, Mélanie, lorsqu'un cheval fait ça, c'est un signe de joie, de confiance, d'affection. Il te dit à sa manière qu'il t'aime et qu'il est content de te voir.

J'aurais bien voulu que Bijou me fît cette déclaration. Mais je n'osais pas m'approcher trop près de lui ; sa taille m'impressionnait. Par contre, je l'approuvais totalement d'aimer mon grand-père et de lui dire. C'était ce que je faisais, moi aussi.

***

L'équilibre de mes jeunes années fut brutalement rompu l'année de mes huit ans. Un matin, mon grand-père ne fut plus là.

Cela commença au cours de la nuit. J'avais fait un de mes cauchemars habituels, encore plus affreux parce que, cette fois-ci, ce n'était plus moi que les monstres poursuivaient, mais mon grand-père. Sous mes yeux épouvantés, ils l'avaient saisi et emporté, tandis que je pleurais et criais d'horreur. Je me réveillai, sanglotante et éperdue, et pour la première fois, grand-père ne se trouvait pas à mes côtés. Je restai blottie dans mon lit, encore trop terrorisée pour oser bouger ou me lever. Longtemps, je pleurai et tremblai avant de me rendormir, me sentant malheureuse et abandonnée.

Au petit matin, des voix me tirèrent de mon sommeil. Celles de mes parents auxquelles se mêlait une autre voix, plus forte et plus autoritaire, qui parlait de crise cardiaque. Je ne compris pas ce qui se passait. Je me redressai dans mon lit, appelai :

— Maman !

Ma mère arriva. À la faible lueur qui provenait de la porte entrouverte, je vis qu'elle avait les yeux rougis. Je m'inquiétai :

— Maman, que se passe-t-il?

Elle me repoussa doucement, remonta les couvertures sur moi :

— Dors, Mélanie. Il ne fait pas encore jour. Je viendrai te chercher lorsqu'il sera l'heure d'aller à l'école.

Elle s'en alla, et je m'efforçai de lui obéir. Mais je ne parvins pas à me rendormir. J'entendis, dans la maison, d'autres voix qui se répondaient sans que j'arrive à saisir leurs paroles. J'eus l'impression d'un va-et-vient inhabituel. Pourtant, lorsque ma mère vint me chercher, tout me parut normal. Elle avait déjà fait la première traite, et un bol de lait mousseux m'attendait, comme chaque matin. Mon père n'était pas là, mais il arrivait souvent qu'à cette heure il fût déjà dehors. Par contre, l'absence de mon grand-père m'intrigua.

— Où est Pépère? demandai-je aussitôt.

Ma mère détourna le visage et répondit d'un ton bref :

— Il est resté couché. Il est malade.

Surprise, je relevai la tête. C'était tellement inhabituel! À vrai dire, cela ne s'était jamais produit.

— Je peux aller le voir?

— Non. Il dort.

Je n'insistai pas. Je partis pour l'école et, toute la matinée, je demeurai mal à l'aise. À la sortie de midi, je courus sans m'arrêter jusqu'à la maison. Sur le seuil, je me heurtai à Basile, le menuisier, qui sortait. Je le saluai poliment et, tandis qu'il s'éloignait, je le suivis du regard, de plus en plus intriguée. Lorsque j'entrai dans la cuisine, de nouveau l'absence de mon grand-père me frappa. Mon oncle Alfred était là, assis à la table, l'air abattu et malheureux. J'allai l'embrasser, et je l'entendis pousser un profond soupir.

— Et Pépère? Il est toujours couché?

— Oui, dit ma mère.

Mon père secoua la tête.

— Voyons, Henriette, il ne sert à rien de le lui cacher. Autant le lui dire.

— Elle est trop jeune. Elle ne peut pas se rendre compte...

— Et moi je dis qu'elle est assez grande pour comprendre. Il faut la mettre face à la réalité. Viens, Mélanie.

J'obéis. En traversant la grande salle, celle qui ne servait que pour les occasions spéciales, je remarquai que le miroir, au-dessus de la cheminée, était dissimulé par un linge blanc. Quant à la grande horloge, pour une fois, elle était muette ; on avait fait taire son tic-tac régulier et rassurant.

La porte de la chambre de mon grand-père était entrouverte. Derrière mon père, je pénétrai dans la pièce et m'arrêtai, surprise par l'atmosphère étrange qui y régnait. Les volets étaient fermés alors que nous étions en plein jour, et une bougie tremblotait sur la table de nuit. Sa faible lumière me permettait de voir mon grand-père. Il semblait dormir, les yeux clos, le visage immobile. Mais il dormait tout habillé, dans son costume noir des dimanches, et ses mains, jointes sur sa poitrine, tenaient un chapelet comme s'il priait. Un élan me poussa vers lui, et j'eus envie d'aller le réveiller. Mais, impressionnée malgré tout par l'espèce de majesté paisible qui émanait de son visage, je m'approchai timidement du lit et chuchotai, très bas :

— Pépère...

Il ne bougea pas. Il n'eut pas un sourire, ni même un battement de cils. Je m'apprêtai à l'appeler plus fort lorsque mon père posa une main sur mon épaule :

— C'est inutile, Mélanie. Si tu l'appelles, il ne se réveillera pas. Il ne peut plus t'entendre, ni te répondre.

Je levai vers mon père des yeux incompréhensifs :

— Mais... pourquoi ?

— Parce que c'est ça, la mort. S'endormir et ne jamais se réveiller. Et Pépère... eh bien, il est mort cette nuit.

Perplexe, je regardai mon grand-père, son visage serein et détaché, indifférent à tout, même à moi. Comment pouvait-il ne pas me répondre, alors qu'il l'avait toujours fait ? Je trouvai la mort bien cruelle, puisqu'elle l'en empêchait.

— Tu peux l'embrasser, dit mon père, pour lui dire adieu. Bientôt, tu ne le verras plus.

Prête à pleurer, je déposai un baiser sur la joue immobile et froide. Je reculai immédiatement avec une sorte de répulsion. Ce contact glacial n'avait rien de commun avec les baisers qu'habituellement nous échangions, grand-père et moi. Que se passait-il donc?

Je revins dans la cuisine en pleurant. J'avais vu mon grand-père, mais ce n'était plus lui. Il ne m'avait pas entendue, il ne m'avait pas parlé, et il ne le ferait plus jamais. Où donc étaient sa chaleureuse tendresse, sa disponibilité, son amour toujours présent? Je sentais confusément que je les avais perdus et je pleurai davantage.

Ma mère regarda mon père avec reproche :

— Vois ce que tu as fait. Tu aurais dû m'écouter, et ne rien lui dire.

— Il faut bien qu'elle sache, pourtant. Même si ça lui fait de la peine. Elle aurait fini par comprendre, de toute façon.

Ce fut là l'ultime rencontre entre mon grand-père et moi. Ensuite, je ne le vis plus jamais. Des gens vinrent dans la maison, tous ceux du village qui le connaissaient. Tous chuchotaient et poussaient de gros soupirs. Cousine Florentine vint également, avec son fils Léon dont l'œil blessé me parut plus globuleux que jamais.

Ma cousine Georgina, toujours douce et compréhensive, s'aperçut de mon chagrin et entreprit de me consoler.

— Ne pleure pas, Mélanie. Ton grand-père, maintenant, est au ciel. C'est là que vont tous les gens qui meurent.

Je hochai la tête, indécise. Au catéchisme, monsieur le curé nous avait dit la même chose. Il avait parlé de paradis, mais aussi d'enfer pour les méchants. Je ne doutais pas un seul instant que mon grand-père fût allé au paradis.

— Et du haut du ciel, il veille sur toi. Il voit tout ce que tu fais. Il est encore avec toi, malgré tout.

Cette image de mon grand-père dans le ciel me plut. Elle parvint à atténuer un peu ma peine. Comme je l'avais connu facétieux, je l'imaginais s'amusant à se cacher derrière les énormes nuages floconneux auxquels nous donnions des formes d'animaux. Je préférais le situer là plutôt qu'au cimetière, où on le plaça lors de l'enterrement, sous la pierre froide et dure que ma mère, ensuite, ne manquait jamais d'aller fleurir.

Parfois, elle m'emmenait avec elle. Tandis qu'elle disposait les fleurs dans le vase, je gardais obstinément la tête levée et j'observais les alouettes qui chantaient dans le ciel. Je les regardais monter, monter toujours plus haut, et je les enviais. Peut-être, là-haut, rencontreraient-elles mon grand-père ? J'aurais aimé être l'une d'elles pour pouvoir, rien qu'un instant, revoir le bon visage et la moustache blanche de mon aïeul. Ou, tout au moins, j'aurais voulu communiquer avec elles, et leur donner un message pour lui : lui dire que je l'aimais, et que je ne l'oubliais pas.

2

L'absence de mon grand-père dans ma vie créa un grand vide. Finis, les petits travaux auxquels nous nous adonnions ensemble. C'était ma mère qui, dorénavant, nourrissait les animaux, ramassait les œufs, faisait les litières des lapins, maugréant contre le surcroît de travail qui lui était imposé. Évanouie, aussi, la complicité qui nous liait, et disparus à tout jamais les jeux que nous aimions. Plus personne, maintenant, ne me faisait sauter sur ses genoux en chantant *Le Cheval du Père Guyot.*

À l'école, je devins moins attentive, parce que je savais que, le soir, mon grand-père ne serait plus là pour s'intéresser à ce que j'avais appris. Pour moi seule, je n'avais plus le goût d'étudier. Lorsque je rentrais à la maison, mon travail scolaire me paraissait être une véritable corvée. Je me sentais esseulée et bien triste.

Chaque nuit, les monstres revenaient. Ils me poursuivaient, plus nombreux et plus féroces que par le passé, me laissant hoquetante et terrifiée, appelant tout bas mon grand-père tout en sachant qu'il ne viendrait plus.

La fille du maréchal-ferrant, Clarisse, était mon amie. À l'école, nous étions dans la même classe. Chaque matin, je passais la prendre et nous faisions la route ensemble. Je contournais la forge, j'entrais dans la cour et je frappais à la porte de la cuisine. Sa mère m'ouvrait, et j'entrais quelques instants, attendant que Clarisse mît son manteau et prît son cartable. Et là, toujours, la même scène me serrait le cœur : mon amie se dirigeait vers son grand-père, assis près du feu, et l'embrassait. Il lui disait :

— À tout à l'heure, *min tiot.* Travaille bien.

Et, dans ces moments-là, le mien me manquait encore plus.

***

Plusieurs mois passèrent ainsi, et puis, un jour, un événement vint éclairer ma vie.

Lorsque je revins de l'école, cet après-midi-là, je ne vis pas ma mère. Dans la cuisine m'attendait ma cousine Georgina. Il y avait également Agathe, notre voisine, ainsi que notre cousine Florentine qui, pour une fois, n'était pas accompagnée de son fils Léon.

— Je suis venue te chercher, me dit Georgina. J'ai préparé ta chemise de nuit, et je t'emmène. Tu souperas[1] chez nous, et tu dormiras avec moi.

Je fus d'abord surprise, mais la joie que je ressentis balaya ma curiosité. Je ne cherchai pas à comprendre la raison de cette invitation. Je suivis Georgina avec plaisir, et même avec empressement. Je l'aimais beaucoup. Depuis que j'avais quitté la petite enfance, elle ne me chantait plus de comptines, mais elle me racontait encore, de temps à autre, des légendes et des contes de fées qui me faisaient rêver. Et puis, au fur et à mesure que je grandissais, elle me parlait, non pas comme à une enfant, mais comme à une égale. J'avais l'impression, avec elle, de devenir subitement adulte, au lieu d'être une petite fille insignifiante. Cela me donnait de l'importance, et c'était une sensation bien agréable.

Nous fîmes la route ensemble, et ce fut à elle que je racontai ce que j'avais appris à l'école. Puis j'allai embrasser mon oncle Alfred dans son atelier. Mon cousin Milien travaillait avec lui, et je m'attardai un instant, admirant les nouvelles chaussures qu'ils fabriquaient, respirant la bonne odeur de cuir qui régnait dans la pièce. Ils ne parurent pas surpris lorsque je leur annonçai, avec un conten-

1. Le souper est, dans le Nord, le repas du soir.

tement que je ne cherchai pas à cacher, que je resterais avec eux jusqu'au lendemain.

Je mangeai de bon appétit la soupe qu'avait préparée Georgina, et qui, différente de celle de ma mère, me parut meilleure. Après le repas, mon oncle Alfred sortit un jeu de cartes du tiroir du buffet; en mon honneur, Milien et lui se mirent à bâtir des châteaux de cartes de plus en plus grands. Georgina souriait en tricotant, et moi, assise à la table, près d'eux, je retenais mon souffle, de peur que ma respiration ne fît s'effondrer les fragiles édifices. À un moment, Milien voulut m'apprendre. Mais à peine avais-je mis deux cartes l'une contre l'autre qu'elles s'effondrèrent. Mon cousin m'incita à recommencer avec patience, plusieurs fois de suite, mais le résultat demeura identique. À la fin, vexée et furieuse de l'être, je refusai de continuer.

Lorsqu'il fut l'heure d'aller se coucher, je montai l'escalier derrière Georgina. En chemise de nuit, je me glissai dans son lit, tout contre elle.

Lorsqu'elle éteignit la lampe à pétrole — qui, dans le langage courant, se nommait *quinquet* parce que, nous avait expliqué l'institutrice, son inventeur était monsieur Quinquet, un pharmacien de Soissons —, pour une fois l'obscurité ne me fit pas peur : pour cette nuit, au moins, en voyant que je n'étais pas seule, les monstres me laisseraient tranquille.

— Ça va? chuchota Georgina. Tu es bien?

J'acquiesçai avec une satisfaction heureuse. Sur le ton d'une grande personne s'adressant à une autre grande personne, ma cousine demanda :

— Sais-tu pourquoi je suis allée te chercher pour que tu passes la nuit avec moi?

— Non, dis-je avec sincérité.

— Eh bien, je vais t'expliquer. Tes parents ne t'ont rien dit, mais à mon avis, il est normal de te prévenir. Tu es grande maintenant, tu vas bientôt avoir neuf ans. Vois-tu, tu vas avoir un petit frère ou une petite sœur.

Un étonnement voisin de l'ahurissement me laissa muette. En effet, on ne m'avait rien dit, et de mon côté je n'avais rien remarqué. L'année précédente, à l'école, une de nos compagnes de classe nous avait appris un matin que ses parents avaient « acheté », pendant la nuit, un petit frère. Étais-je dans le même cas ? Je retrouvai ma voix pour poser la question.

— Oui, approuva Georgina, c'est ça. Ta maman est partie le chercher cette nuit, et demain sans doute il sera là.

— Elle doit aller loin ?

— Très loin. C'est pour ça que, si tu vois qu'elle garde le lit, il ne faudra pas t'inquiéter. Pendant quelques jours, elle va être très fatiguée. Elle aura besoin de reprendre des forces.

— Et que va-t-elle ramener ? Un petit frère ou une petite sœur ?

— On ne sait pas à l'avance. Ça dépend de ce qu'elle trouvera. Parfois, le marchand de bébés n'a plus de filles, ou bien ce sont les garçons qui manquent. Te souviens-tu d'Amédée, le facteur ? Il voulait un garçon, et puis, finalement, le jour où sa femme est allée le chercher, il n'y en avait plus. Il ne restait que des filles, et elle est revenue avec sa petite Catherine.

Oui, je me souvenais, tout le village en avait parlé, quelques mois auparavant, et j'avais entendu Amédée dire à mes parents, en apportant le courrier, qu'il était déçu de se retrouver avec une fille alors qu'il espérait un garçon.

— Et... c'est bien, d'avoir un petit frère ou une petite sœur ?

— C'est très bien, affirma ma cousine Georgina d'un ton catégorique. Tu ne seras plus toute seule, tu auras quelqu'un avec qui jouer. Moi, j'ai eu Milien comme petit frère, et j'ai été très contente, je t'assure.

Je restai dans l'expectative, ne sachant que penser. Je ressentais malgré tout une sorte d'excitation : la venue d'un petit frère ou d'une petite sœur apporterait dans ma vie quelque chose de nouveau qui, *a priori*, me plaisait bien.

Le lendemain était un jeudi, jour sans école. Dans la matinée, Georgina me ramena à la ferme, et tout le long du chemin je trépignai d'impatience. Dans notre cuisine,

Flavie, la sage-femme, assise à la table, buvait une tasse de café. Dans mon ignorance, je ne fis aucune relation entre sa présence chez nous et l'arrivée d'un bébé. Je ne savais même pas ce que signifiait le mot sage-femme. J'imaginais simplement qu'on la nommait ainsi parce qu'elle était particulièrement calme, contrairement à moi qui m'attirais souvent ce reproche de ma mère : « Mélanie, tu es trop turbulente. Sois sage, voyons ! »

Mon père se trouvait là également. Je remarquai son air ému et fier. Il me sourit :

— Viens, Mélanie. Viens voir ton petit frère.

Impressionnée, je le suivis jusqu'à la chambre de mes parents, où je n'allais pratiquement jamais. Dans le grand lit, ma mère reposait, pâle mais souriante. Je m'arrêtai, désorientée de la voir couchée, oubliant les explications de ma cousine Georgina.

— Viens, dit ma mère. Approche. Il est là.

Mon père me poussa doucement jusqu'au berceau d'osier placé près du lit. Alors que nous nous penchions sur lui, le bébé qui se trouvait à l'intérieur s'agita et se mit à pleurer. Tout ce que je vis fut une tête chiffonnée et minuscule surmontant un corps emmailloté, et une bouche qui s'ouvrait démesurément pour hurler, tandis que le petit visage se crispait et devenait de plus en plus rouge.

— Il sait se faire entendre, commenta Georgina près de moi. Il a de la voix. Il sera vigoureux, ajouta-t-elle d'un ton approbateur.

Ahurie et déçue, je ne disais rien. Je regardais le petit être hurlant dans le berceau, et je pensais avec une sorte d'étonnement effaré : « C'est *ça*, un petit frère ? »

Mon désarroi devait se lire sur mon visage car ma mère me demanda :

— Eh bien, Mélanie, pourquoi ne dis-tu rien ? Tu n'es pas contente ?

Je ne sus que répondre. Que dire ? Je n'osai pas avouer ma déception. Georgina, heureusement, me comprit. Elle posa une main rassurante sur mon épaule :

— Ne t'inquiète pas. Il ne sera pas toujours comme ça. En ce moment, il est très petit, mais il va grandir. Il apprendra à marcher, à parler, à jouer. Tu seras heureuse de sa présence, tu verras.

Je hochai la tête, peu convaincue. Et dans les jours qui suivirent, je me dis que Georgina s'était trompée. Mon frère ne changeait pas, il hurlait toujours autant, et j'avais l'impression que ma mère me délaissait pour ne s'occuper que de lui. Elle passait un temps que je trouvais interminable à l'emmailloter, le serrant étroitement dans ses langes afin, disait-elle, qu'il ait des jambes bien droites et ne souffre d'aucune infirmité. Elle le nourrissait, et je regardais avec désapprobation la petite bouche vorace se jeter sur le sein et le téter goulûment.

— Pourquoi le regardes-tu ainsi ? objecta ma mère un jour. Tu as été comme ça, toi aussi.

Cette déclaration ne fut pas loin de m'horrifier. Je refusai de la croire, et chassai la pensée que j'avais pu être, moi aussi, un bébé pleurnichard et glouton.

Mon frère fut baptisé et reçut les prénoms de Georges-Florentin-Émilien, qui étaient ceux de mon grand-père, de cousine Florentine et de mon cousin Milien. Florentine était la marraine et Milien le parrain.

Ma mère sortit de l'armoire où elle les avait rangées la robe de dentelle et la pèlerine blanche que j'avais portées pour mon baptême. Elle remplaça les rubans roses par des rubans bleu ciel. Je trouvai que mon petit frère, ainsi vêtu, avait grande allure, mais il ne cessa de pleurer pendant la cérémonie qui, heureusement, fut courte.

À la sortie de l'église, nous fûmes accueillis par les enfants du village, venus pour les dragées que, selon la tradition, devaient lancer le parrain et la marraine. Avec impatience, tous crièrent plusieurs fois : « *Des pots d'chuques ! Des pots d'chuques !* » et ajoutèrent la formule habituelle : « *Des pots d'chuque, i vivra ! Pas d'pots d'chuque, i morra !* » Sans attendre davantage, Milien se mit à lancer des poignées de dragées, aussitôt imité par cousine Florentine, qui ajouta quelques sous. Avec des exclamations de joie, les enfants se précipitèrent pour ramasser sucreries et piécettes tout en criant avec entrain : « *I vivra ! I vivra !* » J'en fus satisfaite, car je ne voulais pas que mon petit frère meure.

Le repas qui suivit fut abondant et gai. Cousine Florentine tint absolument à casser une assiette, « afin qu'il ne soit pas sourd », affirma-t-elle avec conviction. Elle croyait aux superstitions, et l'une d'elles assurait que le fait de casser une assiette le jour du baptême d'un nourrisson le préservait de la surdité toute sa vie. Je pensai, sans oser le dire, que mon frère, en tout cas, n'était pas muet, car il ne cessait de pleurer et de hurler, le visage rouge, en agitant rageusement ses petits poings.

Pourtant, très progressivement, il commença à pleurer moins. Il ouvrait les yeux, et lorsque je me relevais après m'être penchée sur lui, son regard essayait de me suivre. Lorsque je rentrais de l'école, j'allais le voir, lui parler. Et il y eut un soir, quelques semaines après sa naissance, où, en me voyant et en entendant ma voix, il me sourit. Je fus tellement heureuse de ce sourire que j'embrassai la petite tête au duvet brun. Elle me parut douce, fragile, vulnérable. Inattendu, un flot de tendresse m'envahit, me submergea. Pour la première fois, je me rendis compte que j'aimais mon petit frère.

Cet hiver-là, il fit si froid que, dans nos chambres non chauffées, la température descendait en dessous de zéro. Chaque matin, des fleurs de glace ornaient l'intérieur des vitres, et dans le pot de chambre, sous le lit, l'urine avait gelé. Ma mère eut peur que Georges, qui n'avait que quelques mois, ne résistât pas au froid. Pendant plusieurs nuits, elle plaça le berceau dans l'étable, où les vaches faisaient régner une agréable tiédeur. Pelotonnée dans mon lit, les pieds sur la brique chauffée que ma mère plaçait chaque soir entre mes draps, le nez dans les couvertures pour échapper à l'atmosphère glaciale qui régnait dans ma chambre, je pensais à mon frère qui dormait au milieu de nos vaches. J'étais rassurée de le savoir à l'abri du froid.

Semaine après semaine, mois après mois, il prit dans ma vie une place grandissante. En rentrant de l'école, je courais jusqu'au berceau. Je me penchais sur lui, je l'appelais :

— Georges !... Mon petit Georges !...

Avec une satisfaction ravie, je constatais qu'il reconnaissait ma voix et mon visage ; il souriait, il gazouillait, il me tendait les mains et, de ses petits doigts, agrippait mon index et ne le lâchait plus.

Lorsqu'il fut capable de s'asseoir, ma mère l'installa dans le *cadot*, la chaise haute en bois qui, pour les très jeunes enfants, remplaçait dans la journée le berceau. Plus d'une fois, elle me tendit l'assiette contenant la bouillie à base de farine de blé, en disant :

— Tiens, Mélanie, donne-lui à manger.

Et elle s'en allait, prise par les nombreux travaux de la ferme, nous laissant seuls tous les deux. C'était un instant d'étroite complicité que j'aimais particulièrement. Cuillerée après cuillerée, je nourrissais mon petit frère, m'amusant de le voir ouvrir la bouche dès qu'il avait avalé la bouchée précédente. En même temps, je lui parlais doucement, tendrement.

— Humm... C'est bon, hein ? Tu en veux encore ?

Il traduisait sa satisfaction par des battements de bras, des mouvements de tête, des onomatopées et des grognements approbateurs. Ensuite, je débarbouillais son visage, m'attendrissant sur le petit minois innocent qu'il levait vers moi.

Et puis, lorsqu'il fut assez grand pour apprendre à marcher, j'eus la joie de guider ses premiers pas. Ses petites mains dans les miennes, il s'accrochait à moi et je le soutenais, lui enseignant comment mettre un pied devant l'autre. Parfois, je le plaçais dos au mur, je reculais d'un mètre ou deux, je m'accroupissais et je tendais les bras vers lui, l'incitant d'une voix encourageante :

— Viens, Georges, viens avec Mélanie.

Il hésitait un peu, et puis, soudain, il s'élançait, faisait en vacillant les quelques pas qui nous séparaient. Je le recevais contre moi, et j'éprouvais la sensation d'une victoire.

— C'est bien, disais-je, c'est bien. Tu es un bon garçon.

Je dévorais son petit visage de baisers, je le chatouillais, chose qu'il adorait, et j'écoutais avec bonheur son rire heureux et cristallin.

Jour après jour, il s'enhardit, et se mit bientôt à trottiner partout. Ce fut à moi que revint le devoir de le surveiller. Il me fallait le suivre, éviter qu'il ne tombât en descendant le *grinbillon* pour aller dans la cour, l'empêcher d'approcher du fumier où il n'eût pas manqué de se salir. Si, malgré mes précautions, il tombait, je le consolais et je séchais ses pleurs. Je le prenais par la main, et je l'emmenais voir les lapins, les cochons, le veau, je lui montrais nos vaches en citant leur nom afin qu'il les reconnût. Je jouais auprès de lui le rôle que mon grand-père, pendant toute ma petite enfance, avait tenu auprès de moi. Et j'avais hâte qu'il grandît, afin d'observer avec lui les alouettes et de rechercher des formes d'animaux dans les gros nuages blancs, les soirs d'été.

***

Arriva ma dernière année d'école. À l'automne, j'entrai dans la classe du certificat d'études. J'attendais avec une certaine appréhension cet examen, car depuis la mort de mon grand-père je m'appliquais beaucoup moins, et mes résultats scolaires devenaient médiocres. Ce qui, d'ailleurs, laissait mes parents totalement indifférents.

— Bah! disait ma mère. Du moment que tu sais écrire et compter, c'est le principal... Inutile de perdre ton temps à lire. Viens plutôt m'aider à préparer la pâtée des cochons.

Et, mes devoirs baclés, mes leçons à peine lues, je laissais de côté le livre de bibliothèque que la maîtresse m'avait bien recommandé de lire, et je m'en allais aider ma mère ou m'occuper de Georges.

Ce fut au cours de cet automne qu'un drame faillit éclater à cause de ma cousine Georgina.

Pendant l'été, comme chaque année, des ouvriers étaient venus de Belgique pour la moisson. Chez notre cousine Florentine, Félix et Casimir arrivaient régulièrement dès le mois de juin. Exceptionnellement, cette fois-ci, Félix n'était pas venu et avait envoyé, à sa place, son neveu François, un jeune homme de vingt-cinq ans qui, affirma Casimir, était habile et dur à la tâche.

Il avait en effet donné toute satisfaction. Il était naturellement gai, et s'était lié d'amitié avec beaucoup de gens dans le village. Pour une de ses chaussures, dont la semelle avait lâché, il était allé trouver mon oncle Alfred. Il avait ainsi fait la connaissance de Georgina. Je me souvenais qu'elle m'avait confié, à un moment, au cours de l'été, qu'elle le trouvait gentil, séduisant, aimable, souriant, serviable, et bien d'autres qualités. J'avais remarqué son sourire, ses yeux brillants d'enthousiasme, mais je n'y avais pas prêté davantage attention.

Georgina ne m'en parla plus, et j'oubliai ses paroles. Après l'arrachage des betteraves, en octobre, François et les autres ouvriers saisonniers repartirent en Belgique, promettant de revenir l'année suivante.

Georgina perdit sa joie de vivre. Elle, toujours bavarde et chaleureuse, pleine d'entrain, devint laconique, distante, triste et abattue. Je ne l'entendis plus chantonner comme elle le faisait auparavant, et si je lui demandais de me raconter une légende, elle refusait en protestant :

— Voyons, Mélanie, tu es trop grande maintenant.

Un soir du mois de décembre, nous nous apprêtions à nous mettre à table, mes parents et moi. Dans son berceau, mon petit frère s'était endormi tandis que je lui chantais, comme chaque soir, *Fais dodo Colas mon p'tit frère*. Dehors, le vent hurlait, la pluie tombait, violente et glaciale, cinglant les vitres de notre cuisine. Sur le feu qui chantait, ma mère avait fait réchauffer la soupe aux légumes. Mon père coupait le pain en tranches épaisses lorsque, soudain, Bobbi notre chien aboya. Ma mère tendit l'oreille :

— On dirait que quelqu'un arrive. Qui peut donc venir à cette heure-ci et par un temps pareil ?

La porte s'ouvrit, et ma cousine Georgina entra. Enveloppée dans sa vieille pèlerine, trempée, hagarde, elle offrait un spectacle pitoyable. Ma mère s'affola :

— Georgina ! Que se passe-t-il ? Ferme la porte et viens te sécher. Il est arrivé quelque chose ?

Ma cousine ôta sa pèlerine et s'approcha du feu. À la

lueur du *quinquet*, son visage prenait des reflets verdâtres, et je crus qu'elle allait se trouver mal.

— Quelqu'un est malade? insista ma mère. C'est Alfred? Ou Milien?

Georgina secoua la tête et se laissa tomber sur une chaise.

— Non, souffla-t-elle. Personne n'est malade. C'est simplement que...

La voix lui manqua, et elle se mit à sangloter, le visage dans les mains.

— C'est moi, hoqueta-t-elle, c'est moi qui... Oh, mon Dieu! Papa vient de me jeter dehors..

Il y eut un instant de stupéfaction. Ce fut mon père qui réagit le premier :

— Te jeter dehors? Toi? Mais... pourquoi?

Ma cousine montra un visage égaré et avoua abruptement :

— J'attends un enfant.

Il y eut un nouveau silence, fait cette fois d'ahurissement et de réprobation mêlés. Ma mère bégaya :

— Un enfant? Mais... mais... Georgina, ce n'est pas possible!

Ma cousine se remit à pleurer.

— Je n'avais pas l'intention de mal me conduire, ma tante. C'est simplement que... Eh bien, François et moi, on est tombés amoureux l'un de l'autre, dès qu'on s'est vus. Mais papa, lui, il n'a pas voulu en entendre parler. Dès mes premiers mots, il l'a condamné. « Un Belge, qu'il disait, un étranger! On ne sait pas d'où il vient, on ne connait même pas sa famille! » Il m'a interdit de le revoir.

— Et, bien sûr, tu as désobéi? suggéra ma mère, la voix sévère.

Georgina baissa la tête :

— Oui. Nous nous donnions rendez-vous, le soir, après sa journée, dans les champs, dans les chemins. Mais nous ne faisions rien de mal, ajouta-t-elle en se redressant vivement, dans un mouvement de fierté blessée.

— Si vous ne faisiez rien de mal, objecta mon père, d'où vient alors cet enfant que tu attends?

Les joues de ma cousine s'empourprèrent :

— Eh bien… C'est simplement que… le dernier soir… Il allait partir le lendemain, et nous étions si tristes… Nous n'allions plus nous voir… Alors… eh bien…

Elle cacha de nouveau son visage entre ses mains, sanglotant doucement, sans bruit, sans un mouvement. Le silence s'éternisa, troublé seulement par le feu qui ronflait et les rafales de vent et de pluie qui, dehors, semblaient redoubler. Mon père finit par bougonner :

— En voilà une catastrophe ! Te rends-tu compte de la honte que tu nous amènes, Georgina ? Il n'y a jamais rien eu à dire sur notre famille, et maintenant… Mon pauvre frère ! Lui qui n'a déjà plus sa femme, il n'avait pas besoin de ça !

Ma cousine écarta ses mains, eut un soupir malheureux :

— Il était furieux… Il m'a jetée dehors, à la rue, comme un chien…

Mon père eut un mouvement de colère :

— Eh ! Que diable ! Je le comprends ! Et qu'est-ce que tu vas faire, maintenant, hein ? Tu crois qu'on va te garder ici, peut-être ?

Georgina se redressa :

— Je vais aller rejoindre François dès demain. Je sais où il habite, il m'a donné son adresse. Il voulait que je parte avec lui, déjà, en octobre, alors que nous étions si tristes de nous quitter. J'ai refusé. Je ne voulais pas laisser papa, et Milien. Mais maintenant je n'hésite plus. Je sais qu'il sera heureux de m'accueillir. Et puis, j'ai eu vingt et un ans cet été, je suis majeure. Je l'épouserai même si papa s'y oppose.

Elle soupira de nouveau :

— De toute façon, tout ce que je ferai maintenant lui sera égal. Il me l'a dit. Il ne veut plus entendre parler de moi. Il m'a traitée de fille perdue, de traînée, de Marie-couche-toi-là…

Sa bouche trembla, ses yeux se remplirent de larmes. Ma mère intervint :

— Voilà ce que nous allons faire. Pour cette nuit, tu vas rester ici. Je te prêterai une chemise, tu dormiras avec

Mélanie. Demain matin, j'irai voir Alfred. J'essaierai de m'expliquer avec lui. Sa colère sera peut-être passée.

— Ça m'étonnerait ! coupa mon père, sourcils froncés. L'état de Georgina sera toujours le même, et connaissant mon frère comme je le connais...

Ma mère haussa les épaules avec impuissance :

— Vous, les hommes, vous êtes trop durs. Si Georgina avait encore eu sa mère pour la conseiller, tout ça ne serait peut-être pas arrivé.

Mon père eut un grognement de doute. Ma mère posa le *couët* [1] de soupe au milieu de la table.

— Mélanie, ajoute une assiette. Nous allons manger. On y verra peut-être un peu plus clair après.

J'obéis. Georgina prit place avec nous autour de la table. Ma mère dut la forcer à manger, et Georgina, d'une main tremblante, réussit à avaler quelques cuillerées de soupe. Peu à peu, son visage perdit sa pâleur, reprit une teinte normale. Elle accepta ensuite un peu de pain et de fromage blanc.

— Il est tout frais, dit ma mère. Je l'ai fait ce matin. Allez, mange. Puisque c'est ainsi, il faut accepter la situation, et nourrir ton enfant. Tu dois manger pour deux, Georgina.

Ma cousine eut un sourire tremblant, et pour la première fois depuis son arrivée, je vis un peu d'espoir éclairer son visage.

Moi, je ne disais rien. À onze ans, je n'étais pas autorisée à parler à table, ou à m'intégrer à une conversation d'adultes. Mais je me posais des questions. Que signifiait tout ceci ? Je ne comprenais pas bien pourquoi mon oncle Alfred avait chassé Georgina de chez lui. Elle avait dit qu'elle attendait un enfant. Allait-elle devoir, elle aussi, se rendre à l'endroit où on les achetait, et en ramener un, comme ma mère l'avait fait pour mon petit frère ?

Après le repas, mes parents m'envoyèrent me coucher. Ma mère m'accompagna, plaça l'habituelle brique chaude au fond de mon lit froid, me borda, m'embrassa sur le front.

1. *Couët :* fait-tout.

— Dors, Mélanie. Georgina viendra bientôt.

Elle s'en alla, emportant le *quinquet*, me laissant dans l'obscurité. Dehors, le vent hurlait toujours, et la pluie cinglait les vitres de rageuses et violentes rafales. Blottie dans mon lit, les yeux ouverts, j'attendais. J'étais contente que Georgina vînt dormir avec moi. Depuis la naissance de mon petit frère, mes cauchemars avaient tendance à s'espacer, et les monstres hantaient de moins en moins souvent mon sommeil. Cette nuit, avec Georgina, ils ne viendraient pas.

Je l'entendis discuter longuement avec mes parents, mais je ne comprenais pas leurs paroles. Lorsqu'elle arriva enfin, j'étais presque endormie. Elle se glissa dans le lit avec précaution, et je me réveillai aussitôt.

— Georgina, chuchotai-je. Enfin !

— Il est tard, répondit-elle sur le même ton. Il faut dormir.

Elle se coucha contre moi, et je reculai mes pieds pour lui laisser un morceau de brique chaude. Je tâtonnai sous les draps, lui pris la main :

— Georgina, dis-je avec une joie sincère, je suis contente que tu sois là. J'aime bien être avec toi.

Elle serra ma main, tout en remarquant d'une voix tremblante :

— Moi aussi, Mélanie. Mais j'aurais préféré que ce soit dans d'autres circonstances.

Je savais qu'avec ma cousine je pouvais parler librement. Aussi, j'osai poser les questions qui me brûlaient les lèvres :

— Qu'est-ce que ça veut dire, Georgina ? Que se passe-t-il exactement ? Pourquoi dois-tu partir ?

Elle eut un long soupir :

— Je vais essayer de t'expliquer, dans la mesure du possible... Je vais aller rejoindre François, parce que je l'aime. Nous nous marierons, et dans quelques mois j'irai acheter un bébé. Tu viendras le voir avec tes parents, s'ils sont d'accord.

— Mais... pourquoi mon oncle Alfred t'a-t-il chassée ?

— Il n'est pas content parce que... eh bien... Comment te dire? Il aurait fallu que j'attende d'être mariée pour faire ce que j'ai fait avec François, et...

Elle se tut. Mon incompréhension me poussa à demander :

— Et c'est quoi, ce que tu as fait, Georgina?

— Eh bien... vois-tu, lorsqu'on est marié, pour avoir un bébé, avant d'aller l'acheter, il faut faire une certaine chose... Je ne peux pas te dire exactement ce que c'est, tu es encore trop jeune pour comprendre...

Je suppliai avec ardeur :

— Oh si! Dis-le-moi, Georgina! Qu'est-ce que c'est?

— C'est impossible à expliquer. C'est une chose qu'un homme et une femme font lorsqu'ils s'aiment. Mais si on fait ça avant d'être mariée, c'est un péché. C'est pour ça que papa est en colère. Plus tard, Mélanie, n'agis pas comme moi. Attends d'être mariée, même si tu es très amoureuse.

Je ne comprenais pas bien, et j'eus envie d'insister. Mais ma cousine continua :

— Tu demanderas à ta mère qu'elle t'explique, le moment venu. Et tu suivras ses conseils. Moi, c'est ce que je n'ai pas pu faire, malheureusement...

Elle sembla réfléchir un instant, puis reprit :

— Il y a une chose que je peux te dire, pourtant. À mon avis, il vaut mieux que tu sois prévenue. Moi, je ne l'étais pas. Bien sûr, il n'y avait personne pour le faire. Et je ne sais pas si ma tante Henriette a l'intention de t'en parler. Bien souvent, on ne parle pas de cette chose-là, on attend qu'elle arrive, tout simplement.

Je comprenais de moins en moins. Je m'inquiétai :

— Que veux-tu dire, Georgina?

Lentement, comme si elle choisissait ses mots avec soin, elle m'expliqua alors comment une petite fille devient une jeune fille, et pour la première fois j'entendis parler de cet écoulement sanguin qui, chaque mois, viendrait perturber mon corps. À l'étonnement que je ressentis se mêla un peu d'effroi. Georgina serra de nouveau ma main dans la sienne pour me rassurer :

— N'aie pas peur, Mélanie. C'est une chose naturelle. On ne peut pas l'empêcher. Ça arrive à toutes les filles.

— C'est arrivé à toi aussi, Georgina ? Et à maman ?

— Oui. À toutes.

Je ne dis plus rien, essayant de digérer cette information surprenante. Il me revint à l'esprit un détail. La dernière fois où j'étais allée chez Georgina, j'avais remarqué que Follette, la chienne, laissait tomber sous elle quelques gouttes de sang. J'avais demandé si elle s'était blessée. Je rappelai la scène à ma cousine.

— Eh bien, c'était ça, approuva-t-elle. Tu l'as certainement déjà vu chez les femelles des animaux.

— Peut-être, admis-je. Mais je ne pensais pas que c'était la même chose pour nous.

— Mais si, c'est comme ça.

J'avais envie de poser d'autres questions, mais ma cousine se mit à bâiller longuement :

— Quelle soirée ! Je suis épuisée. Il faut dormir, maintenant, Mélanie. Il est tard.

Je n'osai pas insister. Bientôt, le souffle régulier de ma cousine m'apprit qu'elle s'était endormie. J'eus vers elle un élan de tendresse et de reconnaissance. Elle s'occupait de moi, elle prenait la peine de m'expliquer ce que je ne savais pas, elle ne voulait pas que je connaisse, plus tard, la situation qui était la sienne actuellement. Je pensai qu'elle allait partir le lendemain, et le cœur serré, je compris que j'allais perdre une amie.

Le lendemain, lorsque je m'éveillai, Georgina était déjà levée. Je la retrouvai dans la cuisine, où elle buvait un bol de lait chaud.

— Je vais aller voir Alfred, lui disait ma mère. Toi, tu attendras ici que je revienne.

— Il m'a chassée, ma tante. Il ne voudra plus de moi. De toute façon, je suis bien décidée : je vais aller rejoindre François.

— Même dans ce cas, tu ne peux pas partir comme tu es. Je te rapporterai tes vêtements, ton sac, ton chapeau, et puis un peu de linge.

Je me sentais triste. Ma cousine Georgina allait partir en Belgique — très loin — et je ne la verrais plus. J'avais envie de lui dire de rester. Ne pourrait-elle pas vivre avec nous ? Elle aiderait ma mère à la ferme, et moi, j'aurais une grande sœur. Mon idée me parut si excellente que je ne pus m'empêcher de l'exposer à Georgina. Elle sourit et secoua la tête :

— Tu es gentille, Mélanie, mais ma décision est prise. Je vais aller vivre avec François. C'est là qu'est ma place, maintenant. Mon bébé aura besoin de son père.

Ma mère sembla hésiter, se mordit les lèvres, puis demanda :

— Mais... es-tu sûre que François... heu... qu'il acceptera ta venue ?

Le visage de ma cousine sembla s'illuminer, et elle eut un sourire joyeux :

— Oh oui, ma tante, j'en suis sûre ! D'ailleurs, si je l'avais écouté, je serais déjà auprès de lui en ce moment. Il voulait m'emmener avec lui.

Je dus aller à l'école, et les trois heures que j'y passai me parurent bien longues. Lorsque je revins, à midi, ma cousine, debout dans la cuisine, semblait prête à partir. Elle avait revêtu sa robe des dimanches, sa veste noire, elle avait mis ses bottines, son chapeau.

— Georgina ! m'écriai-je. Tu t'en vas ?

— Oui, Mélanie.

Elle se tourna vers mon petit frère, assis dans son *cadot*, lui caressa les cheveux :

— Au revoir, mon petit Georges. À bientôt, je l'espère. Sois sage, mon enfant.

Elle embrassa ma mère, la remercia avec émotion :

— Je ne sais pas ce que j'aurais fait sans vous hier soir. Je n'oublierai jamais, ma tante. Je vous écrirai. Et j'espère que vous viendrez voir mon enfant, lorsqu'il sera né.

— Oui, oui, dit ma mère, les yeux humides. Au revoir, Georgina. Porte-toi bien. Et donne-nous de tes nouvelles.

Ma cousine se tourna vers moi. Dans un mouvement impulsif, je lui pris la main.

— Maman, est-ce que je peux accompagner Georgina un peu ?

— Oui, mais pas trop longtemps.

Heureuse de cette acceptation, je promis de revenir le

plus rapidement possible, en courant s'il le fallait. Je sortis avec Georgina, portant le sac contenant son linge. Nous marchions vite. Le temps était plus doux, le vent et la pluie avaient cessé.

— Je ne te verrai plus, Georgina ? Tu vas me manquer. Je t'aime beaucoup, tu sais.

— Je t'écrirai, Mélanie. Et puis, tu viendras me voir avec tes parents. Nous aurons encore beaucoup d'occasions de nous rencontrer, je l'espère.

— Mais ça ne sera plus pareil...

Ma cousine hocha la tête, et ses doux yeux bruns prirent une expression pensive :

— Non, ce ne sera plus pareil. Mais c'est comme ça, Mélanie. Il faut l'accepter.

Je compris alors que, malgré sa tristesse, elle était heureuse de s'en aller vers sa nouvelle vie. Elle partait rejoindre celui qu'elle aimait, et son allure décidée, son pas allègre, faisaient oublier son visage aux traits tirés. Un court instant, d'une manière confuse, je lui en voulus d'être heureuse de me quitter. Comme notre maison était la dernière du village, nous nous étions trouvées rapidement dans les *voyettes*, et Georgina me dit avec soulagement :

— Je préfère qu'on ne m'ait pas vue partir. Les gens vont jaser lorsqu'ils sauront... Ils ne vont pas se gêner pour critiquer ma conduite et pour me salir. Ne les écoute pas, Mélanie. Quoi que tu puisses entendre sur moi, garde-moi toujours ton affection.

Je promis énergiquement. Ma cousine s'arrêta :

— Nous allons nous quitter ici. Il est temps que tu retournes chez toi. Au revoir, ma petite Mélanie... Tu es une brave enfant, et je t'aime bien. Continue à bien te conduire, à aimer ton petit frère et tes parents. Embrasse très fort Milien pour moi, je n'ai pas pu le faire moi-même... Dis-lui que je ne l'oublie pas, et que je l'aime toujours.

Elle se tut un instant. Puis, avec un soupir, elle reprit :

— Et quand tu verras ton oncle Alfred, demande-lui pardon de ma part. Dis-lui que je suis désolée de lui faire de la peine. Pourtant, termina-t-elle plus bas, je ne regrette pas d'avoir agi comme je l'ai fait avec François, car j'ai agi par amour. Uniquement par amour. Tu le lui diras, hein, Mélanie? Peut-être acceptera-t-il de comprendre?...

Elle se pencha pour m'embrasser, et j'entourai son cou de mes bras.

— Au revoir, Georgina, dis-je d'une voix tremblante. Au revoir.

— Ne m'oublie pas, Mélanie. Je t'écrirai. Et toi, tu me répondras, hein? Tu me donneras des nouvelles de tout le monde, de papa, de Milien...

Le cœur gros, je fis un signe d'acquiescement. Elle s'en alla, droite, décidée, d'un pas résolu. Un long moment, je la regardai s'éloigner. Je criai :

— Au revoir, Georgina!

Elle se retourna, et, les deux mains occupées par ses bagages, me fit un signe de tête. Alors je me détournai et revins en courant jusqu'à la maison, retenant avec peine une forte envie de pleurer.

3

Comme l'avait prévu Georgina, son départ fit jaser tout le village. Mon oncle Alfred, blessé dans son amour-propre et furieux d'entendre les commérages, répétait avec colère qu'il n'avait plus de fille. Il ne lui pardonnait pas la façon dont elle s'était conduite, et ne regrettait pas de l'avoir jetée hors de chez lui. Mon père le comprenait.

— Alfred est comme moi, disait-il. Pauvre, mais fier. Notre père nous a appris à bien nous conduire en toutes circonstances, de façon à ne jamais nous attirer de critiques. Et, jusqu'ici, on ne pouvait rien dire sur notre famille. Georgina a démoli notre réputation. Je comprends qu'il lui en veuille.

Ma mère secouait la tête, soupirait, ne répondait pas.

Quelques semaines passèrent et puis, un matin de février, Amédée, le facteur, nous apporta une lettre de Belgique. Je reconnus l'écriture de Georgina. Elle nous écrivait qu'elle était chez son François, qu'ils venaient de se marier, qu'elle attendait son bébé et qu'ils étaient heureux. Ma mère poussa un soupir de soulagement, et mon père émit, pour tout commentaire, un grognement inexpressif.

Georgina avait envoyé une lettre semblable à son père et à son frère. Mon cousin Milien nous raconta qu'oncle Alfred avait refusé de la lire.

— Elle s'est mal conduite, elle n'est plus ma fille, avait-il déclaré une fois de plus. Je ne veux plus entendre parler d'elle.

— J'ai essayé de plaider sa cause, nous dit Milien. Mais il n'a pas voulu m'écouter. Il s'est fâché, il m'a ordonné de me taire. Et pourtant, après, je l'ai surpris en train de pleurer. Il s'est détourné très vite, mais je l'ai bien vu.

— Les hommes sont stupides, commenta ma mère. Le sens de l'honneur ou du devoir doit-il être plus fort que l'amour ?

Georgina avait indiqué son adresse, et nous lui répondîmes. J'écrivis une longue page dans laquelle je parlais de ma vie, de mon petit frère, et du regret que j'avais de ne plus la voir. Milien, à qui oncle Alfred avait interdit de répondre, ajouta quelques lignes au bas de ma feuille, afin de donner de ses nouvelles et de dire que sa sœur lui manquait. Le lendemain, en allant à l'école, je mis la lettre à la poste, heureuse de penser à la joie de Georgina lorsqu'elle la recevrait.

***

J'entrai dans ma douzième année. Mon cousin Léon venait d'avoir seize ans. L'adolescence le rendait encore plus laid, lui donnant, par moments, une voix de fausset ridicule, et couvrant son visage rougeaud de boutons d'acné. Avec surprise, je constatais que, lorsque nous nous trouvions ensemble, il semblait gêné par ma présence. Il détournait son visage, ce qui m'évitait le spectacle de sa cicatrice et de son œil globuleux, et il ne venait plus, comme avant, m'offrir de menus cadeaux dont je n'avais que faire. Il me parlait à peine, et son embarras, lorsqu'il m'embrassait pour me dire bonjour, à la fois m'amusait et m'étonnait. Lui, toujours décidé et fanfaron, se comportait avec maladresse et évitait mon regard. Je ne cherchai pas à comprendre son changement d'attitude, trop heureuse de ne plus avoir à supporter sa présence qui, bien souvent, m'avait importunée.

À la fin de l'année scolaire, je passai mon certificat d'études, et mon soulagement fut grand lorsque j'appris que j'étais reçue.

— Maintenant, plus d'école, me dit ma mère. Tu as douze ans, il est temps que tu m'aides à la ferme. Tu verras que ce n'est pas le travail qui manque.

Et ainsi, dès le lendemain matin, après avoir bu avec mes parents une tasse de café, je suivis ma mère dans l'étable pour la traite des vaches. Je n'étais pas entièrement novice, je l'avais déjà fait, occasionnellement, de temps à autre. Au tout début, ma maladresse avait rebuté Noiraude qui, habituée aux mains expertes de ma mère, avait «retenu» son lait. Mais, à partir du moment où je fis ce travail tous les matins, je devins vite adroite, moi aussi.

Nous arrivions, ma mère et moi, avec nos seaux à lait parfaitement nettoyés. Nos vaches nous attendaient, et saluaient notre venue par des beuglements, impatientes d'être débarrassées du lait qui gonflait leurs pis. Ma mère, avant de traire, lavait les pis à l'eau tiède, afin de les nettoyer d'éventuelles éclaboussures de bouse. Puis elle prenait Rosalie et Noiraude, tandis que je m'occupais de Carmen et de Charmante, plus dociles. Assise sur le tabouret de bois, la tête dans le flanc de l'animal, je m'appliquais à ma tâche, tandis que le lait tiède jaillissait en longs jets mousseux. Je préférais faire ce travail l'hiver, car l'été, pour chasser les mouches qui les harcelaient, les vaches donnaient de grands coups de queue, et il m'arrivait bien souvent d'en recevoir un ou plusieurs sur la tête.

Dès que nous avions terminé la traite, nous nous empressions de filtrer le lait pendant qu'il était chaud. Nous le séparions ensuite en deux parties : l'une pour notre consommation et celle de nos clients, l'autre pour la préparation de la crème en prévision du beurre.

À cet effet, nous avions pour l'écrémage de grandes coupes en grès vernissé, que nous appelions des *telles*. Nous versions le lait dans ces coupes, afin de laisser remonter la crème jusqu'au lendemain.

— Il faut environ dix litres de lait pour un litre de crème, disait ma mère.

C'était à moi, ensuite, qu'incombait le soin de séparer la crème du lait. De mon doigt placé sur le bec verseur de la *telle*, je retenais la crème pendant que s'écoulait le petit-lait. Puis je la versais dans le pot à maturation où elle attendrait d'être battue et transformée en beurre.

Pendant ce temps, ma mère retournait à l'étable donner les betteraves aux vaches. Elle ouvrait le poulailler, libérant nos poules qui se précipitaient sur le fumier où elles se mettaient à picorer. C'était ma mère encore qui jetait le grain en pluie, tandis qu'elles se bousculaient pour en récolter la plus grande part.

Ensuite, ma mère rentrait, levait mon petit frère, l'habillait. À trois ans, il était vif, remuant, curieux de tout. Dès qu'il était là, la journée me paraissait plus vivante, plus gaie. Après avoir pris notre petit déjeuner, lait frais bouilli, pain et beurre, je l'emmenais avec moi et nous allions nourrir les lapins. Comme je l'avais fait avec mon grand-père, Georges s'amusait de les voir froncer le nez et engloutir les fanes de carottes qu'il leur tendait. Nous allions également donner leur pâtée aux cochons, porter à boire au veau que l'on engraissait chaque année. Nous le regardions avec attendrissement aspirer goulûment le contenu du seau de lait que je lui présentais, et Georges tendait ses petites mains pour le caresser. Puis nous ramassions les œufs, que nous rapportions avec précaution dans un panier garni de paille. Et, avec mon frère qui s'émerveillait de tout, ces occupations ne prenaient jamais l'allure de corvées.

Une fois par semaine, il fallait faire le beurre, que ma mère allait vendre au marché tous les samedis. Je recueillais la crème, que je versais dans un pot de grès assez haut, et, à la main, avec un battoir, sorte de manche armé d'un disque de bois percé de trous que nous appelions « baterlot », je battais la crème. C'était un travail fastidieux qui, à mes douze ans, semblait bien souvent interminable. Je devais agiter verticalement le battoir, et c'était ce va-et-vient qui, à la longue, transformait la crème en beurre. Je me sentais récompensée lorsque je voyais se former les premiers grains de beurre. Ma mère venait vérifier, et lorsqu'elle jugeait le grain assez gros, de la taille d'un grain de blé environ, elle me disait d'arrêter.

C'était elle qui prenait le relais, qui malaxait le beurre afin de le rendre homogène, qui le lavait, le salait, le tassait dans les moules en bois qu'elle avait, au préalable, soigneusement lavés à l'eau bouillante. Lorsqu'elle les démoulait ensuite, mon frère et moi ne manquions jamais d'admirer la vache qui apparaissait en relief sur le dessus de chaque livre de beurre.

Le babeurre servait pour la nourriture des cochons. Nous gardions toujours un peu de lait battu pour mon père, qui le buvait sucré avec de la cassonade. Quant à moi, ma récompense était le fromage blanc, que ma mère m'apprit à faire. Il suffisait de mettre du lait écrémé dans une casserole, sur un coin du poêle, et de le laisser se coaguler. Il fallait alors l'égoutter dans un tamis recouvert d'une étamine. Ensuite, on pouvait, au choix, le saler, le poivrer, y ajouter de l'ail, du persil haché très fin, de la ciboulette… C'était un véritable régal, et, moi qui n'étais pas spécialement gourmande, je me réjouissais à l'avance lorsque je savais que, après la soupe ou les pommes de terre, je pourrais manger une grande tartine de ce délicieux fromage blanc que j'avais fabriqué et assaisonné moi-même.

Tous les dix jours environ, plus ou moins selon nos besoins et notre appétit, ma mère faisait le pain. Elle pétrissait la pâte, qu'elle plaçait dans des paniers de paille tressée recouverts d'un linge propre pour la faire lever. Elle confectionnait plusieurs boules de pain à peu près identiques, puis elle s'occupait du four. Elle le chauffait avec des fagots préparés à cet effet, jusqu'à ce que la voûte devienne toute blanche. C'était à moi alors de ramasser les braises avec un grattoir que l'on appelait *fourcon*, en faisant bien attention à ne pas me brûler. Avec un sac mouillé, je nettoyais rapidement le four, et ma mère, à l'aide d'une pelle à tarte, y plaçait les pains, sur les briques qui les attendaient.

Mon petit frère aimait assister à cette opération. Car sur le devant du four, ma mère n'oubliait jamais de mettre à cuire deux ou trois *flamiques*. L'une pour mon oncle

Alfred et mon cousin Milien, une autre parfois pour notre cousine Florentine, et la dernière pour nous. Nous attendions cette patisserie avec impatience : ma mère l'ouvrait en deux, encore tiède, et tartinait l'intérieur de beurre et de cassonade. C'était délicieux; Georges en raffolait. Lorsqu'il se montrait désobéissant, il suffisait de le menacer d'être privé de *flamique* pour qu'il redevînt immédiatement raisonnable.

Lorsque ma mère jugeait la cuisson des pains suffisante, elle les sortait du four. De son doigt replié, elle frappait le dessus des croûtes.

— Écoute, Mélanie, me disait-elle. Tu entends? Le pain bien cuit doit produire un son clair, comme ceci.

J'écoutais, et j'apprenais. Moi aussi, plus tard, j'aurais à faire le pain et à en vérifier la cuisson.

Au début, le premier jour surtout, le pain était frais, doré, croustillant. Puis, à mesure que les jours passaient, ceux que l'on gardait à la cave devenaient de plus en plus rassis, prenaient une consistance pâteuse, et, à la fin, il nous arrivait de les découvrir parfois légèrement moisis. Mais il ne fallait rien gaspiller. Mon frère et moi devions manger jusqu'à la dernière miette les tartines que mon père nous donnait. Georges, qui boudait quelquefois le pain rassis, en repoussait les croûtes, s'attirant immédiatement les reproches de mon père;

— Mange, Georges. Jeter du pain est un péché.

— Les croûtes, c'est le meilleur, ajoutait ma mère. Elles donnent du sang.

Sans bien comprendre ce que signifiait cette phrase, nous nous efforcions de mâcher les croûtes devenues dures et peu appétissantes. Aussi, souvent, pour nous aider à mieux les accepter, ma mère, pour le repas du soir, préparait une panade; dans chacune de nos assiettées de soupe, mon père ensuite cassait un œuf, et mélangeait le tout en affirmant que c'était très nourrissant. Ou bien encore, ma mère confectionnait du *pain perdu*, que mon frère et moi appréciions beaucoup, car le pain dur et rassis, trempé dans du lait et des œufs battus, puis doré à la poêle et sucré de cassonade, devenait alors un repas délicieux.

Lorsqu'il travaillait dans les champs, mon père partait, en début d'après-midi, avec des tranches de pain tartinées de beurre ou de fromage, qu'il emportait dans sa musette. C'était son goûter. Parfois, il rapportait, le soir, une tartine qu'il posait sur la table.

— Tenez, les enfants, disait-il. Voici du *pain d'alouette.*

Ma mère partageait la tartine en deux parts, et Georges et moi nous nous régalions de ce pain auquel nous trouvions un inhabituel goût de noisette. Et, en le mangeant, je pensais qu'il avait récolté ce goût particulier grâce à son séjour dans les champs, et qu'il devait sans doute son nom au fait qu'il avait passé de longues heures en compagnie des alouettes.

J'appris à vivre, comme mes parents, au rythme du travail de la terre et du cycle des saisons. Certaines tâches m'étaient déjà familières, comme celle qui consistait à mener les vaches en pâture dès le printemps. Je les y conduisais le matin, j'allais les rechercher le soir. Dociles, elles m'obéissaient, et je n'avais pas besoin de me servir de mon bâton pour les ramener à l'ordre. Lorsque nous arrivions à la ferme, elles entraient dans la cour, l'une derrière l'autre pénétraient dans l'étable et, d'elles-mêmes, sagement, se rangeaient à la place qui était la leur.

En ce qui concernait le travail des champs, j'avais déjà participé à la moisson, que nous appelions *l'a-oût.* Avec Sylvestre, l'ouvrier de cousine Florentine, mon père coupait le blé à l'aide d'un «piquet», outil composé de deux pièces : un crochet et une petite faux.

Avec le crochet, qu'il tenait de la main gauche, il rassemblait les épis; avec la faux, il les coupait, bien bas, pour ne laisser ni paille ni herbe, et il les déposait près de lui. Mon père excellait dans ce travail, et dans le village il avait la réputation d'être le meilleur *piqueteux*, ce qui le rendait très fier. Derrière eux, avec ma mère, je liais les épis en bottes, qu'il fallait placer en monts selon un ordre bien établi, en veillant en même temps à ce que ces monts fussent alignés, l'un à la suite de l'autre, de façon impeccable.

C'était parfois pénible, surtout à cause de la chaleur. Sous le soleil implacable, malgré la protection d'un large chapeau de paille, je souffrais en silence. La sueur coulait sur mon front, me piquait les yeux, collait contre ma peau ma chemise et ma robe de toile. Je lançais de temps en temps un regard à ma mère. Elle aussi avait le visage luisant de transpiration, mais elle travaillait sans se plaindre. Alors je serrais les dents et je m'efforçais de l'imiter.

Heureusement, il y avait la halte bienvenue du goûter, que nous mangions à l'ombre, et la satisfaction, le soir, du travail accompli, lorsque nous prenions le frais sur le banc dehors, laissant la fatigue de la journée engourdir nos membres et notre corps.

Lorsque le blé était rentré, mon père le battait au fléau. Avec mon frère, ensuite, grâce à un *van* en paille tressée, je triais le grain afin de le séparer de la courte-paille. Celle-ci, légère, voletait autour de nous, accompagnée d'une poussière qui nous faisait éternuer. Mais il fallait la récupérer ; mêlée aux betteraves, elle servirait à nourrir les vaches pendant l'hiver.

La récolte des pommes de terre amenait également, à ma mère et à moi, un travail supplémentaire. Nous allions les ramasser, et les longues heures passées le dos courbé, penchées vers le sol, laissaient tout le corps douloureux. Mon père déversait ensuite les paniers dans la grange, et après avoir attendu que les pommes de terre aient *jeté leurs feux*, ma mère et moi devions les trier, les mettre en sac, les peser. C'était une tâche plus facile, et mon petit frère nous aidait. Il fallait mettre de côté les pommes de terre impropres à la consommation, coupées par inadvertance, que nous utiliserions pour la pâtée des cochons. Georges s'appliquait, vérifiait chacune d'elles avec soin. Parfois, quelques-unes avaient une forme particulière. Il les brandissait alors comme un trophée :

— Regarde, Mélanie, celle-ci, comme elle est drôle !

Pendant une minute ou deux, sans pour autant cesser mon travail, je cherchais, avec lui, à lui donner une forme d'animal, comme nous le faisions parfois avec les nuages. Grâce à la présence de Georges, là aussi, cette occupation monotone me paraissait plus agréable, et devenait presque un divertissement.

Le fait de participer activement aux différentes besognes de la ferme m'incitait à partager les soucis de mes parents. Je m'inquiétais lorsque mon père déclarait que la pluie allait gâter notre récolte ou que la gelée risquait de détruire les nouvelles pousses. Je retenais que, après les labours de l'automne, le blé devait être semé pour la Saint-Éloi. J'aimais regarder mon père, vêtu de son tablier à grande poche, semer à la volée. Avec la main droite, au moment précis où il avançait le pied droit, il lançait, d'un geste large du bras, indéfiniment répété et transmis de génération en génération, le grain qui s'éparpillait en un éventail gracieux.

C'était mon père encore qui semait l'avoine en février, et ensuite, en mars, les betteraves. Il se plaisait à répéter :

— Avoine de février remplit le grenier. Quant aux pommes de terre, elles doivent être plantées au plus tard pour la Saint-Joseph, le dix-neuf mars.

Dans les champs, je devais encore *démarier* les betteraves, derrière mon père qui donnait un coup de *rasette.* Lorsque la terre était sèche, je préférais travailler à genoux afin d'éviter la position courbée trop pénible. Et, avant la moisson, dans les blés, c'était à moi qu'incombait la responsabilité d'arracher les ordures et de couper les chardons entre les épis. Là aussi, bien souvent, je souffrais de la chaleur, et les chardons me piquaient les mains et les jambes. Mais, comme j'étais seule, et qu'il n'y avait pas, comme pendant la moisson, un rythme à suivre et à respecter, je m'arrêtais de temps en temps, je levais les yeux vers le ciel bleu, je regardais les alouettes monter de plus en plus haut, et je les écoutais chanter.

***

Ma cousine Georgina écrivait de temps en temps. Une de ses lettres nous annonça la naissance d'une fille, que François et elle avaient prénommée Marie-Henriette, en honneur à la défunte reine des Belges. Elle nous invitait à aller leur rendre visite afin de faire la connaissance de son enfant. Elle terminait sa lettre en disant qu'elle était très heureuse avec son mari et son bébé, et que seul l'entêtement de son père lui était une cause de tristesse.

Ma mère reposa la lettre sur la table.

— Tu lui écriras que nous ne pouvons pas y aller, Mélanie. Elle comprendra que nous ne pouvons pas nous absenter. Qui s'occuperait des bêtes ?

Malgré ma déception, je dus convenir que ma mère avait raison. Tous les jours, il fallait nourrir les animaux et traire les vaches. Il était impossible de les laisser et de partir, même pour un voyage d'un jour ou deux.

— Et puis, ajouta mon père, je ne veux pas contrarier Alfred. Si nous allions voir Georgina, il ressentirait cela comme un affront.

Ma mère hocha la tête avec réprobation :

— Il ne veut toujours pas entendre parler de sa fille, et pourtant, maintenant, tout est rentré dans l'ordre. Elle est mariée et heureuse. Il pourrait pardonner, non ?

— Ça n'efface pas qu'elle s'est mal conduite, répliqua mon père d'un ton bref. Alfred a été blessé dans son honneur. Je le comprends.

Ma mère renonça à discuter, ce qu'elle faisait chaque fois que ce sujet l'opposait à mon père. Je fis la lettre le lendemain, annonçant avec regret à Georgina que nous ne pourrions répondre favorablement à son invitation, à cause du travail de la ferme. Je ne parlai pas de l'obstination d'oncle Alfred, qui refusait d'entendre toute allusion à sa petite-fille.

***

Ainsi, les mois passaient, se succédaient, formaient des années. Mon petit frère eut quatre ans, cinq ans, six ans. Il entra à l'école, apprit à lire et à écrire. Le soir, lorsqu'il faisait ses devoirs, je le regardais s'appliquer, je l'aidais si quelque difficulté l'arrêtait. Je lui faisais réciter ses leçons, et je me souvenais, avec nostalgie, du temps où mon grand-père agissait de la même façon envers moi.

Je devenais une jeune fille. Je regardais avec une sorte de plaisir craintif mon corps se transformer. Je voyais, dans le miroir de la cuisine, mon visage perdre les rondeurs de l'enfance, devenir progressivement celui d'une femme. J'aimais brosser chaque soir mes longs cheveux, bruns et épais, que dans la journée je relevais en chignon. L'admiration naïve de Georges me faisait plaisir.

— Qu'ils sont beaux, tes cheveux, Mélanie ! Qu'ils sont longs ! Ils arrivent au milieu de ton dos !

Je me découvris des désirs de coquetterie, et lorsque venait Corentin, le colporteur qui passait régulièrement dans le village, je regardais avec envie tout ce qu'il nous proposait. Parfois, ma mère, pour me faire plaisir, achetait un ruban, que je cousais à mon chapeau, ou une pièce de tissu pour me confectionner un corsage.

— Tu grandis, me disait-elle. Ton ancien corsage est devenu trop étroit. Chaque fois que tu le mets, j'ai l'impression qu'il va craquer.

Son excuse était valable, mais je voyais bien, à son regard et à son sourire, qu'elle était heureuse de me gâter un peu.

Un jour où je me trouvais seule avec ma cousine Florentine, celle-ci remarqua :

— Tu deviens une belle fille, Mélanie. Tu as seize ans maintenant. As-tu déjà un prétendant, parmi les garçons du village ?

J'éclatai de rire :

— Non, Florentine. Je n'y pense pas.

C'était vrai. Les garçons du village, je les connaissais depuis toujours, et aucun ne m'attirait particulièrement. Avec mon amie Clarisse, nous nous intéressions à eux pour rire de leurs défauts : Florent, le fils du cabaretier, avait une voix aiguë qui contrastait de façon comique avec sa stature imposante ; Gabriel, le fils du charron, clignait des yeux dès qu'il se mettait à parler à quelqu'un ; quant à mon cousin Léon, c'était de lui que nous nous moquions le plus, à cause de son œil globuleux. Ce n'était pas charitable, et j'éprouvais parfois quelques remords. Mais je ne l'aimais pas. Il venait d'avoir vingt ans, et sa timidité d'adolescent n'était plus qu'un souvenir. Maintenant, lorsqu'il se trouvait en ma présence, au lieu de se détourner avec embarras, il me suivait d'un regard appuyé qui me mettait mal à l'aise. Son caractère violent, également, me rebutait. L'année précédente, nous avions adopté un chiot pour remplacer Bobbi qui venait de mourir. Le nouvel arrivant, que nous avions baptisé Toutou, n'avait alors que trois mois et ne pensait qu'à jouer. Il s'était jeté sur le pied de Léon et avait commencé à grignoter le bas de son pantalon. Mon cousin s'était exclamé, avec colère :

— Fous le camp, sale bête !

Et il s'était débarrassé du chien d'un coup de pied si violent que le pauvre animal, en criant de douleur, avait été projeté à plusieurs mètres. J'avais traité mon cousin de brute, et il ne m'avait pas répondu, mais je n'avais pas aimé le regard qu'il m'avait lancé.

— Même si tu n'y penses pas, reprit Florentine, il peut y en avoir certains que tu intéresses... Je me demande même si mon Léon... il ne m'a rien dit, bien sûr, mais...

Je regardai Florentine avec effarement :

— Léon ? Mon Dieu ! C'est bien le dernier dont je voudrais !

Ma cousine prit un air blessé :

— Ne dis pas ça, Mélanie, tu me fais de la peine. Ce n'est pas parce qu'il a cette cicatrice qu'il faut le repousser. Il n'y peut rien, tu sais. Au contraire, il en souffre. Et il n'y a pas que l'apparence qui compte. Toutes les filles se détournent de lui. Elles ont tort, elles devraient plutôt voir que c'est un garçon courageux, qui n'a pas peur de l'ouvrage.

— Peut-être, dis-je plus sèchement que je ne l'aurais voulu. Mais il ne m'intéresse pas.

Florentine n'insista pas, et je ne pensai plus à notre conversation.

Peu de temps après eut lieu le conseil de révision, et Léon, à cause de son œil borgne, fut réformé. Les autres jeunes gens revinrent, ornés de banderoles tricolores et de rubans où se lisait : « bon pour le service ». Ils défilèrent joyeusement dans les rues en chantant, tandis que Léon, humilié, courait s'enfermer chez lui.

— Ils se sont moqués de lui, nous rapporta Florentine. Ils lui ont dit qu'il n'était pas un homme, et d'autres choses que je n'oserais pas répéter. Ils ne l'ont pas fait par méchanceté, ils avaient bu un coup de trop. Mais mon Léon a été si malheureux! C'est bien simple, il en a pleuré.

Cette dernière phrase ne manqua pas de m'étonner. Il était vrai que ne pas être déclaré «bon pour le service» était considéré comme une tare, presque un déshonneur. Mais je n'avais jamais imaginé que Léon pût pleurer. Un court instant, j'eus pitié de lui. Lorsque je le rencontrai, quelques jours plus tard, j'étais prête à le regarder d'un œil différent, et même à lui montrer de la sympathie. Mais il se comporta comme d'habitude, me lorgnant de haut en bas avec cette expression qui me déplaisait, et l'image d'un Léon en larmes disparut à tout jamais de mon esprit.

Ma cousine Florentine fit encore, de temps à autre, quelques allusions, en insistant sur le fait que Léon était dur au travail, fort comme un taureau, qu'il ne buvait pratiquement pas, et que celle qui voudrait bien de lui malgré son infirmité n'aurait pas un mauvais mari et ne serait pas malheureuse. Je faisais la sourde oreille et ne répondais pas.

Envers Léon, je me montrais distante. Je ne voulais pas lui donner l'impression de l'encourager, et je m'arrangeais pour ne jamais me trouver seule avec lui.

L'année de mes dix-huit ans, un matin de février, alors que mon frère venait de partir pour l'école, mon père m'interrogea sans préambule :

— Mélanie, que penses-tu de Léon?

J'étais occupée à préparer les betteraves pour nourrir les vaches, et je m'arrêtai un instant, surprise.

— Léon?... Euh... À quel sujet?

Mon père me sembla un peu embarrassé.

— Eh bien... en général. Comment le trouves-tu?

Mon étonnement grandit. Il était rare que mon père me posât des questions de ce genre, et j'hésitai avant de répondre. Fulgurante, une idée me vint : notre cousine Florentine, lasse de faire des allusions, s'était décidée à parler à mes parents, et peut-être leur avait-elle annoncé que Léon voulait me fréquenter, et m'épouser... Une bouffée d'affolement et de révolte me monta au visage, me fit devenir rouge de colère :

— Léon ? m'écriai-je avec sincérité. Je le trouve laid. Je ne l'aime pas.

Mon père repoussa sa casquette de toile, se gratta le haut du front :

— Pourquoi, Mélanie ? C'est un brave garçon...

Je fis face à mon père et l'interrogeai franchement :

— Que se passe-t-il, père ? Cousine Florentine vous a-t-elle demandé quelque chose ? Depuis quelque temps, elle lançait des allusions, par-ci, par-là, d'où il ressortait que celle qui épouserait Léon ferait une bonne affaire.

Mon père, dont la nature directe n'aimait pas les sous-entendus, parut soulagé d'avouer :

— Eh bien, oui. Florentine m'a parlé, hier. Elle m'a dit que Léon voudrait t'avoir pour femme.

— Oh non ! Je ne veux pas l'épouser !

J'avais crié. Un cri spontané et horrifié, qui plana entre nous pendant quelques secondes. Comme mon père ne disait rien, je m'affolai et me mis à le supplier :

— Père, je vous en prie, ne me forcez pas à l'épouser ! Je le trouve affreux, avec son œil horrible... il me dégoûte. Et puis, il n'y a pas que ça. Je n'aime pas sa brutalité. Je le déteste.

Je m'arrêtai. J'avais envie d'ajouter que si j'imaginais Léon me prenant dans ses bras, tout mon corps se révulsait. Moi, je rêvais d'un jeune homme doux, calme, aimable, comme par exemple mon cousin Milien qui, à vingt-six ans, était toujours célibataire. Le fait de penser à mon cousin me fit objecter :

— De toute façon, nous sommes parents. Vous dites toujours que les mariages entre cousins sont à éviter.

Mon père hocha la tête :

— Notre parenté est lointaine. Mon père et celui de Florentine étaient cousins germains. Après deux générations, Léon et toi n'êtes que des petits-cousins.

— Peu importe. Je ne veux pas l'épouser.

— Tu as tort. C'est un beau parti. Il est fils unique, et sa ferme est bien plus importante que la nôtre. Pense à

ton avenir, ma fille. Quand Georges aura repris la ferme, que feras-tu ?

— D'ici là, j'ai le temps d'y penser. Je me marierai. Mais pas avec Léon. Oh non, pas avec lui !

— Réfléchis encore, ma fille. Réfléchis bien.

Sur ces paroles, il s'en alla, me laissant interdite, les larmes aux yeux. Je terminai mon travail avec l'impression d'évoluer dans un brouillard, puis je me mis à la recherche de ma mère. Je la trouvai dans le potager, derrière la maison, où elle était allée chercher des poireaux, des carottes et du persil pour préparer la soupe. La vue du potager me rappela mon grand-père, et, de nouveau, des larmes emplirent mes yeux. Lui, au moins, ne m'aurait pas poussée à épouser Léon, pensai-je avec regret.

Avec des phrases entrecoupées, je racontai tout à ma mère. Elle me laissa parler, puis remarqua :

— J'étais au courant, Mélanie. Ton père m'a rapporté la demande de Florentine. Léon voudrait t'épouser. Il t'aime, paraît-il.

— Mais moi, je ne l'aime pas ! Il est affreux, je le déteste !

À ma mère, j'osai parler de la répulsion que je ressentais à l'idée de me trouver dans ses bras et de subir ses baisers. Elle acquiesça, compréhensive :

— Il est vrai que, pour une jeune fille, il n'est pas attirant avec son œil blessé.

— Mais même s'il n'y avait pas cette cicatrice... c'est sa personne tout entière qui me répugne. C'est l'effet qu'il me fait. Je n'y peux rien. Mère, vous n'allez pas me forcer à l'épouser, n'est-ce pas ?

— Non, Mélanie, nous ne te forcerons pas. Moi-même, à ta place, je réagirais comme toi. Ne t'inquiète pas, je convaincrai ton père de ne pas insister. Il sait bien que, pour qu'un mariage soit réussi, il faut d'abord un amour partagé. Je lui rappellerai notre propre exemple. Nous nous sommes rencontrés à la noce d'un de mes cousins, et nous nous sommes aimés au premier regard.

Je le savais. Ma mère m'avait souvent raconté la façon dont elle avait été séduite par ce grand jeune homme timide et souriant qui avait été son cavalier lors d'un mariage.

— Et puis, tu n'as que dix-huit ans. Tu es jeune. Tu as tout le temps de rencontrer celui qui t'est destiné.

Rassurée, je remerciai ma mère avec gratitude. Celui qui m'était destiné, comme elle disait, viendrait tôt ou tard. « Tout pot trouve son couvercle », avait-elle coutume de répéter. Et, pour moi, il ne s'agissait nullement de Léon.

Je ne sus pas ce que mon père répondit à cousine Florentine. Sans doute, pour ne pas la vexer par un refus catégorique, argua-t-il de mon jeune âge, car elle continua, les fois où nous étions ensemble, à vanter les mérites de son fils. De mon côté, je gardai la même attitude indifférente, faisant obstinément la sourde oreille.

Cette situation aurait pu se prolonger longtemps mais, au mois de juin, je fis la connaissance de Jean-Pierre.

4

C'était la ducasse de notre village. Comme chaque année à la même époque, ma mère et moi avions nettoyé de fond en comble toute notre maison, fait les vitres, lavé les rideaux.

Le samedi, j'aidai à la confection des traditionnelles tartes au lait bouilli — au *libouli* — que ma mère savait faire crémeuses et légèrement caramélisées. Mon père avait tué un lapin, et j'avais préparé plusieurs sortes de fromage blanc en l'assaisonnant de différentes façons : à l'ail, au persil, au poivre, à l'estragon. L'idée d'un repas de fête nous réjouissait.

Sur la place, les manèges s'étaient installés. Il y avait les chevaux de bois, des balançoires, des stands de tir à la carabine, aux fléchettes, aux jeux d'anneaux, des loteries, une baraque à gaufres et une baraque à frites, ainsi qu'un mât de cocagne, copieusement enduit de savon noir, au sommet duquel trônaient fièrement jambon et saucissons. Une tente de toile avait été dressée pour le «bal volant» du dimanche soir. Ma mère m'avait promis que nous irions, et j'étais aussi excitée que Georges.

Après le repas du dimanche, auquel mes parents avaient invité oncle Alfred et Milien, nous partîmes tous ensemble vers la place. Un soleil radieux brillait, et dans le ciel bleu flottaient de légers et vaporeux nuages blancs. La musique aigrelette du manège de chevaux de bois nous accueillit avec l'air des *Cloches de Corneville*, troublée par les coups de fusil et les cris des forains :

— Essayez, tentez votre chance ! Encerclé, c'est gagné !

— Pour qui, le gros lot ? Un service à café complet, en porcelaine !

Georges était allé rejoindre ses habituels compagnons de jeu, et je cherchais des yeux Clarisse, à qui j'avais donné rendez-vous. Elle m'avait dit :

— Mon cousin Edmond sera là, mes parents ont invité les siens. Nous irons au bal ensemble le soir. Avec lui, nous nous amuserons. C'est un vrai boute-en-train.

J'avais déjà eu l'occasion, chez elle, de rencontrer ce cousin qui habitait un village voisin, et je l'avais trouvé fort sympathique. Il donnait l'impression de ne rien prendre au sérieux, et par ses reparties nous faisait rire, Clarisse et moi. Il répétait, comme pour justifier son éternelle bonne humeur : « La vie n'est qu'un passage, passons-la bien et passons-la gaiement. »

— Tiens, voilà Clarisse, me dit ma mère.

Mon amie venait vers moi. Elle salua mes parents, me prit le bras :

— Viens, Edmond est là-bas. Il tire aux fléchettes. Il veut gagner des nougats et me les offrir. Son ami Jean-Pierre est avec lui. Je ne sais pas si tu l'as déjà rencontré. Je vais te présenter.

Devant la baraque de tir, parmi d'autres personnes, je vis Edmond qui, avec application, en prenant bien son temps, visait et lançait chacune de ses fléchettes. Près de lui, un grand jeune homme brun l'observait d'un air appréciateur et amusé. Comme je m'approchais avec Clarisse, il se retourna. Ses yeux croisèrent les miens, et mon cœur cessa de battre. J'éprouvai subitement une sensation étrange. Je n'entendis plus la musique ni le bruit, je ne vis plus personne. Tout disparut. Il n'y eut plus que lui et moi. Pendant plusieurs secondes, je demeurai ainsi, mes yeux dans les siens, incapable de faire un mouvement. Puis mon cœur se remit à battre à un rythme accéléré, bondissant comme un fou dans ma poitrine, tandis que, autour de moi, le monde recommençait à bouger.

Le décor, les manèges réapparurent, la musique parvint de nouveau à mes oreilles. J'entendis Clarisse annoncer :

— Voici Jean-Pierre. C'est un ami d'Edmond. Jean-Pierre, je vous présente ma meilleure amie, Mélanie.

Il se pencha vers moi, prit la main que je lui tendais, eut un sourire irrésistible :

— Bonjour, mademoiselle. Je suis enchanté de faire votre connaissance.

— Moi aussi, balbutiai-je stupidement, troublée par le contact de sa main sur la mienne.

Edmond, en nous tendant les nougats, nous interrompit :

— Regardez ce que j'ai gagné ! Régalez-vous, mesdemoiselles, c'est pour vous !

Il s'inclina comiquement et nous offrit les bâtonnets enrobés de papier coloré. En riant, j'en pris un, heureuse de sentir sur moi le regard de Jean-Pierre, un regard qui me tournait la tête parce qu'il disait : « Comme vous êtes jolie, et comme vous me plaisez ! »

À partir de cet instant, tout devint plus lumineux. Je ressentais une joie inexplicable ; la présence de Jean-Pierre à mes côtés me donnait envie de rire sans raison. Nous fîmes le tour de la place, nous arrêtant à chaque stand. Edmond et Jean-Pierre tirèrent à la carabine et rivalisèrent d'adresse. Clarisse et moi voulûmes tenter notre chance à la loterie. Mon amie gagna une broche ornée d'une fleur en tissu qui, visiblement, ne valait pas grand-chose. Quant à moi, je ne gagnai rien.

— Bah, ce n'est pas grave ! commenta gaiement Edmond. Malheureux au jeu, heureux en amour !

Et il adressa un clin d'œil complice à Jean-Pierre, qui ne répondit pas et me regarda gravement. Je baissai les yeux en rougissant.

En passant devant le cabaret d'Onésime, nous entendîmes le chant éclatant d'un coq victorieux. Je savais que, dans l'arrière-salle, avait lieu l'habituel concours de coqs. Je n'aimais pas ce divertissement, au cours duquel les animaux, l'ergot armé d'une pointe acérée, se battaient férocement, jusqu'à la mort de l'un d'eux. C'était un jeu que je trouvais violent et cruel. Léon ne manquait jamais d'y assister, et je ne m'en étonnais pas, car cette attitude correspondait tout à fait à l'image désagréable que je me faisais de lui.

En jetant un coup d'œil dans la cour du café, je vis le *coqueleux*, propriétaire du coq vaincu, sortir de l'arrière-salle en tenant par les pattes le volatile inerte et sanglant. Je détournai les yeux. Jean-Pierre, près de moi, remarqua :

— J'aime trop les animaux pour apprécier ce jeu. C'est comme les concours de pinsons. Ça me fait mal de penser qu'on leur soude les paupières avec un fil de fer rougi au feu, simplement parce qu'ils chantent mieux s'ils sont aveugles.

Je lui adressai un sourire d'approbation, et je me sentis encore plus heureuse. Ses propos me prouvaient qu'il n'était pas cruel ; il était comme je souhaitais que fût celui que j'aimerais : doux et bon.

Malgré mon euphorie, je dus m'obliger à revenir sur terre. Le moment d'aller m'occuper des bêtes était arrivé, et je pris congé de mes amis :

— Je dois partir, annonçai-je avec regret. Ma mère m'attend pour l'aider à la ferme.

— Nous nous retrouverons au bal tout-à-l'heure, me dit Clarisse.

Jean-Pierre me regarda, et je levai les yeux vers lui. Un court instant, le monde sembla de nouveau s'arrêter.

— À tout à l'heure, me dit-il d'une voix basse. Je vous attendrai impatiemment.

Je retournai à la maison avec l'impression d'être environnée d'une lumière éclatante, dorée, qui m'éblouissait. J'éprouvais un bonheur fait de douceur et de joie, et les lieux que j'avais toujours connus me paraissaient subitement transformés, plus beaux, plus gais.

À la ferme, je me changeai, mis mes vêtements de travail. J'allai rechercher les vaches que j'avais menées en pâture le matin, et dans l'étable, je m'assis sur le tabouret et me mis à traire. J'agissais dans un état second, mon corps faisait les mouvements habituels, mais mon esprit — et mon cœur — étaient restés là-bas, sur la place, auprès de Jean-Pierre.

Il y eut ensuite le repas du soir, que nous prîmes encore en famille, avec oncle Alfred et Milien. J'avais remis mes habits du dimanche, je m'étais recoiffée, et j'avais parfumé ma nuque avec quelques gouttes d'eau de Cologne. J'attendais l'heure du bal, et je me retenais pour ne pas trépigner d'impatience comme une enfant.

Enfin, mes parents prirent la décision de partir, et je m'efforçai de marcher à leurs côtés, refrénant mon envie de courir. Milien nous accompagnait, et me demanda de lui réserver quelques danses. C'était lui qui m'avait appris à danser, et il tenait à ses prérogatives de professeur. Alors que nous approchions de la tente, j'entendis les musiciens jouer une valse viennoise. En imaginant que je la danserais avec Jean-Pierre, mon cœur battit plus vite.

Je retrouvai Clarisse à l'entrée. Elle m'attendait. Il y avait beaucoup de monde, mais je ne vis que Jean-Pierre, près de mon amie. Celle-ci m'entraîna :

— Viens, Mélanie. Que tu as été longue ! Edmond est déjà en train de danser.

Sans tarder, nous rejoignîmes les danseurs. Milien invita Clarisse et, comme dans un rêve, je me retrouvai dans les bras de Jean-Pierre. À partir de ce moment, toute la soirée devint une sorte de féerie. Il y eut des valses, des polkas, des mazurkas, il y eut le quadrille des Lanciers, et toujours Jean-Pierre était là, et c'était avec lui que je dansais. Entre les danses, nous ne nous quittions pas, et nous parlions de nous. J'appris qu'il s'appelait Jean-Pierre Mesnier, qu'il avait vingt-trois ans et qu'il avait repris l'échoppe de bourrelier de son père. Celui-ci étant décédé, il vivait avec sa mère, dont il était le seul enfant. De mon côté, je parlai de mes parents, de mon frère, de mon travail de fille de ferme.

— J'ai bien fait d'écouter Edmond, et de venir à la ducasse, me dit-il en souriant. Ainsi, j'ai fait votre connaissance.

Je me souviens que les musiciens, à un moment, jouèrent *Je sais que vous êtes jolie*. En me serrant contre lui, Jean-Pierre fredonnait les paroles à mon oreille : «*Je sais que vous êtes jolie/Que vos grands yeux pleins de dou-*

ceur/Ont charmé tout mon cœur/Et que c'est pour la vie...» Il se tut un instant et ajouta plus bas, d'une voix sourde :

— Cette chanson dit vrai...

Troublée, je ne répondis pas. La danse suivante fut un quadrille et Edmond, qui ponctua les figures d'exclamations amusantes, nous fit rire. Mon trouble s'atténua, puis disparut. Je ne fus pas sûre, ensuite, d'avoir bien compris les paroles de Jean-Pierre. N'était-il pas trop tôt pour une déclaration de ce genre?...

Les heures passèrent trop vite. Après une valse, soudain, je vis apparaître Georges. À dix ans, il n'avait pas le droit de veiller aussi tard, mais le dimanche de la ducasse était une exception.

— Mélanie, maman m'envoie te dire que nous allons rentrer. Elle t'attend à la sortie. Il est presque minuit.

— Déjà ! m'écriai-je avec regret.

À mon exclamation spontanée, Jean-Pierre répondit par un signe d'approbation :

— C'est exactement mon avis, remarqua-t-il.

Malgré mon désir de rester, je ne pensai pas à désobéir à mes parents. Je levai vers Jean-Pierre un visage désolé :

— Eh bien... je dois partir. Au revoir.

Il prit ma main dans les siennes, la garda un instant prisonnière :

— Au revoir, Mélanie... Puis-je vous appeler Mélanie ?

J'acquiesçai d'un battement de cils. Il continua :

— Quand vous reverrai-je ?

Je haussai les épaules, indécise :

— Je ne sais pas... Dans la semaine, je ne sors pas beaucoup. Je travaille.

Georges, qui m'attendait et qui écoutait nos propos, intervint subitement :

— Mais le dimanche, elle va à la messe.

Jean-Pierre se tourna vers lui, et un sourire éclaira son visage :

— Merci du renseignement.

Puis il se pencha vers moi :

— Donc, à dimanche prochain... Mélanie.

J'eus le même battement de cils, et je suivis mon frère jusqu'à la sortie. En me frayant un passage parmi les gens, je sentais le regard de Jean-Pierre me suivre comme une caresse, une promesse, une certitude.

À la porte, ma mère attendait.

— Allons, il est temps de rentrer, mes enfants. Demain, il faut se lever tôt pour les bêtes.

Je ne répondis pas, retenant les paroles de protestation qui me venaient aux lèvres. Pourquoi rentrer déjà ? Clarisse avait le droit de rester jusqu'à la fin du bal. Tandis que moi, comme Cendrillon dans l'histoire que ma cousine Georgina me racontait autrefois, je devais quitter le bal avant minuit. Une révolte me poussait à dire que c'était injuste.

Dès que nous eûmes quitté la place, ma mère m'interrogea :

— Qui est ce jeune homme avec qui tu as dansé toute la soirée, Mélanie ? Il ne me semble pas le connaître.

Je répondis ce que je savais : il s'appelait Jean-Pierre Mesnier, était âgé de vingt-trois ans, habitait le village voisin, vivait avec sa mère, et exerçait le métier de bourrelier.

— Humm... J'ai eu l'impression qu'il te plaisait, non ?

À cause de l'obscurité, dans les rues mal éclairées, nous marchions en nous tenant le bras. Je serrai celui de ma mère avec un emportement joyeux.

— Oh oui, mère. Beaucoup.

— Et toi aussi, d'après ce que j'ai pu voir, tu lui plais.

Cette remarque me fut agréable. Ma mère ne me dit rien de plus, ce soir-là. Quant à moi, tout au long de la semaine, en faisant mon travail habituel, je ne cessai de penser à Jean-Pierre. J'avais la tête dans les nuages. J'attendais avec impatience qu'arrivât le dimanche. Il avait sous-entendu qu'il viendrait. J'allais le revoir.

Cette idée faisait battre mon cœur plus vite. Je brûlais d'envie de me confier à Clarisse, mais je la savais superficielle, et je craignais qu'elle ne répétât mes paroles, ne serait-ce qu'à ses parents. Je regrettai une fois de plus l'absence de ma cousine Georgina. À elle, j'aurais pu tout raconter, parler de l'attirance que j'éprouvais pour Jean-Pierre. Était-ce cela qu'elle avait connu, lorsqu'elle avait rencontré son François, venu de Belgique pour faire la moisson ? J'aurais aimé en discuter avec elle, suivre ses conseils. À ma mère, je n'osais rien dire.

Le dimanche matin, tandis que les cloches sonnaient gaiement, je me mis en route pour la messe. Mes parents m'accompagnaient, comme d'habitude, ainsi que mon frère Georges. Je m'étais coiffée et habillée avec soin, et de nouveau je m'étais parfumée à l'eau de Cologne. J'entrai dans l'église, allai me mettre à ma place habituelle, auprès de ma mère. Je suivis l'office distraitement, pensant à Jean-Pierre. Viendrait-il ?...

Je l'aperçus alors que, la messe terminée, nous nous dirigions vers la sortie. Il quittait l'un des derniers rangs, au fond de l'église, et se posta non loin de la porte. Lorsque j'arrivai à sa hauteur, il s'avança vers moi, trempa deux de ses doigts dans l'eau du bénitier et me les tendit. Je les touchai et, le cœur battant, fis le signe de croix. Fallait-il interpréter ce geste comme un message ? Qu'en penserait ma mère, et toutes les personnes qui m'entouraient ?

Sur la place inondée de soleil, comme chaque dimanche à la sortie de la messe, des groupes se formaient. Ma mère retrouvait des voisines, des amies, bavardait quelques instants. Mon père, avec d'autres fermiers, se dirigeait vers le cabaret d'Onésime afin de « boire un canon ». Et moi, je me tournai vers Jean-Pierre, les yeux et le cœur illuminés de soleil.

— Bonjour, Mélanie. Je suis heureux de vous revoir. J'ai attendu ce moment toute la semaine. J'ai pensé à vous sans cesse.

Ravie, je n'osai pourtant pas lui dire que j'avais éprouvé la même chose. Je ne voulais pas qu'il me jugeât trop hardie. « Une jeune fille, disait ma mère, se garde de faire des avances à un jeune homme si elle veut être respectée. » Je pensai qu'il avait fait plusieurs kilomètres à pied pour venir de son village, et je dis simplement, avec sincérité :

— Je vous remercie d'être venu.

Il se pencha un peu plus vers moi, murmura comme un aveu :

— Oh, la route ne m'a pas paru longue. Pour vous voir, pour vous parler, j'en ferais bien davantage.

Je souris, ne cherchant pas à cacher le plaisir que me causaient ses paroles. Il continua, sur le même ton :

— J'ai parlé de vous à ma mère. Je lui ai expliqué pourquoi je ne l'accompagnais pas à la messe aujourd'hui comme d'habitude.

— Qu'a-t-elle dit ? demandai-je, un peu inquiète.

— Rien. Elle pense sans doute qu'il est trop tôt pour dire quoi que ce soit.

Ses yeux, ainsi que l'expression de son visage, ajoutaient que, même si notre relation ne faisait que commencer, elle n'en était pas moins solide.

À cet instant, ma mère m'appela :

— Viens, Mélanie. Nous rentrons.

« Déjà ! », pensai-je, une fois de plus au bord de la révolte. Je fis la sourde oreille. Mais Jean-Pierre, qui avait entendu, ne tenta pas de me retenir.

— Eh bien, je vous laisse, Mélanie. Je reviendrai dimanche prochain, si vous le voulez bien.

— Oui. À dimanche... Jean-Pierre.

Je prononçai son prénom avec tant de douceur que son regard se fit plus profond, son sourire plus chaleureux. Il serra ma main, salua ma mère qui m'attendait à quelques mètres, puis se détourna et s'éloigna. Je suivis des yeux sa haute silhouette, tandis que le regret de le voir partir me laissait frustrée et déçue. Le soleil subitement paraissait moins lumineux. Je repris le chemin de la ferme avec ma mère, lui en voulant obscurément d'avoir interrompu notre tête-à-tête.

— C'est ton cavalier de dimanche dernier, Mélanie ? Celui du bal ? Il me semble l'avoir reconnu.

— Oui, c'est lui. Il s'appelle Jean-Pierre, rappelai-je d'une voix brève.

Ma mère eut un sourire entendu :

— Si je comprends bien, il a voulu te revoir. C'est pour ça qu'il est venu à la messe ? Avant, on ne le voyait jamais ici.

J'acquiesçai d'un signe de tête. Je ne dis pas qu'il m'avait promis de revenir le dimanche suivant. Je ne savais pas quelle serait la réaction de ma mère. Pourquoi nous avait-elle interrompus? Nous ne faisions rien de mal. Pensait-elle qu'il ne s'agissait, de la part de Jean-Pierre, que d'un engouement passager, et qu'il ne reviendrait pas?...

Il revint le dimanche suivant, puis l'autre, puis l'autre encore. À chaque fois, il m'attendait à la sortie, me tendait l'eau bénite du bout de ses doigts, et nous nous retrouvions sur la place. Nous bavardions, nous nous regardions, et nous laissions nos yeux parler pour nous. Puis, lorsque ma mère m'appelait, nous nous séparions, et il s'en allait. Et, à chaque fois, je souffrais de le voir partir, alors que j'aurais tant voulu rester encore avec lui.

Après plusieurs dimanches, ma mère me demanda :

— Que te dit-il, Mélanie? Pourquoi vient-il?

Je répondis la vérité :

— Pour me voir, pour me parler.

— Mais quelles sont ses intentions? Sont-elles sérieuses, au moins? Autour de nous, on commence à jaser. Tu penses bien que sa présence a été remarquée.

Je ne sus que dire. L'aube de mon amour m'éblouissait, et je n'avais pas pensé aux commentaires des autres, ni aux commérages. Aussi, le dimanche suivant, me rappelant les réflexions de ma mère, je regardai autour de moi. Habituellement, je ne voyais que Jean-Pierre et j'oubliais le reste du monde. Mais, ce jour-là, je remarquai les regards appuyés et curieux de quelques femmes. Je serrai les lèvres avec agacement. Jean-Pierre s'aperçut de mon changement d'humeur.

— Que se passe-t-il, Mélanie? J'espère que ma présence ne vous ennuie pas.

Je secouai la tête et avouai franchement :

— Ma mère m'a demandé quelles sont vos intentions.

— Mais... elles sont sérieuses. Vous n'en doutez pas, j'espère?

— Moi, non. Mais mes parents s'interrogent... Et, dans le village, il y en a certainement qui critiquent...

Jean-Pierre n'hésita pas :

— Si cela peut clarifier la situation, je veux bien demander à vos parents l'autorisation de vous fréquenter... si vous êtes d'accord, bien entendu ?

Mon cœur fit, dans ma poitrine, un grand bond joyeux. Ces paroles signifiaient que notre relation deviendrait officielle, sérieuse, que nous serions fiancés, que nous parlerions bientôt mariage... Je compris alors que, depuis que j'avais rencontré Jean-Pierre, c'était à cela que j'aspirais : devenir sa femme.

— Oui, dis-je, troublée et émue, oui, je suis d'accord.

Il eut un entretien avec mes parents, qui lui accordèrent l'autorisation de « fréquenter leur fille ». Il reçut la permission de venir, chaque dimanche, partager notre repas. Tout se fit sans heurts, avec facilité, avec bonheur. Jean-Pierre, par sa gentillesse, fit la conquête de mes parents et de mon frère. Et moi, je passai avec euphorie de l'état de jeune fille à celui de fiancée.

Un dimanche, il nous annonça que sa mère nous invitait, le dimanche suivant, pour le repas de midi. Elle voulait connaître celle qui deviendrait sa bru. J'y allai avec un peu d'appréhension. « Pourvu que je lui plaise », pensai-je tout le long du chemin. L'appréciation de la mère de Jean-Pierre avait pour moi beaucoup d'importance.

Ma mère avait préparé, dans un panier, quelques présents : des œufs, du beurre frais, du fromage blanc que j'avais fait la veille. Ce fut moi qui offris le panier en arrivant. Intimidée, je souriais à la femme qui nous accueillait, une femme aux cheveux blonds et au visage doux, et je me rassurais en retrouvant chez elle des traits qui me plaisaient chez Jean-Pierre : la forme du nez, la couleur des yeux, la façon de sourire...

— Bonjour, madame, dis-je.

— Ne m'appelez pas madame, protesta-t-elle gentiment. Mon nom est Clémence. Et vous êtes Mélanie, je le sais. Depuis plusieurs semaines, mon fils ne me parle que de vous. Entrez, entrez, venez vous installer.

Elle salua mes parents, caressa la joue de mon frère, nous fit entrer dans une pièce agréable, d'une irréprochable propreté. Je vis le regard circulaire et approbateur de ma mère.

Pendant le repas, la conversation eut principalement pour sujet notre futur mariage, à Jean-Pierre et à moi. Mes parents exigèrent deux ans de fiançailles, et Jean-Pierre s'inclina. Il fut entendu que je viendrais habiter chez lui, puisqu'il continuerait à exercer son métier de bourrelier.

— Vous serez bien ici, me dit sa mère. La maison est grande. Vous aurez la chambre de Jean-Pierre. Et puis, il y a une autre pièce sur l'arrière, qui pourra servir de chambre d'enfant.

L'allusion à un enfant me fit rougir, et je baissai les yeux.

Après le repas, Jean-Pierre nous fit visiter son atelier. Je vis le cuir qu'il travaillait, je vis les outils comme la pince à coudre et l'alène. À la demande de mon frère, toujours curieux de tout, il nous montra comment il perçait des trous avec l'alène, espacés régulièrement, puis comment il passait le fil de chanvre enduit de poix, épais et résistant. J'admirai la façon précise dont il travaillait, j'aimai l'odeur de cuir qui régnait dans l'atelier. Mon père remarqua :

— C'est un beau métier. Pour savoir l'exercer, il faut être habile de ses mains. Et puis, les bourreliers et les fermiers ont le même patron, saint Éloi. C'est au moins un point commun.

Je compris que mon père, sans l'avouer, était un peu déçu que son futur gendre ne fût pas un fermier comme lui. C'était peut-être pour cette raison qu'il aurait aimé que j'épouse Léon. Cette pensée me poussa à vanter le travail de Jean-Pierre :

— C'est un métier indispensable. Sans le harnais que fabrique le bourrelier, le fermier ne peut pas faire travailler son cheval.

Mon père ne put qu'approuver. Lorsque nous prîmes congé, la mère de Jean-Pierre m'attira à elle et m'embrassa :

— Je crois que Jean-Pierre a bien choisi, mon enfant. Vous comprenez, j'étais un peu inquiète. Je n'ai plus que lui, c'est mon seul fils, et mon désir le plus cher est qu'il soit heureux. Maintenant, je suis rassurée. Vous me paraissez être une brave petite. Et puis, j'aime vos yeux lorsque vous le regardez. Ils sont pleins de douceur, pleins d'amour. Vous avez raison, mon enfant : aimez-le. Il le mérite.

Je répondis que je n'en doutais pas, et je la serrai contre moi avec affection.

— Nous serons deux à l'aimer, dorénavant, ajoutai-je. Moi aussi, mon plus cher désir est de le rendre heureux.

Elle m'embrassa de nouveau :

— Je vois que nous nous comprenons. Merci, mon enfant.

Je la quittai, enchantée de cette première rencontre. Puisque nous allions vivre sous le même toit après mon mariage, il était très important que nous nous entendions bien. De plus, je savais que Jean-Pierre aimait tendrement sa mère, et j'aurais été désolée de le décevoir en ne partageant pas ses sentiments. Mais ce n'était pas le cas, et cela me parut un heureux présage pour l'avenir.

***

La période de mes fiançailles fut une période radieuse. Je savais que j'allais épouser Jean-Pierre, que nous passerions ensemble chaque jour de notre existence, et je vivais uniquement dans l'attente de ce moment.

J'écrivis à Georgina pour lui parler de mon fiancé. Je vantai ses qualités, ne cachant pas combien j'étais éprise de lui. Elle me répondit qu'elle se réjouissait pour moi. «Je te souhaite, ma petite Mélanie, d'être aussi heureuse que je le suis avec François et notre fille.» Je refermai sa lettre en souriant. J'aimerais bien, moi aussi, pensai-je, avoir une fille de Jean-Pierre, et peut-être plusieurs enfants...

Seule notre cousine Florentine n'appréciait pas mes fiançailles. Lorsque je lui avais présenté Jean-Pierre, elle avait remarqué, après son départ :

— Qu'a-t-il de plus que mon Léon, à part sa belle figure ?

Quant à Léon, il me parlait à peine. J'en concluais qu'il boudait parce que, d'abord, je l'avais repoussé, et que, ensuite, j'en avais choisi un autre. Mais, avec insouciance, je ne m'occupais pas de lui.

Ainsi, mois après mois, l'année de mon mariage arriva. Le printemps apporta ses journées remplies de lumière et de chants d'oiseaux. À cette époque plus qu'à toute autre, notre ferme méritait parfaitement son nom de « Cense aux alouettes ». Dès que nous sortions de la maison, leur chant nous accueillait. Elles grisollaient dès l'aube, interminablement, se relayant sans cesse, montant toujours plus haut. Et, même quand on ne les apercevait plus, on les entendait encore.

— C'est parce que, au fur et à mesure qu'elles montent, elles chantent de plus en plus fort, expliquait mon père.

J'avais envie de chanter avec elles, de clamer ma joie de vivre, d'aimer et d'être aimée. Bien souvent, je fredonnais en faisant mon travail. Ma mère m'observait en souriant, compréhensive et complice.

Parfois, dans la semaine, je pouvais me réserver quelques heures de liberté dans l'après-midi. Alors ma mère me donnait la permission de me rendre chez Jean-Pierre. J'emmenais quelques œufs frais, tout juste pondus, afin que sa mère lui fît une omelette pour le souper. Pour arriver plus vite, je prenais les *voyettes*, qui coupaient à travers champs. Je pensais que, si j'avais eu une bicyclette, comme quelques filles dans le village, j'aurais mis moins de temps pour faire le trajet. Mais mon père était sur ce sujet intransigeant :

— Ce sont des filles peu sérieuses qui se promènent à bicyclette. Des filles sans pudeur. Quand elles pédalent, on voit leurs jambes, leurs genoux, et même plus. Tu ne te conduiras pas ainsi, Mélanie.

Alors je marchais vite, le long des champs, et tout en marchant je regardais le blé qui mûrissait, qui prenait peu à peu une teinte blonde. J'aimais observer les épis d'orge lorsque la brise les agitait doucement, et que leur soyeuse mouvance donnait au champ entier l'aspect chatoyant et doux du velours. Je me sentais bien dans ce paysage ; il faisait partie de ma vie depuis ma naissance. Je pensais avec satisfaction que, après avoir épousé Jean-Pierre, je viendrais encore souvent voir mes parents. J'étais heureuse de ne pas quitter ma région, et je me demandais parfois si Georgina, en Belgique, ne souffrait pas du mal du pays.

Lorsque j'arrivais chez Jean-Pierre, j'allais saluer sa mère, puis je rejoignais mon fiancé dans son atelier. Je le regardais travailler, penché sur le cuir qu'il devait coudre. Je l'observais tandis qu'il enduisait le fil avec de la poix et que, pour le tordre et le rendre plus résistant, il le roulait sur sa cuisse protégée par un tablier de toile qu'il portait noué à la taille. Il me montrait comment il croisait les fils en cousant, il m'expliquait qu'il se servait de différents cuirs selon la pièce du harnais à fabriquer. Je l'admirais, je me penchais pour mieux voir. Au bout de quelques instants, il s'arrêtait, me regardait avec amour, et m'embrassait. Puis il me repoussait en riant :

— Ne reste pas près de moi, Mélanie. Tu me troubles. Tu m'empêches de me concentrer. Va voir ma mère.

Un peu vexée parce qu'il me renvoyait, j'étais en même temps ravie de constater l'effet que j'exerçais sur lui. Obéissante, j'allais retrouver Clémence. Elle me versait du café, me proposait quelques biscuits. Nous parlions de tout, mais notre sujet de conversation préféré était Jean-Pierre. Elle me racontait Jean-Pierre bébé, Jean-Pierre enfant, Jean-Pierre adolescent, et je l'écoutais avec un immense plaisir. À travers ses récits, je découvrais, inconnus de moi jusqu'alors, des aspects de mon bien-aimé qui m'enchantaient. Ensuite, nous nous quittions ravies, et je constatais avec joie que notre amour pour le même homme, au lieu de nous séparer, faisait de nous des alliées et nous rendait de plus en plus proches.

Chaque dimanche ressemblait à un jour de fête. Après la messe, je retrouvais Jean-Pierre qui m'attendait et qui venait partager notre repas. Quelquefois, mon père l'invitait à aller «boire un canon» chez Onésime. Je les accompagnais jusqu'à la porte, mais je n'entrais pas. J'entendais le gramophone du cabaret accompagner les conversations des clients. Les mêmes chansons se succédaient : *Le rêve passe*, *Ferme tes jolis yeux*, *La Chanson des blés d'or*, *Le Temps des cerises*, et le dernier disque qu'Onésime venait d'acquérir et qu'il passait souvent : *Les Poings carrés*, dont les paroles constituaient un hommage au président de la République, Raymond Poincaré. Je les fredonnais en rentrant à la maison avec ma mère et Georges. Insouciante et joyeuse, je ne pensais qu'à mon bonheur.

Mais nous étions en 1914. Des bruits de guerre couraient, que je voulais ignorer. Depuis le mois de juillet de l'année précédente, la durée du service militaire, qui était auparavant de deux ans, avait été prolongée à trois ans. Mon père affirmait que c'était en prévision d'un éventuel conflit. Je le trouvais pessimiste et je ne l'écoutais pas.

À mes moments libres, je constituais mon trousseau. Ma mère avait commandé, chez la couturière du village, ma robe de mariée. Je vivais les yeux fixés sur cette image heureuse : à la fin de l'été, après la moisson, je deviendrais la femme de Jean-Pierre.

J'avais hâte de lui appartenir. Lorsqu'il me serrait contre lui et qu'il m'embrassait, un trouble délicieux m'envahissait, et je devais faire un effort pour le repousser s'il se montrait trop entreprenant. Ce qu'il désirait, je le désirais moi aussi. Mais je me devais d'être sage. Ma mère m'avait dit :

— Une jeune fille ne doit pas céder à celui qu'elle aime avant d'avoir la bague au doigt.

Georgina m'avait dit la même chose, avant de partir en Belgique :

— Attends d'être mariée, Mélanie.

Alors, malgré mon impatience et mon désir d'appartenir à Jean-Pierre, j'attendais.

5

Mon bonheur fut brutalement anéanti le samedi 1er août.

Pourtant, la journée commença comme toutes les autres. Le matin, notre mère alla vendre au marché de la ville voisine du beurre, des œufs, quelques volailles, pendant que je m'occupais des bêtes, lavais la maison, préparais le repas.

Le temps était beau, assorti à mon humeur radieuse, et tout en travaillant je chantonnais. En début d'après-midi, je me rendis chez Jeannette, la couturière qui confectionnait ma robe de mariée. Celle-ci était presque terminée, et je l'essayai avec ravissement, tandis que Jeannette, des épingles aux lèvres, y apportait les dernières retouches. Je palpai le tissu soyeux, qui crissa sous mes doigts. Sa couleur noire me faisait paraître plus mince, et les perles qui ornaient le haut de la robe lui donnaient un air chic qui me plaisait. Un jabot de dentelle l'égayait, et Jeannette prévoyait de coudre sur le corsage quelques fleurs d'oranger en cire. Un diadème des mêmes fleurs me couronnerait la tête, et je ressentais une impatience grandissante qui me faisait compter les jours tout en soupirant à cause de leur lenteur.

Lorsque je revins à la maison, ma mère était occupée à plumer une de nos poules pour notre repas du lendemain, que viendraient partager Jean-Pierre et sa mère. Elle tenait le volatile au-dessus d'une bassine d'eau bouillante, afin que la vapeur rendît plus facile l'arrachage des plumes. Je m'approchai :

— Attendez, mère. Je vais vous aider.

Ce fut à ce moment-là que les cloches de l'église se mirent à sonner. Je m'arrêtai de bavarder, tandis que ma mère relevait la tête, surprise :

— Que se passe-t-il ? Ce n'est pourtant pas l'heure de l'Angélus. Et ce n'est pas un enterrement non plus.

Elle écouta de nouveau, tendue, intriguée. Puis elle s'écria :

— Mais c'est le tocsin ! Il doit y avoir un incendie. Viens, Mélanie, allons voir.

Elle sortit, traversa la cour, alla jusqu'à la rue. Je la suivis. Des maisons voisines, les gens sortaient également, regardaient autour d'eux avec inquiétude.

— On ne voit aucune fumée, constata ma mère. Où cela peut-il brûler ?

Elle interrogea Agathe, notre voisine, qui haussa les épaules en un geste d'ignorance. Oscar, son mari, déclara :

— Pas de fumée, pas de feu. À mon avis, ce n'est pas d'un incendie qu'il s'agit.

— Mais... alors ?... demanda ma mère, n'osant comprendre.

Oscar secoua la tête avec une expression fataliste :

— À mon avis, c'est la guerre.

Ma mère eut un cri d'horreur, auquel répondit celui d'Agathe. Quant à moi, je demeurai immobile, silencieuse et figée.

Oscar nous regarda tour à tour avec pitié :

— Eh bien oui, la guerre. Il fallait s'y attendre. Il y a longtemps que ça couve, et maintenant que Jaurès a été assassiné, c'est devenu inévitable.

Le tocsin continuait de sonner, et tout le monde se dirigeait vers l'église.

— Allons-y, dit Oscar. Nous en apprendrons davantage là-bas.

En marchant, les gens échangeaient leurs impressions, et nombreux étaient ceux qui parlaient de guerre.

Avec affolement, je les entendais sans comprendre.

Une guerre, ainsi, d'un seul coup? Était-ce possible? Qu'allait-il se passer? Je ne pus m'empêcher de demander à Oscar :

— Une guerre? Mais... pourquoi donc?

Avec commisération, il observa mon visage incompréhensif et affolé :

— Une guerre avec l'Allemagne, tiens! Ces Prussiens qui nous ont pris l'Alsace et la Lorraine en 1870!

Sa réponse éveilla dans mon esprit un lointain souvenir d'histoire. À l'école, l'institutrice nous avait expliqué qu'en 1870, après le désastre de Sedan, l'Alsace et la Lorraine étaient devenues allemandes. Elle nous avait lu *La Dernière Classe* d'Alphonse Daudet. C'était le récit d'un petit Alsacien auquel l'instituteur apprend que, dorénavant, ils ne parleront plus français, mais allemand. J'avais pleuré à la fin de cette histoire dramatique, et j'avais compris les milliers d'Alsaciens qui, à l'époque, avaient quitté leur région pour demeurer français.

Mais, à l'heure présente, je ne comprenais pas pourquoi, après toutes ces années, il fallait une guerre pour reprendre ces deux provinces. Tout en m'interrogeant, je m'aperçus que nous étions arrivés sur la place. Le tocsin continuait de sonner et rendait l'atmosphère lugubre. Tout le monde se pressait devant la mairie, et j'avançai avec les autres. Roger Dubost, notre maire, se tenait devant le bâtiment, et à côté de lui je vis, sur le mur, une affiche ornée de deux drapeaux entrecroisés qui portait les mots « ordre de mobilisation générale ». J'étais trop loin pour lire ce qui était inscrit en dessous, mais je parvins à discerner la phrase suivante : « Le premier jour de la mobilisation est le dimanche 2 août. » Une autre affiche, à côté, annonçait la réquisition des chevaux.

J'interrogeai ma mère du regard. Elle écoutait le maire.

— Allons, allons! disait-il d'une voix forte. Ne vous affolez pas. Pourquoi parler de guerre? Il n'y a eu aucune déclaration à ce sujet. Ce n'est qu'une mobilisation. Et la mobilisation n'est pas la guerre!

J'aperçus mon oncle Alfred et mon cousin Milien. Ils vinrent vers nous, le visage inquiet.

— Qu'est-ce que c'est, la mobilisation? demandai-je.

Mon oncle Alfred fronça les sourcils :

— Ça veut dire que tous les hommes vont partir.

— Partir ? Mais où ?

— À la guerre.

— Mais... le maire vient de dire que...

— Oui, j'ai entendu ce qu'il a dit. Ça n'empêche pas que la guerre ne va pas tarder. Ils ont tout prévu. Sinon, pourquoi veux-tu qu'ils convoquent nos jeunes gens et qu'ils réquisitionnent nos chevaux ?

Je ne sus que répondre. J'étais abasourdie, ahurie, stupide. À peine une heure auparavant, j'essayais ma robe de mariée, avec la pensée euphorique qu'à la fin du mois je serais la femme de Jean-Pierre, et d'un seul coup, tout basculait. La transition était trop brutale. Je sentis subitement, dans ma poitrine, comme un grand creux d'angoisse. Je balbutiai :

— Mais alors... si les hommes partent... Jean-Pierre aussi ? Pour combien de temps ? Et mon mariage ?...

Oncle Alfred haussa les épaules :

— Ton mariage, ma pauvre enfant, j'ai bien l'impression que tu devras le reporter.

Une révolte chassa ma peur. Je criai :

— Mais je ne veux pas ! Je ne veux pas !

Je pris conscience du regard apitoyé de Milien. Je me détournai, les larmes aux yeux. Je m'aperçus que les femmes pleuraient, et que les hommes essayaient vainement de les consoler. Je vis arriver mon père et mon frère, que le tocsin avait ramenés des champs. Ils nous rejoignirent.

— C'est la guerre, constata sombrement mon père. Je le craignais.

Ma mère se jeta contre lui et se mit à pleurer. Georges les observait, indécis et malheureux. Il n'avait que douze ans. Pouvait-il comprendre la gravité de la situation ?

Soudain, il me fut impossible de rester là plus longtemps. Il fallait que j'aille voir Jean-Pierre. Je ne pouvais pas admettre que cette guerre pût empêcher mon mariage. Je me tournai vers mes parents.

— Puis-je aller chez Jean-Pierre ? Il faut que je lui parle. Ce n'est pas possible que...

Ma voix s'étrangla, mourut dans un sanglot. Mon père me regarda avec tristesse.

— Va, ma fille.

Je partis sans attendre, je courus dans les rues, jusqu'à la *voyette* qui, à travers champs, conduisait au village voisin. Je me tordais les pieds dans les ornières du chemin, regrettant une fois de plus de n'avoir pas de bicyclette. Je ralentis un instant mon allure, mais je me remis bientôt à courir, poursuivie par le son lancinant du tocsin que, d'une église à l'autre, les cloches se renvoyaient.

J'arrivai enfin dans la rue où habitait Jean-Pierre. De loin, je l'aperçus. Avec Clémence, il revenait de la place où, sans doute, ils s'étaient rendus à l'appel du tocsin. Essoufflée, comprimant ma poitrine à deux mains, je me dirigeai vers eux. Jean-Pierre était penché sur sa mère et lui parlait avec tendresse. Elle pleurait. Au moment où j'arrivais face à eux, Jean-Pierre releva la tête et me vit.

— Mélanie !

C'était un cri d'amour, un cri de souffrance où se mêlaient impuissance et révolte. Un élan me jeta contre sa poitrine. Il referma ses bras sur moi, me serra très fort. Éperdue, je m'accrochai à lui.

— Jean-Pierre... balbutiai-je. Tu ne vas pas partir, n'est-ce pas ?

Ses yeux dans les miens, il ne répondit pas. Mais, en voyant l'expression de son regard, je compris. Un grand froid subitement me paralysa, tandis que Clémence s'écriait d'une voix hystérique :

— Il va devoir partir, comme tous les autres. Tous, ils vont tous s'en aller. Et moi, je vais rester seule. Et vous ne pourrez pas vous marier ! Plus de fiancé, pas de mariage !

Elle éclata d'un rire qui se brisa subitement, et elle se remit à pleurer. Jean-Pierre essaya de la calmer :

— Voyons, mère... S'il vous plaît, soyez forte. Je partirai, mais ce ne sera pas pour longtemps. Je reviendrai.

Avec effort, elle s'essuya les yeux, prit une longue inspiration. Je gémis :

— Mais, Jean-Pierre... notre mariage ?

Le regard torturé, il dit avec force :

— Il aura lieu. Même si on doit le reculer à cause de cette maudite guerre. Tu seras ma femme, Mélanie. Ne crains rien, ma chérie. Il faudra peut-être attendre un peu plus longtemps, mais notre bonheur, ensuite, n'en sera que plus grand.

Un timide rayon d'espoir se glissa dans mon cœur. Je me serrai contre Jean-Pierre, et il m'entoura de son bras. Nous revînmes jusque chez lui, et nous nous sentions semblables à deux enfants perdus dans une tourmente qu'ils n'avaient pas prévue et qui bouleversait leur vie.

Le surlendemain, l'Allemagne déclara la guerre à la France. Tous les hommes mobilisables partirent. Dès le matin, je courus chez Clémence pour voir Jean-Pierre une dernière fois. Lorsque j'arrivai, il se préparait, et sa mère tournait autour de lui, affolée et malheureuse :

— Auras-tu assez de linge ? Et les biscuits ? Ne les oublie pas, surtout. Prends-les tous. Comment savoir quand tu reviendras ?

Jean-Pierre, qui bouclait son sac, répondit avec calme :

— Bientôt, ne craignez rien.

Il se tourna vers moi lorsque j'entrai, et je me jetai dans ses bras. Incapable de parler, je cachai mon visage dans son épaule.

— Allons, Mélanie, me dit-il avec douceur. Aie du courage, ma chérie.

Je fis un effort, redressai la tête, tentai de lui sourire. Il continua :

— Edmond va venir me chercher. Nous étions ensemble à l'école, nous avons fait ensemble notre communion, mais nous n'aurions jamais imaginé que nous aurions à partir ensemble à la guerre.

Malgré son désir de paraître courageux, il secoua la tête avec amertume. À cet instant, Edmond entra.

— Il est temps d'y aller, lança-t-il presque joyeusement, comme s'ils allaient assister à une partie de pêche. Tout le monde est sur la place.

Il ressortit aussi vite, et je le vis, avec sa mère, se diriger vers la place du village.

— Allons-y, soupira Clémence.

Nous partîmes, et j'avais l'impression qu'à chaque pas le jour se faisait plus sombre. Sur la place, il y avait beaucoup de monde. Les femmes voyaient partir leur mari, leur fils, et elles les embrassaient en multipliant les recommandations. Les hommes, avec confiance, répétaient que cette guerre ne durerait que quelques mois et que bientôt tout serait fini. Serrée contre Jean-Pierre, je les écoutais en essayant de les croire. Un grand vide était en moi, et je retenais difficilement les larmes qui m'étouffaient.

Quelques garçons du village, qu'Edmond était allé rejoindre, voulaient se montrer enthousiastes. Ils criaient :

— Mort à Guillaume ! Nous lui couperons les moustaches ! Et vive la France !

Bientôt, les hommes se mirent en route, afin d'aller prendre le train au bourg le plus proche. Certaines des femmes les accompagnèrent. Avec Clémence, je restai auprès de Jean-Pierre, pour le quitter le plus tard possible. Dans les rues, ceux et celles qui avaient la chance de ne pas voir partir quelqu'un de leur famille nous regardaient passer avec tristesse et compassion.

À la sortie du village, à la lisière des champs, les hommes s'arrêtèrent. Ils allaient prendre les *voyettes*, qui formaient un raccourci appréciable. C'était le moment des adieux. Les mêmes jeunes gens enthousiastes se mirent à entonner *Le Chant du départ.*

Jean-Pierre se pencha vers sa mère et moi, nous serrant toutes les deux dans ses bras.

— Ne pleurez pas. Prenez modèle sur ces garçons. Ils acceptent la situation avec optimisme.

— Mon petit ! murmura Clémence. Prends bien soin de toi.

— Jean-Pierre... soufflai-je avec désespoir.

Il me fit un sourire qui se voulait courageux, et je lus dans ses yeux tout son amour tandis qu'il me disait tout bas :

— Je t'aime, Mélanie. Ne l'oublie pas.

De nouveau, il nous serra contre lui :

— Je vous écrirai. Ayez confiance, ce sera vite terminé.

Et attendez-moi, toutes les deux. Je reviendrai, je vous le promets.

Il se détacha de nous, prit son sac posé par terre, et s'en alla avec les autres. Je le regardais avec tant d'intensité et de douleur que les larmes brouillèrent ma vue. Il se retourna, nous fit un signe qui se voulait encourageant et plein d'espoir. Et il partit en chantant, comme ses compagnons, *La Marseillaise*.

Avec Clémence et les autres femmes, je restai là longtemps, jusqu'à ce qu'ils fussent si éloignés dans les champs que nous ne les distinguions plus les uns des autres. Alors, je me sentis si misérable que je me tournai vers Clémence en un geste qui ressemblait à un appel à l'aide. Elle me prit le bras et, tandis que nous retournions vers le village, elle soupira :

— Il ne nous reste plus qu'à attendre, maintenant. Tâchons d'être courageuses, mon enfant, jusqu'à son retour. Il reviendra, il l'a promis. Et mon Jean-Pierre est de ceux qui tiennent toujours leurs promesses, quoi qu'il arrive.

***

L'Angleterre entra à son tour dans la guerre. Privé de ses hommes, le village paraissait amputé. Mon cousin Milien, lui aussi, était parti. Mon père, qui avait tout juste passé l'âge de la mobilisation, demeura parmi nous. Ma mère en fut soulagée. Il ne resta que les femmes, les enfants, et les hommes de plus de cinquante ans. Mon cousin Léon fut la seule exception. Réformé à cause de son œil, il ne partit pas, et Florentine ne cacha pas sa satisfaction.

Les chevaux furent réquisitionnés et emmenés. Le nôtre, heureusement, fut jugé trop vieux, et on nous le laissa. Mon père constata avec tristesse :

— Au cours de périodes comme celle-ci, être vieux est devenu un avantage.

Les jours passèrent avec une lenteur morne, lourds d'une incertitude qui se muait peu à peu en une inquiétude sournoise. Nous attendions avec impatience les nouvelles; nous lisions *Le Grand Écho du Nord* en espérant apprendre la victoire de nos troupes. Elles étaient entrées dans Colmar, dans Mulhouse, et les avaient libérées du joug allemand qui pesait sur l'Alsace depuis 1870. Les hommes du village — ceux qui étaient restés — commentèrent longuement, avec une joie vengeresse, cet événement attendu depuis quarante-quatre ans. Mais contrairement à ce que nous souhaitions, les Allemands progressaient : ils envahirent la Belgique, ils occupèrent une grande partie du Nord et du Pas-de-Calais, et ils approchaient de Paris, d'où le gouvernement avait fui pour s'installer à Bordeaux.

— Dieu du Ciel ! soupirait ma mère. Ils viendront jusqu'ici, si ça continue.

Nous vîmes passer de nombreux évacués, qui fuyaient vers le sud. Quelques-uns, des Belges surtout, conseillaient aux habitants du village qui les interrogeaient de les imiter et de partir avant l'arrivée des Allemands, qui ne tarderaient pas. Ils les décrivaient comme de véritables barbares qui incendiaient les villes et massacraient leurs habitants. Mes parents refusèrent de partir, de laisser leur maison et leurs bêtes. Où aller, de toute façon ? Ce raisonnement fut le même partout ; personne ne quitta le village.

Presque simultanément, nous vîmes arriver des troupes anglaises qui montaient vers le front. Ces soldats passèrent sans s'arrêter, et nous les acclamions en admirant les uniformes, les chevaux et les automobiles.

Nous apprîmes bientôt avec soulagement que les Allemands avaient été stoppés dans leur avance. Sur les bords de la Marne, nos soldats s'étaient battus avec héroïsme, respectant la consigne de Joffre : se faire tuer sur place plutôt que reculer. Paris était sauvé. Mais il y avait eu de nombreux tués et blessés. Ces derniers revenaient par trains entiers et remplissaient les hôpitaux des villes voisines. Et les femmes se mirent à trembler pour la vie de leur fils ou de leur mari.

Jean-Pierre m'écrivit. Il me disait que tout allait bien. Son régiment partait au combat, mais je ne devais pas m'inquiéter. Il répétait qu'il m'aimait, qu'il reviendrait, et que nous serions encore plus heureux parce que nous aurions attendu davantage notre bonheur.

Je voulais le croire. J'allais souvent voir Clémence, et elle me montrait les lettres qu'elle recevait de Jean-Pierre, elle aussi. Jour après jour, je m'abrutissais de travail pour éviter de penser. Il fallait faire la moisson, et avec ma mère je suivais mon père et mon frère qui « piquetaient », je liais les gerbes, je les mettais en monts, sans arrêter, transpirant sous le soleil ardent, faisant mécaniquement les mêmes gestes, jusqu'à ce que la fatigue finît par me transformer en une machine dénuée de pensées.

Dans la plupart des fermes, les femmes étaient restées seules pour faire la moisson. Il fallait s'entraider. Mon père et mon frère proposèrent leurs services à celles dont le mari et le cheval manquaient, l'un mobilisé et l'autre réquisitionné. J'allais avec eux et, là encore, je liais les javelles et les mettais en meules.

Le jour de mon mariage arriva. Lorsque sonna l'Angélus, à midi, je pensai qu'au même moment j'aurais dû sortir de l'église au bras de Jean-Pierre, souriante et radieuse, devenue sa femme pour le meilleur et pour le pire. Au lieu de cela, j'étais seule, amère, malheureuse, et j'ignorais même où se trouvait mon bien-aimé. Dans sa dernière lettre, il disait qu'il était près de Guise, et, avec Clémence, j'avais cherché sur une carte où se situait cette ville. Ainsi, des kilomètres et des kilomètres me séparaient de lui le jour de notre mariage ! Ce soir-là, solitaire dans mon lit de jeune fille, je pleurai de révolte et d'impuissance en pensant que, sans cette maudite guerre, je m'endormirais dans les bras de mon mari.

Et puis, bientôt, une nouvelle hantise vint ajouter son horreur à l'inquiétude des habitants. Des lettres, adressées au maire par le ministère des Armées, arrivèrent pour annoncer que tel ou tel garçon du village était tombé au champ d'honneur.

Le premier qui fut tué, ouvrant ainsi une longue liste qui sembla ne jamais finir, fut Gabriel, le fils de Pierre le charron, dont je m'étais moquée si souvent avec Clarisse, parce qu'il clignait des yeux et se mettait à bégayer dès qu'il parlait aux filles. Un matin, notre maire alla annoncer à Pierre et à Thérèse, sa femme, que leur fils avait été tué le 8 septembre à Montmirail, dans la Marne. Les gens du village, mis au courant, allèrent porter aux malheureux parents leur sympathie, leur compréhension, leur amitié. J'y allai, moi aussi, avec ma mère. Ils étaient effondrés de douleur, et Thérèse avait un regard de suppliciée qui me fit mal. Il était impossible de leur apporter une consolation. Alors que nous revenions, j'eus l'impression désagréable que ceci n'était qu'un début, et je frissonnai comme si un nuage noir m'environnait de ténèbres. Ce fut à ce moment-là que, pour la première fois, j'éprouvai pour la vie de Jean-Pierre une peur qui ne me quitta plus.

Il fallut apprendre à vivre ainsi, et ce fut de plus en plus difficile. Les semaines passèrent, et les hommes ne revenaient pas comme ils l'avaient promis. Nous commencions à comprendre que leur retour ne serait peut-être pas aussi rapide qu'ils l'avaient dit. Au contraire. La guerre semblait s'éterniser; nos soldats s'installaient dans des tranchées, bien décidés à stopper une fois pour toutes les Allemands. Le front ainsi stabilisé séparait notre région en deux parties, l'une libre, l'autre occupée. Nous étions en zone libre, et mon père affirmait que, malgré tout, c'était une chance.

Nous ne pouvions qu'attendre et, bien souvent, ce fut Clémence qui me remonta le moral. Elle avait dans le retour de son fils une foi inébranlable.

— Il reviendra, me répétait-elle. Il l'a promis et il reviendra. Il nous faut simplement faire preuve de patience.

Je soupirais sans répondre. Attendre... comme c'était dur! Mon amour frustré et ma jeunesse m'empêchaient de raisonner de cette façon. Je ne parvenais pas à accepter que mon bonheur m'eût été enlevé, et je voulais qu'il me fût rendu le plus vite possible.

***

L'hiver passa, lentement lui aussi, comme s'il avait décidé de ne jamais laisser la place au printemps. Jean-Pierre ne revenait pas. Seules ses lettres rendaient notre séparation supportable et me prouvaient qu'il était toujours vivant. Chaque matin, je guettais le facteur. C'était Ernest, l'ancien facteur, qui avait repris du service pour remplacer Amédée, parti à la guerre comme tous les hommes. Vers 11 heures, je savais qu'il allait arriver, et j'abandonnais un instant mon ouvrage pour traverser la cour et me poster près de la grand-porte, surveillant le haut de la rue.

Je le voyais venir de loin ; il allait d'une maison à l'autre, là où il y avait une lettre à remettre. Le cœur battant, j'attendais qu'il approchât. Dès qu'il était suffisamment près pour m'apercevoir, je l'interrogeais du regard. S'il n'avait rien pour moi, il secouait la tête d'un air désolé. Alors je me détournais tristement, le cœur lourd. Mais, s'il y avait une lettre, il la sortait de sa sacoche et la brandissait, dans un grand rire silencieux, heureux de la joie qu'il savait m'apporter. Alors je bondissais, je courais, j'allais jusqu'à lui, je m'emparais de la missive si précieuse en le remerciant avec effusion, et je repartais en courant encore plus vite.

Je rentrais dans la maison et je gagnais ma chambre. Là, assise sur mon lit, j'ouvrais l'enveloppe, je dépliais la lettre, et je dévorais les mots écrits à l'encre violette. Avide de nouvelles, j'apprenais que Jean-Pierre se trouvait maintenant en Champagne, qu'il se portait bien, qu'il pensait sans cesse à moi et qu'il n'avait qu'un espoir : revenir bientôt, m'épouser, vivre avec moi, et enfin me rendre heureuse. J'essuyais mes yeux pleins de larmes avant de relire la lettre une deuxième fois, plus posément. Je savais que, jusqu'à ce que je reçoive la suivante, je la relirais tant de fois que je finirais par la connaître par cœur.

Je lui répondais. Avec ma mère, avec Clémence, je confectionnais des colis dans lesquels, surtout pendant l'hiver, je mettais les chaussettes ou le passe-montagne qu'avait tricotés Clémence.

— Mon pauvre petit... gémissait-elle. Est-il bien protégé, au moins? Il ne dit rien. C'est sa nature, il ne se plaint jamais. Mais dès qu'il a froid aux pieds, il s'enrhume. Ces épaisses chaussettes lui tiendront chaud, je l'espère.

Nous ajoutions également du chocolat, des boîtes de conserve, des biscuits que je confectionnais avec amour, et quelquefois, sur sa demande, du savon ou du papier à lettres. Il répondait en disant merci, il me confiait qu'il partageait ces bonnes choses avec ses compagnons des régions envahies, qui étaient coupés de leur famille et privés de correspondance. Et moi, en constatant sa générosité, je l'en aimais davantage.

Dès le mois de février, au moment des semailles de printemps, de nouveau mon père et mon frère allèrent aider les femmes restées seules. Elles remerciaient avec gratitude.

— Grâce à vous, tout sera en ordre lorsqu'il reviendra, disaient-elles.

Léon, avec son ouvrier Sylvestre, proposait lui aussi son aide. Malgré l'absence des hommes, il fallait s'occuper de leurs terres. Cette entraide était une réponse à Viviani qui, au mois d'août précédent, avait recommandé de « maintenir l'activité dans les campagnes ».

Florentine en profitait pour vanter les qualités de son fils. Lorsqu'elle venait nous voir, elle répétait :

— C'est un brave, mon Léon. Il ne laisse personne dans l'embarras. Ça, on peut compter sur lui.

Ma mère approuvait, par politesse, car elle ne l'aimait pas beaucoup non plus. Moi, je ne disais rien. Léon exerçait toujours sur moi la même répulsion, et je continuais à l'éviter le plus possible. Un jour, Florentine alla même jusqu'à me dire, alors que nous étions seules :

— Si tu l'avais accepté, mon Léon, tu aurais un mari auprès de toi, en ce moment, au lieu de te morfondre à attendre comme tu le fais.

Je haussai les épaules avec irrespect et me retins de

répondre que je préférais malgré tout l'attente que je subissais.

Et cette attente s'éternisait. Mon oncle Alfred, demeuré seul depuis que Milien était parti, venait souvent partager notre repas. Il se plaignait tristement et nous confiait ses craintes :

— Milien me manque. J'étais habitué à travailler avec lui. Après ma fille qui est partie, maintenant on me prend mon fils. Je ne dors plus. J'ai toujours peur de voir arriver Roger...

Cette crainte du maire et de l'horrible nouvelle qu'il apportait, nous l'avions tous. Elle empoisonnait notre vie.

***

Ce fut seulement au début de l'été qu'une éclaircie apparut. Rien qu'une éclaircie au milieu de nuages toujours noirs et menaçants, mais ce faible rayon de soleil fut accueilli avec gratitude.

Comme la guerre s'éternisait, le haut commandement militaire, pour permettre aux troupes de garder un bon moral, instaura un système de permissions, au cours desquelles chaque poilu irait retrouver sa famille, dont il était séparé depuis bientôt un an.

Une lettre de Jean-Pierre m'annonça qu'il espérait venir. « Des permissions vont être accordées, disait-il. Depuis qu'on a appris la nouvelle, on veut tous partir le plus vite possible. Il paraît que les premiers à en profiter seront les hommes mariés. Les célibataires viendront après. Je vais faire valoir le fait que la guerre a empêché mon mariage, afin de pouvoir venir plus tôt. En tout cas, dès que je connaîtrai la date, je te l'écrirai aussitôt. Comme j'ai hâte de te revoir, ma Mélanie, de te serrer contre moi et de t'embrasser ! Il y a si longtemps... »

Oui, si longtemps, pensai-je en repliant la lettre. Des mois et des mois qui m'avaient semblé une éternité.

Clémence, que cette perspective rendait folle de joie, avec excitation se mit à nettoyer sa maison de fond en comble. Elle lava les carreaux, mit des rideaux fraîchement repassés.

— J'attends son arrivée d'un jour à l'autre, disait-elle, les yeux brillants.

Chaque matin, je me réveillais, le cœur palpitant d'espoir. Je brûlais d'impatience. Les premiers soldats vinrent en permission, mais Jean-Pierre ne fut pas parmi eux. Ce fut, d'abord, des hommes mariés, comme il l'avait dit. L'un d'eux, un fermier du village, âgé d'une quarantaine d'années, arriva juste pour la moisson. À ceux qui l'interrogeaient sur la guerre, il répondait :

— Moi, je suis à l'arrière, je répare les routes pour le passage des convois. Mais ceux de l'avant, ils en bavent.

Dès que je recevais une lettre de Jean-Pierre, je la parcourais avidement, cherchant l'annonce de son arrivée. Je fus déçue à plusieurs reprises mais, enfin, au début du mois de septembre, mon cœur fit dans ma poitrine un immense bond lorsque je lus, dès la première ligne :

« Ma Mélanie, une merveilleuse nouvelle : je serai près de toi le mercredi 16 septembre, ça y est, ma permission est officielle. Je suis fou de joie. »

Je courus chez Clémence. Elle avait reçu une lettre, elle aussi, et elle me serra dans ses bras, les yeux emplis de larmes de joie.

— Nous irons l'attendre à la sortie du village, là où nous l'avons quitté il y a un an, suggéra-t-elle. Il me dit à quelle heure il arrivera, dans l'après-midi. Quel bonheur, Mélanie ! Je vais revoir mon petit ! Même si ce n'est que pour quelques jours... Il devra repartir, mais il y aura une autre fois où il reviendra définitivement.

J'éprouvais une impatience heureuse. Une nouvelle énergie m'habitait, chassant la tristesse qui, jusque-là, me donnait l'impression de vivre au ralenti. Je travaillais avec enthousiasme, me disant que chaque heure me rapprochait du retour de mon bien-aimé. Mes parents et mon frère m'observaient en souriant. Et moi, je comptais les jours.

Le mercredi tant attendu arriva. En début d'après-midi, je me fis belle. Je me coiffai, je mis une jupe que j'avais repassée la veille, et je me rendis chez Clémence. Dans les champs, des femmes et des enfants ramassaient les pommes de terre. C'était mon travail, à moi aussi, mais ce jour était une exception. Rien n'aurait pu m'empêcher d'aller accueillir Jean-Pierre.

Clémence m'attendait, coiffée et habillée comme pour aller à une fête. Et en effet, le retour de celui que nous aimions était une fête. Elle avait préparé les plats qu'il préférait, avait confectionné des biscuits et de la crème au chocolat. Elle avait l'intention de le dorloter, et je l'approuvai. Elle me prit par le bras :

— Allons-y. Il ne faut pas être en retard.

Dans les rues, les personnes que nous croisions nous saluaient avec un air de connivence amicale :

— Alors, Clémence, disaient-elles, c'est aujourd'hui qu'il arrive, votre garçon? Ce n'est pas trop tôt, hein?

Clémence acquiesçait, souriait, mais ne s'arrêtait pas. À la sortie du village, devant la voyette, elle proposa :

— Au lieu d'attendre, avançons à sa rencontre. Nous le verrons plus vite.

Nous nous mîmes à marcher encore plus rapidement. Nous regardions, avec obstination, la limite des champs, là où allait apparaître la silhouette de Jean-Pierre.

Soudain, Clémence me serra le bras :

— Le voilà! s'écria-t-elle.

Je l'avais vu, moi aussi. Je doublai le pas, entraînant Clémence, et lui, qui nous avait aperçues, nous faisait des grands signes et courait vers nous à grandes enjambées. Essoufflée, haletante, je le voyais se rapprocher à travers une brume, et les battements de mon cœur rendaient mes oreilles toutes bourdonnantes. Je remarquai vaguement son uniforme bleu horizon, son calot, et le sac qu'il portait et qu'il laissa tomber pour ouvrir les bras. Il nous reçut toutes les deux, sa mère et moi. Il referma ses bras sur nous, pencha la tête, posa un baiser sur mon visage levé vers lui, puis sur la joue de sa mère.

— Enfin! murmura-t-il. Mélanie, ma chérie... Maman...

Je m'accrochai à lui de toutes mes forces. Un bonheur immense m'étouffait. Clémence, contre la poitrine de son fils, pleurait doucement, et en même temps son visage rayonnait.

Un très long moment, il nous tint ainsi, serrées contre

lui, toutes les deux, les deux femmes qu'il aimait le plus au monde. Puis, lentement, Clémence recula, observa le visage de son fils d'un œil maternel et critique :

— Tu as maigri. C'est dur, mon petit?...

Jean-Pierre reprit son sac et se remit à marcher. Nous fîmes quelques pas en silence, puis il déclara farouchement, tandis qu'une ombre ternissait la clarté de son regard :

— Je ne veux pas en parler. Ça ne ferait que vous attrister, alors qu'au contraire, je veux passer auprès de vous des jours heureux. Je veux oublier, et surtout ne pas penser que je vais devoir y retourner.

Clémence hocha la tête, compréhensive :

— Tu as raison, mon garçon. Et nous ferons tout pour que ton séjour soit réussi. N'est-ce pas, Mélanie?

— Oh oui, dis-je avec ferveur.

Je levai la tête et souris à mon fiancé. Ses yeux plongèrent dans les miens, et leur expression me donna le vertige. Avec trouble, je pensai que, sans cette guerre, je serais sa femme, et je compris qu'il avait eu la même idée.

Dès notre arrivée à la maison, Jean-Pierre alla installer son «barda», comme il l'appelait, dans sa chambre, en disant qu'il désirait revêtir des habits civils.

— J'ai préparé une chemise et un pantalon sur ton lit, précisa Clémence.

— C'est bien. J'ai hâte de me changer. Je veux oublier que je suis un soldat.

Pendant ce temps, Clémence s'activa, plaça sur la table les biscuits et la crème. Jean-Pierre revint et, dans ses vêtements habituels, il me parut plus proche. Il s'assit, et mangea avec la gourmandise d'un enfant, sous les yeux attendris de Clémence. Quant à moi, l'émotion me coupait l'appétit, et je me contentai de grignoter un biscuit. Je regardais mon fiancé, je constatais avec un serrement de cœur qu'il avait maigri et que son visage paraissait plus dur. De chaque côté de la bouche, des rides d'amertume donnaient à ses lèvres un pli désabusé. Il avait perdu son air joyeux et insouciant. Une gravité mêlée de désenchantement le faisait paraître plus âgé.

Clémence lui racontait les dernières nouvelles du village, et je la laissais parler. Puis Jean-Pierre tint à se rendre dans son atelier, et je l'accompagnai. Il regarda avec tristesse l'établi et les outils inutilisés.

— Mon travail me manque, confia-t-il sourdement. Quand pourrai-je m'y remettre ?

— Ça viendra, mon garçon, dit Clémence qui nous avait suivis. Tout reste ici en attendant ton retour. Comme moi, ajouta-t-elle avec un sourire.

Alors que nous revenions dans la cuisine, une voisine arriva, puis une autre. Elles avaient vu naître Jean-Pierre, le connaissaient depuis toujours, et venaient le saluer et demander de ses nouvelles. Clémence offrit des biscuits. Aux questions des femmes, Jean-Pierre fit la même réponse : il était en permission, loin de la guerre, et il désirait l'oublier. Tout ce qu'il consentit à dire, ce fut qu'ils étaient mal nourris, avec du « rata » qui arrivait toujours froid, du « singe » et des « fayots ». Il nous expliqua ces mots que nous ne comprenions pas, et ajouta :

— Heureusement que nous recevons des colis. Ils nous aident à tenir le coup.

— Si seulement cette guerre pouvait finir, murmura l'une des femmes.

Son mari était fermier, et elle expliqua que leur cheval, qui n'avait que trois ans, avait été jugé trop jeune pour être réquisitionné.

— Il lui fallait un collier, dit-elle à Jean-Pierre, et tu nous as bien manqué, mon garçon. Sans bourrelier, comment faire ? Nous avons dû aller voir celui d'un village voisin. À cinquante-cinq ans, il n'est pas parti à la guerre, et c'est lui qui, pour le moment, dépanne tout le monde.

Elles se mirent à vitupérer contre la guerre qui retenait les hommes loin de leur foyer, et en vinrent à déplorer la liste des morts qui ne faisait qu'augmenter.

— Depuis un an, il y a déjà eu huit tués. Et si cette guerre ne se termine pas bientôt, ça va continuer. Quel malheur, ah, quel malheur !

Je vis le visage assombri de Jean-Pierre. Je me levai, en prenant le premier prétexte qui me vint à l'esprit :

— Je suis désolée, je dois m'en aller. Ma mère va m'attendre. Il faut que j'aille l'aider à traire.

— Je vais t'accompagner, dit Jean-Pierre. En même temps, j'irai saluer tes parents.

Je pris congé et nous sortîmes. Jean-Pierre me serra contre lui en poussant un soupir de soulagement :

— Ouf ! Je les aime bien, mais je ne suis pas fâché de leur échapper. Et de me retrouver seul avec toi. Ma Mélanie... comme tu m'as manqué !

Son regard plein d'amour et son sourire me troublèrent.

— Toi aussi, tu m'as manqué, avouai-je.

Nous marchâmes un long moment en silence, savourant le bonheur de nous retrouver et d'être ensemble. À la sortie du village, nous prîmes les voyettes à travers champs. Jean-Pierre regarda autour de lui, et son visage exprimait une joie paisible à laquelle se mêlait une sorte d'étonnement.

— J'avais oublié combien la campagne est belle, murmura-t-il. Ces champs, ces arbres... quelle merveille ! Là d'où je viens, tout est détruit. La terre est pleine de trous d'obus, les arbres sont déchiquetés. Si tu voyais ça, Mélanie ! C'est un spectacle de fin du monde.

Il respira profondément, enveloppa d'un regard circulaire les champs, le bosquet à notre droite, le petit pont, plus loin, qui enjambait un cours d'eau, et, plus loin encore, l'église de mon village, dans laquelle mon mariage aurait dû avoir lieu voici plus d'un an, pensai-je avec un regret qui me serra la gorge.

Jean-Pierre dit d'une voix rauque :

— Viens, Mélanie. Allons là-bas.

Il m'emmena vers le bosquet, et je me laissai faire. À l'ombre des grands arbres, je levai la tête vers lui, et il m'embrassa. Mes bras autour de son cou, je retrouvai avec délices le geste de lui caresser la nuque. Son corps se pressa contre le mien, ses baisers se firent plus ardents. Je lui répondis avec passion. Ses lèvres descendirent le long de mon cou, et je gémis en renversant la tête en arrière. Ses mains s'égarèrent sur mes seins, l'une d'elles se glissa dans l'échancrure de mon corsage. Je gémis de plus belle, tandis qu'un désir impérieux faisait brûler mon corps. L'année d'attente et de séparation était oubliée, et nous étions de nouveau dans la situation des jours précédant notre mariage. Jean-Pierre se montrait entreprenant alors, avec une impatience exacerbée par l'idée de notre union toute proche. Je l'avais toujours repoussé, en sachant que bientôt je lui appartiendrais. Mais, maintenant, la situation était tout autre : quand serais-je sa femme?...

Je dus faire un effort sur moi-même pour, cette fois encore, agir de la même façon et l'empêcher de se montrer trop hardi. Je reculai et il protesta avec passion :

— Mélanie... Je n'en peux plus! Ça fait plus d'un an que tu devrais être à moi!

— Je le sais bien, dis-je tout bas.

Je rectifiai ma tenue et, pour ne pas faiblir à nouveau, je me détournai et me mis à marcher, sortant du couvert des arbres pour rejoindre le sentier. Jean-Pierre me suivit, tout en plaidant d'une voix suppliante :

— Maintenant que je te retrouve, ne me repousse pas, Mélanie. J'ai cru devenir fou pendant toute cette année. Chaque nuit, je pensais que j'aurais dû dormir avec toi, te serrer dans mes bras, et j'en étais malade.

Moi aussi, j'avais souvent raisonné de cette façon. Mais je ne le dis pas. Je pressai le pas, cherchant une aide dans les activités prosaïques de tous les jours.

— Il faut que je me dépêche. Il va bientôt être l'heure de la traite.

Jean-Pierre eut un soupir résigné et ne dit plus rien. Je lui pris la main, tentai de lui sourire. J'avais pitié de son expression malheureuse, mais je me disais que j'avais raison de lui résister. Il fallait bien que je sois forte pour deux.

6

Ce soir-là, incapable de trouver le sommeil, je me tournai et me retournai dans mon lit. Lorsque je m'endormis enfin, ce fut pour faire un horrible cauchemar.

J'étais dans une pièce sombre et froide, et je pleurais avec désespoir parce que je venais d'apprendre que Jean-Pierre avait été tué. Je savais que le vide glacé que je ressentais m'accompagnerait tout au long de ma vie. Et, au-delà de ma détresse, une voix me disait : « Tu aurais dû accepter d'être à lui pendant qu'il était encore temps, comme il te le demandait. Maintenant, il est trop tard. Tu ne connaîtras jamais le bonheur de lui appartenir. »

Je me réveillai, et je m'aperçus que mes joues étaient humides de larmes. Je me sentais oppressée. Mes efforts pour chasser ce rêve cruel furent vains, et l'impression pénible qu'il m'avait laissée persista longtemps. Avant l'aube, dès que notre coq chanta, je me levai.

Je travaillai toute la matinée avec la sensation d'être paralysée par une menace. Ce ne fut qu'en début d'après-midi, lorsque je me retrouvai en présence de Jean-Pierre, que le souvenir de mon rêve s'estompa. Pendant le temps que durerait sa permission, mes parents m'autorisaient à rencontrer mon fiancé chaque jour, soit chez moi, soit chez lui. Avec bonheur, je pris la main de Jean-Pierre et partis avec lui dans la campagne.

C'était la fin de l'été. Le feuillage des arbres déjà changeait, devenait moins vert, se préparait à prendre cette teinte pourpre et or qui annoncerait l'automne. Le soleil était plus doux, et les hirondelles qui passaient comme des flèches au-dessus de nos têtes partiraient bientôt. «Jean-Pierre aussi», vint me dire une pensée sournoise que je m'empressai de chasser. Pour le moment, il était près de moi, j'écoutais sa voix grave, je sentais son bras autour de ma taille, et je ne voulais penser à rien d'autre.

Comme la veille, il m'entraîna sous le couvert des arbres, et je le laissai m'embrasser. Je n'avais rien prémédité, mais, au moment où il se montra trop entreprenant, je ne le repoussai pas. Dans un coin de mon esprit, la voix de mon rêve avait laissé son message. Et, sans même en avoir conscience, j'avais pris la résolution de suivre son conseil : appartenir à Jean-Pierre pendant qu'il était là.

Je glissai avec lui sur l'herbe douce, et je fermai les yeux. Mon corps brûlait du désir d'être à lui. Alors, je laissai notre amour triompher. Je poussai un cri lorsqu'une douleur me traversa, mais elle fut vite effacée par le tourbillon de passion qui nous emporta. Nous prenions notre revanche sur la guerre qui nous avait séparés, sur les événements qui nous avaient empêchés d'être l'un à l'autre. Et, après l'année interminable d'attente et de frustration que nous venions de subir, l'ivresse de nous appartenir n'en était que plus grande.

Après, lorsque je repris conscience de la réalité, j'eus un instant d'affolement, et quelques remords. Avais-je mal agi ? Des larmes brûlèrent mes paupières. Jean-Pierre les aperçut. Il se pencha sur moi, et il y avait dans ses yeux une grande clarté, comme le reflet d'un immense bonheur. Il murmura :

— Merci, Mélanie. Merci, mon amour. Maintenant, tu es vraiment ma femme.

Ses lèvres séchèrent les larmes qui perlaient au bord de mes cils, et je n'eus plus aucun regret. Je me sentis profondément heureuse. J'étais la femme de Jean-Pierre, et c'était comme si la guerre n'avait pas existé. C'était moi la plus forte.

— Il faut que notre mariage ait lieu, dit Jean-Pierre quelques instants plus tard. Je tiens à t'épouser légalement. À ma prochaine permission, nous nous marierons. Demain, nous irons trouver le maire, et aussi M. le curé. Il faut les prévenir.

Je le regardai, heureuse et en même temps inquiète.

— Mais... notre mariage est reporté à la fin de la guerre...

Jean-Pierre eut un geste de dénégation :

— Je ne veux pas attendre jusque-là. J'aurai une autre permission dans quatre mois. Si la guerre est finie d'ici là, tant mieux. Sinon, nous aurons enfin notre mariage. Il est temps, ne crois-tu pas ?

J'approuvai avec bonheur. Malgré la guerre, je parviendrais à être la femme de Jean-Pierre, et à être heureuse.

Chaque après-midi, je le retrouvais, et, chaque fois, je lui appartenais. Nous étions l'un à l'autre entièrement, et je savais que la séparation serait encore plus dure. Mais, comme le répétait Jean-Pierre, dans quatre mois il reviendrait, et nous nous marierions, gagnant ainsi le droit d'être l'un à l'autre sans nous cacher.

J'avais l'impression de vivre dans un continuel enchantement. Avec insouciance, je ne m'inquiétais pas des regards que portaient sur moi, parfois, ma mère, Clémence, ou encore cousine Florentine. Se doutaient-elles de quelque chose ? Avais-je une autre façon de me mouvoir, plus sensuelle, plus voluptueuse ? C'était possible. Jean-Pierre m'apprenait le désir, le plaisir, et j'étais peut-être différente. Mais je ne cherchai pas à changer mon comportement. Je vivais dans une plénitude et une euphorie qui me comblaient.

Le jour où Jean-Pierre dut repartir, je dissimulai mon chagrin. Lorsque je l'embrassai une dernière fois, je ressentis avec force le lien physique qui nous unissait. Il prit mon visage entre ses mains, plongea ses yeux dans les miens :

— Merci pour tout, ma chérie. Et à bientôt.

Je me serrai contre lui, et il murmura très bas, à mon oreille :

— Ma femme...

À cause de la présence de sa mère, je ne dis rien. Mais le regard que j'échangeai avec lui disait notre secret, notre entente, et notre certitude de ne rien regretter.

***

Je réappris à vivre dans l'attente de ses lettres. Je gardais précieusement au fond de moi les souvenirs de nos étreintes, qui m'aidaient à patienter. Et je comptais les jours en me disant que chacun d'eux me rapprochait de son retour.

La révolte qui m'habitait depuis le début de la guerre m'avait quittée. Florentine, un jour, remarqua :

— Tu es plus douce, Mélanie. Tu parais plus épanouie.

J'ignorai son regard entendu. Je continuais à me détourner de son fils lorsque je me trouvais en sa présence. Maintenant que je savais ce que représentait l'union physique de deux corps, j'étais encore plus consciente de la répulsion que m'inspirait Léon.

Le mois suivant, ce fut au tour de mon cousin Milien de venir en permission. Mon oncle Alfred, heureux, vint nous prévenir dès qu'il reçut la lettre, et le soir même de l'arrivée de Milien, ma mère les invita à venir souper avec nous.

Je trouvai mon cousin amaigri et vieilli. Comme Jean-Pierre, il avait une expression douloureuse sur le visage, et le même regard hanté. Pendant le repas, les hommes discutèrent de la guerre. Les combats se succédaient, au prix d'énormes pertes, mais la situation demeurait toujours la même. Nous voyions dans les journaux, avec un serrement de cœur, la liste de ceux qui étaient morts pour la patrie, et nous n'avions qu'un souhait : que cesse cette hécatombe, ce massacre de tous nos jeunes gens.

— Ne pouvez-vous pas battre les Boches une fois pour toutes ? demanda mon père à Milien, exprimant dans cette question le désir que nous formulions tous.

Le visage de Milien s'assombrit.

— Ce n'est pas si facile, soupira-t-il. Nous avons réussi

à les arrêter, ce qui fait qu'ils n'occupent pas toute la région. Maintenant, nous sommes dans des tranchées, face à face. Eux veulent avancer, et nous, nous devons les en empêcher, et même les faire reculer. Il y a des batailles, au cours desquelles, chez eux comme chez nous, beaucoup de soldats sont blessés ou tués. Quelquefois, nous gagnons un peu de terrain, qu'ils reprennent lors de l'attaque suivante. Et finalement, la situation, dans l'ensemble, reste la même.

— Mais alors, insista mon père, ça va se terminer quand ?

Milien eut un geste fataliste et déclara, du ton découragé de quelqu'un qui a perdu tout espoir :

— Ça se terminera quand il n'y aura plus de combattants, ni d'un côté ni de l'autre.

Mon père fronça les sourcils. Mon oncle Alfred eut pour son fils un long regard poignant, empli de tristesse et d'appréhension. Ma mère, volontairement, changea la conversation. Mais moi, je pensais à Jean-Pierre, et je m'inquiétais.

Le lendemain, dans l'après-midi, j'allai chez mon oncle Alfred et je m'arrangeai pour me trouver seule avec Milien. Je voulais l'interroger. Je le fis avec maladresse, mais je cherchais désespérément à être rassurée, tout en sachant qu'il serait peut-être plus sage de ne rien savoir.

— Milien, demandai-je, que se passe-t-il exactement ? Jean-Pierre ne m'a rien dit.

Il me regarda, l'air sombre et féroce.

— Que veux-tu que je te dise ? La vérité ?

J'acquiesçai, la gorge serrée. Il secoua la tête et avoua avec douleur :

— Avec des mots, je ne pourrai jamais te décrire toute cette horreur. C'est l'enfer. Nous sommes dans des tranchées, où nous vivons comme des bêtes. Nous sommes couverts de poux, nous nous battons contre les rats. Et nous savons qu'il y a la mort en face, et qu'elle nous guette. Lors des attaques, alors là, cet enfer se déchaîne.

La voix lui manqua, il baissa la tête, passa une main sur ses yeux, comme pour effacer ces visions d'horreur qu'il venait d'évoquer. Sourdement, il reprit :

— Nous savons que, si ça continue comme ça, nous n'en reviendrons pas vivants. Nous y passerons tous, à moins d'être blessés, et ainsi démobilisés. Certains le souhaitent, parfois. Vaut-il mieux, pour pouvoir continuer à vivre, se retrouver mutilé ? Je n'en sais rien. De toute façon, on ne nous demande pas notre avis... C'est la mort qui choisit...

Il releva la tête, et je vis les larmes qui emplissaient ses yeux. Embarrassée, je posai une main sur son bras :

— Pardonne-moi, Milien. Je ne voulais pas...

Il se reprit, m'adressa un semblant de sourire, et je retrouvai sur son visage un peu de cette tendresse dont il m'avait toujours entourée, depuis ma toute petite enfance, alors que je le considérais comme un grand frère, avec une admiration qui l'amusait et le flattait.

— Je sais bien, Mélanie. Tu ne peux pas te rendre compte. Personne ne le peut. Il faut s'y trouver pour comprendre. Dire que nous sommes partis en chantant... inconscients que nous étions ! Maintenant, nous savons à quoi nous attendre, et, après une permission, lorsque nous repartons au front, c'est avec appréhension, avec peur, avec désespoir.

Je ne savais que dire. L'arrivée de mon oncle Alfred me dispensa de répondre. Milien parla immédiatement d'autre chose, sans paraître remarquer que son père posait sur lui un regard inquiet. Je m'efforçai, moi aussi, de bavarder avec insouciance, mais je pris bientôt congé avec soulagement.

Je gardai de cette conversation avec mon cousin une impression désagréable, qui réveilla au fond de moi la peur toujours tapie. Je m'étais crue la plus forte en me donnant à Jean-Pierre, j'avais cru remporter sur la guerre une grande victoire. Mais je me rendais compte que, malgré cet événement qui nous avait apporté tant de bonheur, rien n'était changé. La guerre était toujours là. Elle nous rappelait constamment son existence par le passage de colonnes d'infanterie, d'artillerie, ou de ravitaillement, qui traversaient le village, le jour comme la nuit, pour monter au front. Maintenant, après les révélations de Milien, je savais que, lorsque je verrais passer ces soldats qui, bien souvent, nous adressaient de grands saluts amicaux, je penserais : « Combien d'entre eux reviendront ?... » Et je me remis à attendre les lettres de Jean-Pierre, profondément consciente du fait que chacune d'elles n'était pas seulement un message, mais aussi et surtout la preuve qu'il était vivant.

***

Je fis bientôt une découverte, qui changea le cours de mes pensées. À la date prévue, mes règles n'arrivèrent pas, et j'eus plusieurs malaises qui m'alertèrent : nausées, haut-le-cœur, sueurs froides, vertiges. Je ne tardai pas à comprendre, et une immense joie m'envahit, m'illumina, m'éblouit : j'attendais un enfant ! Un enfant de Jean-Pierre...

Lorsque je m'étais donnée à lui, je n'avais pensé qu'à l'instant présent, et si quelquefois la pensée d'un bébé m'avait effleurée, je ne m'y étais pas attardée. Mais maintenant, je brûlais du désir de lui écrire, afin de lui apprendre la merveilleuse nouvelle.

Un peu de honte, néanmoins, vint ternir ma joie. J'avais mal agi, j'étais enceinte avant d'être mariée. Je me rappelai Georgina, et la fureur de mon oncle. Comme elle, je ne regrettais rien, mais je résolus de cacher mon état à mon père. Je me disais que, dans un peu moins de trois mois, je serais mariée, et je le lui annoncerais à ce moment-là. Il l'accepterait alors beaucoup mieux.

Mais je ne pus tromper ma mère. Elle s'aperçut, d'abord, que je n'utilisais pas, comme chaque mois, les bandes hygiéniques en coton éponge rangées dans l'armoire. Et puis, je ne pus lui cacher mon visage livide et couvert de sueur lors des nausées qui me retournaient l'estomac.

L'une d'elles me prit alors que, assise sur le tabouret et penchée en avant, je m'apprêtais à traire notre Noiraude. Ma mère posa le seau de lait mousseux qu'elle s'apprêtait à emporter et me releva durement la tête :

— Mélanie, dis-moi la vérité. Tu es enceinte ?

Je baissai les yeux pour échapper à son regard sévère

qui me condamnait. Je rougis et, malgré moi, je me sentis coupable. Je n'eus pas besoin de répondre. Elle comprit. Elle me lâcha et soupira :

— Je me doutais bien...

Et elle ajouta, plus bas, avec reproche :

— Mélanie, comment as-tu pu ?... Je t'avais bien expliqué, pourtant, qu'une jeune fille sérieuse ne se donne pas avant d'avoir la bague au doigt. Tu n'as même pas l'excuse de Georgina qui, elle, n'avait plus les conseils de sa mère... C'était au cours de la permission de Jean-Pierre, n'est-ce pas ?

Je relevai la tête, déglutis péniblement pour pouvoir parler :

— Oui. Nous avons été comme fous de nous revoir. Sans la guerre, nous aurions été mariés depuis plus d'un an. Ce qui fait que... nous n'avons pas eu l'impression de mal nous conduire. Au contraire, nous avions tant de bonheur à rattraper !

— Peut-être, grommela ma mère. Mais ça n'empêche pas que tu es enceinte sans être mariée. Que cela reste entre nous. N'en parle pas à ton père, il serait furieux. Heureusement, dans un peu plus de deux mois, tu seras mariée et tout rentrera dans l'ordre.

Je fus soulagée de constater qu'elle raisonnait comme moi. J'eus un élan vers elle :

— Mère... vous ne m'en voulez pas ?

Elle me regarda et, inattendue, une onde de tendresse éclaira son visage :

— Non, ma fille. Je ne t'approuve pas, mais je peux arriver à te comprendre. C'est vrai que cette guerre...

— Merci, mère, dis-je d'une voix tremblante.

Sans un mot de plus, elle prit le seau et sortit de l'étable. Je me penchai de nouveau et, la tête contre le flanc de Noiraude, je me mis à traire. Mon malaise ne revint pas. Je me sentais heureuse de la compréhension de ma mère. Mais je devais continuer à cacher soigneusement mes nausées à mon père. Mon frère, lui, était peut-être encore trop jeune pour comprendre. À treize ans, il secondait mon père dans les travaux de la ferme, et nous étions moins proches l'un de l'autre. Mais nous

nous aimions toujours tendrement. Il restait mon petit frère, et je ne voulais pas qu'il me juge mal.

Les jours passèrent, et jamais plus ma mère ne me parla de mon état. Je faisais mon travail comme d'habitude, et je pensais secrètement à cet enfant qui grandissait en moi. Le soir, dans mon lit, je passais doucement ma main sur mon ventre. Je voyais, dans mon esprit, cette image heureuse : notre enfant dans un berceau et, penchés sur lui, comblés et unis, Jean-Pierre et moi.

Je lui écrivis la merveilleuse nouvelle. Une dizaine de jours après, je reçus la réponse. Je tremblais en lisant la lettre, en lisant les mots fous de joie, qui disaient son bonheur, immense et identique au mien. En repliant la feuille, je m'aperçus que je pleurais. J'imaginai les yeux de Jean-Pierre, au moment où il avait appris la nouvelle, et la lumière qui avait dû les faire briller... Comme j'aurais voulu être près de lui ! Je me mis à attendre encore plus ardemment son retour.

Je cachais soigneusement mes malaises, et il me semblait que personne ne se doutait de mon état. Florentine continuait de m'observer d'un œil circonspect, mais elle le faisait déjà avant ma grossesse. Quant à mon père et à mon oncle Alfred, c'étaient des hommes, et ils ne prêtaient pas attention à mon aspect, ce qui me convenait parfaitement.

J'avais écrit à Jean-Pierre que je ne voulais parler de mon état à personne, et que seule ma mère connaissait la vérité. Il me demanda, dans sa réponse, de le dire à Clémence, car elle serait vexée, m'assura-t-il, d'avoir été tenue à l'écart. Je me décidai donc à le lui annoncer.

L'après-midi suivant, chez elle, alors que nous étions seules, un peu gênée malgré tout, je commençai :

— Clémence... il faut que je vous dise... Jean-Pierre le sait déjà et il veut que vous soyez au courant, vous aussi... mais je vous demande de ne le dire à personne, surtout...

Je n'eus pas besoin de continuer. Le visage de Clémence devint tout rose, des étincelles firent scintiller ses yeux. Elle se leva, vint à moi, me serra contre elle :

— Mélanie ! C'est un bébé, n'est-ce pas ? Il me semblait bien, aussi, depuis quelque temps... Votre teint pâle, vos yeux cernés... Oh, mon Dieu! Un petit de Jean-Pierre... Merci, mon enfant!

Elle m'embrassa, et son visible bonheur me mit les larmes aux yeux. Je balbutiai :

— Comme vous êtes bonne! Vous ne me jugez pas trop mal?

Elle protesta avec chaleur :

— Et pourquoi vous jugerais-je mal? Vous rendez mon Jean-Pierre heureux, c'est tout ce qui compte.

— Vous ne le direz à personne avant le mariage, n'est-ce pas?

— Non, je vous le promets. Mais, s'il ne tenait qu'à moi, je le claironnerais partout. Je suis tellement contente! Et je me fiche complètement des critiques et des mauvaises langues!

Son ton énergique me fit rire.

— Demain, continua-t-elle, j'irai rechercher au grenier le berceau de Jean-Pierre, et aussi la voiture d'enfant. Je les nettoierai.

— Oh, vous avez le temps! Il ne naîtra pas avant le mois de juin.

Elle m'embrassa une nouvelle fois avec tendresse :

— Merci, mon enfant. Prenez bien soin de vous, et n'hésitez pas à manger pour deux, afin de donner à Jean-Pierre un beau bébé!

Sur le chemin du retour, je souriais toute seule. La réaction de Clémence me faisait chaud au cœur. Mes pensées convergeaient toutes vers ce bébé que j'attendais, vers cette petite vie qui se développait en moi, et qui me permettait de supporter plus facilement la guerre et la séparation.

C'était l'hiver et, de nouveau, nous tricotions des chaussettes, des écharpes, des passe-montagnes pour les envoyer à nos poilus. Dans ses lettres, Jean-Pierre ne se plaignait pas du froid, mais je devinais ce qu'il taisait. Je pensais à lui lorsque je voyais, le matin, des fleurs de glace sur les vitres de ma chambre, et lorsque je sortais dans la cour brillante de givre, tandis que le froid me pinçait le visage et les mains.

Le jour de Noël, son absence me fut encore plus cruelle. Nous fîmes un repas en famille, avec mon oncle Alfred et Clémence. Je compris, en voyant le regard triste de mon oncle, que sans le dire il pensait à son fils, absent lui aussi. Quant à Clémence, résolument optimiste, elle refusait les pensées négatives. Elle me chuchota à l'oreille :

— Souriez, pensez à votre petit. Et puis, dans un mois, Jean-Pierre sera là, et vous vous marierez.

Je m'efforçai de raisonner comme elle. Mon mariage était prévu, et nous attendions que Jean-Pierre nous envoie l'annonce de sa prochaine permission pour en fixer la date précise. Ça ne tarderait pas, assurait Clémence, et je ne vivais que dans cet espoir.

J'entrais dans mon quatrième mois de grossesse, et mes malaises avaient disparu. Je devais desserrer la ceinture de ma jupe, à cause de ma taille qui commençait à épaissir. J'avais hâte que Jean-Pierre revînt, hâte de l'épouser, et de pouvoir enfin annoncer la prochaine naissance de mon enfant, au lieu de la cacher comme un secret honteux.

Un après-midi de janvier, alors que j'arrivais chez elle, Clémence m'accueillit avec enthousiasme :

— Entrez vite, mon enfant, et venez vous chauffer. Vous devez être complètement gelée ! Asseyez-vous près du feu, ôtez votre manteau. Et tenez, lisez ça. Je l'ai reçue ce matin.

Les yeux brillants de joie, elle me tendit une feuille écrite à l'encre violette. Elle continua, excitée comme une enfant :

— Voyez, là, il annonce la date de son retour. J'ai compté sur le calendrier : plus que douze jours, et il sera là ! Et vous pourrez enfin vous marier !

Des larmes brouillèrent mes yeux, et je balbutiai :

— Dans douze jours… enfin !

— Je vais nettoyer la maison, laver les vitres, les rideaux, et préparer la chambre pour le soir des noces. Mon enfant, comme je suis heureuse !

— Moi aussi, Clémence. Moi aussi, je suis heureuse.

Ma voix tremblait, des larmes glissaient lentement sur mes joues, et Clémence les essuya avec tendresse.

Le lendemain, je reçus une lettre m'annonçant la même nouvelle. « J'arriverai dans l'après-midi, comme la dernière fois. J'ai hâte de te serrer de nouveau dans mes bras. J'ai annoncé à tout le monde ici que j'allais me marier. On m'a félicité, et mes camarades m'envient. Pour cette occasion, j'ai droit à quelques jours de permission supplémentaires, ce qui me permettra de rester plus longtemps auprès de toi. Ma chérie, comme je suis heureux ! Tu seras Mme Jean-Pierre Mesnier, tu seras ma femme aux yeux de tous, tu viendras vivre dans ma maison, et ainsi ma mère ne sera plus seule en attendant mon retour. Et ensuite, nous vivrons heureux, avec la présence de notre enfant, auquel je pense sans cesse... À bientôt, ma petite chérie. Je t'embrasse très fort, avec tout mon amour. Je t'aime. »

Je pleurai de nouveau, oppressée par un bonheur trop grand. J'annonçai la nouvelle à mes parents, à mon oncle Alfred, à cousine Florentine.

— Mon garçon ne sera pas présent à ton mariage, constata tristement mon oncle. Saleté de guerre, oui !

J'étais si heureuse que je ne maudissais même plus la guerre. Malgré elle, je deviendrais la femme de Jean-Pierre et je mettrais au monde son enfant.

Ce soir-là, dans ma chambre, je sortis ma robe de mariée de l'armoire. Cela faisait bientôt un an et demi qu'elle y était enfermée, mais le moment était enfin venu où je pourrais la porter. Je caressai longuement le tissu soyeux, constatant avec satisfaction la taille basse et le corsage blousant. Ainsi, personne ne remarquerait que mon corps s'était épaissi. Avec un soupir, je laissai sur l'étagère la couronne de fleurs d'oranger. Je ne la porterais pas. Je me disais avec humilité que je ne méritais plus ce symbole de virginité. Et, dès le lendemain du mariage, j'annoncerais à tout le monde que j'attendais déjà un enfant. Cet aveu serait plus facile avec la présence aimante et rassurante de mon mari auprès de moi. Car je craignais les critiques et les commentaires désobligeants.

Les jours passèrent avec une lenteur pénible à supporter, et même exaspérante. Malgré le froid, je me rendais chez Clémence chaque après-midi, et avec elle je comptais : plus que six jours, plus que quatre, plus que deux... Et enfin le jour tant espéré arriva.

Je fis mon travail de la matinée avec une impatience qui me mettait des fourmis dans tout le corps. En début d'après-midi, je me changeai et je partis chez Clémence, emportant des œufs pondus le matin même. Je courus dans les chemins gelés, luttant contre la bise glaciale qui me cinglait le visage. Clémence m'attendait. Elle prit les œufs, me remercia.

— Je lui ferai une omelette ce soir, dit-elle comme une confidence.

Elle avait mis une nappe sur la table, comme pour une fête — et le retour de son fils en était une. Elle avait confectionné les biscuits qu'il aimait, et avait préparé, sur un coin du poêle, une casserole de chocolat chaud, friandise dont il raffolait depuis qu'il était enfant. L'idée du plaisir qu'éprouverait Jean-Pierre en se régalant nous fit sourire. Clémence finit d'installer sur la table les assiettes, les tasses et le sucrier.

— Voulez-vous un peu de chocolat, mon enfant ? me demanda-t-elle.

— Non, merci. Je préfère attendre Jean-Pierre.

— C'est bien ce que je pensais, acquiesça-t-elle en souriant.

Elle vérifia qu'il ne manquait rien, puis jeta un coup d'œil au gros réveil posé sur la cheminée :

— Nous partirons assez tôt pour être un peu à l'avance, suggéra-t-elle. J'ai tellement hâte de le revoir !

— Moi aussi.

Elle se pencha sur la casserole de chocolat, constata que sur le dessus se formait une pellicule crémeuse :

— C'est bien, approuva-t-elle. La crème, c'est ce qu'il préfère.

À ce moment, on frappa à la porte. Clémence releva la tête, surprise.

— Entrez, cria-t-elle.

Un homme entra, laissant pénétrer dans la pièce une

bouffée de vent glacial. Il referma vivement la porte, se tourna vers nous, nous salua. Je répondis à son bonjour tandis qu'une inquiétude me serrait le cœur : c'était le maire du village. Pourquoi était-il là ?

— Bonjour, Gaspard, dit Clémence. Comment vas-tu ?

Son expression n'avait pas changé, et je me rassurai un peu. Elle se tourna vers moi en souriant :

— Gaspard et moi, on est du même âge. On a fait notre communion la même année. Hein, Gaspard ? Tu te souviens ?... Voici Mélanie, la fiancée de mon Jean-Pierre. Tiens, assieds-toi, ajouta-t-elle en lui avançant une chaise. Mais je te préviens, ne reste pas trop longtemps, sinon je serai obligée de te mettre dehors. Parce que mon garçon arrive en permission aujourd'hui, et je vais aller à sa rencontre.

Au lieu de s'asseoir, le dénommé Gaspard se mit à se dandiner avec gêne d'un pied sur l'autre, essayant de dire quelque chose et n'y parvenant pas :

— Justement... c'est pour ça que... je veux dire... eh bien...

Il se racla la gorge, visiblement malheureux, et reprit, en sortant un papier de la poche de sa veste :

— J'ai reçu ça tout à l'heure, et depuis... je n'arrivais pas à me décider... Et puis, je me suis dit : Arrête d'être lâche, vas-y. Et me voilà... Je sais que Jean-Pierre devait venir en permission... Mais, hélas, ma pauvre Clémence, ce n'est pas la peine d'aller à sa rencontre... Il ne sera pas là... Parce que ce papier, il dit que ton Jean-Pierre, il a été porté disparu après une attaque, à Berry-au-Bac, là, c'est écrit...

Embarrassé, le visage rouge, il tendit la feuille. Pétrifiée, je ne bougeai pas. Clémence repoussa le bras de Gaspard et gronda comme un fauve blessé à mort :

— Porté disparu ? Qu'est-ce que ça veut dire ?

Gaspard hocha la tête avec une impuissance désolée :

— Eh bien... après une attaque, quand ils ne retrouvent pas quelqu'un... ça peut vouloir dire qu'il a été pris par les Boches et fait prisonnier... ou bien qu'il a été tué...

Clémence se dressa, droite, livide :

— Allons donc ! S'il avait été tué, mon cœur me l'aurait dit. Je le sentirais là, termina-t-elle en portant les mains à sa poitrine.

D'un geste de refus farouche, catégorique, elle repoussa la lettre qu'il continuait à lui tendre :

— Garde ton papier. À mon avis, c'est une erreur. Ils se sont trompés, tes militaires. Mon Jean-Pierre, il n'est pas disparu, la preuve, c'est qu'il arrive bientôt, il me l'a dit, et je vais à sa rencontre. Et ce n'est pas toi qui m'en empêcheras.

Elle alla dans la pièce voisine chercher son manteau. Effondrée, je ne parvenais pas à bouger de ma chaise. Je luttais contre un flot noir qui grandissait, qui menaçait de m'étouffer. Je fis un effort pour respirer. Le maire, inquiet, s'approcha de moi et me tapota les joues en bougonnant :

— Allons, allons... remettez-vous... Quel malheur de devoir annoncer des choses pareilles, quand même !... Porté disparu, ça ne veut pas forcément dire qu'il est mort... et puis, comme dit Clémence, c'est peut-être une erreur... J'écrirai, je demanderai des précisions...

— Bien sûr que c'est une erreur, déclara avec fermeté Clémence, qui revenait en boutonnant son manteau.

Elle mit son chapeau, prit son sac, me regarda :

— Vous n'allez pas vous sentir mal, au moins ? Allons, restez ici, ce sera mieux pour vous. J'expliquerai tout à Jean-Pierre. Attendez-nous tranquillement. Et essayez de retrouver des couleurs. Vous êtes pâle à faire peur.

Elle se retourna vers le maire, qui ne savait plus que dire :

— Quant à toi, Gaspard, je ne te mets pas dehors, mais tu reviendras quand tu auras de meilleures nouvelles à annoncer.

Il essaya de répondre, vit le regard de refus qu'elle fixait sur lui, et renonça à protester. Tête baissée, il passa devant elle quand elle ouvrit la porte, et sortit. Avant de le suivre, Clémence me dit avec douceur :

— À tout de suite, mon enfant. Remettez-vous, et surveillez la casserole de chocolat, si vous le voulez bien. Il ne doit pas bouillir. Nous reviendrons le plus vite possible.

Elle referma la porte, et je demeurai seule. Je restai

assise sur ma chaise, incapable de bouger. J'avais l'impression d'avoir reçu un coup brutal et d'être à moitié assommée. Je m'obligeai à ne pas penser et je fixai, inerte, la table préparée avec tant d'amour. Je sentais, quelque part en moi, une panique prête à me submerger, et je savais que mon esprit avait enregistré une horreur tellement grande que je refusais de l'affronter. Longtemps, longtemps, j'attendis ainsi, raide, sans un mouvement, et le seul contact que je recevais du monde extérieur était le tic-tac sonore du gros réveil.

Je ne sursautai pas lorsque la porte s'ouvrit. Sans tourner la tête, je vis dans l'encadrement une seule silhouette — celle de Clémence.

Tout devint noir, et même si je ne perdis pas conscience, je sentis que je n'étais plus vivante. Je compris que le maire n'avait pas menti, et je sus que Jean-Pierre ne reviendrait pas.

— Il n'était pas là, dit Clémence avec une sorte d'étonnement. J'ai pourtant attendu longtemps. Mais ça ne fait rien, reprit-elle aussitôt. J'y retournerai demain. C'est un simple retard, et il n'a pas pu nous prévenir.

Je la regardai. Elle enlevait son chapeau et ses gants, et ses yeux avaient une telle expression de défi que, comme Gaspard, je renonçai à discuter. Si, pour pouvoir continuer à vivre, elle devait refuser la vérité, je ne pouvais pas la blâmer. Je me levai avec effort.

— Eh bien, alors, je vais partir, dis-je avec une toute petite voix.

Clémence m'observa un instant, et son front se plissa :

— Mélanie, mon enfant, ne croyez pas ce qu'a dit Gaspard. Jean-Pierre va revenir. Vous devez vous marier, ne l'oubliez pas. C'est ce qu'il désire le plus au monde, il me l'a dit. Comment penser un seul instant qu'il pourrait ne pas revenir? C'est impossible. Et puis, porté disparu, ça ne veut rien dire.

Je ne répondis pas, de peur d'éclater en sanglots. J'embrassai Clémence et je m'en allai. Je m'en allai vers la douleur, la peur, la solitude, et la souffrance de deux vies brisées — la mienne, et celle de mon enfant qui ne connaîtrait jamais son père.

7

Mes parents s'affolèrent de me voir arriver, le regard fixe, livide, hagarde comme un fantôme. Ma mère s'approcha vivement de moi :

— Mélanie, que se passe-t-il ?

Je tendis une main vers elle, m'étonnant de voir sa silhouette devenir tremblante et floue. Puis tout devint noir, et pour la première fois de ma vie je m'évanouis.

Lorsque je revins à moi, j'étais assise sur une chaise, et ma mère avait ôté mon manteau, dégrafé mon corsage. Elle tenait ma tête contre elle et tamponnait mon front et mes tempes avec l'eau de Cologne qu'elle achetait chaque année à Corentin le colporteur. Je refermai les yeux, m'abandonnant pour un instant à sa tendresse maternelle. Je savais que la souffrance, que mon malaise avait engourdie, allait se réveiller et me déchirer à nouveau.

— Mélanie, tu vas mieux ?

Je m'écartai, acquiesçai, regardai autour de moi. Mon frère m'observait avec inquiétude, mon père fronçait les sourcils. Je me redressai, tentai d'expliquer :

— C'est Jean-Pierre... Chez Clémence, le maire est venu annoncer qu'il... qu'il avait été porté disparu... après une attaque à Berry-au-Bac...

Je me tus, la voix tremblante, les yeux secs, vide, glacée, incapable de pleurer. Mon père secoua la tête de la même façon que notre Bijou, l'été, lorsque les mouches le harcelaient.

— Porté disparu?...

Je haussai les épaules :

— D'après le maire, ça signifie qu'il a peut-être été fait prisonnier... ou bien qu'il a été tué...

Ma mère réagit avec vivacité :

— S'il avait été tué, ses camarades auraient retrouvé son corps. À mon avis, il a été emmené et fait prisonnier.

— Clémence, elle, affirme que le papier qu'a reçu le maire est une erreur. Il a dit qu'il allait demander des précisions.

— Eh bien, attendons. Nous verrons bien. Et gardons l'espoir.

Je ne répondis pas. Pourtant, tout au fond de moi, dans les ténèbres qui m'avaient envahie, une minuscule lueur apparut : peut-être, effectivement, Jean-Pierre avait-il été fait prisonnier? Dans ce cas, il serait emmené dans un camp en Allemagne, et libéré à la fin de la guerre. Il reviendrait. Il me suffisait d'attendre.

Mais une pensée, immédiatement, m'affola à nouveau. À cause de l'enfant que je portais, je ne pouvais pas me permettre d'attendre. Quelle solution trouver? Une sueur d'angoisse mouilla mon front. J'étais dans une situation désespérée. J'eus peur de la réaction de mon père lorsqu'il apprendrait mon état. Jean-Pierre n'était pas revenu, et je me retrouvais seule pour affronter la réalité.

Mes parents annoncèrent la douloureuse nouvelle à tout le monde. Il fallut dire à Roger Dubost, notre maire, et aussi à monsieur le curé, que mon mariage n'aurait pas lieu. Ils tentèrent de me réconforter, me répétèrent de garder l'espoir. Mais ils ne savaient pas que j'allais avoir un enfant. J'écoutai leurs paroles et ne dis rien.

Le soir même, mon oncle Alfred vint souper avec nous. Lui aussi s'aperçut de ma tristesse et essaya de me remonter le moral. À un moment, je quittai la pièce pour me rendre à la cave, où j'avais déposé, le matin même — il y avait un siècle, dans une autre vie, une vie d'où le bonheur n'avait pas été banni à jamais —, le fromage blanc que j'avais l'habitude de fabriquer et d'assaisonner avec du sel, du poivre et de l'ail. Alors que je remontais de la cave, j'entendis que ma mère donnait à oncle Alfred sa version, selon laquelle Jean-Pierre avait été emmené par les Allemands, puisqu'on n'avait pas retrouvé son corps. La réponse d'oncle Alfred me cloua sur place :

— Ça ne prouve rien. Je n'ai pas voulu le dire tout à l'heure devant Mélanie, mais Milien, pendant sa permission, m'a parlé des gros obus qu'envoient les Boches. Lorsqu'ils explosent trop près d'un gars, celui-ci est littéralement pulvérisé, et on ne retrouve rien de son corps.

La petite lueur, au fond des ténèbres de mon cœur, trembla, vacilla, et disparut. Je m'appuyai contre la porte de la cave, le cœur lourd comme une pierre. Je demeurai sans bouger, vidée de sentiments et de forces. Ma mère, inquiète de ne pas me voir revenir, me trouva là, immobile, glacée. Elle me prit des mains le saladier de fromage blanc que je serrais contre moi sans même m'en apercevoir et, en voyant mon visage, elle comprit :

— Tu as entendu, n'est-ce pas? Ne crois rien, Mélanie. Cramponne-toi à ton espoir.

Ses paroles ne parvinrent pas à chasser le froid qui m'avait envahie. Sans répondre, je la suivis, et je me sentais tellement désespérée que j'avais l'impression étrange d'évoluer dans un autre monde.

Cette impression ne me quitta plus. Les jours suivants, je fis mon travail comme d'habitude, mais avec une indifférence et un détachement qui, je le voyais bien, inquiétaient ma mère. Elle me suivait d'un regard douloureux, ne sachant que dire. Je ne réagissais pas à ses paroles d'espoir. Je laissais le chagrin m'anesthésier, je m'engourdissais dans ma douleur. Je ne voulais pas penser. Je travaillais, travaillais sans m'arrêter, afin de m'abrutir de fatigue et de tomber comme une masse, le soir, dans mon lit.

Mais, si j'espérais trouver dans le sommeil un refuge, je fus déçue. Les monstres de mon enfance revinrent hanter mes nuits. Je fis de nouveau des cauchemars, dans lesquels les monstres saisissaient Jean-Pierre et l'emmenaient tandis que, paralysée d'impuissance, je poussais des cris d'horreur et de détresse.

Au réveil, je m'effarais de voir, dans le miroir, mon visage tiré et mes yeux hagards. Je me sentais devenir folle. Les commentaires des gens du village m'insupportaient. Lorsqu'ils venaient, le matin, à la ferme, chercher leur lait, je ne voulais plus les servir. Je laissais cette tâche à ma mère et je trouvais à m'occuper ailleurs. Je tournais le dos à cousine Florentine et à ses réflexions. Lorsqu'elle avait appris que Jean-Pierre était porté disparu, elle m'avait regardée longuement et déclaré :

— Si tu n'avais pas repoussé mon Léon, tu aurais maintenant un mari auprès de toi, au lieu de pleurer.

En temps normal, de telles paroles m'auraient rendue furieuse. Mais là, enfermée dans ma détresse, je n'avais même pas répondu.

J'allais encore chez Clémence, mais son attitude me faisait mal. Elle continuait à se rendre, chaque après-midi, à la sortie du village, et elle attendait, scrutant l'horizon, guettant désespérément la silhouette de son fils. Chaque fois, elle revenait seule, mais elle déclarait avec entêtement :

— Il n'était pas encore là aujourd'hui. Ce sera sans doute pour demain.

Je ne pouvais pas partager sa conviction, et je ne voulais pas non plus la décourager. Alors je ne disais rien, je faisais semblant de la croire, et c'était encore plus dur.

Le jour fixé pour mon mariage arriva et, pour la deuxième fois, il n'eut pas lieu. Était-ce une fatalité ? me demandai-je. Ce soir-là, pour la première fois depuis l'atroce nouvelle, je pus enfin pleurer. Je trempai l'oreiller de mes larmes. Le vide glacé qui me paralysait disparut, mais il fut remplacé par une détresse profonde, amère et brûlante. Malheureuse et révoltée, je pensai à mon enfant, regrettant d'avoir occulté sa présence. Il existait, et je découvris que, pour lui, je devais vivre et surmonter mon désespoir. Il serait un prolongement de Jean-Pierre et, à travers lui, je retrouverais mon bien-aimé.

Les jours passèrent, le mois de janvier se termina, et avec lui mon quatrième mois de grossesse. Bientôt, je ne pourrais plus cacher mon état. Mon inquiétude augmentait lorsque je pensais à ce que dirait mon père.

Un après-midi, Clémence m'annonça que Gaspard, le maire, avait écrit au ministère de la Guerre, et avait reçu la même réponse : le soldat Mesnier Jean-Pierre était signalé comme disparu. D'après Gaspard, pour avoir une certitude, il fallait attendre la fin de la guerre. Si Jean-Pierre était prisonnier dans un camp allemand, il serait alors libéré. Clémence, quant à elle, continuait à prétendre qu'il s'agissait d'une erreur et que Jean-Pierre allait revenir.

— Il me l'a promis, répétait-elle. Et il tient toujours ses promesses. Surtout celle-là !

Comment lui répondre que la guerre l'avait empêché de tenir cette dernière promesse ? Je relisais ses lettres et je sanglotais éperdument. Tant d'amour, tant de bonheur espéré, attendu… Avais-je tout perdu ? Une réponse me venait : non, il me restait notre enfant.

Un matin, mon amie Clarisse, qui prenait chaque semaine son beurre chez nous, vint me trouver dans la remise où, après avoir coupé des betteraves, je les mélangeais avec de la balle de blé et de la paille séchée. C'était la nourriture que je préparais chaque matin pour le matin suivant. Il fallait laisser le tout fermenter jusqu'au lendemain avant de le servir aux vaches en trois repas, toujours à la même heure. Je m'appliquais à ce genre de travaux, qui me permettaient de repousser mon chagrin à l'arrière-plan, tout en sachant qu'il était là et ne me quitterait jamais. La satisfaction placide des vaches, lorsque je les nourrissais, me faisait du bien. Alors que je terminais mon mélange, Clarisse arriva. Elle savait, comme tout le monde, que je pleurais Jean-Pierre, mais elle ignorait que j'attendais un enfant.

— Bonjour, Mélanie. Comment vas-tu ?

Je fis un geste vague. Elle opina gravement, me regarda avec affection. Nous étions amies, et nous n'avions pas besoin de paroles pour nous comprendre. Elle devait être demoiselle d'honneur à mon mariage. Je chassai cette pensée, m'obligeai à demander :

— Quoi de neuf ?

Son regard s'assombrit, et elle dit :

— Nous avons reçu une lettre de mon cousin Edmond.

Je revis, en un éclair, le jeune homme sympathique qui était le meilleur ami de Jean-Pierre. Je me rappelai son éternelle bonne humeur, et la phrase qu'il répétait souvent : « La vie n'est qu'un passage, passons-la bien et passons-la gaiement. » Je savais que, comme tant d'autres, il était au front. Je demandai :

— Que raconte-t-il ? Il va bien ?

Clarisse secoua la tête :

— Il a été blessé. Il a reçu plusieurs éclats d'obus dans la cuisse et le genou. Il est à l'hôpital. D'après le chirurgien qui l'a opéré, la guerre est finie pour lui. Il y a un éclat dans le genou qui n'a pas pu être retiré. Il va devoir être réopéré. Il souffre beaucoup, mais il dit qu'il est soulagé de ne plus être au combat.

Milien m'avait parlé, lui aussi, de camarades qui souhaitaient être blessés pour échapper à l'enfer, et à la mort. Un regret brûlant me vint : si seulement Jean-Pierre avait été blessé ! Mon amie soupira :

— Au moins, il reviendra. Parce que, depuis le début de la guerre, combien ont été tués ? Je n'ose pas compter. Il serait temps qu'elle se termine, sinon, ils y passeront tous. Et nous, nous resterons seules toute notre vie, parce qu'il n'y aura plus personne à épouser.

Comme pour approuver cette sinistre déclaration, quelques jours plus tard, une nouvelle épreuve vint frapper notre famille.

Depuis que Milien était parti à la guerre, mon oncle Alfred prenait ses repas chez nous. Pour le dîner[1], il arrivait toujours peu après l'Angélus de midi. Ce jour-là, pourtant, il ne vint pas. Ma mère, qui attendait pour servir le repas, dit à mon frère :

— Georges, va voir chez oncle Alfred ce qui se passe.

Mon frère sortit. Dehors, il faisait froid et il tombait une pluie glaciale qui rendait le *grinbillon*, devant la mai-

1. Le dîner est, dans le Nord, le repas de midi

son, luisant et glissant. Le mois de février n'apportait aucune amélioration au temps, et nous pensions avec tristesse aux souffrances de nos soldats, dans la boue et le froid.

Nous guettions, sans parler, le retour de mon frère et de mon oncle. Ma mère, à la fenêtre, observait la cour et, de là, la grand'porte. Elle annonça soudain, d'une voix brève :

— Les voilà.

Mon frère entra le premier. Il semblait avoir pleuré, avait les yeux rouges et gonflés. Oncle Alfred le suivait. Il pénétra dans la pièce lentement, les épaules courbées, la démarche incertaine, comme s'il avait peur de perdre l'équilibre. Ma mère lui avança une chaise sur laquelle il se laissa tomber. Il leva vers nous un regard empli de détresse.

— Roger est venu me voir, tout à l'heure... Pour m'annoncer que Milien avait été tué. À Nieuwpoort, en Belgique, le vingt-quatre janvier.

Ma mère devint pâle et, à son tour, se laissa tomber sur la chaise voisine. Mon père jura :

— Bon Dieu de bon Dieu!... Milien!...

Mon frère se remit à pleurer, à gros sanglots, comme l'enfant qu'il était encore. Je me cramponnai au dossier de ma chaise, luttant pour ne pas me sentir mal. Le sang avait quitté mes joues, mes oreilles bourdonnaient. Je baissai la tête et je parvins à chasser le malaise. Les paroles de mon amie Clarisse me revinrent à l'esprit : « Ils y passeront tous. » Milien lui-même m'avait dit la même chose, lors de sa permission. La tuerie était telle, avait-il ajouté, que la guerre serait bientôt terminée, faute de combattants. Je me mis à pleurer doucement. Je revoyais mon cousin Milien, assis à son établi, penché sur les chaussures qu'il réparait, je le revoyais lorsque, pour m'amuser, il construisait des châteaux de cartes sous mes yeux émerveillés, et je me rappelais que je n'osais plus respirer, de peur que mon souffle ne les fît s'effondrer. Si adroit, Milien, et toujours calme, toujours aimable, toujours souriant. « Un bon gars », disait de lui mon père. Tout le monde l'aimait.

— Voilà, constata douloureusement mon oncle. Je n'avais plus de fille, et maintenant, la guerre m'a pris mon fils. Qu'est-ce que je vais devenir ? Il ne me reste plus qu'à mourir. Mon atelier, c'était pour lui, pour qu'il le reprenne. Je lui ai appris le métier, et il était bon, aussi bon que moi, peut-être meilleur... Et maintenant, quand je me dis qu'il ne reviendra plus... Ce n'est pas juste, non, ce n'est pas juste... Je n'ai pas mérité ça.

Il pleurait, lui aussi, le visage tordu de souffrance. Nous étions là, malheureux, impuissants à le consoler, assommés par cette nouvelle cruauté du sort, ne pouvant que pleurer nous aussi.

Il fallut bien se mettre à table, pourtant, et essayer de manger. Mon oncle Alfred faisait un effort, portait la fourchette à sa bouche, mais ses larmes tombaient dans sa nourriture. Il n'avait que quelques années de plus que mon père mais, soudain, il paraissait beaucoup plus vieux. Il repoussa son assiette, prit son mouchoir, se moucha et s'essuya le visage.

— Il vous reste votre fille, dit ma mère pour le consoler. Vous devez vous rapprocher d'elle, maintenant, et lui pardonner enfin. Elle a un enfant, dont vous êtes le grand-père. Ils vous aideront à surmonter votre chagrin.

De telles paroles, peu de temps auparavant, auraient provoqué chez mon oncle une violente colère. Mais il n'était plus qu'un vieil homme brisé. Il constata avec tristesse :

— Georgina, oui... On ne peut même pas lui annoncer qu'elle n'a plus de frère... En Belgique, là où elle se trouve, elle est séparée de nous par le front. On ne peut ni lui écrire ni aller la voir.

— À la fin de la guerre..., commença ma mère.

Mon oncle la coupa brutalement :

— D'ici là, nous serons tous morts. Nos garçons, au combat, et nous, de chagrin.

Il regarda mon frère, et un peu de douceur vint sur son visage désespéré :

— Tu as de la chance de n'avoir que treize ans, Georges. Sinon, ils t'enverraient là-bas, toi aussi. Et tu y passerais comme les autres.

Mon frère tenta d'objecter :

— À l'école, l'instituteur nous avait expliqué qu'il n'y a rien de plus beau que de donner sa vie pour sa patrie. Se battre et mourir pour elle, voilà ce qu'un Français doit faire.

Ma mère renifla avec colère :

— Ça, ce sont des belles paroles. La réalité est bien différente. L'instituteur ne t'a pas parlé de la douleur des parents ; ils n'élèvent pas leur fils pour qu'il soit tué à vingt ans. Et il y a aussi le chagrin des veuves, et celui des enfants orphelins...

Comme mon pauvre petit, pensai-je avec une souffrance aiguë, orphelin avant d'être né.

— Je suis allée à l'épicerie, hier, continuait ma mère. Eulalie pleurait en servant ses clientes. Elle venait d'apprendre que son deuxième fils, Gérard, était mort à l'hôpital, l'intestin perforé par des éclats d'obus. L'autre, l'aîné, Marcel, avait été tué tout de suite, en 14, à la bataille de la Somme. Il ne lui reste que sa fille. Alors, on se pose la question suivante : Tous les garçons, tous ceux que nous connaissons, que nous avions l'habitude de voir dans le village depuis toujours, que nous avons vus grandir, devenir des hommes, vont-ils tous être tués ? Et le désespoir d'Eulalie, c'est celui de toutes les mères. C'est pitié de voir ça, oui, vraiment, c'est pitié...

— Quelle misère, oui ! constata mon père. Et nous, regarde notre situation : ma fille n'a plus de fiancé, mon frère vient de perdre son seul fils... Ah ça, on peut dire qu'on est dans le détour !

Dans le détour, dans le malheur... oui, mais il existait pour moi une source d'espoir et de joie : mon enfant. Il était le bien précieux que Jean-Pierre m'avait laissé, et j'étais heureuse de le porter. Mais je craignais que mon père, à cause de ma situation de fille-mère, ne vît là qu'un malheur supplémentaire.

***

La semaine suivante, j'étais seule à la maison lorsque notre cousine Florentine entra. Assise près du feu, j'étais occupée à desserrer une fois de plus la ceinture de ma jupe. Ma taille s'arrondissait de plus en plus, et le matin même, ma mère m'avait regardée avec inquiétude :

— Ça va bientôt se voir, Mélanie. Même ton père va comprendre. J'ai peur de sa colère. Qu'allons-nous faire?

Une révolte, vite éteinte, m'avait saisie :

— Je serais mariée, s'il n'y avait pas eu la guerre. Et si Jean-Pierre...

Je m'étais détournée pour cacher mes larmes. Contrairement à Clémence, qui espérait toujours, qui continuait à dire qu'il s'agissait d'une erreur, je me disais, avec un désespoir qui me déchirait le cœur, que Jean-Pierre avait été tué. Même la version selon laquelle il aurait été fait prisonnier ne tenait plus : notre maire affirmait que les prisonniers français emmenés en Allemagne avaient le droit d'écrire à leur famille, et que, si Jean-Pierre était dans ce cas, il nous aurait donné de ses nouvelles. Même chose s'il s'était trouvé dans un hôpital militaire allemand. Je connaissais trop bien Jean-Pierre pour savoir que, s'il avait été vivant, n'importe où, il nous aurait écrit pour ne pas nous laisser dans l'inquiétude.

Penchée sur ma jupe, je cousais avec application, et je m'efforçais de ne pas penser. À quoi bon? Mes réflexions ne m'apporteraient que chagrin et tristesse. Mon seul rayon d'espoir, l'attente de mon enfant, était assombri par le fait que j'étais sans mari.

Florentine entra, referma vivement la porte :

— Brr, quel froid! Et quel vent! Il nous transperce jusqu'aux os. Bonjour, Mélanie.

Elle s'approcha de moi, m'embrassa, et jeta un coup d'œil sur mon ouvrage.

— Que fais-tu là? Tu élargis ta jupe? Elle est trop étroite? Je me disais bien aussi, depuis quelque temps...

Elle enveloppa ma taille d'un regard entendu :

— Un enfant, c'est ça?

Incapable de nier, mais ne voulant pas avouer non plus, je ne sus que répondre.

— Tu ne l'as dit à personne?

— Si, dis-je, comprenant qu'il était inutile de tergiverser. Mère le sait. Clémence aussi.

Florentine hocha la tête, me regarda, et son expression me donna un aperçu de ce qui m'attendait dans le village : reproche, désapprobation.

— Comment as-tu pu agir ainsi, Mélanie ? Une jeune fille correcte...

— Je sais, je sais, coupai-je avec violence. Mère m'a dit la même chose. Mais la guerre nous avait séparés, alors que nous allions nous marier. Et là, il allait repartir, et... De toute façon, s'il était revenu comme prévu, tout serait rentré dans l'ordre.

— Mais il n'est pas revenu, commenta Florentine froidement. Et il ne reviendra sans doute pas.

Je trouvai ses paroles cruelles, mais elles correspondaient à ce que je pensais sans vouloir l'avouer.

— Et ton père ? reprit Florentine. Tu as pensé à sa réaction ? Il risque de te mettre dehors, comme Alfred l'avait fait pour Georgina.

Je sursautai. Je savais que mon père serait furieux, mais je n'avais jamais envisagé cette éventualité. Je m'affolai, tentai de me rassurer en disant :

— Dans ce cas, j'irai vivre avec Clémence. Elle ne refusera pas de m'accueillir.

— Mais tu seras toujours une fille-mère. As-tu pensé à la honte de ton père ? À ce que sera ta vie ? Et celle de ton enfant, que l'on traitera de bâtard ? Il en souffrira, c'est sûr.

J'avais refusé ces pensées lorsqu'elles étaient venues m'effleurer, mais je savais qu'elles décrivaient la réalité qui m'attendait. Je demeurai muette, malheureuse et désemparée.

— Tu seras montrée du doigt, continua Florentine, impitoyable, et ton enfant avec toi.

Son regard sévère me condamnait et, rouge de honte, je dissimulai mon visage dans mes mains. Malgré mes efforts, je me mis à pleurer, et j'entendis à peine Florentine qui disait :

— Je connais un moyen d'éviter ça. Ne t'inquiète pas, je vais m'en occuper.

Elle sortit avant que j'aie eu le désir de l'interroger. Avec un sursaut de révolte, je pensai que le « moyen d'éviter ça» était un avortement. Il existait dans la région, je le savais, des «faiseuses d'anges», mais pas un instant je n'avais envisagé cette solution. Je tenais à garder l'enfant de Jean-Pierre. Je séchai mes larmes et, avec un soupir douloureux, je repris ma couture.

Je ne tardai pas à découvrir que les paroles de Florentine signifiaient tout autre chose.

Le lendemain après-midi, je me rendis chez Clémence et, lorsque je revins, alors que je traversais la cour de notre ferme, mon frère sortit de l'écurie et se précipita vers moi :

— Florentine est là, m'avertit-il. Elle discute avec père et mère. Je ne sais pas de quoi ils parlent, mais ça a l'air grave ; ils m'ont mis dehors. J'ai essayé d'écouter, mais je n'ai pas compris. Tout ce que je sais, c'est qu'ils parlent de toi, et que père est en colère. Je l'ai entendu crier jusque dans l'écurie.

Immédiatement, je pensai que Florentine m'avait trahie en dévoilant mon état à mon père. Une colère me vint, mêlée à la peur d'affronter la situation.

— Ne t'inquiète pas, dis-je à mon frère. J'y vais.

Tandis qu'il retournait dans l'écurie, je me dirigeai vers la cuisine. Je pris le temps de frotter mes bottines boueuses sur le paillasson en fer. Des éclats de voix me parvenaient, et j'entendais les exclamations furieuses de mon père. Je tentai de calmer les battements de mon cœur.

Crispée, j'ouvris la porte et entrai. Je baissai aussitôt la tête sous le flot de paroles cinglantes qui m'assaillait :

— Ah, te voilà ! Tu oses te représenter devant moi, dans ton état ! Pour la première fois depuis ta naissance, aujourd'hui j'ai regretté que tu sois ma fille. Quand Florentine m'a appris ça, j'ai vu rouge. Honte à toi, qui salis la réputation de notre famille ! Il n'y avait rien à dire sur nous, et j'en étais fier. À cause de toi, maintenant, nous allons être montrés du doigt ! J'ai bien envie de faire comme Alfred avec Georgina, et te mettre dehors ! Mais ta mère n'est pas d'accord, et Florentine nous a proposé une solution qui arrange tout.

J'avais l'impression d'être redevenue la petite fille que mon père grondait, autrefois, lorsque j'avais fait une bêtise. Mais il n'avait jamais eu ce visage convulsé de colère, ce regard dur et accusateur. La honte et la culpabilité me mirent le rouge aux joues et les larmes aux yeux. Je vis, sur le visage de ma mère, tandis qu'elle me regardait, une expression de tristesse et de reproche qui me fit mal. Florentine s'agita sur sa chaise, embarrassée.

— C'est moi qui ai parlé à ton père, c'est vrai. Mais, de toute façon, il n'aurait pas tardé à le savoir. Et puis, si je l'ai fait, c'est parce que je connais un moyen de sauver la situation. J'ai tout expliqué à Léon, hier soir. Il t'aime toujours, Mélanie. Il a souffert quand tu l'as repoussé. Il est toujours d'accord pour t'épouser, même dans les conditions présentes.

Je susautai, d'affolement et de refus mêlés :

— Léon ? Mais...

— Il n'y a pas de mais ! tonna mon père. Tu vas faire ce qu'on te dit ! Tu t'es mal conduite, et si on te donne une occasion de réparer, tu n'as pas à refuser. Tant que je vivrai, il n'y aura pas de fille-mère ni de bâtard dans ma famille !

Comme dans mon enfance, je rentrai la tête dans les épaules et ne répondis pas. J'avais l'impression qu'un brouillard sombre et menaçant m'enveloppait pour ne tisser autour de moi que du malheur. Depuis toujours, j'avais été habituée à obéir à mon père, et l'idée ne me vint pas de me rebeller. Et puis, le chagrin de la mort de Jean-Pierre m'ôtait toute volonté. Bien que l'idée de me marier avec Léon me donnât envie de hurler, je n'eus pas le courage de protester.

Un peu calmé par mon attitude et mon silence, qui disaient ma soumission, mon père reprit moins durement :

— Tu seras la femme de Léon, ton enfant aura un père. Tu pourras le remercier, et être une bonne épouse pour lui. Il le mérite.

Je ne répondis pas. J'avais l'impression d'évoluer dans

les ténèbres de mes cauchemars. L'esprit confus, j'écoutai à peine la conversation entre Florentine et mes parents, qui se mettaient d'accord pour le mariage. Je ne réagis même pas lorsque Florentine, en s'en allant, me dit, comme une victoire :

— Léon viendra demain.

Je retins mes larmes toute la soirée, mais dès que je fus dans mon lit, je me mis à pleurer avec désespoir. Je sanglotai longuement, éperdue de chagrin et de solitude. Et ce fut là, au plus profond de ma détresse, que pour la première fois mon enfant manifesta sa présence. Je le sentis bouger, et je cessai de pleurer. Je tâtai mon ventre, en une caresse émerveillée. J'eus l'impression qu'une douce clarté grandissait en moi et chassait l'obscurité et les larmes. Mon enfant venait de me dire : je suis là. Je n'étais plus seule. Je m'endormis, mes deux mains ouvertes et posées sur mon ventre, en un geste de protection et d'amour.

Comme l'avait annoncé Florentine, Léon vint le lendemain. Pour faire officiellement sa demande, il avait mis une chemise blanche et son costume des dimanches. Il paraissait si emprunté que je ne pus m'empêcher de lui adresser un faible sourire. Avec embarras, il s'adressa à mes parents et leur dit qu'il serait heureux de m'épouser. Mon frère, à qui ma mère avait expliqué la situation, me regardait avec affection et pitié. Il savait bien que je n'aimais pas Léon, mais il savait aussi que je n'avais pas le choix. À treize ans, il ne mesurait peut-être pas complètement l'ampleur de ma faute. Ainsi, il ne me condamnait pas. Au contraire, j'étais persuadée qu'il me plaignait.

Il y eut une discussion entre Léon et mes parents, à laquelle je ne participai pas. Au moment de partir, il se leva et je l'accompagnai jusqu'à la porte. Là, il se pencha vers moi, et je m'obligeai à ne pas détourner mon regard en voyant son œil trouble et globuleux. Avec humilité, presque gentiment, il dit :

— Tu seras ma femme, Mélanie. Je suis heureux parce

que ta situation ne te permet plus de me repousser. Je ne suis pas beau, mais je suis fort, solide, fidèle. Je n'ai jamais aimé que toi, depuis toujours, et c'est toi seule que j'aimerai jusqu'à la fin.

Comme si cet aveu le gênait, il se détourna aussitôt. Son gros visage habituellement rougeaud avait pris une teinte écarlate. Touchée par cet amour qu'il dévoilait pour la première fois, je pensai que je ne devais pas attacher d'importance à son apparence physique et surmonter la répulsion qu'il m'inspirait. Avec douceur, je murmurai :

— Merci, Léon.

Il partit, et je refermai la porte. Mon père, satisfait, déclara :

— Eh bien, voilà la situation réglée. Tu peux être reconnaissante à ce garçon, Mélanie. D'autant plus qu'il possède une grosse ferme !

Je soupirai. Non seulement je ne parvenais pas à éprouver une quelconque gratitude envers Léon, mais je savais aussi que, si lui m'aimait, moi je ne l'aimerais jamais.

Le soir même, mes parents mirent au courant oncle Alfred. Il me regarda de ses yeux las et tristes. Depuis qu'il avait appris la mort de Milien, il semblait avoir perdu toute son énergie. Il en retrouva pourtant un peu pour condamner mon attitude.

— C'est la même situation qui se reproduit, constata-t-il. Après Georgina, maintenant c'est toi, Mélanie. Nous n'avons pas de chance avec nos filles, conclut-il en s'adressant à mon père.

Je baissai la tête, malheureuse. Je sentais mon enfant bouger doucement, et je devais le cacher, au lieu de m'en réjouir. La disparition de Jean-Pierre m'était parfois insupportable. Me retrouver seule, privée à jamais de lui, était trop dur, trop cruel, et le désespoir m'étouffait. Il m'arrivait de souhaiter mourir, moi aussi. Seul mon enfant me rattachait à la vie.

L'après-midi, j'allai voir Clémence et je lui racontai tout. Elle eut une réaction horrifiée :

— Mélanie, n'épousez pas ce Léon que vous n'aimez pas ! Ne donnez pas à l'enfant de Jean-Pierre un père qui n'est pas le sien ! Je vais vous dire, moi, ce qu'il faut faire. Venez vivre avec moi, et nous attendrons ici le retour de Jean-Pierre. Il reviendra. Il reviendra un jour, et il vous trouvera là, avec votre enfant.

Je n'eus pas le courage de lui avouer que je ne partageais pas sa conviction. Je dis que je devais obéir à mes parents, mais elle continua à affirmer qu'elle avait raison. Moi aussi, je préférais sa solution à celle d'épouser Léon, et lorsque je sortis de chez elle, j'étais indécise.

Le soir même, je rapportai la proposition de Clémence à mes parents, et j'osai dire que j'aimerais aller vivre chez elle. Mon père fronça les sourcils, et l'expression de son visage anéantit en moi tout espoir.

-- Tu épouseras Léon. Il est hors de question que tu ailles vivre chez Clémence, et que tu aies ton enfant sans être mariée. Je ne veux pas d'un bâtard dans ma famille, je te l'ai déjà dit. Et songe à lui, aussi, à cet enfant qui grandira sans père... les réflexions qu'il entendra, les moqueries, les injures...

Florentine m'avait dit la même chose, et je devais admettre que cet argument était fondé. Mais, tout en sachant qu'il s'agissait d'un espoir utopique, je protestai :

— Clémence dit que Jean-Pierre reviendra.

Mon père haussa les épaules :

— Elle ne veut pas admettre la mort de son fils, c'est tout. Elle continue à l'attendre chaque jour, pour rien. Et elle fera ça jusqu'à quand ?... À mon avis, elle *les perd* !

Cette expression, que nous employions parfois en parlant d'une personne qui perdait la raison, me parut cruelle. Simplement, Clémence avait adopté une attitude qui lui permettait de continuer à vivre : chaque après-midi, à la même heure, elle se rendait à la sortie du village, revenant chaque fois déçue, mais recommençant le lendemain et les jours suivants.

Ce fut ma mère qui objecta, timidement :

— Mais... et s'il existe une toute petite chance que Clémence ait raison ?

Mon père fit un geste à la fois excédé et fataliste :

— Dans ce cas, Mélanie se débrouillera à son retour. Elle n'avait qu'à attendre d'être passée devant le maire et le curé pour faire son enfant, comme toute fille qui se respecte.

Je baissai la tête, humiliée, me sentant coupable d'une faute qui se nommait amour.

— Tu épouseras Léon, répéta mon père. Et qu'on n'en parle plus.

Pour la troisième fois, du haut de sa chaire, à la grand-messe du dimanche, monsieur le curé annonça mon mariage. Mais, contrairement aux deux autres fois, ce ne fut plus le nom de Jean-Pierre qu'il prononça. Les larmes aux yeux, j'entendis ses paroles :

— Il y a promesse de mariage entre Mélanie Aubin et Léon Vauquois.

Au lieu de l'impatience et de la joie que j'avais éprouvées précédemment, je ne ressentais plus maintenant que crainte et appréhension.

8

Mon mariage se fit dans l'intimité. Nous étions en deuil, puisque Milien était mort. Et, de toute façon, je n'avais pas le cœur à me réjouir. Je portais le deuil de celui que j'aimais, et, avec lui, le deuil de mes espérances et de mon bonheur.

Nous fîmes un repas de famille, avec seulement les mariés et leurs parents. Mon oncle Alfred était présent aussi, bien qu'il eût tout d'abord refusé de venir. C'était mon père qui l'avait convaincu d'être des nôtres en remarquant :

— Tu viens toujours manger avec nous. Pourquoi pas ce jour-là ?

Le repas se passa dans une ambiance monotone qui me parut sinistre. Dehors, un brouillard glacial stagnait depuis la veille, à l'image de ce qu'était ma vie actuellement. Qu'allait être mon existence, maintenant que j'avais épousé Léon ? J'éprouvai soudain une incertitude qui se transforma en angoisse. Je posai ma fourchette, incapable de me forcer à manger.

Assise en face de moi, Florentine m'adressa un sourire rassurant. Elle semblait heureuse, et je savais que notre mariage la satisfaisait pleinement. D'après elle, Léon m'aimait depuis toujours, et c'était moi et personne d'autre qu'il voulait pour femme. Comme il était fils unique, il était seul pour reprendre la ferme, qui était l'une des plus importantes du village, et Florentine m'avait dit, le matin même :

— Après celui-ci, j'espère que tu donneras plusieurs enfants à mon Léon. Notre ferme en a besoin.

Je n'avais pas pu m'empêcher de frissonner. Des enfants de Léon... Il était assis à ma droite, et je le regardai. Je le voyais de profil, et je n'apercevais pas son œil blessé ni sa cicatrice. Malgré tout, je le détaillai sans indulgence. Son visage, rougi par la chaleur du feu, la nourriture et la boisson, était gros et laid. Il avait ôté sa veste, et sa chemise se tendait sur sa poitrine épaisse et ses bras volumineux. Je remarquais qu'il mangeait beaucoup, buvait énormément, et que sous ses aisselles une auréole de sueur s'élargissait. Je me détournai avec dégoût.

Il discutait avec mon père et mon oncle, et ils parlaient de la guerre. La veille, nous avions appris que Florent, le fils du cabaretier, venait d'être tué. Un de plus... Florent, grand, beau et fort, dont nous nous étions tant moquées, Clarisse et moi, parce que sa voix prenait parfois des inflexions aiguës qui contrastaient avec sa haute taille et sa corpulence. Il ne reviendrait pas, lui non plus. En écho à cette pensée, ma mère soupira :

— Encore un qu'on ne reverra pas... L'un après l'autre, ils vont tous y rester...

D'une voix forte, Léon déclara :

— Quand je pense que j'ai pleuré quand j'ai été réformé ! Maintenant, j'en suis heureux. Au moins, je suis vivant. Les autres, ceux qui étaient si contents d'être bons pour le service, et qui se moquaient de moi, eh bien, ils y resteront tous.

— Ne dis pas ça, Léon, protesta Florentine. La guerre va se terminer. Elle ne peut pas durer éternellement.

— Il serait temps, constata mon père. Ceux de la classe 17 viennent d'être appelés. Ils sont partis le mois dernier. Vont-ils être envoyés au front, si jeunes ?

Mon oncle approuva sombrement :

— Bien sûr. Ils serviront, eux aussi, de chair à canon.

Je pensai à François, le second fils du charron. Il faisait partie de la classe 17 — on les avait baptisés « les

Bleuets» — et sa mère avait pleuré quand il l'avait quittée, le mois précédent. Le fils aîné, Gabriel, avait été tué en septembre 1914, dans la Marne — le premier tué de notre village.

— Tu as bien fait d'épouser Léon, me dit Florentine. Au moins, tu auras ton mari auprès de toi.

Je préférai ne pas répondre. J'étais de plus en plus crispée. Le repas était terminé, et nous allions partir. Pour la première fois depuis ma naissance, j'allais quitter ma maison et mes parents. Ce départ, qui avec Jean-Pierre aurait été source d'allégresse et de bonheur, se transformait maintenant en incertitude et crainte. L'appréhension me desséchait la gorge et me glaçait le cœur.

Avec la sensation d'évoluer dans un de mes cauchemars, je quittai mes parents, j'embrassai mon frère qui me chuchota :

— Bonne chance, Mélanie.

Je serrai les dents pour ne pas pleurer. À défaut de chance, c'était du courage qu'il me faudrait pour supporter la vie qui m'attendait, mariée à Léon que je n'aimais pas.

Entre mon mari et ma belle-mère, je fis la route jusqu'à leur ferme. Dans l'obscurité, le brouillard était toujours aussi dense. Je fus heureuse de penser qu'on ne me verrait pas. Je marchais tête baissée, écoutant à peine Florentine qui m'expliquait que, la veille, elle avait entièrement refait la chambre où j'allais dormir avec Léon.

— J'ai mis des draps neufs au lit, disait-elle fièrement. Des draps qui n'ont jamais servi. Je les avais achetés au marché, il y a quelques années, et je les avais gardés pour cette occasion.

Léon, à ma droite, me serrait le bras et avançait en soufflant bruyamment. La pensée de me trouver dans un lit avec lui me fut si intolérable qu'une nausée me secoua.

Enfin nous fûmes dans la maison. Florentine ferma portes et volets et fit de la lumière. Contrairement à mes parents qui s'éclairaient toujours avec des lampes à pétrole, Florentine n'utilisait plus de quinquets. L'année précédant la guerre, elle avait fait installer l'électricité dans sa maison, et elle en était très fière. Elle était l'une des rares, dans le village, à être ainsi équipée, avec le notaire, le médecin, et le directeur de la brasserie.

— Viens te réchauffer près du feu, me proposa-t-elle. Tu sembles gelée.

J'obéis, mais je savais que rien ne pouvait me réchauffer. Il était tard, et je retins un bâillement. Je me sentais épuisée.

— Si tu veux, me dit Florentine, je vais te conduire à la chambre que j'ai préparée, et que tu occuperas avec Léon. J'ai mis de l'eau dans le broc et une serviette, au cas où tu voudrais te rafraîchir.

Léon, assis sur une chaise et penché en avant, enlevait ses chaussures avec des grognements bien peu séduisants. Aussi séduisants que lui, pensai-je en suivant Florentine.

Je connaissais sa maison, mais je n'étais jamais entrée dans la chambre qu'elle me montra avec orgueil. Belle, spacieuse, meublée d'une commode au dessus de marbre, sur laquelle une cuvette et un broc en faïence décorée semblaient m'attendre, et d'un lit grand et majestueux, aux draps éclatants de blancheur et recouvert d'un énorme édredon rouge vif. Il y avait aussi, de chaque côté du lit, une table de nuit et une chaise.

— Je te laisse, Mélanie. Déshabille-toi et couche-toi. Léon ne va pas tarder à venir te rejoindre. Depuis le temps qu'il attend ce jour !

Je fis semblant de ne pas remarquer son sourire complice, et d'une voix contrainte la remerciai et lui souhaitai une bonne nuit. Demeurée seule, je sortis de mon sac de toile ma blouse de nuit et commençai à me déshabiller. Je tremblais sans pouvoir m'en empêcher. J'avais peur.

Je pliai mes vêtements sur l'une des chaises et, en blouse de nuit, me glissai dans le lit. Le contact des draps froids me fit grelotter, et je me recroquevillai sur moi-même, malheureuse, seule et desespérée.

J'attendais, aux aguets comme un animal sauvage, incapable de me détendre. Après de longues minutes, un pas lourd résonna dans le couloir, la porte s'ouvrit, et Léon entra. Il chercha l'interrupteur, alluma, et je clignai des yeux, éblouie.

— Me voilà, Mélanie. Je n'ai pas été trop long ? J'avais

peur de te trouver endormie et d'être obligé de te réveiller.

Il s'était déshabillé de son côté et avait revêtu une longue chemise de nuit qui lui donnait une apparence grotesque. Son œil blessé semblait ressortir davantage, et, avec sa cicatrice livide, il rendait le visage rouge de Léon encore plus hideux. Je détournai la tête et dis la première phrase qui me vint à l'esprit :

— Tu sens l'alcool.

Il ne se vexa pas. Nous nous connaissions depuis toujours, et bien souvent, dans notre enfance, nous nous étions querellés. Mais cela ne rendait pas nos rapports actuels plus faciles, car moi je n'avais jamais souhaité être sa femme.

— J'ai bu un peu de cognac avant de venir te rejoindre, admit-il. Pour me donner du courage.

Cet aveu tout simple m'émut un peu. Avait-il peur, lui aussi ? Il allait se coucher, et je demandai :

— Éteins la lumière, s'il te plaît.

Il obéit, et je me sentis un peu mieux dans l'obscurité. Le lit grinça lorsqu'il vint s'allonger près de moi. Immédiatement, il m'enlaça, se pencha pour m'embrasser. L'odeur d'alcool qu'il exhalait me souleva le cœur. Il enfouit son visage dans mon cou et murmura :

— Mélanie... Je n'arrive pas à réaliser que tu es là, que tu es à moi...

Il se mit à me caresser. Ses mains se glissèrent sous ma chemise de nuit, et j'eus envie de le repousser, de m'enfuir en hurlant. Mais je serrai les dents et le laissai faire. Il souleva ma chemise, se mit sur moi, et ce fut horrible. Ce fut un assaut bestial qui n'avait rien de commun avec les étreintes passionnées et pleines de tendresse qui m'avaient unie à Jean-Pierre. En grognant, en soufflant, il fit de moi sa femme tandis que, le visage tourné au maximum vers le bord du lit, je laissai couler des larmes de détresse, d'impuissance et de révolte inutile.

Il me lâcha enfin, retomba sur le côté, marmonna quelque chose que je ne compris pas et s'endormit immédiatement. Ses ronflements sonores emplirent la chambre. Je sortis du lit, m'approchai de la commode et, dans l'obscurité, tentai de me laver. Je me frictionnai énergiquement avec la serviette, comme pour effacer les attouchements odieux que j'avais dû subir. Des crises de larmes me secouaient, et je sanglotais tout bas, silencieusement.

Enfin, tremblante et brisée, je me couchai en évitant de toucher le corps de Léon. Il ronflait toujours aussi bruyamment, et il faudrait que je m'habitue et que je le supporte. Avec douceur, je tâtai mon ventre. Mon enfant ne bougeait pas, comme si lui aussi souffrait de cette situation et me le faisait savoir par son immobilité. Je demeurai longtemps attentive. Comme je me détendais peu à peu, je parvins finalement à capter un léger mouvement, timide, à peine perceptible. Rassurée, je parvins enfin à m'endormir.

***

Dès le lendemain, je commençai une nouvelle vie, et cette journée fut la première d'une succession d'autres toujours semblables. Pendant que Léon travaillait dehors avec Sylvestre, l'ouvrier agricole, j'aidais Florentine comme j'avais aidé ma mère chez nous : traire les vaches, nourrir le veau, les cochons, les lapins, les poules, faire le beurre et toutes les besognes de la ferme que je connaissais bien.

Cette continuité dans le travail m'aida à m'adapter. Dans la journée, à l'exception des repas, je me trouvais seule avec Florentine. Elle se montrait bienveillante envers moi, m'évitant de trop durs travaux à cause de mon état. Elle m'était reconnaissante d'avoir épousé Léon, et elle était persuadée que nous ne pouvions qu'être heureux. À la moindre occasion, elle me vantait ses mérites :

— C'est un bon garçon, mon Léon. Vois : en ce moment où les hommes sont à la guerre, il n'hésite pas à aider les femmes restées seules. Il a semé leur avoine, et avec Sylvestre, il va aller planter leurs pommes de terre. En plus de notre ferme, ça lui fait de dures journées. Mais il n'écoute que son bon cœur.

Je ne voyais dans ce supplément de travail qu'un avantage : Léon, le soir, était fatigué et s'endormait immédiatement. Néanmoins, il prenait toujours un peu de temps pour se jeter sur moi et assouvir son désir. C'était un moment atroce, mais il ne durait jamais longtemps. Pendant quelques minutes, après m'avoir caressée maladroitement de ses grosses mains, Léon me pénétrait brutalement, s'agitait en ahanant et en soufflant tandis que, tendue à l'extrême, je détournais le visage, les yeux fermés, les lèvres serrées sur les cris de protestation et de dégoût que je retenais. Il ne semblait pas trouver anormal mon manque de participation, et me possédait comme si j'avais été un objet. Sitôt satisfait, il roulait sur le côté et se mettait à ronfler. Après un long moment, je parvenais enfin à me détendre et à m'endormir, bien souvent en pleurant.

Le travail de la ferme, heureusement, me fatiguait et me permettait de trouver le sommeil et l'oubli. S'il n'y avait pas eu ce « devoir conjugal », comme on l'appelait, qui m'obligeait à me donner à un homme pour qui j'éprouvais de plus en plus une insurmontable répulsion, ma vie aurait été supportable. Dans la journée, je ne voyais pas beaucoup Léon, pris par notre ferme et celle des femmes qui avaient un mari au front. En parlant de Léon, elles ne tarissaient pas d'éloges :

— Qu'il est brave ! Je ne sais pas comment je ferais sans lui.

Certaines, celles qui me connaissaient bien, me disaient avec approbation :

— Tu as un mari bien courageux, Mélanie. L'ouvrage ne lui fait pas peur.

Comme les chevaux avaient été réquisitionnés, la plupart d'entre elles ne pouvaient pas labourer. Là aussi, Léon apportait son aide. À la déclaration de la guerre, les deux chevaux qu'il possédait avaient été emmenés pour l'armée. Pour pallier leur absence, il avait fait castrer, par le vétérinaire, un jeune taureau, qui était devenu un bœuf solide, au caractère placide, bien que têtu. C'était avec cet animal — baptisé Robert — que Léon labourait, et il répétait avec satisfaction :

— Robert a une force extraordinaire. À lui seul, il vaut bien deux chevaux, sinon trois !

Quand mon travail me laissait un peu de répit, l'après-midi, j'allais voir mes parents. Ils ne me demandaient pas si j'étais heureuse, et je ne disais rien. Ils savaient bien, de toute façon, que je n'aimais pas Léon et que je ne l'aurais jamais épousé dans d'autres circonstances. Seul, mon frère m'interrogeait, avec affection :

— Ça va, Mélanie ?

Je répondais oui. Qu'aurais-je pu dire d'autre ? Je ne pouvais pas me confier à un enfant de treize ans.

Un jour, vers la fin du mois de mars, alors que j'étais seule avec Florentine, je demandai :

— Verriez-vous un inconvénient à ce que je me rende chez Clémence ? Depuis mon mariage, je ne suis pas allée la voir. Vous allez me dire qu'elle n'est plus rien pour moi, maintenant, mais l'enfant que j'attends est son petit-fils ou sa petite-fille.

Contrairement à ce que je craignais, Florentine ne protesta pas et admit mon raisonnement.

— C'est vrai. Tu peux aller chez elle, Mélanie, et lorsque l'enfant sera né, il faudra bien qu'elle le connaisse. Le contraire serait trop cruel. Mais n'en parle pas à Léon. S'il sait que tu vas voir la mère de ton ancien fiancé, il ne va pas être content. C'est qu'il était jaloux de Jean-Pierre, tu ne peux pas t'imaginer !

Ne pas en parler à Léon me convenait tout à fait, et cette complicité entre Florentine et moi me fit plaisir. Ainsi, je repris mes visites chez Clémence, et elle fut heureuse de me revoir, tout en continuant à me reprocher mon mariage.

— Vous n'auriez pas dû épouser cet homme, mon enfant. Un mariage sans amour devient vite pénible à supporter, croyez-moi. Et que dira Jean-Pierre quand il reviendra ? Il sera furieux de constater que vous ne l'avez pas attendu.

De telles réflexions gonflaient mon cœur de chagrin, et je me retenais pour ne pas pleurer. Je ne pouvais qu'admirer la constance de Clémence qui, jour après jour, continuait à se rendre à la sortie du village et à attendre devant la voyette, à l'orée des champs. Chaque fois, elle revenait en disant :

— Il n'était pas encore là aujourd'hui. Demain, sans doute.

Et, le lendemain, elle recommençait.

***

Le mois de mars arriva, annonçant la venue prochaine du printemps. J'étais enceinte de six mois, et ma grossesse était maintenant bien visible. J'essayais d'ignorer les regards appuyés des gens du village — surtout des femmes — qui évaluaient ma silhouette avec un air entendu.

Léon, quant à lui, semblait ne pas savoir que j'attendais un enfant. Il ne m'en parlait jamais, ne faisait jamais aucune réflexion sur mon ventre qui s'arrondissait. Je me disais que, peut-être, cela le gênait, ou encore, plus probablement, qu'il ne s'intéressait pas à un enfant qui n'était pas le sien, au point de vouloir ignorer son existence.

Florentine, par contre, n'était pas avare en recommandations. Elle me répétait de manger pour deux, me demandait si j'avais des envies et me conseillait d'y céder. Elle observait mon ventre et déclarait avec un air connaisseur :

— C'est ta taille qui épaissit. À mon avis, ce sera une fille.

Parfois, elle ajoutait :

— Une fille, c'est aussi bien. Tu feras un garçon à mon Léon, après.

À chaque fois, un frisson me parcourait le corps. Je n'avais aucune envie d'un enfant de Léon.

Un matin, en entrant dans la remise qui jouxtait l'étable, une souris fila devant moi, presque sur mes pieds. Je poussai un cri :

— Une souris !

— Va vite boire un verre d'eau si tu as eu peur, me recommanda Florentine. Et j'espère que tu n'as touché aucune partie de ton corps. Il ne faudrait pas que l'enfant soit marqué.

Je suivis son conseil, l'écoutant une fois de plus me raconter que, dans son enfance, elle avait connu une femme enceinte qui avait eu peur d'un lièvre et dont le bébé, ensuite, était né avec un bec-de-lièvre.

— Fais attention, Mélanie. Pense à ton enfant.

Sa sollicitude m'était douce. Aussi, si parfois ses recommandations me paraissaient dénuées de fondement, je les suivais pour lui faire plaisir.

***

Les jours passaient ainsi, et en moi mon enfant grandissait. Flavie, la sage-femme du village, venait me visiter, et elle affirmait, comme Florentine, que le bébé serait une fille.

Une fille de Jean-Pierre... Je pensais souvent à lui, mon amour perdu à jamais. La guerre continuait de tuer les jeunes gens, et à briser d'autres vies comme elle avait brisé la mienne. Parfois, il m'arrivait encore de me révolter : Pourquoi une telle tuerie ? Quand donc allait-elle se terminer ? C'était ce que nous désirions tous, aussi bien les familles des soldats que les poilus eux-mêmes qui, à chaque permission, appréhendaient le retour vers l'enfer, comme ils disaient, et peut-être vers la mort.

Ignorant la guerre et son cortège de sang et de larmes, le printemps s'installa, glorieux, s'épanouit, fit reverdir les arbres et revenir les hirondelles. Dans les champs, les pousses vertes du blé et de l'avoine grandirent, devinrent des épis serrés qui ondulaient sous le vent. Lorsque la Saint-Jean arriva, ma grossesse approchait de son terme. Malgré mon ventre volumineux, dont le poids entravait mes mouvements et me donnait une démarche de canard, je ne changeais rien à mes tâches habituelles. Il était normal de travailler jusqu'au dernier jour d'une grossesse, ce qui permettait, disait-on, un accouchement plus facile.

Les premières douleurs me prirent le premier dimanche de juillet, pendant la nuit, peu avant l'aube. Je serrai les dents et tâchai de supporter stoïquement la douleur ; je savais qu'elle n'irait qu'en s'amplifiant. Je ne voulais pas réveiller Léon; lorsqu'il se leva, je me tournai de l'autre côté et, les yeux fermés, fis semblant de dormir. Ce ne fut que lorsqu'il eut quitté la chambre que je me levai à mon tour.

En me voyant arriver dans la cuisine, penchée en avant, me tenant le ventre de mes deux mains, Florentine comprit.

— C'est l'enfant qui arrive? Retourne te coucher, Mélanie. Je vais aller prévenir Flavie.

J'obéis, et je me mis à lutter pour mettre mon enfant au monde. Les heures s'écoulèrent, toutes occupées de ma douleur qui, à chaque contraction, atteignait un palier supérieur. Je perdis la notion du temps et du monde extérieur. Lors des accalmies, je remarquais qu'il faisait jour, que le soleil était haut dans le ciel, et je retombais aussitôt dans les vagues de souffrance qui me labouraient le corps. Je me mordais les lèvres pour ne pas crier, mais je ne pouvais m'empêcher de gémir. J'apercevais, à travers les larmes et la sueur qui me piquaient les yeux, les visages de Florentine, de ma mère, de Flavie. J'entendais à peine leurs paroles d'encouragement. Vers la fin, ce fut si douloureux que je me mis à pleurer, et je crois bien que j'appelai Jean-Pierre. Ma tête roulait sur l'oreiller, les larmes noyaient mon visage et coulaient dans mes cheveux. Soudain, une atroce sensation de déchirure me fit pousser un grand cri. Aussitôt, la souffrance disparut, et un vagissement plaintif me fit tout oublier. Je relevai la tête et, à travers mes larmes, je vis mon enfant — celui de Jean-Pierre.

— Comme je l'avais dit, c'est une fille, annonça Flavie sur un ton de victoire. Une belle petite fille.

Lasse et heureuse, je me tournai vers ma mère qui était occupée à laver le bébé et à l'emmailloter. Lorsqu'elle eut terminé, elle me l'apporta. Je la pris contre moi tandis qu'un flot d'amour me submergeait. Des larmes brûlantes emplirent mes yeux et se mirent à couler. À cet instant précis, l'absence de Jean-Pierre m'était plus insupportable que jamais. Je pensai que, pour compenser l'absence de son père, j'aimerais ma petite fille deux fois plus.

— Tu dois te reposer, maintenant, me dit Florentine. Léon est aux champs. Je le préviendrai dès qu'il reviendra.

Elle prit ma petite fille, la coucha dans le berceau qu'elle avait descendu du grenier et garni d'un matelas de paille de blé toute fraîche. Je la regardai avec amour. Au lieu de pleurer et de s'agiter, elle dormait, et son petit visage fragile m'attendrissait profondément.

Ma mère me lava le visage, me mit une chemise de nuit propre, borda les draps.

— Dors un peu, Mélanie. Je reviendrai te voir tout à l'heure.

Elles sortirent. Passant à travers les fentes des volets que Florentine avait fermés, les rayons du soleil striaient la chambre de rayures lumineuses. Dans cette semi-obscurité, je contemplai mon enfant, heureuse de posséder ce souvenir vivant de Jean-Pierre. Je me promis de lui dire la vérité, un jour, sur son vrai père. L'idée qu'elle pût croire que Léon était le sien me déplaisait fortement.

Il entra dans la chambre le soir même, prévenu par Florentine. Il était encore en tenue de travail, et je fus agressée par l'odeur de sueur et de fumier qu'il apportait avec lui. Il se pencha sur le berceau, jeta à peine un regard au bébé, émit une sorte de grognement que je ne parvins pas à interpréter. Puis il tourna vers moi son gros et laid visage à l'œil protubérant :

— Tu vas bien, Mélanie ?

Je fis un signe d'assentiment. Il resta debout, gauchement, ne sachant que dire. Je savais bien qu'il ne pouvait pas se réjouir de la venue d'un enfant qui n'était pas le sien, et je me taisais, moi aussi.

— Eh bien, je te laisse, dit-il enfin. Mère m'a recommandé de ne pas te fatiguer.

Il sortit, et je soupirai avec inquiétude. Quelle serait son attitude envers ma petite fille ? Une pensée sournoise et insistante me disait qu'il ne l'aimerait pas.

***

Flavie revint le lendemain vérifier que tout allait bien, et me recommanda de garder le lit.

— Il ne faut pas te lever avant neuf jours, assura-t-elle, afin de laisser à la matrice le temps de se remettre.

Peu habituée à rester allongée et à ne rien faire, je trouvai les journées longues. Heureusement, de nombreuses personnes vinrent admirer mon bébé, et leur visite me fit plaisir. Le reste du temps, seule avec ma petite fille, je ne me lassais pas de la regarder. Je cherchais dans le petit visage une ressemblance avec celui de Jean-Pierre. Lorsque je la nourrissais, je la contemplais avec adoration.

— Je suis allée prévenir Clémence, me dit ma belle-mère le lendemain de la naissance. Il est normal qu'elle sache que sa petite-fille est née.

Je la remerciai de cette attention. L'après-midi, Clémence arriva, intimidée et radieuse. Léon était aux champs avec Sylvestre, et Florentine la reçut aimablement. Elle la conduisit jusque dans ma chambre. Clémence s'approcha, se pencha sur le berceau, et une immense tendresse illumina son visage.

— Il me semble revoir Jean-Pierre lorsqu'il est né, murmura-t-elle. Il avait la même touffe de cheveux sur le sommet du crâne.

Les larmes aux yeux, elle vint m'embrasser. Devant Florentine, je n'osai rien dire. Nous étions dans une situation qui me gênait. Clémence était la grand-mère de mon enfant mais, légalement, elle ne représentait rien pour elle. Je trouvai injuste qu'après avoir perdu son fils, elle ne fût qu'une étrangère pour sa petite-fille. Je me promis de la lui conduire aussi souvent que possible.

Je savais que Jean-Pierre, dans son enfance, avait adoré sa grand-mère. Comme celle-ci s'appelait Pauline, je décidai de donner ce prénom à ma fille.

Lorsque ma mère et Florentine m'interrogèrent sur mon choix, je répondis simplement que ce prénom me plaisait. Clémence, seule, comprit. Elle me remercia, m'assurant que, lorsqu'il reviendrait, Jean-Pierre approuverait que sa fille portât le prénom de la grand-mère qu'il avait tant aimée.

Lorsque les neuf jours se furent écoulés, je pus enfin me lever. Ma première sortie, selon la coutume, fut pour me rendre à l'église assister à la messe basse qui constituait, dans un tel cas, la messe de relevailles. Elle était nécessaire, disait-on, pour laver la mère de l'impureté de la conception et de l'accouchement. Au moment où monsieur le curé me bénit, je ressentis un peu de gratitude pour Léon. S'il ne m'avait pas épousée, je n'aurais pas eu droit à ce rite de purification, car les filles-mères n'étaient pas acceptées aux messes de relevailles.

La naissance de mon enfant avait l'avantage de m'éviter les assauts si déplaisants de Léon. Flavie, la sage-femme, lui avait recommandé d'attendre quelque temps avant de reprendre le « devoir conjugal ». J'en étais infiniment soulagée, et je profitais de ce répit tout en appréhendant le jour où il se terminerait.

Pauline dormait près de notre lit, et je me réveillais la nuit pour la nourrir lorsqu'elle pleurait. Je la changeais, et je la berçais ensuite pour l'endormir. Le sommeil de Léon n'en était pas dérangé. Il continuait de ronfler imperturbablement. Il ne s'occupait jamais d'elle. Cette indifférence voulue me glaçait. Je me disais que mon impression était bonne et qu'il ne l'aimait pas.

Florentine, elle aussi, avait remarqué l'attitude de son fils. J'étais persuadée qu'elle le comprenait, mais elle n'agissait pas comme lui. Un après-midi, alors qu'elle m'apportait mon bébé pendant que je dégrafais mon corsage pour la nourrir, elle dit en regardant le petit visage innocent :

— Je sais bien qu'elle n'est pas la fille de Léon, mais elle n'en est pas responsable. Moi, je l'aime comme si elle était ma petite-fille.

Cet aveu me toucha, et le refus de Léon d'aimer mon enfant me devint de plus en plus pénible. Un soir, alors que nous étions dans notre chambre, je venais de nourrir Pauline et je la recouchais dans son berceau. Léon, prêt à se mettre au lit, affectait de nous ignorer. Subitement, une colère me prit, et je me tournai vers lui :

— Léon, pourquoi agis-tu toujours comme si Pauline n'existait pas ? Tu ne la regardes jamais, on dirait que tu ne la vois pas.

D'abord surpris, il se ressaisit, et son gros visage prit une expression butée, presque mauvaise :

— Elle n'est rien pour moi. Elle n'est pas ma fille.

J'essayai de protester, répétai les paroles de Florentine :

— Mais, Léon, elle n'en est pas responsable.

— Peut-être. Mais quand je la vois, elle me rappelle que tu as aimé quelqu'un d'autre avant moi, et je ne peux pas le supporter. Car ce Jean-Pierre, tu l'aimais, hein ? Lui, tu ne l'as pas repoussé ?

Son visage devenait rouge de colère, la cicatrice se tendait sur sa peau, et son œil globuleux semblait augmenter de volume. Je détournai les yeux avec répugnance, consciente de sa jalousie, malheureuse de constater qu'il n'aimerait jamais ma petite fille et que, peut-être, il la détesterait. Je balbutiai que je devais me rendre aux cabinets, situés dans la cour, pour sortir de la chambre. J'attendis longtemps avant de revenir. Lorsque je m'y décidai, je fus soulagée de trouver Léon endormi. Je me couchai sans faire de bruit, et jamais plus je n'osai aborder ce sujet.

9

C'était l'été et, l'après-midi, je promenais Pauline dans la voiture d'enfant que ma mère avait descendue du grenier. Je marchais lentement pour pouvoir contempler, tout en avançant, son visage endormi. J'allais chez mes parents. Ma mère était toujours heureuse de ma visite. Quant à mon père, il considérait sa petite-fille avec un mélange d'affection et de gêne. Je me disais avec culpabilité qu'il pensait qu'elle n'était pas une enfant légale, puisque Léon, même s'il m'avait épousée, n'était pas son père. Mon frère, par contre, était fou de sa nièce. Il était très fier d'en être le parrain, et il se penchait sur le landau en faisant toutes sortes de mimiques pour amuser ma fille.

— Regarde, me disait-il, elle a ri ! Elle me reconnaît, elle sait que je suis son *mononc'* Georges. Comme elle est mignonne !

J'allais aussi chez Clémence. Elle m'accueillait toujours avec des exclamations de joie. Elle était heureuse de retrouver chez Pauline de nombreuses ressemblances avec Jean-Pierre.

— Elle a ses yeux, affirmait-elle.

C'était vrai. Mon enfant avait les mêmes yeux clairs, au regard grave et doux. Elle semblait avoir également la nature calme de Jean-Pierre, son caractère aimable. Si elle pleurait parfois, elle ne piquait pas de grosses colères, et ses pleurs ne duraient jamais longtemps.

Le seul aspect désagréable de ma vie se situait du côté de Léon. Il n'aimait pas ma fille, et agissait comme si elle n'existait pas. Même Sylvestre, pourtant assez rude, se penchait sur elle et lui adressait quelques paroles gentilles. Mais Léon se détournait d'elle avec obstination. Comme c'était la période de la moisson — orge et avoine en juillet, blé en août —, il était occupé, pour lui et pour les femmes qu'il aidait, de longues journées au-dehors, et il se trouvait rarement en présence de Pauline. J'en étais soulagée. Son attitude me faisait appréhender les mois d'hiver, où il serait plus souvent à la maison.

J'avais repris mon travail, celui de la ferme, et aussi celui des champs. J'allais aider mes parents pour la moisson et, pendant que mon père et mon frère *piquetaient*, comme je l'avais fait tant de fois au cours des années précédentes, je passais derrière eux avec ma mère et je liais les gerbes, pour ensuite les mettre en monts. Je fis la même chose pour aider Florentine, et j'interrompais ma tâche quelques instants pour courir jusqu'à la maison, retrouver ma petite fille couchée dans son berceau, dans la chambre aux volets fermés contre la chaleur, la prendre contre moi et la nourrir avec amour. Je prolongeais un moment cet instant privilégié où nous n'étions que deux, et ensuite, avec regret, je la replaçais dans son berceau et je repartais aux champs.

S'il n'y avait pas eu Léon, je me serais trouvée satisfaite de ma vie telle qu'elle était, occupée par mon travail, et illuminée par la présence de ma fille.

Mais, hélas, il y avait Léon. Léon qui avait repris ses assauts déplaisants, le soir, depuis que Flavie avait déclaré qu'il n'y avait plus aucun obstacle au « devoir conjugal ».

— Il est temps, avait rétorqué Léon avec un gros rire grivois. Moi, je veux un fils pour reprendre la ferme. Et même plusieurs.

Horrifiée à cette perspective, j'avais rattrapé Flavie à la grand-porte de la ferme, et j'avais balbutié maladroitement que je ne voulais pas un autre enfant trop rapidement.

— Ne t'inquiète pas, m'avait-elle répondu. Tant que tu nourriras ta fille, tu auras peu de chances de concevoir à nouveau.

Je n'avais répété cette conversation à personne, et j'avais pris l'intention de nourrir ma fille le plus longtemps possible.

Mais il me fallait néanmoins, chaque soir, subir les assauts de Léon. Ils me donnaient la nausée. Il m'avait dit, une fois, qu'il m'aimait, mais je ne trouvais nulle part trace de cet amour. Il me possédait brutalement, sans un geste de tendresse, sans une parole. Il pétrissait mes seins gonflés de lait et me faisait mal. C'était tellement pénible qu'une fois, je me plaignis à ma mère, en espérant qu'elle me comprendrait. Au contraire, elle me regarda avec reproche :

— Si tu te trouves dans cette situation, c'est uniquement ta faute, Mélanie. Tu étais enceinte, et nous avons dû te marier à Léon, qui a bien voulu de toi.

Je baissai la tête sans répondre. Était-ce là mon châtiment ? Supporter Léon tous les soirs de ma vie ? Jusqu'à quand ?...

Sur le chemin du retour, dans les voyettes que j'empruntais toujours, tout en poussant la voiture d'enfant dans laquelle sommeillait ma petite fille, je m'interrogeai. Si je n'avais pas cédé à Jean-Pierre, je vivrais toujours chez mes parents, et je n'aurais pas à supporter Léon. Devais-je regretter de m'être donnée à celui que j'aimais ? Un regard au visage de mon enfant endormie m'apporta la réponse. Si je m'étais refusée, je ne posséderais pas ce trésor qui était ma seule raison de vivre. Et je savais que je ne regretterais jamais les moments passionnés qui nous avaient rendus si heureux, Jean-Pierre et moi, et dont je garderais toujours un souvenir ébloui.

***

Un après-midi, en arrivant chez Clémence avec Pauline, je fus surprise de voir un homme assis dans la cuisine. Je le regardai tandis qu'il me saluait, certaine que son visage ne m'était pas inconnu, sans pourtant parvenir à lui donner un nom. Clémence mit fin à mon incertitude en disant :

— Edmond est venu me dire bonjour. Il est rentré chez

lui avant-hier. Sa mère est heureuse qu'il soit revenu. Et soulagée de savoir qu'il ne repartira pas à la guerre !

Edmond ! Je le regardai mieux. Comme il avait changé ! Je me souvenais du jeune homme enjoué et toujours content qui répétait : « La vie n'est qu'un passage, passons-la bien et passons-la gaiement. » Il avait tellement vieilli qu'il en était presque méconnaissable. Plus d'étincelle malicieuse dans ses yeux, plus de sourire amusé. Il avait le visage creusé, le regard sombre et douloureux. Des rides verticales, à la naissance des sourcils et de chaque côté de la bouche, lui donnaient une expression amère et désabusée. Je balbutiai :

— Bonjour, Edmond.

Il eut un sourire sans joie, bien différent de ceux dont je me souvenais.

— Bonjour, Mélanie. Il y a longtemps, n'est-ce pas ?...

— La dernière fois que nous nous sommes vus, c'était à la déclaration de la guerre, lorsque vous êtes partis avec Jean-Pierre.

— Oui. C'était il y a deux ans. Deux années d'enfer, qui me font l'effet d'un interminable cauchemar, que j'ai vécu, hélas !

Il soupira, passa une main sur ses yeux, comme pour en effacer d'atroces visions. La gorge serrée, je dis :

— Mais maintenant, vous êtes revenu.

— Oui, admit-il en soupirant à nouveau. Mais je suis brisé. Je ne parle pas de ma blessure. J'ai été opéré plusieurs fois, et il reste dans mon genou un éclat d'obus que le chirurgien n'a pas réussi à retirer. Cela me cause parfois des crises, et des douleurs épouvantables. Mais, durant ces deux années, j'ai vu tant de fois la mort en face que je ne me sens plus capable de vivre. Moi qui avais un caractère heureux et qui voyais tout en rose, maintenant, je vois tout en noir.

— Allons, allons, dit Clémence sur un ton grondeur. Ne dis pas ça, Edmond. Tu viens seulement de rentrer, et tu es encore faible. Mais dès que tu auras repris des forces, ça ira mieux, tu verras. Et puis, tu oublieras.

De la main, il se frappa le genou.

— Comment oublier, avec ça ? Sans compter mes cauchemars toutes les nuits. Des images d'horreur, qui ont été mon lot quotidien pendant deux ans. Je revois des hommes éventrés, qui tiennent leurs entrailles à deux mains, et d'autres qui agonisent en appelant leur mère comme des enfants... Et les rares fois où ces images me laissent tranquille, je me dis que, même si je n'y suis plus, ça continue, et ça me rend malade.

Les larmes aux yeux, il nous regarda avec impuissance. Je déclarai d'une voix enrouée :

— Mon cousin Milien disait la même chose. Il disait que le combat ne s'arrêterait que lorsqu'il n'y aurait plus de combattants, d'un côté comme de l'autre. Et que, au train où meurent les soldats, ça ne durerait plus longtemps.

— C'est une tuerie, acquiesça Edmond. Une véritable boucherie.

Clémence tenta une diversion en nous présentant des biscuits. De mon côté, pour alléger l'atmosphère douloureuse, j'allai dans la cour, où j'avais laissé ma fille sommeillant dans la voiture d'enfant. Je la pris dans mes bras en lui parlant doucement, et la ramenai dans la cuisine.

— Regardez, Edmond, dis-je fièrement. Voici ma fille.

Il jeta un coup d'œil au bébé et me considéra avec reproche :

— Mais vous étiez fiancée à Jean-Pierre. Comment avez-vous pu, si vite, épouser quelqu'un d'autre ?

— C'est que tu ne sais rien, Edmond, intervint Clémence. Tu étais à l'hôpital.

— Je suis revenu avant-hier, et ma mère m'a rapporté des nouvelles du village. Tout ce qui s'était passé en mon absence. C'est elle qui m'a appris votre mariage, ajouta-t-il en se tournant vers moi avec une expression réprobatrice.

Clémence s'agita sur sa chaise.

— Dites-lui la vérité, Mélanie. Il ne connaît pas les conditions qui...

Je regardai Edmond bien en face. Pour une fois, je n'éprouvai aucune culpabilité, aucune honte. Au contraire, ce fut avec fierté que je déclarai :

— Pauline est la fille de Jean-Pierre. Nous devions

nous marier lors de sa permission, en janvier. Pour que je ne sois pas une fille-mère, mes parents m'ont obligée à épouser Léon, qui est un lointain cousin, et que je connais depuis toujours.

Edmond se leva, vint se pencher sur Pauline qui le regarda de ses grands yeux clairs.

— La fille de Jean-Pierre! s'exclama-t-il. C'est vrai, elle lui ressemble. Elle a ses yeux. Mon pauvre ami, termina-t-il tout bas, qui ne la verra jamais...

Il la contempla longuement, et je remarquai qu'il était ému. Puis il alla se rasseoir de l'autre côté de la table, tandis que Clémence me disait :

— C'est qu'Edmond a toujours été un grand ami de mon Jean-Pierre. Depuis l'école. On ne voyait jamais l'un sans l'autre.

— C'est vrai, approuva Edmond d'une voix sourde. Je l'aimais comme un frère. Il m'avait promis que je serais le parrain de son premier enfant. Et réciproquement.

Il eut un sourire triste en montrant Pauline :

— Mais quand elle est née, j'étais à l'hôpital.

— C'est mon frère qui est parrain, dis-je. Je suis désolée.

Il eut un haussement d'épaules furieux et fataliste en même temps :

— C'est à cause de la guerre. Mais, si vous le voulez bien, je serai un deuxième parrain pour elle. L'enfant de Jean-Pierre, pour moi, c'est... comment dire?... je l'aimerai comme je l'aimais, lui. C'est comme s'il me disait : «Je suis encore là, malgré tout.»

Un deuxième parrain... Pourquoi pas? Émue, je donnai volontiers mon accord. J'étais contente de voir que, lorsqu'ils se posaient sur ma fille, les yeux d'Edmond se faisaient moins sombres, s'éclairaient de douceur et de tendresse.

Clémence regarda le gros réveil sur la cheminée et dit :

— Il est bientôt l'heure. Je vais y aller.

Edmond ne posa aucune question, et je pensai qu'il avait été renseigné par sa mère. Tout le village observait, avec impuissance et désolation, Clémence se rendre chaque jour à la lisière des champs et guetter indéfiniment le retour de son fils.

Edmond se leva en même temps que moi.

— Je vais m'en aller, dis-je.

— Si vous me le permettez, je vais vous raccompagner un bout de chemin, proposa Edmond.

J'acceptai avec plaisir. Je remis ma petite fille dans la voiture d'enfant. Alors que je me redressai, je surpris l'expression tendre d'Edmond tandis qu'il regardait Pauline. Si seulement Léon la regardait de cette façon, pensai-je avec regret et tristesse.

Nous prîmes congé de Clémence, et nous partîmes. J'avançais lentement car j'avais remarqué qu'Edmond, gêné par son genou blessé et sa jambe raide, ne pouvait pas marcher vite. Après quelques instants pendant lesquels nous étions restés silencieux, il me demanda brusquement :

— Vous n'oubliez pas Jean-Pierre, n'est-ce pas ?

— Bien sûr que non, dis-je avec vivacité en me tournant vers lui. Je ne l'oublierai jamais.

— Et... pensez-vous, comme Clémence, qu'il reviendra ?

— Non, dis-je très bas en baissant la tête. Je ne le crois pas.

— Ma mère m'avait écrit pour m'apprendre qu'il était porté disparu. Pendant que j'étais à l'hôpital, j'ai su que les soldats de son régiment, ceux qui avaient été faits prisonniers, avaient été emmenés en Allemagne. J'ai écrit, pour demander si Jean-Pierre était là. L'aumônier du camp m'a répondu qu'il ne s'y trouvait pas.

— Je le sais. Si Jean-Pierre était vivant, n'importe où, il nous donnerait des nouvelles. S'il ne le fait pas, c'est que...

Ma voix s'étrangla. Je me penchai pour cacher les larmes qui emplissaient mes yeux. Une roue de la voiture d'enfant bascula dans une ornière. Edmond m'aida à la redresser, et me confia avec une expression de gratitude où se mêlait une sorte de surprise :

— Je suis heureux de savoir que Jean-Pierre a une fille. Dès que je l'ai vue, j'ai... comment vous expliquer, Mélanie ? J'ai eu l'impression que toute l'obscurité qui était autour de moi s'éloignait, grâce au regard de votre enfant. Et je suis bien content que ce soit une fille, et non un garçon. Au moins, elle ne servira pas de chair à canon.

Il s'arrêta, se massa le genou :

— Je suis désolé, je vais vous laisser ici. Je ne peux pas faire de longues marches. Moi qui, avant, étais un vrai casse-cou ! Quelle misère, ah, quelle misère !

Il me tendit la main :

— À bientôt, j'espère.

— Tous les deux ou trois jours, je vais chez Clémence avec Pauline. Elle est si heureuse de la voir !

— Eh bien, maintenant, nous serons deux à l'attendre. Merci, Mélanie.

***

À chacune de mes visites chez Clémence, je revis Edmond. Il habitait l'une des premières maisons, et il me voyait passer. Il arrivait chez Clémence peu après, se penchait sur Pauline, lui parlait avec des mots doux. À trois mois, elle était éveillée. Elle le reconnaissait, lui souriait. Il était ravi. Geneviève, sa mère, affirmait que seule ma fille parvenait à le dérider.

Ensuite, il revenait avec moi. Dans la voyette qui séparait nos deux villages, nous marchions lentement. Il me parlait de Jean-Pierre, il me racontait des souvenirs d'enfance où il était présent. Grâce à lui, je découvrais un Jean-Pierre que je n'avais pas connu, un Jean-Pierre qui refusait d'accrocher une casserole à la queue des chiens et de tuer les oiseaux à la fronde. « Tout le contraire de Léon », pensais-je amèrement.

— Nous étions inséparables, et, bien souvent, il m'empêchait de faire des bêtises. Il était beaucoup plus raisonnable que moi.

Le fait de raconter des anecdotes parfois drôles le distrayait de ses pensées morbides et de ses souvenirs de guerre, encore trop récents. La présence de ma fille, également, lui faisait du bien. Pour elle, son regard s'adoucissait ; pour elle, il souriait. Peu à peu, au fil des jours, son visage devenait moins sombre. Pour Pauline, il s'éclairait d'une tendresse nouvelle.

Geneviève, que je rencontrais parfois chez Clémence, me disait en aparté :

— Votre Pauline est en train de réaliser un miracle, Mélanie. Grâce à elle, petit à petit, Edmond recommence à vivre.

J'en étais heureuse. Lorsque nous étions dans la cuisine de Clémence, je confiais volontiers mon bébé à son deuxième parrain, comme il se définissait lui-même. Il la prenait sur ses genoux, jouait avec elle, lui chantait parfois de petites comptines qu'elle écoutait avec gravité et ravissement. Plus les jours passaient, plus ils étaient heureux, tous les deux, de se rencontrer. Je voyais s'éveiller entre eux une tendresse qui allait en s'amplifiant.

Vers la fin du mois de septembre, sur le chemin du retour, je remarquai les champs dénudés. La moisson était terminée depuis plus d'un mois, les pommes de terre étaient arrachées et ramassées, bientôt ce serait le tour des betteraves. Avec le mois d'octobre arriveraient les premiers brouillards, les premières pluies froides, et peut-être aussi les premières gelées. Je soupirai en pensant que je ne pourrais plus promener Pauline aussi souvent, et que mes visites chez Clémence seraient moins fréquentes. Et, par conséquent, mes rencontres avec Edmond. Le regret que j'en éprouvai me fit comprendre qu'Edmond avait pris dans ma vie une place importante.

Je savais, par Clémence, qu'Edmond souffrait toujours de sa blessure au genou. L'éclat d'obus qui n'avait pu être enlevé lui causait parfois des douleurs intolérables. Lors de ces crises, Edmond avait si mal qu'il buvait jusqu'à s'abrutir.

— Geneviève dit que c'est le seul moyen pour qu'il ne devienne pas fou, m'avait confié Clémence. La première fois, elle l'a entendu hurler, et elle a pleuré toute la nuit. Maintenant, bien que cela lui déchire le cœur, elle le laisse boire. Au moins, il ne souffre plus.

Lorsque, ensuite, je rentrais à la ferme et retrouvais Léon, je le comparais mentalement à Edmond. Et je le trouvais encore plus fruste, encore plus laid.

***

Un jour d'octobre, vers la fin du mois, alors que nous revenions comme d'habitude, Edmond me dit :

— Ma convalescence se termine, Mélanie. Le mois prochain, je vais travailler. À cause de mon genou, je ne peux pas reprendre mon ancien métier d'aide-boulanger. Mais Émile, le mari de ma sœur, m'a trouvé une place à la Compagnie des Mines de Bruay. Comme les hommes sont à la guerre, les places ne manquent pas. Je travaillerai à la comptabilité. Ma blessure ne me gênera pas, je serai assis toute la journée. Et puis, le calcul ne me fait pas peur. À l'école, c'était la matière que je préférais. J'étais toujours premier en calcul mental.

Je savais que Lucie, sa sœur, était mariée avec un mineur et vivait dans un coron à Bruay-en-Artois. Je regardai Edmond avec inquiétude :

— Mais alors... Vous allez partir? Je veux dire...

— Oui, j'irai vivre à Bruay. Mais je reviendrai souvent, et nous nous verrons encore. Après tout, Bruay n'est pas si loin. Et puis, je ne resterai jamais longtemps loin de ma petite filleule. Elle me manquerait trop.

— Oui, bien sûr, balbutiai-je, désorientée.

— Ce n'est pas pour tout de suite. Je ne partirai que dans trois semaines.

Je me mordis les lèvres pour retenir une exclamation de protestation. « Dans trois semaines... c'est bientôt ! » Je restai silencieuse, essayant d'accepter cette nouvelle qui, je devais l'avouer, ma causait une grande peine. Ne plus voir Edmond, ne plus le regarder jouer avec ma fille et la faire rire... Oui, ce serait dur.

Je rentrai, l'esprit et le cœur assombris. Je m'acquittai de mes tâches habituelles, la tête ailleurs, et ce ne fut que le soir, lorsque nous fûmes dans notre chambre, que je m'aperçus de l'expression mauvaise de Léon. J'avais bien remarqué, pendant le repas, qu'il était resté muet, se contentant de se goinfrer, comme il le faisait souvent, et de répondre par des monosyllabes et des grognements à sa mère quand elle lui adressait la parole.

Dans la chambre, près du lit, il me fit face, et je fus effrayée par la colère que je lus dans son œil valide. Je n'eus pas le temps de lui demander ce qui se passait. Il attaqua aussitôt :

— On m'a rapporté quelque chose, aujourd'hui, Mélanie. Il paraît que, derrière mon dos, tu te promènes avec un autre ? Un blessé revenu de la guerre ? Et qui était l'ami de ton fiancé, en plus ?

Sa voix s'enflait en parlant, m'accusait. Je tentai de me défendre :

— Mais, Léon... nous ne faisons rien de mal. Il aurait dû être le parrain de Pauline, et... enfin... nous ne faisons que bavarder...

— Pour le moment, peut-être ! Et puis, bavarder de quoi, hein ? De ton fiancé, sans doute ? Mais tu es ma femme, maintenant, tu m'appartiens. Et ton fiancé à la jolie figure, tu dois l'oublier. D'autant plus qu'il n'a pas hésité à te mettre enceinte et à te laisser tomber !

L'injustice de ce propos me fit sursauter :

— Mais il a été tué !

— Et ne le défends pas, en plus ! Porté disparu, oui... et peut-être déserteur. Il paraît qu'il y en a, et que c'est pour ça qu'on ne les retrouve pas.

Horrifiée, je suffoquai :

— Pas Jean-Pierre ! Tu es injuste, Léon, et odieux ! Tu dis n'importe quoi parce que tu es jaloux !

Son visage devint rouge, et il s'exclama, furieux :

— Je ne suis pas jaloux ! Tu es ma femme, pas la sienne. Et tu vas me faire le plaisir de ne plus rencontrer cet Edmond comme tu le fais !

Je tentai de protester, mais il ne me laissa pas parler :

— Et si tu ne m'obéis pas, continua-t-il, le visage de plus en plus rouge, gare à toi !

Sur sa tempe, une veine battait, et son œil blessé semblait vouloir jaillir de son orbite. Dans l'autre œil, je vis une lueur folle et meurtrière qui me fit peur. Malgré mon envie de lui tenir tête, je me tus. Un peu calmé par mon apparente soumission, il cessa de crier, et me poussa vers le lit en grommelant :

— Allez, viens, et puisque tu es ma femme, prouve-le.

Il me posséda, ce soir-là, avec plus de violence encore que les autres fois. Sans doute voulait-il ainsi me montrer que j'étais à sa merci. Il me fit mal et, après, meurtrie, blessée, je pleurai longtemps. Pourtant, malgré les menaces de Léon, je pris la résolution de continuer à voir Edmond. Je ne faisais rien de mal, et ces rencontres nous apportaient à lui, à moi, et aussi à Pauline, un peu de bonheur. Et nous en avions bien besoin.

Le lendemain, fidèle à ma résolution, je me rendis chez Clémence, où je rencontrai Edmond. Il vint me raccompagner et, alors que nous étions seuls dans le sentier, je lui racontai l'interdiction de Léon. Je n'avais pas prémédité d'en parler, mais près d'Edmond, je me sentais en confiance, et il était devenu mon ami. Je lui décrivis la scène de la veille, et je vis le visage d'Edmond s'assombrir.

— Ce n'est pas un mari pour vous, dit-il abruptement. Léon Vauquois... Je le connais un peu, et je sais que vous ne pouvez pas être heureuse avec un homme comme lui.

— C'est vrai, acquiesçai-je douloureusement. Mais mes parents disent que je lui dois beaucoup, car il m'a épousée alors que...

Edmond me coupa la parole avec brutalité :

— Ah! Si vous aviez attendu! Je vous aurais offert, moi, de vous épouser, et de servir de père à votre fille!

Saisie, je le regardai. Il prit un air confus, continua d'une voix sourde :

— Je l'aime comme si elle était la mienne. Ce serait un bonheur pour moi de l'élever, de la chérir tout au long de sa vie.

Il ajouta, avec un sourire un peu taquin, qui rappela l'ancien Edmond, celui d'avant la guerre :

— Et puis, sans vouloir me vanter, je crois que je ferais un meilleur mari pour vous que ce Léon Vauquois.

Troublée, je ne savais que répondre. Il me regardait avec une expression où se mêlaient tendresse et regret.

— Vous auriez dit oui, Mélanie?

Je fis un signe de tête affirmatif. Oui, cent fois oui! pensai-je sans oser le dire. Edmond s'arrêta, comme pris d'une inspiration :

— Écoutez-moi, Mélanie. Peut-être n'est-il pas trop tard. Si vous en avez le courage, vous pouvez vous libérer de ce mariage qui ne vous rend pas heureuse.

— Que voulez-vous dire ?

— Eh bien, voilà, expliqua-t-il avec volubilité. Je vais partir à Bruay. Venez avec moi. Là-bas, personne ne vous connaît. Nous vivrons ensemble. Et je ferai en sorte que vous ne regrettiez jamais, ni vous, ni Pauline.

Touchée et en même temps effarée, je balbutiai :

— Vivre avec vous ? Mais... Léon n'acceptera pas... il sera furieux...

— Ne lui dites rien, bien sûr. Il ne saura pas où vous êtes. Il ne vous retrouvera pas.

— Ce n'est pas certain. Une indiscrétion pourra lui apprendre où je me trouve... Et puis, ce ne sera pas une situation légale...

Nous nous étions remis à marcher, et nous étions arrivés à l'endroit où nous nous quittions habituellement. Edmond se pencha sur moi, de sa main droite me releva le menton, plongea ses yeux dans les miens :

— Nous verrons à légaliser par la suite. Mais là n'est pas le plus important. Le plus important, c'est que je vous apporterai, à Pauline et à vous, l'amour dont vous avez besoin. Si, là où il se trouve, Jean-Pierre pouvait vous parler, il vous dirait la même chose, j'en suis sûr.

Son allusion à Jean-Pierre me mit les larmes aux yeux. Edmond reprit, et le même sourire taquin vint éclairer son visage :

— Si nous pouvions demander son avis à Pauline, elle aussi, elle accepterait.

Émue, je regardai ma petite fille endormie avec confiance, et je pensai à ses cris de joie quand elle retrouvait Edmond. Oui, il avait raison, et je me sentais terriblement tentée. Échapper à Léon, et retrouver amour et bonheur pour Pauline et moi...

Avec douceur, Edmond murmura :

— Réfléchissez, Mélanie. Je pars dans trois semaines.

Vous avez tout ce temps pour me donner votre réponse. J'attendrai... en espérant que ce sera oui.

Il se pencha et, pour la première fois depuis que nous nous connaissions, il déposa un léger baiser sur mes lèvres. Puis il s'en alla sans se retourner. Tout en poussant la voiture d'enfant, je repris le chemin de la ferme, extrêmement troublée.

Que faire ? me demandai-je avec affolement. Mon cœur et mon instinct me disaient d'accepter, pour ma petite fille et pour moi-même. Mais ma raison et ma peur d'une situation irrégulière, d'une possible vengeance de Léon, me retenaient et me dictaient la prudence. Avec regret, je me souvins de la proposition de Clémence, qui m'avait offert de vivre chez elle. Si seulement je l'avais écoutée, pensai-je, si seulement j'avais accepté d'affronter les critiques, les médisances, les regards méprisants ! Au lieu de cela, poussée par mes parents, j'avais épousé Léon. Et j'étais enfermée dans un mariage qui me devenait chaque jour plus pénible.

Pour m'en libérer, j'avais envie de dire oui à Edmond. Mais ce serait une coupure complète avec mes parents, qui ne me pardonneraient pas. Après avoir failli être une fille-mère, je serais maintenant une femme non respectable. Et puis, la vie que je mènerais, dans un coron, serait très différente de celle à laquelle j'étais habituée. Mon univers, depuis ma naissance, était la ferme. C'était le seul travail que je connaissais. Saurais-je m'adapter à un autre milieu ? Si j'avais été amoureuse d'Edmond comme je l'avais été de Jean-Pierre, je n'aurais pas eu peur de l'inconnu. Mais je n'étais pas amoureuse d'Edmond. Je l'aimais bien, sans plus. Alors, que décider ?...

Lorsque, ce soir-là, je me trouvai de nouveau en présence de Léon, mon hésitation faiblit. Et lorsque, dans notre chambre, de nouveau je dus subir la pénible corvée du « devoir conjugal », elle disparut complètement. Alors, je pris la décision de dire oui à Edmond.

10

Le lendemain matin, il pleuvait à verse lorsque je me levai. Il continua à pleuvoir toute la journée, sans une interruption ni une éclaircie. Un vent froid soufflait en bourrasques cinglantes. Par un temps aussi détestable, je n'osai pas me rendre chez Clémence avec ma petite fille. Je serais trempée avant d'avoir fait cent mètres, sans compter que les voyettes seraient transformées en bourbier. Je dus mettre un frein à mon impatience et attendre le lendemain pour revoir Edmond et lui donner mon accord.

Dans la nuit qui suivit, Pauline s'éveilla et se mit à pleurer. Elle avait été fiévreuse et agitée tout au long de la journée. Florentine avait observé son visage rouge et ses yeux noyés de larmes.

— Habituellement, elle n'a pas un tempérament aussi grognon. À mon avis, elle a mal quelque part. Peut-être des coliques. Ou bien un rhume.

Le soir, je l'avais bercée pour l'endormir, mais, environ deux heures plus tard, elle me réveilla par des cris stridents. Je me levai, allai lui parler tout bas tout en imprimant au berceau un mouvement de balancement. Mais, contrairement aux autres fois, Pauline ne se calma pas. Elle continua à pleurer, et je fus affolée par son petit visage rouge et convulsé, et par la façon dont elle serrait et agitait ses petits poings. Je tâtai son front. Il était sec et brûlant. Je la pris contre moi, en la berçant tendrement et en lui chuchotant des paroles douces. Elle se tut quelques instants, puis se remit à hurler de plus belle. Inquiète, j'allai de long en large dans la chambre.

Ses pleurs finirent par réveiller Léon. Il se dressa dans le lit, fronça les sourcils, visiblement furieux :

— Qu'est-ce qui se passe ?

— C'est Pauline, dis-je, impuissante. Je n'arrive pas à la calmer.

— Eh bien, tâche d'y arriver. Je veux dormir, moi.

Il se retourna de l'autre côté, remonta les couvertures jusque sur le sommet de sa tête et ne bougea plus. Je tentai de faire taire mon bébé, affolée de constater que mes efforts demeuraient vains. En même temps, je jetais des coups d'œil inquiets vers Léon.

Il s'assit subitement dans le lit, le visage rouge de colère :

— Va-t-elle se taire, à la fin ?

— Elle doit être malade, Léon. Elle semble avoir de la fièvre.

— Et moi, je veux dormir. Je ne supporterai pas ces hurlements toute la nuit.

Je serrai ma fille contre moi, ne sachant que faire. Ses cris augmentèrent de volume. Léon sortit du lit et se dirigea lourdement vers nous. Il se pencha sur Pauline et jeta avec colère :

— Encore plus emmerdante qu'un moustique ! Tu vas te taire, oui ?

Sa voix, forte et mécontente, fit sans doute peur à ma petite fille, car elle se mit à hurler davantage, sur un registre plus aigu. Furieux, Léon leva une main massive :

— Attends, je vais te faire taire, moi !

Effrayée de voir qu'il allait frapper mon bébé, je reculai précipitamment :

— Léon, je te défends de la frapper !

— Et moi, je veux qu'elle me foute la paix !

J'eus peur de sa colère. Je proposai :

— Je vais aller dans la cuisine et je reviendrai quand elle sera calmée.

Je sortis de la chambre et gagnai la cuisine. Je n'osai pas allumer l'électricité, de peur que la lumière trop vive ne blessât les yeux de Pauline. Je m'assis sur une chaise et la berçai doucement, en fredonnant tout bas *Dors min p'tit quinquin*. Je dus reprendre la chanson encore et encore, inlassablement, jusqu'à ce que Pauline, enfin, se rendormît. Alors, je retournai dans la chambre et, avec précaution, je la replaçai dans son berceau. J'entendis avec soulagement les ronflements de Léon. En prenant bien garde de ne pas le réveiller à nouveau, je me couchai à l'extrême bord du lit, sans oser me rendormir. Je sommeillai par à-coups, tout en guettant le moindre cri de ma petite fille.

À l'aube, lorsque je me levai, elle allait mieux. Le temps, lui aussi, s'était amélioré. Il restait humide, mais un faible soleil automnal tentait de réchauffer l'atmosphère. En début d'après-midi, les derniers nuages disparurent, dégageant le bleu pâle du ciel. Toujours aussi impatiente de revoir Edmond, je décidai de me rendre chez Clémence.

À cause de la pluie de la veille, les sentiers étaient si boueux que je pris le long chemin, par la route. Je ne tenais pas à rester embourbée avec la voiture d'enfant. Tout en marchant, j'eus le temps de réfléchir, et je pensai que la conduite de Léon, cette nuit, me confortait dans ma décision de dire oui à Edmond. Il avait voulu frapper Pauline, et maintenant, j'avais peur pour elle. Elle avait besoin de la tendresse d'un père, et Edmond saurait la lui donner.

Chez Clémence, lorsque je vis ma petite fille dans les bras de sa grand-mère, je ne pus m'empêcher de raconter la scène de la nuit. Je me retrouvai en train de confier à Clémence la proposition d'Edmond. Elle hocha la tête :

— Je verrai Pauline moins souvent si vous êtes à Bruay, mais avec Edmond, elle sera plus heureuse qu'avec votre mari. Et puis, lorsque mon Jean-Pierre reviendra, il sera content de voir que c'est son ami qui prend soin de sa fille.

Je ne répondais jamais aux allusions de Clémence concernant le retour de Jean-Pierre. Le combat meurtrier continuait, nous étions en octobre 1916, et nous nous acheminions vers un troisième hiver de guerre. Nous savions, par les soldats qui venaient en permission, combien ils souffraient du froid dans les tranchées. Dans notre village, comme dans les autres villages environnants, les jeunes gens qui étaient au front continuaient à tomber, l'un après l'autre, victimes de cette guerre qui allait finir par les prendre tous. Les épouses et les mères vivaient dans la hantise de ce malheur. Celles qui avaient déjà été frappées avaient perdu tout espoir et ne trouvaient plus aucun sens à leur vie. Comme elles, mon oncle Alfred avait le regard éteint et empli d'un tel désespoir que les mots de consolation que, parfois, je voulais lui adresser ne franchissaient pas mes lèvres.

— C'est à Pauline que vous devez penser, reprit Clémence. Elle aime Edmond, cela ne fait aucun doute.

J'étais heureuse de l'approbation de Clémence, car ma décision était prise : je partirais avec Edmond. Lorsque je parlai de la situation irrégulière qui serait la mienne, Clémence haussa les épaules :

— Ne vous occupez pas des gens, me conseilla-t-elle. C'est votre bonheur et celui de votre fille qui importent. Vous devez vivre pour vous, non pour les autres.

Je savais que je devais raisonner de cette façon. J'attendais qu'Edmond arrivât, impatiente de lui annoncer que j'acceptais sa proposition. Je savais que je vivrais avec lui comme avec un mari, mais ce qu'il exigerait de moi ne serait jamais aussi pénible que le devoir conjugal que m'imposait Léon.

Les minutes passaient et Edmond ne venait pas. D'abord surprise, je fus ensuite inquiète. Il me rejoignait toujours fidèlement chez Clémence.

Elle aussi s'étonna.

— Edmond devrait être arrivé. S'il ne vient pas, j'irai « à nouvelles » chez Geneviève.

Au même moment, on frappa à la porte et Geneviève, la mère d'Edmond, entra. Elle était accompagnée d'une jeune femme au visage agréable et sympathique, et sa ressemblance avec Edmond me renseigna sur son identité.

— Bonjour, me dit-elle. Vous êtes Mélanie, je suppose? Et voici Pauline? Edmond me parle d'elle à chacune de nos rencontres. Je suis Lucie, sa sœur.

Je souris :

— Je l'avais deviné. Vous lui ressemblez beaucoup.

Elle s'installa près de moi et m'observa avec un intérêt amical :

— J'avoue que j'étais impatiente de vous connaître. Depuis notre enfance, Edmond et moi n'avons pas de secret l'un pour l'autre. Il m'a raconté vos rencontres, et la proposition qu'il vous a faite. Acceptez-la, vous ne le regretterez pas.

Je me retins de lui dire que j'en avais l'intention. Je ne voulais annoncer ma décision qu'à Edmond. Mais sa sœur me plaisait, et j'avais la nette impression que c'était réciproque. Je fus heureuse de cette sympathie qui venait de naître entre nous. Si je devais aller vivre à Bruay avec Edmond, j'y trouverais une amie.

Geneviève regarda ma petite fille :

— Votre Pauline est toujours si contente de rencontrer Edmond, me dit-elle. Mais aujourd'hui, elle ne le verra pas. Il est couché. Il a eu une de ses crises hier soir.

Lucie se pencha vers moi pour me confier avec tristesse :

— C'est sa blessure au genou. Il vous prie de l'excuser, Mélanie. Vous le verrez demain ou après-demain.

— Bien sûr, dis-je, la gorge serrée. Je suis désolée de savoir qu'il souffre.

Elle me serra le bras :

— Il faudra que vous le soigniez bien, lorsque vous vivrez avec lui. Je vous surveillerai, savez-vous? continua-t-elle, taquine. Vous habiterez dans le même coron, pas loin de chez moi. Si mon petit frère est malheureux, vous aurez affaire à moi.

— Il ne sera pas malheureux, affirmai-je, émue par la tendresse que je devinais dans ses paroles. Je vous le promets.

Elle accentua sa pression sur mon bras :

— Je n'en doute pas. Je l'ai compris tout de suite en vous voyant.

Geneviève, avec Clémence, parlait de la guerre. Un

camarade d'école d'Edmond, et donc de Jean-Pierre, venait d'être tué. Ses parents l'avaient appris la veille, et depuis, sa mère ne faisait que pleurer.

— Quelle misère, ah oui, quelle misère! soupira Geneviève.

Lucie, qui jouait avec Pauline, releva la tête, me regarda :

— À Bruay, vous verrez des soldats anglais, Mélanie. Ils sont là depuis le mois de février. Il y a même des Hindous, rue de la Gare. Et aussi des Écossais et des Canadiens.

— Ils vont aller se faire tuer, eux aussi, commenta Geneviève avec pessimisme.

— Pour le moment, ils logent dans la ville, dans les écoles, les cinémas, ou chez l'habitant. Tout se passe bien. Les gens de Bruay les apprécient, surtout les enfants, que les exercices militaires attirent toujours. Il y a parfois des concerts de bienfaisance au profit des soldats français qui ont été blessés. Et des fêtes au profit des orphelins de guerre. C'est le commandant anglais qui les organise. Je ne l'ai jamais rencontré, mais il a une excellente réputation dans la ville. Il est généreux et toujours prêt à aider ceux qui sont dans le besoin.

Clémence, entre-temps, avait mis son manteau, son chapeau, et se préparait à aller, comme chaque jour, à la sortie du village, afin d'attendre le retour de son fils. Cette attitude m'était si douloureuse que je me levai pour partir. Lucie m'embrassa amicalement.

— J'avoue que j'étais curieuse de vous connaître, et que je suis rassurée. Nous serons amies, Mélanie.

J'approuvai et m'en allai rassurée, moi aussi. Le fait de partir avec Edmond à Bruay me paraissait moins aventureux depuis que je savais y retrouver Lucie. Sur le chemin du retour, je songeai à ce que serait notre vie, tous les deux avec Pauline. Edmond travaillerait aux mines de Bruay comme comptable, et je me disais que les multiples tâches de la ferme me manqueraient. Je n'étais pas habituée à ne rien faire, et je craignais de m'ennuyer tout au long de la journée si je demeurais inoccupée. Je savais qu'à la mine on embauchait des femmes comme lampistes, ou comme trieuses de charbon. C'était un travail que je n'avais jamais fait, mais je serais capable d'exercer n'importe quel métier pour échapper à Léon. Car là était la raison principale qui me faisait accepter l'offre d'Edmond : m'éloigner de Léon, pour moi d'abord, mais plus encore pour ma petite fille.

***

Ce soir-là, lorsque Léon vint me rejoindre dans notre chambre, il paraissait furieux. Il vint vers moi comme un taureau qui s'apprête à charger. J'avais nourri et couché Pauline, qui s'était endormie paisiblement dans son berceau, et je me préparais à me coucher à mon tour. Alertée par l'attitude de Léon, je me figeai, debout près du lit.

— Tu te moques de moi, Mélanie, gronda-t-il comme un animal prêt à mordre. Malgré ce que je t'ai demandé, tu continues à rencontrer cet Edmond. Vas-tu me ridiculiser encore longtemps ?

Je sentais les vibrations de sa colère emplir la chambre, me menacer. Je voulus me justifier, et tout au moins essayer de le calmer. Mais, dès que j'ouvris la bouche, il explosa :

— N'essaie pas de me mentir, je sais que tu me désobéis. Tu es ma femme, et je saurai bien t'empêcher de rencontrer d'autres hommes derrière mon dos. Je ne t'ai pas épousée pour devenir la risée du village. Et je refuse que tu te conduises comme une garce !

Je sursautai, voulus protester :

— Oh ! Ce n'est pas...

— Tais-toi ! hurla-t-il. Je n'écouterai pas tes mensonges. Tu vas faire ce que je dis, et ne plus revoir cet Edmond. Entends-tu ? Sinon, gare à toi !

Malgré moi, je secouai la tête en signe de refus. La colère de Léon atteignit son paroxysme. Son visage devint violacé, il hurla de plus belle :

— Ah, c'est comme ça ! Mais je saurai te faire obéir, moi !

Et, de sa main lourde et massive, il me frappa sur la

joue, d'un coup si violent que je tombai en arrière sur le lit, à moitié assommée. Je n'avais pas perdu totalement connaissance, mais j'étais tellement abrutie que je demeurai là, inerte, incapable de remuer. J'entendis Léon lancer une dernière menace, avec un grognement de rage :

— Ceci n'est qu'un début. Si tu recommences, je te battrai de nouveau. Et ton Edmond, il aura affaire à moi, lui aussi. Il comprendra vite qu'il n'a pas intérêt à me narguer longtemps.

Le côté gauche de mon visage me donnait l'impression d'exploser de douleur. Je luttais pour ne pas m'évanouir complètement. Sans pouvoir réagir, je vis Léon s'approcher du lit et se jeter sur moi. Il souleva ma chemise de nuit et me posséda avec une violence et une brutalité qui transformèrent cet acte déjà déplaisant en un viol barbare. Je ne pus rien faire d'autre que le supporter, tandis que des larmes brûlantes inondaient mon visage meurtri. Après, il me repoussa pour se coucher et, sans plus s'occuper de moi, assouvi et satisfait, il me tourna le dos et se mit à ronfler.

Encore abrutie par le coup reçu, je n'avais pas la force de bouger. Je demeurai longtemps immobile, et la seule pensée cohérente qui me venait était que, par miracle, Pauline ne s'était pas réveillée. Ma joue brûlait. Je finis par essayer de me lever pour y appliquer une compresse d'eau froide. Mais, dès que je m'assis, tout se mit à tourner et je retombai sur le lit, au bord de la syncope. Alors je ne bougeai plus, jusqu'à ce que le sommeil — ou l'inconscience — s'empare de moi.

Le lendemain matin, je me réveillai plus tard que d'habitude, la tête lourde et douloureuse. Je me levai péniblement, fis quelques pas incertains dans la chambre. Léon n'était plus là. Pauline, dans son berceau, dormait encore. En titubant, je sortis de la chambre, allai jusqu'à la cuisine. En passant devant le miroir, mon reflet me tira un cri d'horreur. Tout le côté gauche de mon visage était enflé et bleui. Florentine, penchée sur le feu, se retourna. Je fus soulagée de ne pas voir Léon.

— Mon Dieu, Mélanie ! Qu'est-ce que... ?

Je me laissai tomber sur une chaise.

— C'est Léon, dis-je, amère.

— Attends, je vais te mettre une compresse. Que s'est-il passé ? Il m'a bien semblé entendre Léon crier, hier soir, mais je n'aurais jamais pensé que...

Elle trempa un linge dans l'eau froide, le tordit, me l'appliqua sur la joue. La fraîcheur calma un peu la douleur et je maintins le linge, les larmes aux yeux.

— C'est Léon, répétai-je. Il m'a frappée.

Ma voix avait un accent de haine et de rancune dont je fus consciente. Florentine m'interrogea, inquiète :

— Mais... pourquoi, Mélanie ? Que s'est-il passé ?

Je me résignai à avouer la vérité :

— Il a appris que, chez Clémence, je rencontrais Edmond. Qui le lui a dit ? Ce n'est pas vous, j'espère ?

Elle se redressa, offusquée :

— Bien sûr que non, ce n'est pas moi. Je ne me mêle pas de ce que tu fais, Mélanie, et je ne rapporte rien à Léon. Je ne voulais pas qu'il le sache ; je me doutais bien qu'il ne serait pas content.

— Il m'a battue. C'est une brute. Je ne veux plus vivre avec lui.

Je me tus, mais je pensai, plus que jamais, que je partirais avec Edmond. Florentine s'assit en face de moi, posa ses coudes sur la table et me regarda avec réprobation :

— Tu es sa femme, Mélanie. Tu dois rester auprès de lui, pour le meilleur et pour le pire.

— Même s'il me bat ?

— Fais ce qu'il te demande, et il ne te battra plus. Que tu voies un autre homme, même si c'est innocent, ça le rend fou. Il pense que tu le préfères à lui. Il sait bien que tu l'as épousé sans l'aimer, il n'oublie pas que tu l'avais repoussé quand il a fait sa demande, avant la guerre. Si tu l'avais vu, au moment de l'adolescence, alors que ses camarades se vantaient de leur succès auprès des filles ! Lui, avec son œil blessé, aucune fille ne le regardait sans dégoût. Il en a souffert, Mélanie. Mais, malgré tout, il espérait que toi, tu réagirais différemment.

Je ne répondis pas, occupée à tamponner ma joue douloureuse. Après une légère hésitation, Florentine continua :

— Vois-tu, Mélanie, je ne veux pas me mêler de ce qui ne me regarde pas, mais... si je peux te donner un conseil... sois gentille avec lui. Tu ne fais jamais attention à lui, tu ne lui parles pas. Aux repas, tu parles davantage à Sylvestre qu'à lui.

Je protestai, mécontente :

— Et lui ? Est-ce qu'il s'occupe de moi ? Et avec Pauline, c'est encore pire. C'est comme si elle n'existait pas... quand il ne veut pas la battre, elle aussi, sous prétexte qu'elle pleure.

Florentine hocha la tête avec tristesse :

— Elle n'est pas sa fille, Mélanie. Tu ne peux pas lui demander de l'aimer comme si elle l'était.

— Et pourquoi pas ? répliquai-je avec vivacité. Edmond, lui, l'aime comme si elle était sa propre enfant.

— Justement, cet Edmond, tu ne dois plus le revoir. Tu es mariée, Mélanie, et tu dois en tenir compte.

Je me tus, consciente du fait que Florentine prenait le parti de son fils contre moi. Lorsque celui-ci, venant de la cour, entra dans la cuisine, je tournai la tête pour ne pas le voir. Je suppose qu'il s'aperçut de mon recul, et du linge que j'appliquais toujours sur ma joue. Mais il m'ignora et contourna la table comme si je n'existais pas. Ulcérée, malheureuse, je me levai et retournai dans la chambre, afin de m'occuper de Pauline qui s'était réveillée.

La matinée se passa comme d'habitude : traire les vaches, nourrir les animaux, balayer la maison et préparer le repas. Florentine, comme son fils, ignorait mon visage gonflé mais, tout en travaillant, elle me lançait de rapides regards apitoyés. Lorsqu'il fallut servir le lait aux clients habituels, qui venaient le chercher dans une pièce réservée à cet usage, entre la cuisine et l'étable, elle déclara qu'elle s'en chargerait seule et me recommanda de ne pas sortir de la maison. Je me dis qu'elle ne voulait pas que les gens s'aperçoivent de ma joue meurtrie, et son attitude me rendit furieuse. Ainsi donc, mon mari me battait, et il fallait que je cache aux autres les résultats de sa brutalité ? Je ne dis rien, mais, l'après-midi, avec Pauline je me rendis chez mes parents, bien décidée à tout raconter à ma mère.

Elle fut effarée en me voyant arriver, le visage bleu et tellement gonflé que mon œil gauche disparaissait sous l'enflure.

— Mélanie ! Qu'as-tu fait ? Tu es tombée ?

Je m'assis, et je rapportai la scène avec Léon, en insistant sur sa brutalité. Si je voulais me faire plaindre, je fus déçue. Comme Florentine, ma mère secoua la tête avec réprobation :

— Il pense peut-être que tu le trompes, Mélanie. Il a réagi à sa façon. Léon est un violent.

— Mais ce n'est pas vrai ! protestai-je avec désespoir. Je ne le trompe pas. Mes rencontres avec Edmond sont uniquement amicales. Il vient me voir lorsque je suis chez Clémence, et ensuite, il me raccompagne un bout de chemin. Rien de plus.

— Peut-être, Mélanie. Mais une femme mariée doit veiller à sa réputation. Rencontrer un autre homme ne peut apporter que des commérages, c'est évident. Et, te concernant, ils ne doivent pas être tendres. Rappelle-toi les conditions dans lesquelles tu as épousé Léon. À cause de ça, au moindre faux pas, les gens seront contre toi.

Je serrai les lèvres, prête à pleurer. J'étais venue pour trouver soutien et compréhension, et je ne m'attirais que des reproches. Je me levai, malheureuse et incomprise, trouvant inutile de rester là plus longtemps.

Comme je traversais la cour, mon frère sortit de l'écurie et vint vers moi. Sans s'apercevoir de ma joue enflée, il se pencha vers Pauline, en s'exclamant :

— Bonjour, ma petite Pauline ! Dis bonjour à ton *mononc'* Georges !

Dans la voiture d'enfant, ma petite fille agita les bras et poussa les cris de joie avec lesquels elle accueillait toujours mon frère. De l'index, il lui chatouilla le visage en riant. En se redressant, il me vit, et son rire s'arrêta net.

— Tu t'es blessée, Mélanie?

— C'est Léon, dis-je avec rancune. Il m'a frappée.

— Quelle brute! J'irais bien lui dire deux mots, moi!

Qu'il prît mon parti tout de suite, sans même savoir ce qui s'était passé, amena au fond de mon cœur une douceur qui me mit les larmes aux yeux. J'eus un sourire tremblant :

— Merci, Georges, mais ne fais rien. Léon serait encore plus furieux.

Il serra les poings avec impuissance :

— C'est vrai que je ne suis qu'un gamin, et qu'il ne m'écouterait pas. Mais je ne peux pas laisser battre ma sœur sans rien dire.

— Ne fais rien, répétai-je. Je suis mariée, c'est moi que ça concerne.

— Mais, Mélanie…

— Crois-moi, Georges. Ça ne ferait qu'envenimer les choses.

Malheureux, il n'insista plus. Je m'en allai et, debout au milieu de la cour, il me regarda partir avec des yeux pleins de révolte et de tendresse.

J'évitai les rues principales, afin qu'on ne vît pas mon visage. Je savais maintenant que je ne devais attendre aucune pitié. Les gens, eux aussi, prendraient le parti de Léon. Je marchais la tête penchée, cachant mon visage comme une coupable. Je passai devant la maison de mon oncle Alfred et ne m'arrêtai pas. Comme les autres, il me condamnerait. Et puis, depuis la mort de Milien, il était si malheureux que je ne voulais pas l'ennuyer avec mes problèmes.

Je ne pus m'empêcher de penser à Georgina. Elle aussi, elle s'était trouvée enceinte avant d'être mariée. Mais, contrairement à moi, elle avait pu épouser le père de son enfant, et elle était heureuse. À cause de la guerre, nous ne pouvions plus nous écrire, et elle ignorait tout de moi. Dans la dernière lettre que je lui avais envoyée, en août 1914, je lui annonçais mon mariage tout proche en délirant de bonheur. Elle ne savait pas qu'il n'avait pas pu avoir lieu, elle ne savait pas que mon fiancé ne reviendrait pas et que, poussée par mes parents, j'avais épousé un homme que je n'aimais pas et qui me battait.

Heureusement, il y avait Edmond. Grâce à son offre d'aller vivre avec lui, j'échapperais à la situation de plus en plus pénible qui était la mienne. Maintenant, je n'avais plus aucune hésitation. La scène de la veille me démontrait que je devais m'en aller.

Le soir, dans notre chambre, Léon me regarda avec satisfaction :

— Je sais que tu n'as pas rencontré Edmond, aujourd'hui. J'espère que ça va continuer. Tu ne dois plus le revoir, Mélanie. Je te préviens, tu as intérêt à m'écouter. Quand je suis en colère, je ne réponds plus de moi. Je serais capable de t'étrangler de mes propres mains.

Je baissai les yeux et ne répondis pas. Mon apparente docilité lui plut. Avec un grognement d'approbation, il se coucha et attendit que je vienne le rejoindre. Avec répulsion, je dus subir une fois de plus ses assauts. Il se montra beaucoup moins brutal et, avant de se retourner de l'autre côté, il dit :

— Tu es ma femme, Mélanie. Ne l'oublie pas.

Là non plus, je ne répondis pas. Il se mit à ronfler et, avant de m'endormir, je pensai que, le lendemain, j'irais chez Clémence.

Comme mon frère, elle fut horrifiée de voir ma joue enflée.

— Ne restez pas avec un mari qui vous bat, mon enfant ! Dès qu'Edmond arrivera, dites-lui que vous acceptez sa proposition.

Sa sollicitude et sa tendresse me firent du bien. Je pensai que je serais désolée de ne plus la voir, lorsque je serais à Bruay avec Edmond. Elle fit la même réflexion :

— Bien sûr, vous me manquerez, ainsi que Pauline. Mais au moins, je saurai que vous êtes heureuse. Et j'aurai de vos nouvelles par Geneviève.

Peu de temps après, Edmond arriva et, en voyant l'aspect de ma joue, lui aussi s'inquiéta. De nouveau, je racontai tout. Mon récit le rendit furieux.

— Ce Léon Vauquois, si je le tenais! Je n'éprouvais pas beaucoup de sympathie pour lui, mais maintenant... quittez-le sans hésiter, Mélanie. Venez avec moi.

— Oui, Edmond.

Mon acceptation transforma son visage. La colère disparut, fut remplacée par une expression heureuse et tendre. Il sourit :

— Merci de dire oui, Mélanie. Moi, je ne vous battrai pas, je vous le promets. Et j'aimerai votre petite Pauline.

— Je le sais bien, dis-je tout bas. Merci, Edmond.

Comme les autres fois, il tint à me raccompagner, et en me rappelant la menace de Léon, j'eus envie de l'en empêcher. Mais, aussitôt, une révolte arrêta mes paroles. Je ne faisais rien de mal en me promenant avec Edmond, et je ne voulais pas obéir à un mari qui me battait. De plus, dans une quinzaine de jours, je le quitterais définitivement. Je n'avais pas à le ménager.

Sur le chemin du retour, tandis que je poussais la voiture d'enfant dans laquelle Pauline dormait, Edmond marchait à mes côtés, et je pensais que, bientôt, il serait mon compagnon. J'allais lui confier ma vie et celle de mon enfant. Il mit une main sur la mienne :

— Il faudra que nous préparions notre départ, Mélanie. Nous avons quinze jours pour tout mettre au point. Lucie, ma sœur, s'occupe du logement. Nous aurons deux pièces, et dimanche prochain, j'irai les meubler avec l'aide d'Émile. Nous achèterons ensuite ce qui manque, au fur et à mesure. De toute façon, Lucie sera là pour nous aider, surtout au début.

— Et... nous partirons quand?

— Dès qu'il y aura les meubles, nous pourrons partir dans la semaine. Nous fixerons le jour que vous voudrez. Vous viendrez chez Clémence, et nous partirons de chez elle, ensemble.

— Il faudra que j'apporte du linge, pour moi et pour Pauline, sans éveiller l'attention de Florentine.

Ses doigts serrèrent les miens en une étreinte ferme.

— Réfléchissez au meilleur moyen d'agir. Je m'en remets à vous. Et... puis-je vous dire que je suis heureux de vous emmener, vous et Pauline, dans ma nouvelle vie?

— Moi aussi, Edmond, je suis heureuse.

Après quelques instants de silence, Edmond baissa la tête, l'air embarrassé :

— Il faut que je vous dise, Mélanie... Ma blessure au genou... Elle me cause parfois des douleurs épouvantables. Dans ces cas-là, je souffre tellement qu'il faut me laisser seul. C'est comme si je devenais fou. Ma mère a dû vous le dire, je suis obligé de boire jusqu'à perdre conscience. Je suis désolé, Mélanie, mais je n'ai pas trouvé d'autre moyen pour arriver à supporter cette souffrance... Je vous demande simplement de vous montrer compréhensive, si cela se produit encore... ce que je crains, hélas !

— Bien sûr, dis-je, touchée par son expression malheureuse et coupable. Je serai tendre avec vous, Edmond, et après chaque crise, je vous soignerai bien. Et peut-être, à la longue, finiront-elles par disparaître ?

— Je n'en sais rien. Peut-être. Je l'espère, en tout cas.

Je levai les yeux vers lui :

— Ne craignez rien, Edmond. Nous serons heureux ensemble, avec Pauline. Ma seule crainte, c'est la réaction de Léon. Il est capable de me rechercher et de se venger. J'ai peur de lui.

— Il ne nous trouvera pas. Seules ma mère, ma sœur et Clémence sont au courant. Et aucune d'elles ne parlera.

Je hochai la tête, rassurée. Nous étions arrivés à l'endroit où, habituellement, nous nous séparions. Je m'arrêtai. À notre droite se trouvait le bosquet où Jean-Pierre et moi nous étions tant aimés lors de sa dernière permission. Au-delà, un chemin transversal conduisait au petit pont. Dans le ruisseau, bien souvent, au cours de mon enfance, j'avais pataugé avec mon petit frère, ou encore avec mon amie Clarisse. J'eus un petit pincement de nostalgie : ce décor, qui depuis toujours faisait partie de ma vie, je ne le verrais plus. Dorénavant, à la place des champs et des alouettes, je serais entourée de corons et de mineurs. Désorientée, je me tournai vers Edmond. Il se pencha vers moi :

— Mélanie... Puisque nous allons vivre ensemble bientôt... me permettez-vous de vous embrasser?

Je pensai à Jean-Pierre, qui était le seul à m'avoir jamais embrassée. Léon, lui, me possédait bestialement, sans un baiser ni une caresse. Sans en avoir particulièrement envie, je ne voulus pourtant pas repousser la demande d'Edmond. Je fis un signe d'assentiment. Il se pencha davantage et me prit dans ses bras.

Son baiser ne me fut ni désagréable, ni agréable. Je le subis passivement, étonnée et déçue de ne ressentir aucun trouble, alors qu'avec Jean-Pierre, les battements de mon cœur s'accéléraient, mon sang courait plus rapidement dans mes veines. Edmond me lâcha et je demeurai immobile, indifférente, presque froide.

Il prit mon visage entre ses mains, et de ses lèvres effleura doucement ma joue meurtrie. Cette caresse pleine de tendresse me troubla davantage. Il posa un dernier baiser sur mes lèvres :

— À demain, Mélanie.

— À demain, Edmond.

Je repartis en poussant la voiture d'enfant, et pour la première fois, la pensée me vint qu'Edmond, jamais, ne m'avait dit qu'il m'aimait. Il m'avait proposé d'être un père pour Pauline, mais il n'avait pas parlé d'amour. Moi non plus, je n'étais pas amoureuse de lui. Mais, au moins, je n'éprouvais pas pour lui la répulsion instinctive que j'avais toujours eue pour Léon.

Je marchai un moment, absorbée par mes pensées puis, à l'endroit où le sentier bifurquait pour rejoindre les premières maisons du village, je me retournai et cherchai Edmond du regard.

Je l'aperçus qui s'éloignait mais, au même moment, quelqu'un sortit du bosquet et se dirigea rapidement vers lui. Bien qu'il fût loin, à sa silhouette épaisse et à sa manière de foncer comme un taureau furieux, je reconnus Léon. Je me figeai. Léon... Que faisait-il là? Nous avait-il épiés, caché dans le bosquet? Avait-il vu Edmond me prendre dans ses bras et m'embrasser? Une panique me glaça. Si tel était le cas, il ne manquerait pas de se venger.

Dans mon affolement, je pensai à courir vers lui pour tenter de le calmer. Mais il était trop loin, et bien avant que j'arrive, il aurait rattrapé Edmond. De plus, je ne voulais pas laisser la voiture d'enfant là, sur le chemin, seule dans les champs. Avec effroi, je vis Léon arriver à la hauteur d'Edmond et l'apostropher. Edmond s'arrêta. Ils se mirent à discuter et, même de loin, je pouvais constater que Léon paraissait furieux. Il s'agitait, semblait crier, faisait des gestes menaçants. Je jetai autour de moi un regard éperdu. Il n'y avait personne. La campagne de novembre me parut hostile, dans l'après-midi finissant. Une brume montait du sol, et l'obscurité ne tarderait pas à envahir les lieux.

Indécise, je finis par prendre la résolution de rentrer. Le cœur serré d'appréhension, je me remis en route après avoir jeté un dernier regard aux silhouettes qui, là-bas, s'agitaient. Léon faisait des gestes de plus en plus furieux, et j'eus peur pour Edmond. Puis je me dis que, si Léon le frappait, contrairement à moi, Edmond ne se laisserait pas faire. Il avait été un combattant, un soldat, il revenait de la guerre, et il savait se battre.

Un peu rassurée par ce raisonnement, je revins à la ferme. J'aidai Florentine pour les tâches habituelles, je fis bouillir de l'eau dans le chaudron à lessive afin de laver les langes de Pauline, que nous appelions dans notre patois des *pichous*, et en même temps, je guettais les bruits et le retour de Léon. Qu'avait-il dit à Edmond ? Sans doute l'avait-il menacé. J'avais peur. Dans notre chambre, il me battrait à nouveau, puisque je lui avais désobéi. Je tâtai avec précaution ma joue gauche. Elle était moins enflée, mais toujours marbrée d'un bleu qui tournait au violacé. J'étais persuadée que, cette fois-ci, la correction serait encore plus sévère, et que Léon ne se contenterait pas de me donner un seul coup. Affolée, je pensai à me réfugier chez mes parents. Mais je me dis aussitôt qu'ils ne me soutiendraient pas, et que Léon viendrait m'y rechercher. Je n'avais pas d'autre solution qu'attendre et faire front. Ma seule force, mon seul espoir, c'était que bientôt, dans un peu moins de quinze jours, je partirais, avec mon enfant, vivre avec Edmond.

***

Lorsque Léon rentra, le souper était prêt depuis longtemps. Florentine attendait pour servir le potage aux légumes qu'elle avait fait réchauffer. Léon s'assit lourdement à la table, sans me regarder. Crispée, je cherchais à deviner s'il était encore en colère. Il se mit à manger voracement, selon son habitude, trempant son pain dans sa soupe, avalant gloutonnement et aspirant avec bruit. Après avoir «*touqué*» son assiette avec une dernière croûte, il rota grossièrement. Je ne pus retenir une grimace de dégoût. Sylvestre, assis près de lui, mangeait plus discrètement, et je me demandai ce qu'il pouvait penser de son maître. Il travaillait avec lui depuis longtemps. Il ne se plaignait jamais. Taciturne, il parlait très peu. Les seuls moments où je le voyais sourire, c'était lorsqu'il se penchait sur ma fille.

Pendant le repas, Léon demeura muet, évitant de me regarder. J'appréhendais de plus en plus le moment où nous nous retrouverions dans notre chambre. Devrais-je donc accepter d'être battue à nouveau? Il fallait trouver un moyen d'y échapper. Je cherchai désespérément, mais aucune solution valable ne m'apparut. À la fin du repas, Léon se leva et, en regardant sa mère, il dit :

— Je vais à l'étable, voir la Douce. Je ne suis pas tranquille, je me demande si elle ne va pas vêler plus tôt que prévu. Elle m'a semblé agitée. Il serait peut-être prudent que je reste auprès d'elle cette nuit.

— Je peux le faire, proposa Sylvestre.

— Je préfère y aller moi-même. Je t'appellerai si quelque chose ne va pas.

Ils sortirent de la pièce. Sylvestre nous souhaita le bonsoir, mais Léon m'ignora complètement. J'étais tellement soulagée que je n'osais pas croire tout à fait à ma chance. Léon allait passer la nuit dans l'étable ! Je n'avais plus rien à craindre. Pourtant, tandis que j'aidais Florentine à faire la vaisselle, je ne pus m'empêcher de m'inquiéter. S'il avait menacé Edmond, peut-être ce dernier réfléchiraitil, et il n'oserait plus m'emmener avec lui ? Je ne saurais rien avant le lendemain.

Pour la première fois depuis que j'étais mariée, je pus dormir seule dans le grand lit, sans les ronflements de Léon, et surtout, je n'eus pas à subir le déplaisant devoir conjugal. Après avoir longuement observé mon enfant endormie, je me couchai. Je n'étais pas entièrement rassurée, et, l'oreille tendue, je redoutais d'entendre la porte d'entrée claquer et le pas pesant de Léon s'approcher de la chambre. Florentine était couchée, elle aussi, et les seuls bruits qui me parvenaient étaient ceux du vent et de la pluie qui s'était mise à tomber. Je ne pouvais pas m'empêcher de penser avec inquiétude à la scène qui avait opposé Léon et Edmond, et cette inquiétude m'accompagna jusque dans mon sommeil.

Le lendemain matin, la pluie n'avait pas cessé, mais je décidai d'aller malgré tout chez Clémence dans l'après-midi. J'étais trop impatiente de savoir. J'éternuai plusieurs fois, constatai qu'une brûlure rendait ma gorge douloureuse. Avais-je pris froid la veille ? Peu importait. Ce n'était pas un rhume qui m'empêcherait d'aller voir Edmond, même s'il pleuvait.

La Douce n'avait pas vêlé, mais Léon était resté toute la nuit auprès d'elle. J'allai traire les vaches avec Florentine, et il vint prendre son petit déjeuner avec Sylvestre. Tout le temps, il m'ignora. Je me demandai si ce comportement avait une signification particulière, puis je me dis que Léon agissait souvent ainsi, me parlant à peine dans la journée. De plus, il était peut-être fatigué de sa nuit de veille dans l'étable. Je tentais de me rassurer. Je le revoyais, la veille, tandis qu'il abordait Edmond et lui parlait avec colère. Que s'était-il passé ?...

Ce fut Yolande, une de nos voisines, qui nous apprit la nouvelle en venant chercher son lait. Elle vint directement à la porte de la cuisine, frappa et entra. Fière de son importance, sûre de nous annoncer quelque chose que nous ignorions encore, elle dit immédiatement :

— Savez-vous la nouvelle ? On a retrouvé le cousin des

Grannier, ce matin très tôt, en bas du petit pont. Il était mort. Il a dû tomber. Le médecin a dit qu'il avait une fracture du crâne.

Tout de suite, je compris qu'il s'agissait d'Edmond. Je faillis lâcher le bol que j'essuyais, et me laissai tomber sur une chaise. Florentine, sans me prêter attention, interrogeait Yolande :

— Le cousin des Grannier ? Celui qui est revenu de la guerre, blessé au genou ?

— Celui-là même. Le pauvre ! Revenir vivant de la guerre, et se tuer en tombant du pont... C'est vraiment trop bête, vous ne croyez pas ?

Je n'écoutais plus. Une image s'imposait dans mon esprit : Léon qui apostrophait Edmond, visiblement furieux. Une panique mêlée d'horreur montait en moi et me donnait envie de hurler. Je savais Léon capable de tout, je le savais capable de frapper Edmond, de l'assommer... et peut-être de le tuer.

Comme une somnambule, je me levai, sortis dans la cour. Je respirai longuement afin de chasser la peur qui ne voulait pas me quitter. L'air humide me fit tousser, mais je demeurai immobile, tremblante et glacée. Léon était parti avec Robert, le bœuf, labourer le champ d'une femme dont le mari était à la guerre. Tout le monde, dans le village, s'accordait à dire qu'il était serviable et courageux. Je savais que je serais la seule à le soupçonner. Et, même moi, qui avais été témoin de leur dispute, je ne pouvais rien prouver.

Pourtant, une certitude me disait que Léon était coupable. Peut-être n'avait-il pas tué Edmond volontairement. Je pensais plutôt que, emporté par la colère, il l'avait frappé avec violence, et Edmond, gêné par son genou blessé, était tombé. Était-ce à ce moment-là qu'il s'était tué ? On l'avait retrouvé en bas du pont. Or, lorsque je les avais vus, tous les deux, ils étaient dans le sentier, assez loin du pont qui se trouvait au delà du bosquet. Après avoir frappé Edmond, Léon s'était peut-être affolé de voir qu'il restait sans connaissance et, pour maquiller son crime en accident, il l'avait transporté jusqu'au pont et là, il avait balancé son corps dans le cours d'eau. J'imaginais la scène, et elle me paraissait si réelle que je me mis à pleurer.

Une autre frayeur m'envahit : qu'allais-je devenir, maintenant qu'Edmond était mort? Il était mon seul espoir d'échapper à Léon. Devrais-je dorénavant le supporter toute ma vie? Un sursaut de révolte chassa mes larmes. C'était impossible.

Toute la matinée, je dus subir les commentaires des femmes qui venaient à la ferme, chercher du lait, du beurre ou des œufs. J'étais incapable de leur répondre, et je laissais ce soin à Florentine. Les réflexions étaient toujours les mêmes : ce pauvre garçon revenu de la guerre pour trouver stupidement la mort si près de son village... Certaines, au courant de ses crises, suggéraient que, peut-être, il avait été ivre lorsqu'il était tombé du pont, ce qui expliquait sa chute. Je retenais avec peine mon indignation. Je savais, moi, que lors de ses crises, Edmond était tellement abruti qu'il ne quittait pas son lit.

À midi, lorsque Léon revint pour le repas, de nouveau il évita mon regard, qui se faisait accusateur. Son attitude me confortait dans mon idée. La dernière bouchée avalée, il repartit avec Sylvestre, et je le regardai sortir avec une peur mêlée de haine. Si je l'interrogeais pour savoir la vérité, il nierait, ou bien il me menacerait. Que pouvais-je faire? À qui pourrais-je confier mes soupçons?

Pas à Florentine, qui prendrait le parti de son fils. Si j'en parlais à mes parents, je savais à l'avance que mon père répondrait que je ne pouvais rien prouver, ce qui était vrai. Ma mère, elle, me dirait que c'était moi la responsable, puisque j'avais désobéi à Léon et continué de voir Edmond. Quant à mon frère, il était trop jeune, il n'avait que quatorze ans. Et mon oncle Alfred était si malheureux, depuis la mort de Milien, qu'il s'intéresserait à peine à ce que je lui dirais.

Ce fut en nourrissant ma petite fille et en la regardant avec tendresse, blottie contre moi, que l'idée me vint. Elle avait sans doute tourné inconsciemment dans mon esprit depuis le matin, et maintenant elle prenait forme. Je compris subitement qu'il m'était impossible de demeurer plus longtemps auprès de Léon. Je refusais de continuer à vivre avec un mari que je détestais et qui, en plus, était peut-être un assassin.

Mais Edmond n'était plus là pour m'emmener. Edmond, et sa tendresse pour Pauline, et sa gentillesse pour moi... Des larmes emplirent mes yeux. Puisqu'il n'était plus là, il fallait que je parte seule. Mais où aller? Si je me rendais chez Clémence, elle m'accueillerait, c'était certain. Mais Léon m'y retrouverait trop facilement. Il fallait que je trouve un autre refuge.

Je pensai à ma cousine Georgina. Elle constituait le refuge idéal. Elle me croirait lorsque je lui confierais mes soupçons. Elle non plus, elle n'avait jamais aimé Léon. Mais, à cause de la guerre, la Belgique était occupée par les Allemands et, située de l'autre côté du front, elle était devenue inaccessible. Maudite guerre! pensai-je, furieuse et désespérée, en employant l'expression que répétait souvent mon père.

Je continuai à réfléchir. Finalement, la seule solution valable qui me vint à l'esprit fut que je me rendrais chez Lucie, la sœur d'Edmond. La sympathie immédiate qui était née entre nous, lors de notre rencontre, me faisait espérer qu'elle ne me repousserait pas. Je savais qu'à Bruay, elle habitait la cité numéro onze, et je trouverais facilement son logement. Il fallait simplement que je me rende à la ville voisine pour prendre le train, et emmener ma petite fille.

Dès que ma décision fut prise, je ressentis une fébrilité et une impatience qui me firent comprendre que je ne pouvais pas attendre plus longtemps. Je ne voulais pas dormir une nuit de plus auprès de Léon. Il fallait que je parte aujourd'hui même. À Lucie, je parlerais de mes soupçons. Elle aimait tendrement son frère, elle m'écouterait. Et Léon ne penserait jamais à aller me chercher chez elle. Elle m'aiderait à trouver un logement, du travail à la mine. Je vivrais seule avec ma petite fille, et Lucie accepterait certainement de la garder pendant mes heures de travail.

Je profitai d'un moment où Florentine était allée ramasser les œufs pour cacher, au fond de la voiture d'enfant, un peu de linge pour Pauline et pour moi. Puis j'habillai ma fille, l'installai confortablement dans le landau. Il pleuvait toujours, et je ne voulais pas qu'elle prît froid. Moi-même, j'enveloppai mon cou d'un épais cache-nez car ma gorge me faisait de plus en plus mal. Chaque déglutition m'était douloureuse, et, par moments, des quintes de toux montaient, irrépressibles, avec la sensation de me déchirer la poitrine. Je me couvris chaudement, mis de l'argent dans mon sac, et, lorsque Florentine revint, je lui annonçai que j'allais chez mes parents.

— Par ce temps ? s'étonna-t-elle. Il pleut à verse.

— Ce n'est pas loin, dis-je.

Elle me lança un regard que je ne sus pas définir, où je crus lire un mélange de méfiance et de compassion. J'eus également l'impression qu'elle voulait me parler, mais ne l'osait pas. Elle devait se demander si la mort d'Edmond me touchait, et peut-être était-elle soulagée de penser que, dorénavant, je n'aurais plus l'occasion de désobéir à Léon. Mais elle ne me dit rien, et je m'en allai, tournant le dos à cette maison où je n'avais pas été heureuse, sachant à l'avance que je ne regretterais rien.

À cause de la pluie, les rues étaient désertes, et cela me convenait. Je me mis à marcher d'un bon pas. La gare que je voulais atteindre était distante de plusieurs kilomètres, mais, en empruntant les voyettes à travers champs, le trajet serait presque réduit de moitié. J'hésitai un instant à cause de la boue, puis je me dis que si je maintenais la voiture d'enfant à droite du sentier, là où il y avait de l'herbe, elle ne risquerait pas de s'embourber.

Je jetai un regard au paysage noyé de pluie. Il avait fait partie de mon existence depuis toujours, mais maintenant, il me déplaisait. Je ne voulais plus revoir le petit pont et le ruisseau où Edmond avait été retrouvé, mort. Et surtout, je ne voulais jamais revoir Léon. Toute ma peau se hérissait d'horreur lorsque je pensais à lui. Il m'était impossible de continuer à être sa femme. Il fallait que je parte loin de lui.

Je remontai le col de mon manteau et, essayant d'ignorer la brûlure de ma gorge et de mes poumons, je partis courageusement vers ma nouvelle vie.

DEUXIÈME PARTIE

PAULINE

(1916-1935)

1

Aussi loin que remontent mes souvenirs, les deux premiers sentiments que je découvris, presque simultanément, furent la tendresse et la peur.

La tendresse eut, dès mes premiers mois, le visage de ma grand-mère Florentine. J'appris à la reconnaître lorsqu'elle se penchait sur mon berceau, qu'elle me prenait dans ses bras, qu'elle me consolait et séchait mes pleurs. Lorsque je fis mes premiers pas, ce fut vers elle que j'allai, vers ses bras tendus qui m'accueillaient. Prise par les nombreux travaux de la ferme, elle n'avait pas beaucoup de temps pour s'occuper de moi. Mais elle le faisait toujours avec tant de douceur et d'amour que, dans mon innocence de petit enfant, je crus longtemps qu'elle était ma mère.

Lorsque je commençai à balbutier quelques mots, elle me dit de l'appeler « mémère Florentine ». Mais c'était trop difficile, et, après de nombreux essais, tout ce que je parvins à prononcer fut « mère Entine ». Cette appellation lui resta. Même quand je fus capable de prononcer son nom parfaitement, je continuai à la nommer ainsi.

Avec mère Entine, en plus de la tendresse, je découvris la confiance. C'était sur ses genoux que je me blotissais, les soirs d'hiver, tandis que le feu ronflait, et qu'elle m'entourait de ses bras. Dans cet abri, je savais que rien ne pouvait m'arriver ; je pouvais me détendre et oublier, un instant, la peur qui empoisonnait mes journées.

Cette peur se matérialisait pour moi en la personne de Léon. J'appris très vite à le craindre. Il ne s'apercevait de ma présence que pour me frapper. Sa main lourde et brutale s'abattait sur moi avec force, et comme je pleurais, il me frappait de nouveau en me criant de me taire. Mère Entine accourait, lui faisait des reproches, tentait de me calmer. Mais, dès qu'il le pouvait, il recommençait.

Vis-à-vis de lui, mes premiers pas m'apprirent la prudence. Je compris tout de suite que je devais éviter de me trouver sur son chemin. Si cela m'arrivait, il m'écartait de sa route en me donnant un coup de pied et grommelait avec colère :

— Pousse-toi de là, toi!

Dès que je le voyais arriver, je l'observais avec crainte. Si mère Entine était occupée ailleurs et que je me trouvais seule avec lui, je n'osais pas bouger. Je savais que le moindre de mes mouvements ou de mes cris m'attirerait des coups.

Le premier souvenir précis que je garde de sa brutalité se situe autour de mes trois ans. C'était un jour d'été; je revois la porte ouverte sur la cour, et le soleil qui entrait à flots dans la cuisine. Léon, assis à la table, mangeait. Mère Entine était sortie, pour aller au jardin ou à l'étable. Dans mon coin, je me faisais toute petite. Au bout d'un moment, un besoin d'uriner me fit comprendre que je devais me rendre dans la cour et me soulager près du fumier, ainsi que mère Entine me l'avait appris. Mais, pour cela, il fallait que je passe près de Léon, qui se trouvait entre la porte et moi. Je l'observai du coin de l'œil, hésitant à m'avancer. Malgré mon très jeune âge, je savais déjà que, si je passais près de lui, il en profiterait pour me frapper.

Je n'osai pas bouger. Je demeurai là, attendant qu'il s'en aille. Mais il mangeait toujours, et mon envie d'uriner se faisait de plus en plus impérative. Après plusieurs minutes, elle devint si pressante que je ne parvins plus à me retenir. Sous moi, une large flaque d'urine s'étala, et Léon tourna la tête.

Il vit tout. Aussitôt, furieux, il se leva et vint vers moi :

— Espèce de sale petite pisseuse ! cria-t-il. Faire ça dans la maison ! Allez, dehors ! Ta place est au fumier.

Il m'attrapa brutalement, alla jusqu'à la porte et me lança sur le fumier. J'atterris dans la paille souillée. Une poule, qui picorait près de là, s'enfuit avec un caquètement effarouché, en battant frénétiquement des ailes. Ce fut mère Entine qui, attirée par mes pleurs, vint me relever. Elle me consola, m'amena près de la pompe et me nettoya. Et moi, encore effrayée, malheureuse, je retenais mes sanglots. Pour la première fois, je prenais conscience de la détestation que Léon éprouvait envers moi, et je ne comprenais pas.

Heureusement, d'autres personnes m'aimaient. Il y avait pépère Baptiste, et mémère Henriette, mon autre grand-mère, que j'appelais « mémère Hiette ». Parfois, mère Entine me conduisait jusqu'à leur ferme, « la Cense aux alouettes ». J'étais toujours contente d'y aller, car j'y retrouvais mon oncle Georges, que j'aimais beaucoup. Dès qu'il me voyait arriver, il me tendait les bras et s'exclamait :

— Viens, ma petite Pauline ! Viens dire bonjour à ton *mononc'* Georges !

Ravie, je courais jusqu'à lui. Il m'enlevait dans ses bras musclés, me levait très haut, me faisait tournoyer et rire aux éclats. Ensuite, il m'installait sur ses épaules, et tout en me maintenant solidement, il m'emmenait voir les animaux : Martin, le nouveau cheval, et les vaches, et le veau nouveau-né. C'étaient les mêmes animaux que ceux de notre ferme, et pourtant ils étaient différents.

Parfois, lorsque je me trouvais là, passait M. Marcel, qui représentait dans les villages la société de distribution de café « Au planteur de Caïffa ». Il arrêtait dans la rue son grand coffre en bois monté sur roues, et il appelait les ménagères de plusieurs coups de corne. Devançant ma grand-mère, je courais jusqu'à lui. Plusieurs voisines, déjà, l'entouraient. Il ouvrait le dessus de son coffre et, trop petite pour en apercevoir le contenu, je regardais avec émerveillement apparaître les trésors odorants selon les demandes des clientes : du café, du chocolat, du sucre, de la vanille...

Jovial, exubérant, M. Marcel servait tout le monde avec bonne humeur, sans oublier de délivrer les tickets qui, au bout d'un certain nombre, donnaient droit à des primes. Je regardais avec espoir ma grand-mère, car je savais qu'en plus de sa livre de café, elle achèterait du chocolat dont elle ne manquerait pas de m'offrir un morceau.

L'été, s'il faisait beau, mon oncle Georges s'installait sur le banc, contre le mur de la maison, et il me prenait sur ses genoux. Il me montrait, dans le ciel, les nuages gonflés et moëlleux que la lumière du soleil rendait éclatants de blancheur.

— Lorsque j'étais petit, me confiait-il, ta mère et moi, nous cherchions à quoi ils pouvaient ressembler. Regarde, là-bas, celui-là, on dirait un mouton. Tu le vois?

C'était un jeu que j'adorais. Souvent aussi, avec lui, j'écoutais les alouettes et je les regardais monter dans le ciel. Oncle Georges me disait avec nostalgie :

— Mélanie aimait beaucoup le chant des alouettes. Chaque année, bien avant le printemps, elle guettait la première qui se mettrait à chanter.

Je ne comprenais pas bien qui était cette grande sœur à laquelle il faisait allusion avec tant de tristesse. Lorsqu'il parlait de ma mère, dans mon esprit, c'était de mère Entine qu'il s'agissait.

Ma véritable situation me fut révélée lorsque, à l'âge de six ans, j'allai à l'école. Peu de temps après la rentrée, un après-midi, dans la cour, au moment de la récréation, nous participions à un jeu organisé par une « grande », une fille de dix ans que je connaissais un peu et qui s'appelait Germaine. Le jeu consistait à dire des prénoms, et, à un moment, chacune de nous dut donner le prénom de sa mère. Celles qui l'ignoraient avaient un gage à effectuer : sauter sur un pied à travers toute la cour, ou bien tourner plusieurs fois autour du gros marronnier, et autres choses du même genre. Lorsque vint mon tour, fière de mon savoir, je déclarai que ma mère — ma mère Entine — s'appelait Florentine. Germaine me toisa du haut de ses dix ans :

— Florentine n'est pas ta mère, c'est ta grand-mère. C'est le prénom de ta mère que tu dois dire.

Interdite, je ne sus que répondre. Je me retrouvai avec un exercice à effectuer, et tout en sautant sur un pied dans la cour, je m'interrogeais : que signifiaient les paroles de Germaine ?

Le soir, dès que je rentrai de l'école, je courus trouver mère Entine, et je lui racontai tout. Elle était occupée à sortir les livres de beurre de leur moule en bois et, sans interrompre sa tâche, elle m'expliqua ce que je désirais savoir : non, elle n'était pas ma mère. Si je l'avais cru, je m'étais trompée. Et le prénom de ma mère était Mélanie.

— Mais... où est-elle ?

— Elle est au ciel, Pauline.

— Au ciel ? Parmi les nuages ?

— Oui. C'est là que vont les personnes lorsqu'elles meurent. Ta mère est morte alors que tu n'avais que quatre mois. Tu ne peux pas te souvenir d'elle.

Je m'en allai dans la cour, et tout en mordant dans la tartine que mère Entine m'avait donnée pour mon goûter, je réfléchissais à ce que je venais d'apprendre. Ce que je ressentais principalement, c'était une grande contrariété. J'aurais voulu que mère Entine fût ma mère. Et j'étais fâchée de constater que ma situation était différente de celle des autres filles.

***

Notre chienne, Finette, était âgée. Elle avait accompagné mes premiers pas, et elle était mon unique compagnon de jeux. Je l'aimais beaucoup, et je n'imaginais pas qu'un jour elle pourrait disparaître de notre vie.

Un soir du mois de mars, l'année de mes sept ans, lorsque je rentrai de l'école, mère Entine me dit :

— Finette a mis au monde un chiot. Mais elle est très faible, et je crois qu'elle va mourir.

Je courus à l'étable. Allongée dans la paille, la chienne voulut relever la tête à mon entrée, et sa queue s'agita faiblement. J'allai à elle, m'accroupis. Blotti entre ses pattes, un minuscule chiot aux yeux fermés semblait dormir. Je caressai Finette, lui parlai avec douceur. Elle fit l'effort de me lécher la main, et sa tête retomba dans la paille.

Elle mourut pendant la nuit, et le lendemain, devant son corps sans vie, je pleurai. Léon me repoussa avec brutalité, déclarant que pleurer pour un chien était ridicule. Mais je ne pouvais pas m'en empêcher. Et, tandis qu'il l'emmenait pour l'enterrer, je m'interrogeais : Finette allait-elle au ciel, elle aussi, là où était ma mère?

Mère Entine prit le chiot entre ses mains, observa son museau chiffonné et ses yeux aveugles :

— Il est peut-être trop petit pour survivre. Mais je vais essayer de le tirer de là.

Avec patience, elle entreprit de le nourrir. Chaque jour, elle trempait dans un peu de lait, qu'elle réservait pour lui, le coin d'un torchon, et elle l'introduisait dans la petite gueule. Le chiot, instinctivement, se mettait à têter, les yeux fermés, et je l'observais en souhaitant qu'il ne meure pas. J'avais de la peine de ne plus voir Finette m'accueillir, lorsque je rentrais de l'école. À la place, je m'attachais à ce minuscule chiot et, après que mère Entine l'avait nourri, je le prenais contre moi, je le caressais, et il s'endormait avec une confiance qui m'attendrissait.

Léon protestait avec humeur, répétant à sa mère qu'elle perdait son temps.

— Donnez-le-moi, mère. Je vais aller le noyer. C'est ce qu'il y a de mieux à faire.

Mère Entine refusait cette proposition qui m'horrifiait, et continuait son œuvre de sauvetage. Après quelques jours, le chiot parut être hors de danger. Mère Entine déclara avec satisfaction .

— Il tète avec énergie. Je crois qu'il est sauvé. Tant mieux. C'est le petit que notre Finette nous a laissé, et je tenais à le garder.

Peu à peu, le chiot s'éveilla à la vie. Ses yeux s'ouvrirent, il apprit à trottiner partout. Lorsqu'il eut un mois, il fut suffisamment grand pour laper le lait que mère Entine versait pour lui dans une soucoupe en terre. Il la suivait dans tous ses déplacements, et elle remarquait en souriant :

— Comme je l'ai nourri, il me prend pour sa mère.

Il reçut le prénom de Coquette, parce qu'il s'avéra que c'était une chienne. Et chaque soir, après l'école, j'arrivais et je criais :

— Coquette ! Coquette !

Comme sa mère l'avait fait avant elle, la petite chienne accourait au-devant de moi. Je me penchais, je la serrais contre moi, et elle me léchait le visage de sa petite langue rose.

— Elle te fait des baisers, disait mère Entine. Elle t'aime bien.

Comme moi, Coquette apprit très vite à connaître Léon, car celui-ci, si elle se trouvait sur son passage, n'hésitait pas à l'éloigner d'un coup de pied. Nous devînmes, elle et moi, de très bonnes amies. Mais sa préférée, malgré tout, resta mère Entine, qui l'avait nourrie et sauvée.

***

Léon continuait à ne pas supporter ma présence. J'avais peur de lui, et il le savait. Il entretenait cette peur. Plus je grandissais, plus je prenais conscience de son animosité envers moi. Dès que quelque chose lui déplaisait — et ce que je faisais lui déplaisait toujours —, il se mettait en colère et me frappait. Je n'étais tranquille que lorsqu'il était aux champs, ou occupé hors de la maison. En sa présence, j'osais à peine bouger. Lorsqu'il se montrait brutal envers moi, mère Entine et parfois même Sylvestre prenaient ma défense. Les moments que je redoutais étaient ceux où je me trouvais seule avec lui, et j'essayais de les éviter au maximum.

Il aimait me donner des ordres et être obéi immédiatement. Il m'obligeait à le servir, à lui apporter ses pantoufles, son tabac, ou n'importe quoi d'autre, et je le faisais avec crainte, sachant que, pour une raison que je ne pouvais pas prévoir, il serait mécontent et me frapperait. Son œil unique me regardait avec un mélange de haine et de jubilation tandis que je ne pouvais pas cacher l'effroi qu'il m'inspirait. J'appréhendais ses exigences :

— Chose, apporte-moi des allumettes.

— Chose, va me chercher le journal.

— Tiens, Chose, verse-moi à boire.

Il me tendait son verre, dans lequel je versais la bière, effrayée parce que ma main tremblait et que, si je renversais ne fût-ce qu'une seule goutte, il me frapperait.

Il ne m'appelait jamais autrement que « Chose ». Pour attirer mon attention, si je me trouvais loin de lui, il disait :

— Toi là-bas, Chose, viens ici.

Mère Entine, parfois, protestait :

— Léon, cette enfant a un prénom. Elle s'appelle Pauline.

Il haussait les épaules, et son œil m'observait avec dédain.

— Peut-être. Mais je l'oublie toujours. C'est plus pratique de l'appeler Chose.

Ce fut des années plus tard, lorsque, dans la classe de la directrice, à l'école, je lus *Le Petit Chose* d'Alphonse Daudet, que je compris la raison de cette appellation. Désir de m'humilier, de me faire passer pour rien, de me dépersonnaliser. Pourtant, cela m'était beaucoup moins pénible que la hantise continuelle de recevoir des coups, la plupart du temps sans raison valable.

***

À huit ans, j'allai au catéchisme. Avec monsieur le curé, j'appris que, lorsque les gens mouraient, s'ils s'étaient bien conduits, ils allaient au paradis. Par contre, les autres, ceux qui avaient commis beaucoup de péchés, allaient en enfer. Je ne doutai pas un seul instant que Léon se retrouverait là, puisqu'il était si méchant. Et je songeai à ma mère qui, elle, devait sans aucun doute être au paradis, parmi les anges dont parlait monsieur le curé.

Un jour, j'interrogeai mon oncle Georges. Je voulais savoir pourquoi ma mère était partie au ciel. Monsieur le curé avait dit que les gens mouraient à la fin de leur vie, lorsqu'ils étaient vieux.

— *Mononc'* Georges, dis-moi. Pourquoi ma mère est-elle morte ? Était-elle vieille ?

— Oh non, pas du tout. Elle avait encore beaucoup d'années à vivre.

— Mais alors, pourquoi ?...

Mon oncle Georges baissa la tête :

— Elle a été très malade, et on n'a pas pu la sauver. Elle était partie sous la pluie, avec toi dans la voiture d'enfant. On n'a jamais compris où elle voulait aller. Un fermier du village voisin l'a trouvée alors qu'il revenait chez lui. Elle avait pris les voyettes, et, en plein dans les champs, elle avait été immobilisée parce qu'une des roues de la voiture s'était cassée, sans doute à cause des ornières et de la boue. Elle était là sous la pluie, ne sachant que faire. Le fermier l'a prise dans sa charrette, avec toi dans la voiture d'enfant, et vous a ramenées toutes les deux. Dans la nuit, elle a attrapé de la fièvre et puis... elle est morte d'une pneumonie, quelques jours plus tard.

Il se tut, les larmes aux yeux, se tourna vers moi, tenta de me sourire :

— Je l'aimais beaucoup. Ce n'est pas juste qu'elle soit morte. Elle t'aimait, elle voulait rester auprès de toi. Et elle a dû partir et te laisser. Non, ce n'est pas juste.

Cette conversation m'amena à me poser des questions. Monsieur le curé, lui, affirmait que Dieu était juste et bon. Alors, pourquoi avait-Il permis la mort de ma mère, qui était injuste ? Il y avait là une contradiction que je ne comprenais pas. Je me promis de poser la question à monsieur le curé, mais, à chaque séance de catéchisme, je ne l'osais pas, remettant sans cesse à la fois suivante.

***

Mère Entine tenait beaucoup à ce que je fusse polie. Il fallait saluer toutes les personnes que je croisais dans les rues, il fallait dire bonjour et au revoir à celles qui venaient, à la ferme, acheter du lait, du beurre, des œufs, des pommes de terre. Mère Entine bavardait avec elles, surtout lorsque c'étaient des femmes, et n'oubliait jamais de dire, lorsqu'elles s'en allaient : « Quand vous voudrez ! » Cela signifiait : « Revenez aussi souvent que vous le désirerez. » Pour mère Entine, il était indispensable de prononcer cette phrase. Ne pas le faire eût été un affront, un manquement à la politesse.

Elle aimait prévoir le temps d'après les nuages du ciel, la façon dont le soleil se couchait, dont se comportaient nos vaches ou nos poules, ou encore selon la pleine lune ou la nouvelle lune. Le jour de la Chandeleur, par exemple, avait une importance particulière. Mère Entine affirmait, sûre d'elle :

— Si à onze heures le soleil luit sur le clocher de l'église, l'hiver est « rallongé » de six semaines.

Je l'écoutais et, petit à petit, j'apprenais.

Elle était aussi très superstitieuse. Elle ne supportait pas qu'il y eût, sur la table, des couteaux croisés, ou encore un pain posé à l'envers, parce que, disait-elle, cela portait malheur. De même que passer sous une échelle, ou ouvrir un parapluie dans la maison.

Chaque année, le dimanche des Rameaux, elle rapportait de la messe du buis béni par monsieur le curé. Elle le gardait jusqu'au vendredi saint et, ce jour-là, elle en accrochait une branche au grand crucifix qui ornait la salle de devant, ainsi que dans la grange, l'étable et l'écurie. Une tradition voulait que le buis fût protecteur des moissons, et elle envoyait Léon en planter aux quatre coins des champs, afin que la récolte soit bonne.

Elle ne manquait jamais d'assister à la procession des Rogations, qui avait lieu trois jours avant l'Ascension, et au cours de laquelle M. le curé bénissait les champs, dans le but identique d'une récolte abondante.

Elle refusait que Léon ou Sylvestre repique du persil dans le potager ; elle était persuadée que cela amènerait une mort dans la famille. De la même façon, elle empêchait Léon d'enlever le nid que des hirondelles avaient construit au-dessus de la porte de l'étable et que leurs petits, d'année en année, venaient fidèlement retrouver.

— Ils mettent plein de saletés partout, maugréait Léon.

— Laisse-les. Un nid d'hirondelles dans une maison porte bonheur. Le détruire attire le malheur.

Léon grommelait de plus belle mais, à mon grand soulagement, il obéissait à sa mère. Laver ou pendre du linge le Vendredi Saint était également interdit, comme cuire le pain le treize du mois ou n'importe quel vendredi. Elle préférait nous laisser un jour sans pain et attendre le lendemain, plutôt que de risquer d'attirer le malheur sur sa famille.

Les jours où elle cuisait le pain, elle n'oubliait jamais de faire une *flamique.* Elle l'ouvrait ensuite, étalait une couche de beurre et de cassonade, puis la refermait. Elle en coupait alors une part et me la donnait pour mon goûter. Je m'empressais d'aller la manger pendant qu'elle était encore chaude. Croustillante au-dehors et moelleuse à l'intérieur, elle fondait dans la bouche. C'était un véritable délice. Je savais que, le soir, j'en aurais un autre morceau pour mon dessert, mais il serait moins bon, parce qu'il serait froid. Rien ne valait, pour moi, la *flamique* de mère Entine lorsqu'elle sortait du four.

Un jour, non content de me battre, Léon me punit davantage en me privant de cette pâtisserie. C'était un matin, au petit déjeuner. Sylvestre était déjà parti mener les vaches en pâture, et mère Entine venait de sortir pour aller chercher de l'eau à la pompe. L'ordre brutal ne tarda pas à arriver.

— Chose, verse-moi du lait.

Léon avait terminé son petit déjeuner, et il lui arrivait, quelquefois, de boire un second et même un troisième bol de lait avant d'aller travailler. Je m'approchai du feu, pris la casserole et revins vers la table, paralysée de crainte sous le regard de Léon qui guettait mes gestes. Je me mis à verser le lait dans le bol, et soudain, je ne compris pas ce qui se passa. La casserole m'échappa des mains. Elle tomba sur la table, et son contenu brûlant aspergea Léon, qui fit un saut en arrière.

— Mais fais donc attention, imbécile ! Empotée ! Incapable !

Furieux, d'un revers de main il m'assena une telle gifle que je me retrouvai à l'autre bout de la pièce, à moitié assommée, sur le carrelage. Coquette, notre chienne, se mit à pousser des petits cris plaintifs et se réfugia sous le buffet. Mère Entine, qui rentrait avec un seau d'eau, vit la scène et se figea :

— Que s'est-il passé ?

— Cette imbécile m'a brûlé, tonna Léon, toujours furieux. Incapable de verser du lait dans un bol ! Bonne à rien, voilà ce qu'elle est ! Ne lui donne pas de flamique cet après-midi. Ce sera sa punition.

Il savait que cette punition me serait encore plus dure à supporter que des coups. Mère Entine, naïvement, avait déjà raconté combien je me régalais avec la flamique encore chaude. Toujours immobile dans mon coin — car l'expérience m'avait appris que le moindre mouvement m'apporterait des coups supplémentaires —, je regardai Léon partir avec une rancune brûlante, proche de la haine.

Mère Entine me releva, sécha mes pleurs, tamponna mon visage avec de l'eau fraîche. La douleur cuisante de ma joue s'atténua un peu, mais j'avais l'impression qu'elle avait triplé de volume. Et, dans l'après-midi, lorsque mère Entine sortit la flamique du four, des larmes de frustration me brouillèrent la vue. Elle s'aperçut de mon chagrin, soupira :

— Léon t'a punie, Pauline. Ne pouvais-tu faire attention, et ne pas renverser de lait sur lui ? En tout cas, je ne peux pas te donner de flamique. Il verra tout de suite qu'il en manque un morceau. Il m'a bien répété qu'il vérifierait ce soir si elle est entière.

Je m'en allai pleurer dans la cour. Coquette me suivit. Je la pris dans mes bras, et elle lécha les larmes qui coulaient sur mon visage. En serrant son petit corps chaud contre moi, je pensai à monsieur le curé, qui nous recommandait de suivre les préceptes de Jésus. Il fallait aimer nos ennemis, disait-il, et pardonner à ceux qui nous faisaient du mal. Aimer Léon, lui pardonner lorsque, délibérément, il cherchait à me faire souffrir ?... C'était impossible.

Le soir même, je surpris une conversation entre mère Entine et Léon qui me laissa perplexe :

— Léon, disait mère Entine, pourquoi es-tu toujours si brutal envers Pauline ? La battre pour si peu de chose... Tu es trop dur avec elle.

— Mais vous, vous lui passez tout.

— Pas du tout. C'est une gentille enfant, et je l'aime.

— Comment pouvez-vous l'aimer ? Elle n'est même pas ma fille.

— Mais elle n'en est pas responsable, pauvre petite ! Tu dis que tu aimais Mélanie. Dans ce cas, ne peux-tu aimer sa fille, même un peu ?

Il grommela une réponse que je ne compris pas, puis mère Entine ferma la porte de la cuisine et je n'entendis plus rien. Blottie dans mon lit, je réfléchis. Que signifiaient ces paroles ? Je décidai d'en parler à mon oncle Georges. Je savais qu'il ne me mentirait pas, et qu'il répondrait à mes questions sans rien me cacher.

Le lendemain, ma joue était enflée et toute bleue. À l'école, lorsqu'elle me vit arriver, mon amie Joséphine poussa un cri horrifié, et les autres filles m'entourèrent. La maîtresse, qui était dans la cour, s'approcha de nous et m'interrogea. Je baissai les yeux et, à la fois malheureuse et révoltée, je dis que je m'étais cognée contre une porte que j'avais cru grande ouverte mais qui était, en réalité, à moitié fermée. Chaque fois que Léon me frappait et que les coups étaient visibles, je trouvais ce genre d'excuse : je m'étais cognée, ou j'avais trébuché contre quelque chose, ou bien j'étais tombée. Même loin de Léon, la peur qu'il m'inspirait était toujours présente. Je n'oubliais jamais ses menaces :

— Et tâche de ne pas rapporter, en plus ! Ne serait-ce que pour te faire plaindre ! Tu aurais une raclée dont tu te souviendrais longtemps ! Et je ne me gênerai pas pour raconter combien tu es nulle et incapable !

Alors je serrais les dents et je ne disais rien. L'institutrice, cette fois comme les précédentes, parut se satisfaire de mon explication, mais je surpris, à plusieurs reprises, son regard posé sur moi, et j'y lus un doute qui m'affola. Il ne fallait pas qu'elle ait des soupçons, cela ne ferait qu'aggraver la situation. Mais les jours passèrent, et elle ne me demanda plus rien. Je me rassurai un peu.

Par contre, au catéchisme, je fus incapable de mentir à monsieur le curé. Il observa ma joue bleuie lorsque j'arrivai, mais ne fit pas de remarque. Ce ne fut qu'à la fin de l'heure, lorsque les autres filles sortirent, qu'il me retint :

— Pauline, mon enfant... Que s'est-il passé ?

Ses yeux clairs — des yeux bleus qui semblaient refléter la pureté du ciel — m'interrogeaient, et mes mensonges habituels se bloquèrent dans ma gorge. Je me troublai, me sentis rougir, et ne pus dire un mot. Monsieur le curé se pencha davantage.

— L'autre jour, tu t'étais cognée contre la porte de l'étable. La fois d'avant, tu étais tombée dans l'escalier de la cave. Une autre fois, tu avais reçu la grosse marmite mal posée sur une étagère. Et cette fois-ci, qu'est-ce que c'est ?

Au cours de la leçon qui venait de se terminer, il avait expliqué que le mensonge était un péché, et cela me gênait d'en commettre un, si vite, envers lui qui, certainement, n'en commettait jamais. Devant l'immense bonté qu'exprimait son visage, j'hésitai. Pouvais-je lui dire la vérité ?

— Tu peux te confier à moi sans crainte, mon enfant. Cela restera strictement entre nous.

Alors, comme un torrent de paroles longtemps retenues, j'avouai tout :

— C'est Léon. Il me bat. J'ai peur de lui. À la moindre occasion, il me frappe. Je n'ose pas le dire. À personne, même pas à Joséphine. Elle, elle a un père qui l'aime. Mais moi...

Je me tus, les yeux pleins de larmes. Le visage assombri, monsieur le curé secoua la tête avec tristesse :

— Je me doutais aussi... Je connais ta situation, et je me souviens de ta mère. C'est moi qui l'ai mariée à Léon. À l'époque, je n'aurais pas pensé que...

Le brave homme se tut, et me regarda avec une affection et une compréhension qui me firent du bien. J'osai ajouter, timidement :

— Il répète toujours que je suis nulle et incapable. Est-ce que c'est vrai ?

Les yeux candides se chargèrent de réprobation, approuvant la protestation sincère et énergique qui suivit aussitôt :

— Bien sûr que non, ce n'est pas vrai ! Ne le crois surtout pas.

— Il ne m'aime pas, continuai-je, la voix tremblante. Il est toujours méchant avec moi. Pourquoi ?

Sans répondre directement à ma question, monsieur le curé posa une main sur ma tête :

— Je ne m'adresserai pas à lui personnellement, pour ne pas éveiller ses soupçons. Mais dimanche, dans mon homélie, je parlerai de l'amour du prochain, et je trouverai les phrases pour faire comprendre à Léon qu'il agit mal avec toi. Et puis, lorsque je le rencontrerai, nous aurons une conversation, tous les deux. Ne crains rien, ajouta-t-il en voyant mon regard affolé, je le ferai de telle façon qu'il ne se doute de rien. Léon, après tout, je l'ai baptisé, comme tant d'autres. J'espère qu'il m'écoutera.

Avec doute, je hochai la tête. Néanmoins, la compréhension et le soutien de monsieur le curé m'étaient un réconfort. De son pouce, il traça un signe de croix sur mon front.

— Va, mon enfant. Et pense à notre Seigneur Jésus-Christ. Il a offert ses souffrances à Dieu, et il a pardonné à ses ennemis. Même si ça te paraît difficile, essaie de l'imiter. Réponds à la brutalité de Léon par le pardon et l'amour.

Je m'en allai sans répondre. Je ne voulais pas faire une promesse que je savais être incapable de tenir. Si Léon ne m'aimait pas, je ne l'aimais pas non plus. Je n'éprouvais envers lui que crainte et détestation.

***

Le jeudi, j'allai chez mes grands-parents, ainsi que je le faisais toujours. Eux aussi m'interrogèrent sur ma joue toute bleue, et à eux aussi je fis le même mensonge. J'avais trop peur de leur réaction si je leur avouais la vérité. Peut-être pépère Baptiste déciderait-il d'avoir une explication avec Léon, et je récolterais une raclée supplémentaire. Je cherchai mon oncle Georges et le trouvai dans l'écurie, occupé à nourrir le cheval.

— Ma petite Pauline, comment vas-tu ? Mais... qu'as-tu ? Tu as un bleu énorme sur la joue !

Je répétai encore une fois mon mensonge. Mon oncle Georges fronça les sourcils, mais ne dit rien. J'avais encore plus peur de sa réaction que de celle de mon grand-père. Jeune et impétueux, mon oncle Georges était bien capable de courir à la minute même chez Léon, d'exiger des explications, et même de le menacer. Cette seule idée me fit frémir. J'imaginai la fureur de Léon, et la façon dont il se vengerait sur moi. Je m'approchai d'oncle Georges :

— *Mononc'* Georges, j'ai quelque chose à te demander.

Il finit de remplir la mangeoire du cheval et se tourna vers moi :

— Je t'écoute, ma petite Pauline.

— Eh bien, voilà. L'autre soir, j'ai entendu mère Entine qui parlait avec Léon. Il disait que je n'étais pas sa fille. Qu'est-ce que ça signifie ?

Mon oncle se gratta la tête, me regarda un instant sans répondre. Puis il constata :

— Il fallait bien que ça arrive un jour ou l'autre. Je préfère que tu l'apprennes par moi plutôt que par d'autres. Viens, je vais t'expliquer. Tu as neuf ans, tu es assez grande pour comprendre, et pour savoir.

Il m'entraîna dans un coin de l'écurie, s'assit par terre. Je m'installai près de lui, attentive. Le cheval mangeait sans s'occuper de nous et, les yeux fixés sur mon oncle, j'attendais, le cœur battant. La tête penchée, il semblait réfléchir, et peut-être chercher ses mots. Qu'allait-il m'apprendre ?

— Léon n'est pas ton père. Mélanie, ta mère, l'a épousé, ce qui fait qu'il est ton beau-père. Mais ton vrai père est mort à la guerre.

Ma première réaction fut la joie et le soulagement. J'étais heureuse de ne pas être la fille de cet homme que je détestais. Ainsi, c'était pour cette raison qu'il n'avait jamais voulu que je l'appelle «père» ou «papa». Il avait décidé une fois pour toutes, lorsque j'avais commencé à parler, que je l'appellerais Léon, malgré les protestations de mère Entine.

— Alors, dis-je en essayant de comprendre, c'est pour ça qu'il ne m'aime pas ?

— Sans doute, ma petite Pauline. Il sait que tu n'es pas sa fille.

— Mais... continuai-je en plissant le front, je ne suis pas ta fille non plus, *mononc'* Georges, et pourtant tu m'aimes.

— Bien sûr, je t'aime ! Et je ne comprends pas comment on peut ne pas t'aimer. Mais Léon...

Mon oncle haussa les épaules avec dédain, et je compris que, lui non plus, il n'aimait pas Léon. Je continuais à réfléchir, et une foule de questions me venait, dont il me fallait la réponse.

— Pourquoi ma mère a-t-elle épousé Léon ?

— Ton vrai père avait été tué. Tu allais naître, et c'était très mal d'avoir un enfant sans être mariée. Ça l'est toujours, d'ailleurs. Alors elle s'est mariée avec Léon.

— Mais... ne savait-elle pas qu'il était méchant ?

— Je l'ignore. En tout cas, elle ne l'aimait pas beaucoup. Ce sont les circonstances qui l'ont forcée à se marier avec lui. C'était ton père qu'elle avait prévu d'épouser.

— Mon vrai père... tu le connaissais ?

Une lueur chaleureuse vint éclairer le visage de mon oncle :

— Oui, je le connaissais. Lui, il t'aurait aimée, ça c'est sûr. Il était gentil, aimable avec tout le monde, et si amoureux de Mélanie ! Ils devaient se marier à la fin du mois d'août, en 1914, mais la guerre a éclaté et il est parti, comme les autres. Il est revenu en permission un an après, et le mariage avait été fixé quatre mois plus tard, pour sa prochaine permission. Mais il a été tué entre-temps.

Une révolte me mit les larmes aux yeux. Grâce aux explications de mon oncle, je comprenais mieux quelle était ma situation. Je balbutiai :

— Alors, c'est à cause de la guerre…

Mon oncle Georges approuva tristement :

— Oui, c'est à cause de la guerre. Sans elle, tes parents se seraient mariés comme prévu, et tu n'aurais pas à vivre avec Léon qui ne t'aime pas.

Je me mis à haïr férocement la guerre. Jusqu'ici, je ne connaissais d'elle que les récits des gens et le monument qui, depuis quelques années, sur la place de l'église, portait les noms des hommes du village qui avaient été tués. Chaque année, le 11 Novembre, nous assistions à la cérémonie du Souvenir, et la Société des Poilus défilait, drapeau en tête. Tous avaient le visage grave et douloureux, et leur devise était « Plus jamais ça ». Dans mon esprit d'enfant, je considérais tout cela avec un certain détachement, car je ne me sentais pas concernée. Mais, maintenant, les révélations de mon oncle changeaient tout.

— Ton père était porté disparu, et Clémence, sa mère, n'a jamais admis qu'il puisse être tué. Jusqu'à la fin de sa vie, tous les jours, elle est allée l'attendre à la sortie du village, persuadée qu'il reviendrait. C'était ton autre grand-mère. Tu ne te souviens sans doute pas d'elle. Elle est morte alors que tu n'avais que deux ans.

Je cherchai dans mes souvenirs, sans résultat. Une autre grand-mère ?…

— Elle t'aimait beaucoup, elle aussi. Elle disait que tu ressemblais à Jean-Pierre, que tu avais ses yeux. Tu étais précieuse, pour elle. Tu étais la fille de son unique enfant.

— Mon père s'appelait Jean-Pierre ?

— Oui. Jean-Pierre Mesnier. C'était le bourrelier du village voisin. L'atelier a été repris par quelqu'un d'autre, mais un jour je te mènerai jusque-là. Tu verras sa maison, l'endroit où il a vécu avant de partir à la guerre et d'être tué.

— Alors, moi, j'aurais dû m'appeler Pauline Mesnier ?

— Oui. Si tout s'était passé comme prévu, oui, tu t'appellerais Pauline Mesnier.

Je murmurai ce nom plusieurs fois, très bas, comme pour bien en imprégner mon esprit et mon cœur. Puis je levai les yeux vers mon oncle :

— Merci, *mononc'* Georges. Merci de m'avoir appris tout ça.

Mon oncle se pencha vers moi, caressa de sa main ma joue meurtrie :

— J'aimais beaucoup Mélanie. Elle était ma grande sœur chérie. Et toi, tu es sa fille... N'oublie jamais que tu étais son enfant bien-aimée. Elle n'avait plus que toi, depuis que Jean-Pierre avait été tué à la guerre...

— Maintenant, je comprends mieux pourquoi pépère Baptiste dit toujours « saleté de guerre ».

— Oui, elle a détruit bien des vies. Mon cousin Milien a été tué, lui aussi, et mon oncle Alfred en est mort de chagrin.

Et moi, pensai-je, à cause de cette guerre qui m'avait pris mon père, je devais vivre avec Léon. Je soupirai longuement.

La voix de mon grand-père, dans la cour, qui appelait son fils, nous parvint. Mon oncle Georges se leva :

— Il faut que j'y aille, Pauline. Mais je reste à ta disposition, quoi qu'il arrive. N'hésite pas à m'interroger, je te répondrai toujours.

— Merci, *mononc'* Georges.

Sur le chemin du retour, je marchai lentement, tout en réfléchissant à ce que je venais d'apprendre. Je savourais la satisfaction de savoir que mon père avait été quelqu'un de chaleureux et de gentil. Et j'étais immensément soulagée que Léon ne fût que mon beau-père. Sans oser l'avouer à qui que ce soit, je m'étais sentie coupable lorsque l'institutrice nous avait expliqué que nous devions aimer et respecter nos parents. Monsieur le curé nous répétait la même chose, et il nous avait fait apprendre les dix commandements, auxquels il fallait obéir pour mériter le paradis. Je n'éprouvais aucune difficulté à les suivre, sauf pour celui qui disait « Tes père et mère honoreras ». Honorer, respecter Léon, je n'y parvenais pas, et je me disais, avec l'impression désagréable de commettre un péché, que je n'y parviendrais jamais. Mais, puisque Léon n'était pas mon père, ce commandement ne s'adressait pas à lui.

Ce soir-là, dans mon lit, avant de m'endormir, je pensai longtemps à mon vrai père. Avec une acuité insupportable, je souhaitai qu'il ne fût pas mort. Je l'imaginai riant avec moi, me soulevant de terre et me juchant sur ses épaules comme l'avait fait tant de fois mon oncle Georges.

Une scène me revint subitement à l'esprit. Quelques jours auparavant, comme je le faisais tous les matins, j'étais allée chercher mon amie Joséphine pour nous rendre à l'école. J'étais un peu en avance et, lorsque j'étais arrivée chez elle, je l'avais trouvée assise sur les genoux de son père, en train de lui réciter sa leçon de géographie. Sans que j'en prenne conscience, leur image avait laissé dans mon cœur un regret douloureux. Je les revoyais tous les deux : Joséphine, blottie avec confiance entre les bras paternels, et lui, qui se penchait avec attention et intérêt, en écoutant ses paroles. Je m'étais rendu compte, ce jour-là, de l'absence dans ma vie d'un père solide, aimant et bon. Et, après les révélations de mon oncle Georges, cette absence se faisait encore plus cruelle, parce que je savais maintenant que mon père — mon vrai père — aurait été ainsi.

Alors, en me cachant la tête sous le drap, je pleurai de regret et de frustration sur ce besoin de mon cœur d'enfant qui, je le savais, resterait toujours inassouvi.

2

Monsieur le curé fit son sermon sur l'amour du prochain, et sans doute parla-t-il à Léon, comme il me l'avait promis. Mais cela ne changea rien. L'attitude de mon beau-père demeura la même, et je continuai à le craindre et à recevoir des injures et des coups.

Lorsque Léon me frappait, lorsqu'il m'insultait, j'avais trouvé un moyen pour lutter contre la douleur et la peur. Je me répétais mentalement, avec force, ces deux mots : « Pauline Mesnier ». Je les répétais encore et encore, jusqu'à ce que Léon eût fini de crier après moi et se fût éloigné. Je répondais ainsi aux brutalités de mon beau-père par mon vrai nom, et cela me donnait la force intérieure nécessaire pour supporter sa méchanceté. Les révélations de mon oncle Georges avaient changé mon état d'esprit. Je ne devais rien à Léon, ni tendresse, ni respect, et si je lui obéissais, c'était par obligation, et non pas par affection ou par devoir.

Une nuit, je rêvai de mes vrais parents. Nous étions ensemble, dans la campagne ensoleillée, et je marchais entre eux. Chacun d'eux me tenait par la main, et je ressentais une sensation que je n'avais jamais éprouvée, une plénitude heureuse, sereine, la certitude d'être en sécurité, et d'être aimée. À mon réveil, cette impression disparut, et sa perte était si insupportable que je pleurai.

Les explications de mon oncle Georges m'avaient fait prendre conscience d'une autre réalité : puisque Léon n'était pas mon vrai père, mère Entine n'était pas non plus ma grand-mère. J'en étais désolée, mais je constatais qu'elle m'aimait autant que si j'avais été sa vraie petite-fille, et cette pensée me réconfortait.

Coquette était vraiment notre chienne, à mère Entine et à moi. Elle aussi, elle avait peur de Léon et, comme moi, elle évitait toujours de se trouver sur son passage, car il l'écartait d'un coup de pied. Elle criait de douleur, et mère Entine protestait. Mais Léon ne l'écoutait pas.

Il possédait son chien personnel, un grand chien de chasse qui était enfermé dans un enclos derrière la maison, près du potager. Léon me défendait de l'approcher, de lui parler, de le caresser. Je ne comprenais pas les raisons de cette interdiction, mais je n'osais pas désobéir. Chaque année, à l'automne, il partait avec lui chasser dans la campagne. J'appréhendais de le voir revenir, de le voir jeter sur la table, avec un contentement qui me révoltait, le gibier ensanglanté qu'il ramenait : un lièvre, une perdrix, un faisan. Mère Entine, sans dégoût apparent, s'occupait de l'animal, le vidait, le faisait cuire. Lors de ces repas, j'avais bien du mal à avaler. Je pensais à ces pauvres bêtes qui avaient vécu en liberté jusqu'à ce que la cruauté de Léon les prive de leur vie.

J'aimais les animaux. Léon, qui s'en était aperçu, avait trouvé là un autre moyen de me faire souffrir. Il m'obligeait à rester près de lui lorsque, avec un grand couteau, il coupait le cou aux poulets que mère Entine, ensuite, allait vendre au marché. Il savait que je ne supportais pas la vue du malheureux volatile qui se débattait, roulait des yeux affolés et poussait des gloussements désespérés. Je devais tenir le seau dans lequel coulait le sang, en serrant les dents pour tenter de surmonter ma nausée, et en évitant de regarder aussi bien Léon que les yeux révulsés du poulet.

Lorsqu'il fallait tuer un lapin pour le vendre, c'était pour moi un moment tout aussi pénible, car Léon, là aussi, exigeait mon concours. Il m'appelait, m'obligeait à être présente tandis qu'il passait une corde autour du cou de l'animal et le pendait dans la grange.

— Reste là, m'ordonnait-il. Et viens me prévenir quand il sera mort.

Le pauvre lapin se débattait, furieusement d'abord, puis de plus en plus faiblement. Fascinée, horrifiée, je le regardais, fermant les yeux par intermittence pour échapper à une vision qui m'était insupportable. Après quelques minutes, deux ou trois soubresauts l'agitaient encore, puis il ne bougeait plus. Je jetais un dernier coup d'œil à son corps pantelant, à sa tête penchée, et à ses pattes antérieures, que la mort disposait toujours en croix. Puis j'allais prévenir Léon, et le ressentiment que j'éprouvais à ces instants me donnait l'impression d'étouffer. Ce n'était pas le fait de tuer le lapin qui me révoltait. Mon grand-père Baptiste et même mon oncle Georges faisaient la même chose. Il le fallait bien, me disait mère Entine. Mais, ce que je ne pardonnais pas à mon beau-père, c'était qu'il m'obligeait à assister à l'agonie du pauvre animal. Il le faisait volontairement, parce qu'il savait que cela me faisait du mal. Mère Entine l'avait compris, elle aussi. Parfois, elle protestait :

— Laisse cette enfant, Léon. Tu sais qu'elle n'aime pas ça.

— Justement, rétorquait-il avec un ricanement mauvais. Ça l'endurcira. La sensiblerie, c'est ridicule.

Heureusement, à côté de ces instants pénibles, il y en avait d'autres, qui représentaient toujours pour moi le même émerveillement : un veau nouveau-né, que sa mère léchait et qui, attendrissant et malhabile sur ses pattes, se blottissait instinctivement contre elle. Ou encore les poussins nouvellement éclos, auprès desquels je m'agenouillais avec ravissement. Je les prenais avec précaution dans mes mains, je caressais leur duvet jaune et doux, j'écoutais leur piaillement qui était leur façon de m'accueillir et de me parler. Je ne voulais pas penser au fait qu'ils grandiraient et que, lorsqu'ils seraient suffisamment dodus pour être vendus, Léon leur trancherait la gorge.

De la même façon, j'appréhendais le jour où il fallait

tuer le cochon. Les cris du pauvre animal, lorsque Léon, aidé de Sylvestre et d'autres fermiers venus spécialement à cette intention, le sortait de la porcherie, m'étaient pénibles à entendre.

Avec mère Entine et ma grand-mère Henriette, je participais aux tâches qui suivaient le dépeçage : fabrication du boudin, des saucisses, des pâtés, des jambons, et du saindoux dont mère Entine remplissait plusieurs pots. Étalé sur une tartine de pain frais, avec un peu de sel et de poivre, c'était délicieux, et, tandis que je rangeais les pots à la cave, je pensais avec gourmandise aux goûters qu'ils m'apporteraient.

***

Fauvette, notre jument, vieillissait. Elle venait d'atteindre l'âge vénérable de dix-sept ans. Léon avait acheté un poulain pour la remplacer, et, lorsque ce dernier fut rodé aux travaux des champs, il nous annonça un soir, au cours du repas, qu'il allait vendre notre Fauvette.

J'eus un coup au cœur, m'arrêtai de manger. Vendre notre Fauvette, que j'aimais tant!... Je l'avais toujours connue. Sylvestre, quelquefois, me permettait de la nourrir, de remplir son auge d'avoine, de lui porter à boire. Elle me connaissait, et elle m'aimait. Lorsque j'arrivais dans l'écurie, elle agitait la tête plusieurs fois, de haut en bas, et hennissait doucement. Je lui caressais le chanfrein, je lui parlais avec tendresse. Les jours où, pour mon goûter, mère Entine me donnait une pomme, j'en réservais toujours un quartier pour Fauvette. Je le lui portais, le lui offrais au creux de mes mains. C'était une friandise qu'elle adorait. Je restais près d'elle, tandis qu'elle mâchait le fruit avec satisfaction et que son regard me remerciait.

J'écoutais Léon expliquer que, le lendemain, il conduirait Fauvette chez Dieudonné. Ce dernier était un maquignon qui habitait un village voisin. Je ne comprenais pas. Pourquoi se débarrasser de Fauvette, même si elle était vieille? Elle était si courageuse! Avec elle, Léon avait labouré, semé, travaillé des journées entières. C'était elle qui, chaque année, avait actionné pendant des heures la *piétineuse*, la machine munie d'un tapis roulant qui servait à battre le grain. L'idée qu'elle allait nous être enlevée me mit les larmes aux yeux.

Après le repas, tandis que mère Entine lavait la vaisselle et que je l'essuyais, je me décidai à poser la question qui tournait dans mon esprit :

— Mère Entine, je voudrais savoir, au sujet de Fauvette... Où va-t-elle aller ?

Mère Entine baissa la tête sur sa bassine et se mit à frotter avec énergie une assiette déjà propre :

— Elle est trop vieille pour travailler. Elle va aller se reposer.

— Où donc ?

Elle sembla chercher une réponse. Léon qui, assis près du feu, lisait son journal, se tourna vers nous :

— Inutile de lui cacher la vérité, dit-il à sa mère. Vous encouragez toujours sa sensiblerie.

Il me regarda de son œil unique et méchant, et déclara avec brutalité :

— Fauvette va aller à l'abattoir. C'est là que vont les chevaux quand ils ne sont plus bons à rien. Ils sont vendus et tués.

L'horreur me pétrifia. Satisfait, Léon reprit sa lecture, et je continuai mon travail, le cœur serré. Je savais qu'il était inutile de protester, et je ne disais rien, mais en moi une immense peine se mêlait à un refus indigné. Léon envoyait notre Fauvette à l'abattoir sans même un regret... Quelle cruauté !

Il l'emmena le lendemain matin. Je les vis partir ; il marchait devant, la menant par le licol, et elle, brave bête obéissante, le suivait de son allure lourde et tranquille. Se doutait-elle du lieu où il la conduisait ? Je me mordis les lèvres pour ne pas pleurer.

Léon revint seul, deux heures plus tard, visiblement satisfait. C'était un jeudi, et je n'allais pas à l'école. En début d'après-midi, j'étais seule avec mère Entine dans la cuisine, lorsqu'un bruit de sabots et un hennissement nous parvinrent. Je courus à la fenêtre et aperçus, dans la cour, notre Fauvette. Avec un cri de joie, je sortis en trombe, me précipitai vers la jument, la caressai tandis qu'elle penchait la tête vers moi.

— Fauvette ! Tu es revenue !

J'entourai sa tête de mes bras, et dans mon enthousiasme je l'embrassai. Mère Entine sortit à son tour :

— Que s'est-il passé ? s'étonna-t-elle. Elle ne devrait pas être ici.

— Elle est revenue ! Elle non plus ne veut pas s'en aller ! Elle veut rester avec nous.

Mère Entine secoua la tête :

— Léon ne sera pas content. Elle a dû s'enfuir de chez Dieudonné.

Je ne l'écoutai pas, ne pensant qu'à ma joie d'avoir retrouvé notre jument. Je l'embrassai de nouveau.

— Brave Fauvette ! Viens à l'écurie. Je vais te donner de l'eau fraîche.

Je la câlinai encore longuement, et elle frottait son front contre mon épaule, aussi ravie que moi de nos retrouvailles. Tout l'après-midi, je me sentis heureuse. Mais, dès que Léon revint des champs, ma joie s'envola. Il fronça les sourcils, mécontent :

— Je la reconduirai chez Dieudonné demain. Et je lui recommanderai de mieux l'attacher.

Et, le lendemain, de nouveau il l'emmena. Cette fois-ci, je ne pus retenir mes larmes. Je savais que je ne reverrais jamais notre Fauvette, et, en regardant Léon la conduire froidement vers la mort, je le détestai encore plus.

***

Léon se vantait de posséder la plus grosse ferme du village. Il voulait être le premier à acheter les nouvelles machines qui, affirmait-il, remplaçaient avantageusement les hommes.

Contrairement à mon grand-père Baptiste qui semait toujours à la main, Léon avait fait l'acquisition d'un semoir mécanique en bois. Tracté par le cheval, celui-ci ensemençait simultanément cinq routes de blé. Léon répétait avec satisfaction qu'il faisait une économie appréciable de grain, et que les routes où croissaient les pousses étaient beaucoup plus régulières, et, de ce fait, plus faciles à nettoyer.

Tout de suite après la guerre, il avait acheté une faucheuse et une moissonneuse-lieuse. La première, une MacCormick, comme la seconde, une Massey-Harris, venait d'Amérique. Toutes les deux, affirmait Léon, faisaient en une journée le travail de plusieurs ouvriers, plus rapidement et plus efficacement. Il se vantait de connaître à fond leur mécanique, et il savait éviter les incidents. Il était habile pour ajuster la lame dans le porte-lames et régler la faucheuse afin qu'elle ne «bourre» pas. Les autres fermiers qui, suivant son exemple, se décidaient à acheter une machine, faisaient appel à Léon dès la moindre panne. Sans se faire prier, il rendait service, réparait, et les gens le remerciaient avec une gratitude sincère mêlée d'admiration pour son savoir-faire. Dans ces cas-là, j'écoutais leurs éloges avec amertume. Ils ne connaissaient pas, eux, la brutalité de Léon, sa malveillance, son animosité. C'était à moi seule qu'il les réservait.

Mon grand-père Baptiste, qui ne possédait aucune de ces machines, m'expliquait qu'elles ôtaient leur travail aux ouvriers qui, chaque année, faisaient les foins et la moisson. Il me racontait que, au lendemain de l'armistice, les saisonniers belges qui, avant la guerre, venaient régulièrement chaque année, avaient mal accueilli ces machines qui les remplaçaient et qui leur volaient leur pain. Certains, ajoutait grand-mère Henriette, étaient allés durant la nuit enfoncer des pieux métalliques dans les champs de blé afin de saboter les machines en provoquant une rupture de scie.

Grand-père Baptiste ne possédait qu'un brabant, qu'il appelait *bénot*, une houe à cheval, un cultivateur à dents flexibles, une herse, un rouleau, un extirpateur et un butoir à pommes de terre. Ces appareils étaient loin d'être modernes, et mon oncle Georges, plus jeune, et plus perméable au progrès, économisait sou par sou pour acheter une moissonneuse.

Ma grand-mère Henriette, néanmoins, sur la suggestion de mère Entine, avait fait l'acquisition d'une écrémeuse à bras, qui séparait la crème du petit lait avec rapidité. Par rapport à l'ancienne méthode, qui permettait d'obtenir la crème en laissant reposer le lait, l'écrémeuse, avec la même quantité de lait, donnait davantage de beurre.

Mais la machine la plus spectaculaire de toutes était la batteuse. Achetée par le syndicat agricole du village, en 1922, elle servait à tous les fermiers et, au moment de la moisson, tirée par deux chevaux, elle allait de ferme en ferme pour battre le grain. Lorsqu'elle venait chez nous, mère Entine préparait de l'eau pour la locomobile, sorte de machine à vapeur qui, par une courroie, actionnait le batteur. J'aidais mère Entine à apporter l'eau, le charbon, les sacs vides. Le battage durait toute la journée et exigeait le concours de plusieurs hommes. L'un d'eux étendait sur la table d'engrenage les épis, que le batteur avalait. Dès que le blé remplissait les sacs, d'autres hommes, avec Léon, dans un va-et-vient continu, les montaient au grenier. La locomobile soufflait, haletait, crachait des jets de fumée, tandis que la batteuse, hérissée de tiges de fer et de poulies comme un gigantesque monstre de ferraille, de ses lames et de ses battes, égrenait, secouait, séparait la paille des grains, dans une trépidation et une poussière de balles qui piquaient les yeux et la gorge.

J'avais appris à surmonter la peur qu'exerçait sur moi, dans ma petite enfance, l'énorme et bruyante machine. Avec mère Entine je portais à boire et à manger aux ouvriers à chaque pause. Du café le matin ; de la bière à dix heures ; à midi je servais le repas, qui durait très peu de temps : le travail attendait ; de la bière encore vers quinze heures ; du pain et du fromage à seize heures pour le goûter ; et le soir, le travail enfin terminé, un vrai repas : de la panade, un pot-au-feu, de la poule au pot, des fromages, et de la tarte que mère Entine faisait à cette occasion, comme à chaque ducasse. Le repas se passait dans la gaieté, les rires et les plaisanteries.

Avec mère Entine, je servais à boire, j'apportais les plats, et j'évitais de regarder le visage rougeaud et congestionné de Léon dans lequel l'œil blessé ressortait davantage ; j'essayais de ne pas entendre son rire gras et ses plaisanteries grossières. Je servais le côté de la table où il ne se trouvait pas, avec l'accord tacite de mère Entine. Tout en mangeant et en buvant, Léon m'ignorait. C'était son attitude habituelle lorsqu'il y avait d'autres personnes. Il ne me battait pas devant des étrangers.

Là aussi, comme il était dur à l'ouvrage, il faisait l'admiration des autres, qui appréciaient la force et le courage. Mère Entine elle-même souriait de fierté lorsqu'elle entendait leurs commentaires approbateurs. Moi, je me disais que j'étais certainement la seule à ne pas apprécier la force de Léon, parce que je ne la connaissais que par les coups que je recevais.

***

Un jour d'été, alors que j'arrivais chez mes grands-parents, ma grand-mère Henriette me dit :

— Nous avons reçu une lettre de Georgina ce matin. Elle nous annonce sa visite.

— Georgina ?... répétai-je, incertaine.

— Je t'ai déjà parlé d'elle, Pauline. C'est notre nièce. Elle est partie en Belgique alors que Mélanie avait ton âge. Elle s'est mariée là-bas. Ça va nous faire plaisir de la revoir.

Je réfléchis rapidement. Georgina ? C'était la sœur de Milien, le cousin de mon oncle Georges, qui avait été tué à la guerre. J'interrogeai ma grand-mère à son sujet.

— Elle aimait beaucoup ta mère, me répondit-elle. Elle lui racontait des histoires, des contes de fées, elle lui apprenait des chansons. Elles s'entendaient bien, toutes les deux. Mélanie a été très triste quand elle est partie.

— Quand arrive-t-elle ?

— Elle sera là lundi prochain.

J'étais heureuse d'être en vacances. Ainsi, pensai-je, je pourrais profiter de la présence de cette cousine qui avait aimé ma mère. Je lui demanderais de me parler d'elle. J'attendis sa visite avec une excitation qui croissait au fur et à mesure que les jours passaient.

Lorsque le lundi arriva, dès que je le pus, je courus chez

mes grands-parents. Une femme d'une quarantaine d'années était dans la cuisine, avec ma grand-mère. Elle me sourit, m'ouvrit tout grands les bras.

— Ainsi, voilà la fille de Mélanie... Comme tu lui ressembles, mon enfant ! J'ai l'impression de la revoir quand elle avait ton âge !

Elle m'embrassa affectueusement. Je la regardai mieux, et j'aimai son sourire, ses yeux bruns et chaleureux, la douceur de son visage.

— Je voudrais venir plus souvent, constata-t-elle avec regret, mais la Belgique est loin, et le voyage en train est une véritable expédition. Malgré tout, je m'ennuyais, et j'ai demandé à François de me laisser partir. Notre fille, Marie-Henriette, vient de se marier, et sans elle la maison me paraît vide.

— Comment va François ? s'enquit ma grand-mère.

— Il va bien. Évidemment, sa blessure le fait toujours souffrir. Mais il la supporte courageusement. Et puis, elle ne l'empêche pas de travailler. Même avec une jambe raide, il peut continuer à rempailler les chaises et à affûter les couteaux. Bien sûr, depuis la guerre, il ne peut plus faire la moisson chaque année, comme il le faisait avant. Mais, de toute façon, maintenant, avec les machines, c'est un travail qui disparaît de plus en plus. Alors, de ce côté-là, il n'y a rien à regretter.

Elle bavarda encore quelques instants avec ma grand-mère, demandant des nouvelles du village et des gens qu'elle avait connus. Puis elle se leva :

— Je vais aller jusqu'au cimetière. Tu viens avec moi, Pauline ?

— Oh oui, dis-je en sautant sur mes pieds.

Je sortis avec elle, et dans la cour elle me prit la main.

— Georgina, demandai-je timidement, s'il vous plaît, parlez-moi de maman.

Elle se tourna vers moi, et un sourire doux et tendre éclaira son visage :

— Mélanie... murmura-t-elle. Je l'aimais bien. C'était une bonne petite. Elle a pleuré lorsque je suis partie rejoindre François en Belgique. Je ne l'ai jamais revue. Nous nous écrivions, et la dernière lettre que j'ai reçue d'elle, juste avant la guerre, m'annonçait son mariage. Elle m'avait invitée, et j'avais prévu de venir. Mais la guerre est arrivée. François a été mobilisé. Lorsque les Allemands ont envahi la Belgique, nos soldats ont essayé de les arrêter. François a été blessé à Wavre, le seize août. Il s'en est fallu de peu qu'il soit amputé de la jambe gauche. Et tout le temps qu'a duré la guerre, je n'ai plus reçu de nouvelles de Mélanie. Ce n'est qu'après l'armistice que ta grand-mère m'a écrit, pour m'apprendre ce qui s'était passé : le mariage de ta mère avec Léon, ta naissance, et Milien, mon frère, tué au combat. Et Mélanie qui avait succombé à une pneumonie... Je ne savais rien. J'ai pleuré en lisant cette lettre. Et puis, dans la suivante, ma tante Henriette m'a appris que mon père était très mal. Alors, je suis venue aussi vite que j'ai pu. C'était en mars 1919.

Nous étions arrivées dans le cimetière qui entourait l'église, et Georgina se dirigea vers la tombe où étaient enterrés ses parents. Elle s'arrêta, se signa, baissa la tête :

— J'ai trouvé mon père tellement vieilli, tellement maigri, que j'ai eu du mal à le reconnaître. Depuis qu'il avait appris la mort de Milien, il se laissait mourir. Et, par une sorte de fierté ridicule, il s'obstinait toujours à ne pas m'écrire. Il ne répondait même pas à mes lettres. Mais quand il m'a vue, il a été si content que tout a été oublié. Nous nous sommes réconciliés. J'étais venue avec Marie-Henriette, qui avait alors treize ans. Il a été heureux de connaître sa petite-fille. « Je rêvais d'avoir plusieurs petits-enfants, m'a-t-il dit, mais maintenant, Milien n'est plus là, et ta fille restera sans doute la seule. » Il était tellement faible qu'il est mort trois jours plus tard, mais j'étais près de lui. Jusqu'à la fin, je lui ai tenu la main, et notre présence, à Marie-Henriette et à moi, a adouci ses derniers instants.

Elle se détourna et se dirigea vers la tombe de ma mère. Elle regarda le bouquet de fleurs que j'avais apporté, la veille, avec grand-mère Henriette. Elle soupira :

— Quelle tristesse ! Je ne parviens pas encore à réaliser vraiment... Pauvre Mélanie ! J'ai encore sa dernière lettre. Elle était si heureuse d'épouser son Jean-Pierre! Elle me disait qu'ils s'aimaient tellement, tous les deux!

Elle me reprit la main :

— Viens, partons. Parle-moi de toi. Tu vis avec Florentine et Léon. Ça se passe bien?

Son intérêt était sincère, mais je ne pouvais rien dire, et surtout pas la vérité. De toute façon, elle ne pourrait rien faire pour m'aider. Et j'avais toujours en tête les menaces de Léon si je «rapportais». La veille encore, alors que j'aidais mère Entine à sortir les seaux de lait de l'étable, juste après la traite, l'un des chats qui traînaient toujours autour de nous à ces moments-là m'avait fait trébucher. Le seau que je tenais, plein à ras bord, avait basculé, et du lait s'était répandu sur le sol. Lorsque cela arrivait, mère Entine me grondait doucement :

— Fais attention, Pauline, disait-elle. Le lait est précieux.

Mais, cette fois-là, Léon, qui sortait de l'écurie au même moment, s'était aperçu de ma maladresse. Tandis que je posais le seau, pour éviter qu'il ne se renverse, il s'était approché de moi et, d'un revers de main brutal, m'avait assené un coup sur la tête qui m'avait fait chanceler.

— Voilà pour t'apprendre à faire attention, espèce d'empotée! avait-il dit avec cette intonation mauvaise qu'il avait toujours en s'adressant à moi.

La douleur avait fait exploser une pluie d'étoiles devant mes yeux, et j'avais serré les dents pour ne pas crier, ni pleurer.

Tandis que j'hésitais pour répondre à Georgina, je passai un doigt sur la bosse qui, dans mes cheveux, me faisait encore mal. Je décidai de ne dire que la moitié de la vérité :

— Mère Entine m'aime bien. Elle est gentille.

Georgina se tut un instant, et je crus qu'elle était satisfaite de ma réponse. Mais, après quelques secondes, elle insista :

— Et Léon? Comment est-il avec toi? Je me souviens que Mélanie ne l'aimait pas beaucoup.

Les paroles de Georgina confirmaient celles de mon oncle Georges. Tandis que je cherchais avec embarras une réponse, je vis arriver Césarine, l'une de nos voisines, qui se précipita vers nous et apostropha Georgina :

— Georgina ! C'est bien toi ? Ça fait plaisir de te revoir. Il y a si longtemps… Comment vas-tu ?

Elles se mirent à bavarder, et Césarine nous accompagna tout le long du chemin, posant des questions, commentant les réponses, intarissable. Cela m'évita d'avoir à mentir à Georgina, et, lorsque nous fûmes à la ferme, elle ne pensa plus à ce qu'elle m'avait demandé. Ma grand-mère nous offrit à goûter, et ensuite mon grand-père attela la charrette pour reconduire Georgina à la gare. Elle me serra contre elle, m'embrassa avec une affection sincère. Debout à la grand porte de la ferme, je lui fis des signes d'adieu jusqu'à ce qu'elle eût disparu.

Par la suite, je pensai souvent à elle, et plus d'une fois je regrettai qu'elle fût si loin de moi. Si elle avait continué à habiter le village, sans doute m'aurait-elle raconté des histoires et appris des chansons, comme elle l'avait fait pour ma mère. Les seuls contes que je connaissais étaient ceux que l'institutrice nous avait lus, à l'école. Il en était de même pour les chansons. Et je me disais souvent que j'aurais bien aimé qu'une personne, comme Georgina, eût fait cela rien que pour moi.

***

L'année suivante, je passai et j'obtins mon certificat d'études. Lorsque je revins, je l'annonçai avec fierté. Mère Entine et mes grands-parents, ainsi que mon oncle Georges, me félicitèrent chaleureusement. Mais Léon ne tarda pas à assombrir ma joie. Son œil unique me considéra avec dédain tandis qu'il déclarait :

— Pourquoi faire tant d'histoires pour un bout de papier qui ne servira à rien ? Moi, je ne l'ai pas eu, et ça ne m'empêche pas d'être un bon fermier.

Il ne voulut pas que j'aille défiler dans les rues en agitant un petit drapeau tricolore, comme le faisaient mon amie Joséphine et mes autres compagnes. Avec un sentiment d'injustice et de frustration, je les regardai passer tandis qu'elles chantaient «*Au Certificat d'Études, Mon-*

sieur l'Inspecteur a dit : Remettez votre cahier, vous avez bien travaillé». Les larmes aux yeux, mise à l'écart de leur joie comme si je n'avais pas été reçue à l'examen, je sentais mon cœur bouillonner de colère et de rancune envers Léon. Si mon vrai père n'avait pas été tué à la guerre, combien la réalité eût été différente ! Lui, il aurait été fier de moi. À cause de Léon, les rares instants de joie qui pouvaient éclairer ma vie se transformaient en désolation et regrets.

Le soir même, il s'aperçut de mon visage triste, et en profita pour m'admonester :

— Dis donc, Chose, arrête de faire une tête pareille ! C'est fini, l'école, maintenant. Tu vas travailler à la ferme à partir de demain, et tâche de ne pas être fainéante. La paresse est la mère de tous les vices, ajouta-t-il d'un ton supérieur qui le rendit ridicule. Tu vois, même si je n'ai pas eu le Certificat, je n'ai pas oublié ce que nous enseignait l'instituteur.

Je ne répondis pas. Je ne répondais jamais aux sarcasmes de Léon, et de plus, je n'ignorais pas que je travaillerais à la ferme. Mère Entine m'avait prévenue. Au cours des années précédentes, petit à petit, elle m'avait initiée à certains travaux, comme ramasser les œufs, nourrir les animaux et même traire les vaches. Cela ne me gênait pas de travailler avec mère Entine. Elle était bonne et patiente, elle m'aimait.

Ainsi, dès le lendemain, je participai aux nombreuses tâches de la ferme, et ce fut ainsi jour après jour.

Chaque matin, après la traite, je versais le lait tout chaud dans l'écrémeuse. Mère Entine m'expliquait que cette machine nous faisait gagner un temps appréciable. Elle séparait immédiatement la crème du petit lait, alors qu'auparavant, il fallait laisser reposer le lait dans des telles jusqu'au lendemain.

J'appris à actionner la manivelle correctement, sans augmenter ni diminuer la vitesse, en ignorant la fatigue qui alourdissait mon bras. Mère Entine plaçait ensuite la crème à la cave, dans des pots en grès, jusqu'à ce qu'elle ait atteint une bonne macération.

Pour faire le beurre, une fois par semaine, nous avions

une baratte basculante, sorte de tonneau en bois muni d'une manivelle, que mère Entine appelait *culbutant*. C'était, là aussi, un progrès, car cette baratte permettait un travail plus rapide et plus efficace. Mère Entine me recommandait de ne la remplir qu'à moitié :

— Si on met trop de crème, m'expliquait-elle, elle va mousser et le beurre ne se formera pas.

Je tournais la manivelle, et ce travail, qui durait plus d'une demi-heure, ne devait pas être interrompu. Mère Entine, ensuite, retirait du culbutant le babeurre, le lait battu avec lequel elle faisait des soupes délicieuses sucrées à la cassonade, ou encore du fromage. Elle ramassait les morceaux de beurre qui avaient atteint la grosseur d'un œuf. Elle les malaxait à la main puis au rouleau, pour rendre le beurre bien homogène, le lavait plusieurs fois, le salait. Pendant ce temps, je nettoyais avec soin la baratte et je la rinçais.

Nous nous occupions aussi de la maison. Après le petit déjeuner — lait frais bouilli, café, pain et beurre — que mère Entine préparait et que je servais, m'appliquant là aussi à donner satisfaction à Léon — ne rien renverser, arrêter de remplir son bol au moment exact où il me l'ordonnait… —, mère Entine *wassinguait*[1] la cuisine, tandis que je faisais les lits et le ménage dans les autres pièces.

À l'Angélus de midi, Léon et Sylvestre revenaient. La présence de Léon me crispait de nouveau, et je ne respirais que lorsqu'il repartait. L'après-midi, nous étions plus libres, et je pouvais aller voir mes grands-parents et mon oncle Georges.

Il y avait aussi les travaux des champs. Pour la moisson, Léon possédait une moissonneuse-lieuse, qui coupait les blés et assurait le liage des bottes à notre place. Avant de commencer, il fallait laisser un passage pour les chevaux et la machine, et Léon *piquetait* à la main le tour du champ. Nous appelions cette opération « détourer » ou encore « dériver ».

Avec mère Entine, je vérifiais si les gerbes étaient suf-

1. Wassinguer : laver le sol avec une serpillière, que dans le Nord on nomme « wassingue ».

fisamment serrées et je les disposais en meules. J'écoutais ses conseils, je les suivais avec application. Contrairement à Léon qui critiquait tout ce que je faisais, elle me félicitait lorsqu'elle était satisfaire. Dans le cas contraire, elle me réprimandait sans colère, et je ne faisais jamais deux fois la même erreur.

***

Sylvestre vieillissait, et les travaux des champs lui devenaient de plus en plus pénibles. Mais il reculait toujours le moment de partir et de prendre sa retraite. Pourtant, cet hiver-là, il attrapa une bronchite et il fut si malade, et ensuite si affaibli, qu'il dut s'y résigner. Il avait une sœur qui vivait à Lillers et qui, veuve d'un mineur décédé de silicose, ne demandait qu'à l'accueillir et le soigner. Il partit un matin, toussant encore à s'en déchirer la poitrine, et j'eus de la peine en lui disant adieu. Bien qu'il n'eût jamais été très proche de moi, il s'était toujours montré bon à mon égard, allant parfois jusqu'à oser s'opposer à Léon et me défendre lorsque ce dernier se montrait trop injuste.

Peu de temps après arriva son remplaçant. Je fus surprise par sa jeunesse. Il semblait à peine plus âgé que moi, et mère Entine m'expliqua qu'il « venait de l'Assistance ».

— C'est un enfant qui a été abandonné à sa naissance, me confia-t-elle. Il n'a jamais connu sa mère, ni sa famille. Il a été élevé à l'orphelinat.

Dans le village, Denis, le charretier d'un des fermiers, s'occupait de recruter des valets de ferme qu'il allait chercher à l'Assistance. Lorsqu'il nous amena le nôtre, je le considérai avec une curiosité apitoyée. Il me salua avec timidité, rougit, détourna ses yeux clairs. Je pensai que son cas était encore plus douloureux que le mien. Moi non plus je n'avais pas connu ma mère, mais elle ne m'avait pas abandonnée, et je possédais une famille qui m'aimait : mère Entine, mes grands-parents, mon oncle Georges. Je pris la décision de me comporter envers cet orphelin avec gentillesse, un peu comme si j'étais une sœur cadette. Mère Entine exprima tout haut ma pensée :

— Tu peux nous considérer comme ta famille, mon garçon. Tu travailleras ici, tu prendras tes repas avec nous, et nous espérons te garder longtemps.

— À condition qu'il donne satisfaction, intervint Léon. Je n'aime pas les paresseux, souviens-toi de ça, Thomas. Dur à l'ouvrage, voilà ce qu'il faut être.

Le garçon redressa les épaules, releva la tête :

— Le travail ne me fait pas peur, assura-t-il, poliment mais fermement.

Léon émit une sorte de grognement :

— Eh bien, nous verrons ça dès demain.

Je regardai de nouveau le garçon en le plaignant d'avoir à travailler avec Léon. Je souhaitai silencieusement qu'il n'ait pas, comme moi, à subir injures et brimades.

Apparemment, tout se passa bien, et au cours des jours suivants, aux questions de mère Entine, Léon répondit que Thomas apprenait vite et travaillait correctement. Je ne voyais le garçon qu'aux repas, et il me remerciait toujours poliment lorsque je le servais. Bien sûr, même en sa présence, Léon continuait à m'appeler « Chose » et à m'injurier si quoi que ce soit n'allait pas selon son désir. Le lendemain, déjà, après le repas, il me demanda de lui apporter son tabac. Je ne le trouvai pas à sa place habituelle, et je dus le chercher. Léon s'impatienta :

— Alors, espèce de gourde, ça vient ? Empotée !

Et deux jours plus tard, parce que je ne le débarrassais pas assez vite de la sacoche qu'il emportait, parfois, lorsqu'il allait à la foire aux bestiaux qui avait lieu chaque mois, à Béthune, il me la lança brutalement au visage. Je la reçus à la tempe et la douleur me mit les larmes aux yeux. Je surpris le regard de Thomas, plein de surprise horrifiée et de compassion. Il ne dit rien, il ne l'osa pas, mais l'expression de son visage était révélatrice. Je compris que ce garçon timide et silencieux pourrait devenir mon ami, et je me sentis un peu moins seule.

Petit à petit, Thomas s'intégra à notre vie. Il me donnait l'impression de s'apprivoiser progressivement. Il rougissait moins lorsque je lui adressais la parole, il répondait plus longuement aux questions de mère Entine, et il s'enhardissait parfois jusqu'à prendre part à la conversation. Léon paraissait satisfait du travail qu'il fournissait, et acceptait de reconnaître qu'il n'était pas paresseux. Évidemment, de temps à autre, il lui arrivait d'injurier le pauvre garçon s'il ne s'acquittait pas correctement d'un travail. Il le faisait avec impatience, avec agacement, mais jamais avec la haine et la hargne qu'il montrait à mon égard. Thomas, qui semblait avoir un caractère doux et calme, courbait le dos sous les insultes et attendait qu'elles cessent.

— Il a dû en voir de dures à l'orphelinat, commentait mère Entine, et la mauvaise humeur de Léon ne lui fait pas peur.

Je constatais aussi que, si Léon ne se privait pas de l'injurier, il ne levait jamais la main sur lui. J'en concluais qu'il ne battait que moi.

Depuis que Thomas était chez nous, il évitait de se trouver seul avec moi, et donnait l'impression de fuir lorsque j'arrivais. Ainsi, un jour où j'entrai dans l'écurie pour donner à Papillon et à Bellot un quartier de pomme, Thomas, qui emplissait les auges de luzerne, rougit jusqu'aux oreilles, prononça une excuse inintelligible et s'empressa de sortir sans oser me regarder. Je donnai la pomme aux chevaux, leur parlai un peu, les caressai, et m'en allai. Et je vis, peu de temps après mon départ, Thomas rentrer à nouveau dans l'écurie pour y reprendre son travail.

Intriguée, j'en parlai à mère Entine. Elle hocha la tête avec une compassion amusée :

— Il est timide, Pauline. À l'orphelinat, il était en compagnie de garçons. Il n'a pas l'habitude des filles. Ne le brusque pas. Il finira bien par s'habituer à ta présence.

Alors j'attendais. Je me sentais attirée par ce garçon à l'air gentil, aux yeux clairs, au sourire doux et triste. Il me faisait penser à un animal sauvage et méfiant qu'il fallait apprivoiser avec patience. Et, paradoxalement, ce fut la méchanceté de Léon envers moi qui incita Thomas à sortir de sa réserve et qui permit la naissance de notre amitié.

C'était un jour où Léon, une fois de plus, avait décidé de me priver de flamique. Il était allé travailler, pendant la matinée, dans la pâture derrière la ferme, pour consolider les piquets et resserrer la clôture en fils de fer. En revenant, à midi, il me reprocha violemment de ne pas lui avoir apporté le pain et le fromage qu'il m'avait demandés. Or, il ne m'avait rien demandé. Lorsque j'osai protester, il devint rouge de colère et leva un bras menaçant :

— Et ne me contredis pas, en plus, espèce d'incapable ! Pour excuser ta paresse, tu irais jusqu'à prétendre que je mens ! Puisque tu ne m'as pas apporté à manger, tu n'auras pas de flamique.

J'aimais toujours autant la flamique onctueuse et tiède de mère Entine, et il savait combien cette punition, injuste de surcroît, me blessait. Je vis l'expression de Thomas, le froncement de ses sourcils, la révolte qu'exprimait son regard. Il n'avait pas quitté Léon depuis le matin et il savait bien, lui, que je ne mentais pas.

L'après-midi, lorsqu'ils revinrent pour le goûter, Léon me mit dehors et, frustrée, malheureuse, je m'en allai pleurer derrière la grange. Plus que la privation d'une pâtisserie que j'aimais, c'était l'injustice et la méchanceté de Léon qui me faisaient mal. J'entendis soudain des pas et, à travers mes larmes, je vis arriver Thomas. Il s'approcha de moi, un sourire timide aux lèvres, et me tendit sa part de flamique :

— Tiens, Pauline, c'est pour toi. Mange-la pendant qu'elle est encore chaude.

Son geste exprimait tant de bonté, tant de désir de me consoler, que ma tristesse, subitement, ne fut plus là. Incrédule et ravie, je regardai alternativement Thomas et le morceau de flamique :

— Mais... c'est à toi.

Il sourit de nouveau, insista :

— Vite ! Ça refroidit.

Alors je ne pus résister davantage. Je pris la part de gâteau, mais je la séparai en deux :

— Une moitié pour chacun, dans ce cas. Et... merci, Thomas.

— Je ne supporte pas l'injustice ni la méchanceté, commenta-t-il, soudain assombri. J'en ai souffert, moi aussi, à l'orphelinat.

Je me promis de l'interroger, un jour, à ce sujet, lorsque je le connaîtrais mieux. Pour le moment, je me dépêchai de manger mon morceau pendant qu'il était encore tiède. Près de moi, appuyé contre le mur de la grange, Thomas faisait de même avec une satisfaction égale à la mienne. Réconfortée par sa présence silencieuse, je savourais la flamique de mère Entine, et jamais elle ne m'avait paru aussi bonne, aussi moelleuse, aussi fondante. Elle avait un goût nouveau de pain partagé, de solidarité et d'amitié.

3

Je grandissais. Autour de moi, le monde évoluait, et le progrès venait jusque dans notre petit village. Mes grands-parents, ainsi que la majorité des habitants, avaient fait installer l'électricité. En ce qui me concernait, j'avais toujours connu cet éclairage, car mère Entine et Léon avaient été parmi les premiers à en équiper leur maison, à la veille de la guerre.

Certaines personnes, comme le médecin ou le directeur de la brasserie, possédaient une automobile. Nous finissions par nous habituer à ces engins bruyants, mais Bellot, notre jeune cheval, ne les aimait pas. S'il lui arrivait d'en croiser une dans les rues du village, il bronchait, roulait des yeux effrayés, encensait et allait jusqu'à pousser quelques hennissements de protestation et de peur. Léon le grondait avec colère, mais Thomas, plus compréhensif, descendait de la charrette, allait jusqu'à Bellot, lui caressait la tête et lui parlait à l'oreille pour le calmer. J'appréciais la patience et la douceur de mon nouvel ami. Je remarquais que nos animaux, aussi bien les vaches que Papillon et Bellot, nos chevaux, ainsi que Coquette, notre chienne, et même les chats, assez sauvages, qui vivaient la plupart du temps dans la grange, passant leur temps à la recherche de souris, aimaient tous Thomas. Mère Entine remarquait :

— Vois-tu, Pauline, les animaux ont un instinct. S'ils aiment Thomas, ils ne se trompent pas. C'est qu'on peut lui faire confiance. Je pense que nous avons là quelqu'un de bien pour remplacer Sylvestre.

Mes grands-parents, de leur côté, avaient fini par acheter une moissonneuse-lieuse et une faucheuse mécaniques, sur les instances de mon oncle Georges, qui répétait qu'il fallait vivre avec son temps et que la modernisation devenait indispensable. Comme ces machines nécessitaient d'être tirées par deux chevaux et qu'ils n'en possédaient qu'un, Léon leur prêtait Bellot lorsqu'il fallait faucher ou moissonner.

Mon oncle Georges se passionnait pour le progrès, dans tous les domaines : il s'enthousiasmait pour le journal parlé à la T.S.F., pour le nouveau cinéma parlant, pour les vingt-quatre heures du Mans, pour l'aviation et les automobiles. Il rêvait d'en acheter une, un jour. Ma grand-mère Henriette haussait les épaules sans répondre, et son expression disait clairement que ce genre d'engin ne l'attirait pas.

Je m'apercevais que, insensiblement, mon corps changeait. Je le constatais sans y porter une attention particulière. Prise par le travail de la ferme, je n'avais pas beaucoup de temps à consacrer à la coquetterie. Mon amie Joséphine, qui se destinait à être couturière et qui apprenait ce métier avec sa mère, m'incitait à être élégante. Elle m'apportait quelquefois des restes de tissu, un ruban, un morceau de dentelle, en garnissait mon chapeau ou le col de ma robe des dimanches. J'appréciais ces attentions, ainsi que les moments que nous passions, toutes les deux, pendant qu'elle cousait tout en bavardant. Mais je n'étais pas attirée par les fanfreluches et les bijoux. Je n'en possédais aucun, et cela ne me manquait pas.

Quelques mois avant mes quatorze ans, je me réveillai un matin avec une sensation étrange. J'avais l'impression que ma chemise de nuit était mouillée, et lorsque je me levai, je vis avec effroi qu'elle était tachée de sang. Je regardai mes cuisses, cherchant si je m'étais blessée. Je ne vis aucune blessure, mais il y avait beaucoup de sang, et je m'affolai. Je courus jusqu'à la cuisine, où mère Entine était occupée à allumer le feu. Il était très tôt, et je remarquai avec soulagement que ni Léon ni Thomas n'étaient encore levés.

— Mère Entine, m'écriai-je. Regarde, j'ai du sang partout !

Elle se retourna, le tison à la main, enveloppa d'un regard ma chemise tachée, et hocha la tête d'un air entendu. Je me rassurai un peu mais, sans comprendre, j'insistai :

— D'où vient ce sang ? Je n'ai pas de coupure, j'ai vérifié.

Mère Entine posa le tison et sourit.

— C'est parce que tu deviens une femme, Pauline. Ça arrive à toutes les filles, un jour ou l'autre, quand elles grandissent. Et, à partir de maintenant, ça se produira tous les mois. C'est ce qui te permettra, plus tard, d'avoir des enfants. Ne t'inquiète pas, continua-t-elle en voyant mon air désorienté, c'est tout à fait normal. Donne-moi ta chemise de nuit, je vais la rincer.

Je repartis dans ma chambre, un peu abasourdie. Personne ne m'avait prévenue, et cette découverte me causait un choc. Puis, le moment de surprise passé, j'acceptai la situation avec fatalisme. Puisque cela arrivait à toutes les filles, je ne pouvais pas y échapper. Il me fallait donc m'y soumettre.

Mère Entine me donna des bandes hygiéniques en coton éponge et m'expliqua comment me protéger. Elle rinça ma chemise de nuit, qu'elle alla pendre sur le fil à linge, derrière la maison. Puis, au fur et à mesure, elle fit bouillir les serviettes hygiéniques et les mit à sécher, elles aussi. Elle m'expliqua qu'elle-même ne s'en servait plus car, me dit-elle, il arrivait un moment, après l'âge de cinquante ans, où cet écoulement mensuel s'arrêtait de lui-même.

Léon remarqua le linge qui séchait et ne tarda pas à comprendre ce qui se passait. Il ne fit pas de commentaire, mais il m'observa de bas en haut, avec un regard nouveau, différent, et une expression que je ne parvins pas à définir mais qui ne me plut pas.

Ce fut à partir de ce moment-là que la situation, progressivement, se mit à changer.

Tout d'abord, si Léon continua à m'insulter, il cessa de me frapper. Je n'en pris pas conscience tout de suite, mais, un soir, alors que je me couchais, je réalisai subitement que, depuis plusieurs semaines, mon beau-père n'avait pas levé la main sur moi. J'en fus soulagée, mais, d'un autre côté, un instinct me soufflait de prendre garde. Je n'aimais pas les regards dont, parfois, Léon m'enveloppait.

Au fil des mois, mon corps se transforma. Ma poitrine se développa, ma taille s'affina, mes hanches s'élargirent. Comme mon amie Joséphine, je devenais coquette. Je prenais soin de mon apparence et, le dimanche, pour aller à la messe, je voulais être parfaitement coiffée et habillée. Mère Entine s'aperçut que mon manteau devenait trop court, et ma robe des dimanches trop étroite. Elle fit refaire l'un et l'autre par la mère de Joséphine, qui était couturière, et je fus heureuse de posséder de nouveaux vêtements.

Je passais davantage de temps devant mon miroir, dans ma chambre, en me brossant inlassablement les cheveux et interrogeant mon image. Étais-je jolie ? Comment le savoir avec certitude ? Mon oncle Georges l'affirmait, en tout cas. Il me disait souvent :

— Comme tu deviens jolie, ma petite Pauline ! Tu ressembles à Mélanie. Elle était belle, elle aussi.

Il avait un regard approbateur, bien différent de celui de Léon. Ce dernier finissait par me causer un malaise. Je le surprenais de plus en plus en train de m'observer à mon insu. Je lui tournais alors le dos et je m'efforçais de l'ignorer, mais je n'aimais pas son expression. Thomas aussi me regardait, parfois, mais son visage restait amical et n'avait rien de déplaisant, contrairement à Léon, dont l'œil unique glissait le long de mon corps comme un animal visqueux et gluant, me donnant envie de m'enfuir avec des protestations de dégoût.

Léon lui-même m'inspirait une répulsion grandissante. Son corps épais et lourd exhalait une odeur de sueur et de purin qui me faisait détourner la tête lorsqu'il passait près de moi. De plus, il était grossier. Il émettait, même à table, de gros pets sonores sans la moindre gêne. Parfois, il se rendait compte de la répugnance que je ne parvenais pas à cacher, et il m'apostrophait :

— Dis donc, Chose, ne me regarde pas comme ça, tu entends ? Ça me rappelle ta mère. Elle me regardait de la même façon, et je ne pouvais pas le supporter.

Pauvre maman, pensais-je souvent, obligée de vivre avec un rustre pareil, vulgaire et déplaisant... Comme elle devait être malheureuse !

Et puis, peu à peu, il se mit à me toucher d'une façon qui complétait désagréablement les regards qu'il laissait peser sur moi.

Cela commença un matin, au petit déjeuner. Je venais d'emplir son bol de lait, et je me détournais, lorsqu'il m'attrapa le bras :

— Attends, Chose, pas si vite ! Remets-moi du lait, jusqu'en haut. Tu vois bien que tu n'as pas rempli mon bol.

Pendant que je lui obéissais, attentive à ne pas renverser une seule goutte de peur de recevoir des injures, non seulement il ne me lâcha pas le bras, mais en plus il se mit à le triturer de ses gros doigts, en une sorte de caresse odieuse qui me glaça. Je me dégageai dès que je le pus et retournai mettre la casserole sur le feu. Thomas, qui beurrait son pain, ainsi que mère Entine, n'avaient rien vu. Je tentai de me calmer et m'efforçai d'oublier l'incident.

Mais il se renouvela à la première occasion, se multiplia, finit par devenir si fréquent que j'en arrivai à appréhender la présence de Léon, comme à l'époque où il me battait. Il cherchait n'importe quelle excuse pour m'attirer à lui et me tripoter le bras, la taille, la cuisse. Il venait me rejoindre dans le poulailler tandis que je ramassais les œufs, ou dans l'étable quand je donnais à manger aux vaches. Je vivais dans la hantise de ces moments. Mon instinct me criait de le repousser, mais, en même temps, des années d'obéissance, de peur et de passivité me paralysaient, et, raidie, serrant les dents sur la nausée qui me révulsait l'estomac, je n'osais pas bouger.

Un jour, malheureuse, je décidai de me confier à mère

Entine. Ce ne fut pas facile, et je rougis de honte en parlant, comme si c'était moi la coupable. Tout d'abord, mère Entine ne comprit pas.

— Il fait... quoi, Pauline?

— Il me touche, mère Entine, comme ça... C'est insupportable.

Le matin même, il avait malaxé ma cuisse tandis que, penchée en avant, je tenais le seau de lait pour faire boire le veau. J'essayai de répéter, sur mère Entine, les mêmes gestes. Je n'y parvins pas tout à fait, mais je vis le visage de mère Entine se crisper.

— Oh, mon Dieu! murmura-t-elle. Je vais lui parler, Pauline, et le surveiller. S'il t'embête encore, n'hésite pas à me le dire.

L'intervention de mère Entine sembla efficace; pendant quelques jours rien ne se passa. Mais, un matin de la semaine suivante, j'allai dans la cour remplir un seau d'eau. Alors que j'actionnais la pompe, je me sentis observée. Je tournai la tête. Léon venait de sortir l'extirpateur de la grange et, au lieu d'aller chercher Papillon à l'écurie, demeurait immobile, une lueur malsaine dans son œil unique fixé sur moi. La façon dont il me regardait me fit prendre conscience de ma vieille robe trop étroite, dont le corsage se tendait sur mes seins. Malgré moi, je rougis. Je me détournai et me baissai pour prendre le seau. Mais, à ce moment précis, je me sentis saisie par derrière, tandis que les mains brutales de Léon se mettaient à palper mes seins avec rudesse. Je fus horrifiée. Sans pouvoir me retenir, je criai. Thomas, que Léon avait certainement envoyé ailleurs, n'était pas là, mais mère Entine, dans la maison, m'entendit. Elle sortit immédiatement, vit la scène, se précipita vers nous :

— Léon, arrête! ordonna-t-elle. N'as-tu pas honte? Te conduire ainsi... C'est un péché, Léon. Ta fille!...

Il me lâcha, et j'en profitai pour aller me réfugier dans la cuisine. Je m'aperçus que je tremblais. J'entendais mère Entine sermonner son fils, tandis que Léon maugréait, buté :

— Elle n'est pas ma fille. Nous n'avons aucun lien. C'est comme si elle était une étrangère.

— Mais, Léon, tu n'as pas le droit de te conduire ainsi ! C'est honteux ! Je te le défends, tu entends ?

Par la fenêtre, je le vis hausser les épaules et se diriger vers l'écurie. Mère Entine revint dans la cuisine, le regard brillant de colère et d'indignation. Elle me vit assise, les bras serrés sur la poitrine, pâle et encore haletante. Elle versa de l'eau dans un verre, me le tendit. Je le pris avec des mains tremblantes.

— Bois, me conseilla-t-elle. Après un choc, il faut boire. Tu as eu peur, mon enfant ?

— Oui, dis-je d'une voix étranglée. J'ai peur de lui.

— Il ne t'ennuiera plus. Et si ça se produit encore, viens me le dire.

Je fis un signe d'assentiment, mais je n'étais pas complètement rassurée. Mère Entine m'obligea à revêtir, pour vaquer aux travaux de la ferme, un vieux tablier informe qui dissimulait parfaitement mon corps et que je mis tous les jours. Elle fit installer par Thomas un verrou à la porte de ma chambre, en me recommandant de bien la fermer chaque soir. Et, dans la journée, elle ne s'éloignait jamais beaucoup, afin de pouvoir accourir au moindre appel. Sa présence me rassurait. Au cours des jours suivants, Léon sembla me laisser tranquille, ne m'adressant plus la parole et affectant de m'ignorer. Pourtant, je continuais à me méfier. Je remarquais trop souvent son regard lourdement appuyé sur moi, qui semblait sans cesse me guetter, comme un animal prédateur guette sa proie en sachant que, tôt ou tard, il parviendra à l'attraper.

***

Thomas était chez nous depuis bientôt trois ans. Courageux, il s'acquittait parfaitement de ses multiples tâches. Léon l'appréciait uniquement en fonction du travail qu'il fournissait, mais mère Entine et moi, nous l'aimions pour sa gentillesse, sa discrétion, et l'aide qu'il nous apportait, parfois, pour des attentions auxquelles Léon ne nous avait pas habituées. Ainsi, par exemple, il nous retirait des mains une lessiveuse trop lourde et la portait sur le feu à notre place. Avec ses larges épaules, ses yeux clairs, son visage hâlé par les travaux des champs, il était séduisant. Mon amie Joséphine, lorsqu'elle le rencontrait, ne manquait jamais de lui faire des sourires qui m'agaçaient.

— C'est un beau garçon, me confiait-elle ensuite. Moi, à ta place, je lui ferais de l'œil, rien que pour le troubler. Ça m'amuserait. Pas toi ?

Je haussais les épaules. Je n'avais aucune envie de m'amuser à troubler Thomas. Il était mon ami. Contrairement à Léon, il n'avait jamais de regards appuyés ou déplaisants. Il se comportait toujours avec respect, et lorsque je me trouvais seule avec lui, je me sentais en sécurité.

Un jour, je l'interrogeai sur ses années d'enfance à l'orphelinat. Il me décrivit un univers si triste, si dépourvu d'amour, que j'en eus les larmes aux yeux. Jamais une parole d'affection, mais des punitions et des coups à la moindre occasion. Des surveillants sévères, impitoyables, parfois injustes ; des enfants terrorisés, et d'autres qui, vicieux, se comportaient d'une façon dont il refusa de parler. Il conclut, malheureux :

— Tu n'as pas connu tes parents, Pauline, mais au moins, tu sais qui ils étaient. Tu sais que, s'ils avaient vécu, ils t'auraient aimée. Moi, j'ai été abandonné. Un de nos surveillants ne cessait de nous répéter que nous étions le rebut, la lie, et que, si nous étions là, c'était parce que nous étions tellement affreux que même notre mère n'avait pas voulu de nous.

Je lui affirmai que je ne le trouvais pas affreux du tout, bien au contraire. Il me sourit et resta un instant penché vers moi, ses yeux dans les miens. J'eus envie de lever ma main jusqu'à sa joue et de la caresser doucement, mais je n'osai pas. Troublée, je me détournai et je m'en allai.

Le soir, dans mon lit, je pensai à notre conversation. Moi qui me trouvais malheureuse lorsque je comparais ma vie à celle de Joséphine, qui avait ses parents, je venais de découvrir que Thomas avait été bien plus malheureux encore. D'après ce qu'il m'avait confié, personne, jamais, ne l'avait aimé. J'imaginais Thomas, petit garçon assoiffé de tendresse, ne recevant que brimades et punitions, sans personne pour le consoler lorsqu'il avait de la peine. Je me sentis fondre de pitié, et je me dis que je ne l'aimerais jamais assez pour compenser le manque d'amour dont il avait souffert.

***

Je suivais le conseil de mère Entine, et chaque soir je tirais soigneusement le verrou dans ma chambre. Thomas, qui l'avait posé, ne demanda rien. Avait-il compris ? Je n'osai pas, moi non plus, aborder ce sujet avec lui. Je n'en avais même pas parlé à mes grands-parents, ni à mon oncle Georges. Seule mère Entine était au courant. Et je savais qu'elle me protégerait.

Mais, l'année de mes seize ans, un après-midi de février, mère Entine revint du poulailler, où elle était allée ramasser les œufs, en se massant la tête avec une grimace de douleur :

— Je ne sais pas comment j'ai fait mon compte, mais je me suis cognée. Tellement fort que j'ai eu un voile rouge devant mes yeux. J'en suis encore tout abrutie.

Je lui proposai le remède qu'elle avait souvent utilisé avec moi, dans mon enfance, et mouillai un torchon qu'elle appliqua à l'endroit douloureux. Puis, sans plus y penser, elle continua ses tâches. Moi-même, je n'y prêtai pas davantage attention. Nous étions habituées à être dures avec nous-mêmes. Le travail de la ferme exigeait une santé robuste, une disponibilité constante, et ne nous permettait pas de nous « écouter » au moindre bobo. Mais, environ une heure plus tard, tandis qu'elle démoulait les livres de beurre pour les envelopper dans leur papier, mère Entine s'arrêta subitement, parut vaciller, se retint à la table, me regarda comme si elle éprouvait une grande difficulté à me distinguer :

— Je ne sais pas ce que j'ai… je vois tout noir. Et… on dirait que je vais tomber. Je… je ne me sens pas bien.

Je remarquai qu'elle donnait l'impression de ne tenir debout qu'à grand-peine. Jamais je ne l'avais vue ainsi. J'approchai une chaise, je l'aidai à s'y asseoir. Elle voulut me parler, mais ne parvint qu'à émettre des sons incompréhensibles. Soudain, elle bascula vers l'avant, et je n'eus que le temps de la retenir. Je repris le torchon que je trempai dans l'eau froide et je bassinai son visage, son front, ses tempes. La fraîcheur de l'eau sembla lui rendre quelque lucidité. Elle ouvrit des yeux égarés :

— Que... Que... ?

— Mère Entine..., dis-je, de plus en plus inquiète. Peux-tu aller jusqu'à ton lit ? Il faut t'allonger.

Elle fit un effort, se leva, se retint à moi pour ne pas tomber. Je la conduisis jusqu'à sa chambre, qui était la plus proche, mais je dus la soutenir à chaque pas, et, à plusieurs reprises, elle vacilla tellement que je faillis tomber avec elle. Elle s'effondra sur son lit, et je l'installai du mieux que je pus, couchée sur le dos. Je me penchai sur son visage hagard :

— Comment te sens-tu ? Désires-tu quelque chose ?

Elle tenta de me répondre, d'une voix pâteuse prononça quelques mots que je ne compris pas. Puis elle ferma les yeux et ne bougea plus, sourde à mes appels. J'eus peur. Que devais-je faire ? J'étais seule à la maison. Léon et Thomas étaient partis aux champs semer de l'avoine. De plus en plus affolée, je pensai à aller chercher de l'aide chez mes grands-parents. J'allai décrocher mon gilet de laine, sortis de la ferme en courant et, sans ralentir mon allure, continuai à courir jusqu'à la « Cense aux alouettes ». J'arrivai en trombe dans la cour, aperçus ma grand-mère qui revenait de la remise avec un seau rempli de charbon :

— Mémère Hiette ! Viens vite ! criai-je. Mère Entine est malade. Elle est couchée. Elle ne me répond plus.

Ma grand-mère ouvrit la porte de la cuisine :

— Entre. Et calme-toi, voyons. Que se passe-t-il ?

Elle posa le seau près du feu, me regarda, déjà inquiète. Comme moi, jamais elle n'avait entendu dire que mère Entine se fût couchée en plein jour. Encore essoufflée, je racontai ce qui s'était passé. Ma grand-mère fronça les sourcils :

— Je viens avec toi, Pauline. Si elle ne répond plus quand tu lui parles, c'est bizarre.

Nous reprîmes le trajet en sens inverse. Mère Entine

était toujours dans le même état. Ma grand-mère se pencha sur elle, l'appela, la secoua. Mère Entine ne réagit pas, n'essayant même plus de répondre, exactement comme si elle n'entendait pas. Son visage était livide, la peau tendue, les lèvres blanches, presque incolores. Je regardai ma grand-mère, qui secoua la tête avec appréhension :

— Qu'est-ce qu'elle a ? demandai-je.

— Je ne sais pas. Va chercher le docteur Deberle.

Je courus de nouveau. Chez le médecin, sa femme m'annonça qu'il était parti faire ses visites, et elle promit de nous l'envoyer dès son retour. Je revins, réconfortée malgré tout de retrouver ma grand-mère près de mère Entine. Au moins, je n'étais plus seule. Et puis, le médecin, que nous n'appelions jamais parce que nous n'étions jamais gravement malades, ne tarderait pas à arriver. Et lui, il saurait soigner et guérir ma mère Entine.

J'allai de nouveau la voir. Elle était toujours immobile. Elle semblait être ailleurs. Je l'appelai, je la touchai, sans qu'elle réagît. Désorientée, je retournai dans la cuisine, où ma grand-mère terminait d'envelopper les livres de beurre. Je me mis à l'aider, en espérant que cette occupation chasserait un peu mon inquiétude. Depuis ma naissance, jamais je n'avais vu mère Entine malade ou alitée. Elle avait quelquefois un rhume ; elle avait eu, l'année de mes onze ans, une assez forte grippe, mais elle ne s'était pas couchée et, malgré la fièvre, elle avait continué à travailler. C'était elle qui, depuis toujours, s'occupait de tout, inlassablement, du matin au soir. Sans elle, sans ses conseils, j'étais perdue.

Le médecin n'arrivait pas, et je le guettais par la fenêtre, comme si cela eût suffi à le faire venir plus vite. Le temps s'étirait, interminable. Il me semblait que nous attendions depuis une éternité lorsque, enfin, je vis le docteur Deberle traverser la cour. Je le conduisis sans tarder au chevet de mère Entine. En même temps, d'une voix crispée par l'anxiété, je lui racontai ce qui s'était passé. Il ausculta mère Entine, écouta son cœur, souleva ses paupières et observa chacun de ses yeux. Puis, avec un grognement, il releva la tête :

— Hmmm, grogna-t-il de nouveau en se tournant vers moi. Elle s'est cognée, dis-tu?

J'acquiesçai, répétai mes explications. Il palpa le crâne de mère Entine avec précaution, écarta les cheveux, étudia avec attention l'endroit du coup reçu. J'observai son visage, vis son air sombre, ses sourcils froncés. Du seuil de la chambre, où elle attendait, ma grand-mère Henriette interrogea :

— Qu'a-t-elle, docteur? Est-ce grave?

Je regardai le docteur Deberle avec inquiétude. Son expression n'annonçait rien de bon, et il répondit brièvement :

— C'est son coup sur la tête. Je vais lui faire une saignée. Mais...

Il eut une moue qui exprimait le doute et ne termina pas sa phrase. Le cœur serré par une appréhension grandissante, j'apportai à ma grand-mère une bassine, qu'elle tint pendant la saignée. Je retournai dans la cuisine, malheureuse, désorientée. Si le docteur Deberle ne parvenait pas à soigner mère Entine, qu'allait-il se passer?...

Il revint après quelques instants, le visage toujours aussi sombre. Je levai vers lui un regard plein d'une interrogation que je n'osai pas formuler.

— Attendons jusqu'à demain, bougonna-t-il. Si d'ici là, elle n'a pas repris connaissance, tu viendras me prévenir.

Il sortit, accompagné par ma grand-mère. Je retournai dans la chambre. Mère Entine était toujours dans le même état. Je m'approchai, pris une de ses mains dans les miennes. Usée, sèche, pleine de cals, elle racontait une vie de labeur et de courage. Je regardai son visage cireux, ses yeux clos, ses cheveux gris. Allait-elle mourir? Tout mon être n'était qu'incrédulité et refus. Je ne voulais pas que mère Entine s'en aille, je ne voulais pas la perdre, c'était impossible, inacceptable.

Elle mourut quelques heures plus tard. Elle s'en alla sans bruit, glissant du sommeil étrange qui la maintenait hors de notre portée à une mort qui nous l'enlevait définitivement. Ce fut ma grand-mère Henriette qui s'en aperçut. Avec tristesse, avec douceur, elle me dit :

— Elle a passé... Va prévenir le docteur, Pauline. Et aussi monsieur le curé.

Égarée, je ne bougeai pas. Ma grand-mère insista :

— Va, mon enfant. Il n'y a plus rien à faire, maintenant.

En sanglotant, je courus jusqu'à la maison du docteur Deberle, où j'annonçai la douloureuse nouvelle à sa femme. Puis, au presbytère, j'exposai la situation à monsieur le curé, à travers mes pleurs.

Surpris et navré, il me promit néanmoins de venir sans tarder, et je repartis, toujours en sanglotant.

Quelques minutes après mon retour, il arriva, portant le viatique et tout ce qu'il fallait pour administrer l'extrême-onction. Grave, solennel, il se dirigea vers la chambre de mère Entine. Dans la cuisine, j'attendis. Lorsqu'il revint, ma grand-mère lui proposa une tasse de café. Il vit mes larmes, et m'expliqua qu'il ne fallait pas être triste, puisque mère Entine se retrouvait dans la béatitude éternelle. Un sursaut de révolte me fit protester :

— Mais elle m'a quittée, et j'ai de la peine.

Il me regarda avec bonté :

— Dieu a décidé de la rappeler à Lui, mon enfant. Que Sa volonté soit faite. Il faut l'accepter.

Mais mes larmes, brûlantes et désespérées, continuèrent à couler.

Après le départ de monsieur le curé, je sortis de la maison et, instinctivement, j'allai dans l'écurie. Bellot tourna sa bonne tête vers moi, et ses yeux, derrière ses œillères, m'interrogèrent. Je me jetai contre lui, entourai son cou de mes bras, posai ma joue contre son poil rugueux.

— Bellot! sanglotai-je. C'est mère Entine. Elle est...

Je fus incapable de prononcer le mot atroce. Je sanglotai éperdument dans le cou du cheval tandis qu'il remuait doucement la tête, grattait le sol de son sabot, poussait de faibles hennissements.

Ce fut ainsi que me trouva Thomas en rentrant des champs et en ramenant Papillon à l'écurie. Il savait déjà l'horrible nouvelle, et tandis qu'il s'occupait du cheval, en refoulant mes sanglots, je lui racontai les douloureux événements. Cette fois-ci, ce fut l'épaule de Thomas qui m'accueillit. Je pleurai longtemps, m'accrochant à lui, tandis qu'il bégayait des paroles de réconfort que je n'entendais pas. Puis, malheureux, ne sachant plus que dire, il se contenta de me tenir contre lui en silence, attendant patiemment que cesse ma crise de larmes.

Lorsque je relevai la tête, un peu calmée, je vis, dans l'obscurité qui commençait à envahir la petite pièce, les yeux clairs de Thomas. Ils me regardaient avec une expression qui rendit mon cœur moins douloureux. Je m'écartai avec un dernier sanglot. Je compris qu'il avait de la peine, lui aussi. Je savais qu'il aimait bien mère Entine. Au cours des trois ans qu'il avait passés chez nous, il m'avait souvent répété qu'elle représentait, pour lui, la grand-mère qu'il n'avait jamais eue.

Je revins dans la maison. Léon était dans la cuisine, avec ma grand-mère Henriette. Je lui jetai un coup d'œil rapide. Je lui vis un air inhabituel, perdu, comme si lui non plus ne pouvait pas admettre que sa mère fût couchée, immobile, indifférente aux travaux de la ferme qui avaient toujours occupé sa vie.

Pourtant, ceux-ci ne se laissaient pas oublier. L'heure de la traite arriva et les vaches se mirent à meugler. Il fallut y aller. Pour la première fois depuis que je faisais ce travail, mère Entine n'était pas avec moi. Ce fut Thomas qui m'aida. Ma grand-mère Henriette était repartie traire ses propres vaches, me promettant de revenir dès que possible.

Des images oubliées de mon enfance me revenaient pêle-mêle : mère Entine me consolant d'une chute ; mère Entine me protégeant des brutalités de Léon ; mère Entine me souriant avec fierté lors de mon retour du certificat d'études ; et une autre encore, plus lointaine, à la limite de mes souvenirs, alors que j'étais toute petite : mère Entine me prenant sur ses genoux — sur son *écour*, comme elle disait — le soir, près du feu, tandis que, blottie dans ses bras, je m'endormais avec confiance en croyant, dans mon innocence d'enfant, que ce refuge ne me serait jamais enlevé.

Sophie, l'une de nos voisines, qui habitait la ferme la plus proche, vint aider ma grand-mère Henriette à faire la toilette de mère Entine. Lorsque je la vis, allongée sur son lit, habillée d'une chemise de nuit blanche, le visage rajeuni et serein, une sorte de ressentiment se mêla à mon chagrin. Était-elle donc heureuse, là où elle était partie ? N'éprouvait-elle aucun remords de m'avoir laissée, sachant bien que sans elle je serais effondrée ? Je ne savais que croire.

Le lendemain, les gens du village défilèrent. Une sincère navrance rendait leur visage grave et triste tandis qu'ils l'observaient sur son lit de mort, qu'ils prenaient la branche de buis posée dans un verre d'eau bénite et qu'ils traçaient au-dessus du corps un signe de croix. Mère Entine était aimée de tout le monde. Toujours affable, toujours accueillante, respectueuse des conventions, elle avait une manière particulière de bavarder avec les femmes qui venaient, à la ferme, acheter du beurre ou des œufs. Elle s'intéressait à leur vie, elle n'oubliait pas de demander des nouvelles de leur mari :

— Et Florimond, comment va-t-il ? Priez-lui le bonjour de ma part.

Et la façon chaleureuse dont elle lançait, au départ de chacune d'elles, son « Quand vous voudrez ! » leur donnait l'envie de revenir à la moindre occasion.

Ma grand-mère Henriette passa avec moi les deux journées qui précédèrent l'enterrement. Mon grand-père vint veiller avec Léon la première nuit, et mon oncle Georges le remplaça pour la seconde. Léon ressemblait à un enfant perdu, et je me disais avec étonnement qu'il était peut-être capable d'aimer et que, à sa façon, il avait sans doute aimé sa mère.

Mon chagrin était immense. Pour me consoler, ma grand-mère Henriette me répétait que mère Entine était partie sans souffrir.

— Rappelle-toi ce qu'elle disait souvent, Pauline. Elle

avait peur de «*donner des russes*». Au moins, sur ce plan, elle a été exaucée.

C'était vrai. Mère Entine avait toujours souhaité mourir rapidement, afin de ne pas *donner des russes* aux autres, c'est-à-dire peser sur leur existence par un état de dépendance qui exigeait des soins constants. Mais moi j'aurais voulu qu'elle ne meure pas tout de suite, pas si vite. Elle avait soixante-cinq ans, elle pouvait vivre encore de longues années avant de partir et de me laisser.

Coquette était aussi malheureuse que moi. Mère Entine était, pour elle, la mère qui l'avait nourrie alors qu'elle venait de naître, qui l'avait sauvée de la mort. La pauvre chienne allait de côté et d'autre en gémissant, cherchant la maîtresse qu'elle aimait. Le va-et-vient des personnes qui, toutes, se dirigeaient vers la chambre de mère Entine, la désorientait. La maison elle-même participait à ce deuil cruel : les volets demeuraient fermés, la grande horloge était arrêtée, et un drap avait été tendu sur le miroir de la grande salle.

Mon grand-père affirma que les animaux de la ferme devaient être prévenus de la mort de leur maîtresse. Je l'avais déjà annoncé à Bellot et à Papillon. Je l'annonçai également aux vaches, à travers mes larmes, lors de la traite du lendemain. Je le dis aussi aux poules, aux cochons, aux lapins. Puis je pris Coquette sur mes genoux, et je lui appris qu'elle ne verrait jamais plus mère Entine. Ses bons yeux, doux et confiants, me regardèrent avec tristesse tandis que je pleurais. Avait-elle compris? En tout cas, elle cessa ses allées et venues et ses gémissements. Elle alla se coucher sur le vieux sac qui lui servait de tapis, près du poêle, et elle resta là, la tête posée sur les pattes de devant, immobile et silencieuse, nous suivant d'un regard malheureux.

Le jour de l'enterrement, le cercueil qui contenait le corps de mère Entine fut placé sur le corbillard habillé, ainsi que le cheval qui le tirait, de tentures noires bordées d'argent. Au cours de la messe, l'église fut comble. Tout le village avait tenu à venir dire un dernier adieu à mère Entine. Monsieur le curé fit son éloge funèbre, rappelant sa bonté, sa droiture, son courage. Pendant ce temps-là, sous mon épais voile de deuil, je ne pouvais que pleurer. Le départ de mère Entine me donnait l'impression de me retrouver perdue dans un univers lugubre et froid.

4

Cette sensation persista au cours des jours suivants. Plus de mère Entine le matin, lorsque j'arrivais dans la cuisine. Elle avait toujours été là, levée avant moi, en train d'allumer le feu et de préparer le café. Maintenant, au lieu du poêle qui ronflait joyeusement et de la bonne odeur du café moulu, j'étais accueillie par une pièce froide, obscure, hostile. Même Coquette ne venait plus frétiller autour de moi pour me souhaiter le bonjour. Elle demeurait couchée sur son sac, apathique, m'observant douloureusement et remuant à peine le bout de sa queue.

C'était moi qui allumais le feu, qui faisais le café. J'allais tout de suite frapper à la porte de la chambre de Thomas, située près de l'écurie. Je ne voulais pas me trouver seule avec Léon lorsque celui-ci se lèverait. Pourtant, depuis le décès de sa mère, il affichait un visage morne et m'ignorait complètement, ne m'insultant plus et ne m'adressant même plus ses ordres habituels. J'étais satisfaite de cette indifférence, et je souhaitais qu'elle durât toujours.

Plus de mère Entine, non plus, pour faire avec moi les travaux de la ferme. C'était Thomas, dorénavant, qui venait m'aider à traire les vaches. Ensuite, comme il partait le plus souvent aux champs avec Léon, je m'occupais seule des autres animaux et de leur nourriture, je faisais le beurre, je préparais les repas, je lavais la maison. Les tâches se succédaient, et je n'arrêtais pas un seul instant.

Le fait d'être occupée constamment m'aidait à surmonter ma peine, mais, parfois, absorbée par mon travail, j'oubliais que mère Entine n'était plus là. Ainsi, quelques jours plus tard, alors que je tournais la manivelle du *culbutant*, au moment où il fallait ajouter de l'eau, je relevai la tête pour appeler mère Entine afin de lui demander son avis. Toujours, à ce moment-là, elle venait vérifier. Alors que je m'apprêtais à crier son nom, je réalisai brutalement qu'elle était partie définitivement, et que je ne pouvais plus l'appeler. En refoulant mes larmes et en serrant les dents, je terminai mon travail, avec l'insupportable sensation d'être seule, irrémédiablement.

Chaque jour, lorsque Thomas et Léon partaient aux champs, malgré les personnes qui venaient chercher leur lait ou acheter des œufs, je demeurais seule. Thomas, qui avait compris mon chagrin, venait me proposer son aide dès qu'il rentrait des champs, et tout en travaillant nous bavardions. Je lui parlais de mère Entine, je lui racontais des souvenirs d'enfance, et je lui étais reconnaissante de m'écouter et de s'intéresser à mes récits.

Un jour de la semaine suivante, Sophie, notre voisine, arriva alors que je démoulais le beurre. C'était mère Entine qui s'était toujours chargée de ce travail, et je ne m'y prenais pas très adroitement. L'une des livres de beurre glissa et, en voulant la retenir pour éviter qu'elle ne tombe par terre, j'imprimai la trace de mes doigts sur la surface lisse et tendre.

— Laisse-moi t'aider, Pauline, proposa Sophie. J'ai fait ça toute ma vie. Je m'y connais.

Elle termina mon travail, avec une rapidité et une adresse qui suscitèrent mon admiration. Je le lui dis. Elle hocha la tête et sourit tristement :

— Merci de tes compliments, Pauline. Ma belle-fille, elle, veut faire tout le travail elle-même, y compris le beurre. Elle trouve que je ne le fais pas à son idée, que je le lave trop, simplement parce que je le lave plusieurs fois, et que je le relave encore après l'avoir salé. Mais toi, c'est ce que tu fais aussi, non ?

J'acquiesçai d'un signe de tête. Je savais, comme tout le monde dans le village, que la belle-fille de Sophie était particulièrement autoritaire et qu'elle voulait tout régenter.

— Il y a d'autres travaux qu'elle ne veut plus me laisser faire, continuait Sophie. La nourriture des cochons, par exemple, parce qu'elle dit que je mets trop de petit lait. Je n'ai même plus le droit de jeter le grain aux poules, il paraît que je leur en donne trop, là aussi. Si je proteste, elle me répond que j'ai soixante ans et que j'ai l'âge de me reposer. Je n'ai jamais vu ça ! Moi, j'ai toujours travaillé, et ça ne me gênerait pas de continuer. Si je ne fais rien, je tourne en rond et je m'ennuie. Mais comment expliquer ça à ma belle-fille ? Elle est aussi têtue qu'une mule.

J'eus soudain une idée :

— Si vous vous ennuyez, vous pouvez toujours venir m'aider. Sans mère Entine, je suis un peu perdue. Ma grand-mère Henriette a sa propre ferme, et je ne veux pas trop lui demander.

Sophie fut enchantée et, dès le lendemain, elle vint m'apporter son aide une heure ou deux par jour, au moment des soins à donner aux animaux. Bien sûr, ce n'était pas mère Entine, mais au moins, je n'étais plus complètement seule pour faire tous les travaux, et je me sentais un peu réconfortée.

Les animaux de la ferme semblaient avoir accepté l'absence de mère Entine. L'une de nos vaches, Noiraude, avait retenu son lait la première fois où Thomas avait voulu la traire. J'avais remplacé Thomas, ce soir-là, et tout était rentré dans l'ordre. Coquette, par contre, se laissait dépérir. Elle demeurait toute la journée sur son sac, près du feu, et ne touchait pas à la nourriture que je lui donnais. Son attitude m'inquiétait. Léon, avec indifférence, haussait les épaules et affirmait que, si elle ne mangeait pas, c'est qu'elle n'avait pas faim, et que ça finirait bien par lui passer. Thomas se penchait sur la chienne avec sollicitude, lui parlait, l'incitait à prendre un peu de nourriture. Mais Coquette le regardait de ses bons yeux malheureux et ne réagissait pas. Elle maigrissait, devenait de plus en plus faible.

Tous les après-midi, j'allais au cimetière, jusqu'à la

tombe de mère Entine. C'était le seul moment où Coquette acceptait de sortir de son apathie. Elle me suivait dans l'humidité glaciale du mois de février. Arrivée à la tombe, elle reniflait la terre, se couchait et, comme si elle avait senti que sa maîtresse se trouvait là, elle refusait de revenir avec moi lorsque je repartais. Je devais l'appeler, insister, et lorsqu'elle finissait par obéir, elle me donnait l'impression de le faire à contrecœur.

Après plusieurs jours, il y eut un après-midi où elle refusa obstinément de quitter la tombe. J'étais, ce jour-là, accompagnée de grand-mère Henriette. Celle-ci regarda la chienne avec pitié :

— Laisse-la, Pauline. Elle reviendra bien toute seule. Elle est malheureuse. Elle a compris que sa maîtresse est ici, et elle veut rester près d'elle.

J'appelai encore une fois mais, volontairement sourde, la chienne ne bougea pas. J'eus envie de la gronder, de la ramener de force à la maison. Mais je vis son regard, suppliant et désespéré, et je la laissai.

Vers la fin de l'après-midi, elle n'était toujours pas rentrée. Ma grand-mère Henriette était repartie chez elle, et je voulus aller voir ce que devenait Coquette avant le retour de Léon et de Thomas. De plus, l'obscurité commençait à tomber, et je ne voulais pas laisser notre pauvre chienne passer la nuit dehors. Peut-être aussi avait-elle été prise de faiblesse en revenant à la maison... Elle ne se nourrissait plus et perdait ses forces de jour en jour.

Je sortis et marchai rapidement jusqu'au cimetière. Une fine pluie glaciale s'était mise à tomber et, malgré mon épais manteau, je grelottais. Je regardais autour de moi, sur le trottoir, le long des maisons, mais je ne vis Coquette nulle part. En arrivant au cimetière, dans l'allée qui conduisait à la tombe de mère Entine, je l'aperçus de loin, couchée sur la terre dans l'attitude où je l'avais laissée, immobile sous la pluie qui tombait. Je m'approchai, l'appelai doucement :

— Coquette ! Viens, ma chienne, viens. Ne reste pas là.

Elle ne fit pas un mouvement. Je me penchai sur elle, la caressai. Elle ne remua pas davantage. Je l'observai, et je me rendis compte qu'elle ne bougerait plus jamais. Elle avait choisi de mourir là, sur la tombe de la maîtresse qu'elle avait aimée. Ne pouvant accepter la séparation, elle était allée la rejoindre. Les yeux pleins de larmes, je pris son corps trempé contre moi et je la ramenai à la maison.

Thomas creusa un trou, au fond du jardin, et j'y déposai notre pauvre chienne. J'avais de la peine. Depuis dix ans, Coquette vivait avec nous ; elle nous avait apporté son affection fidèle, et je revoyais le chiot minuscule que mère Entine avait sauvé de la mort. La maison, déjà privée de mère Entine, me parut encore plus vide. Sophie, pour me consoler, m'apprit que sa chienne était gravide, et me promit de réserver un des chiots pour moi. Je la remerciai, mais ma peine demeura toujours aussi forte.

La façon dont Coquette était morte attendrit tout le village. Les personnes qui venaient à la ferme étaient unanimes à approuver une fidélité et une affection qui avaient ainsi défié la mort. Il me venait, parfois, aux instants où je me sentais très malheureuse, le regret de ne pouvoir faire la même chose.

De plus, l'attitude de Léon changeait. Il perdait son indifférence et recommençait à m'observer de ce regard qui glissait sur moi comme quelque chose de sale et de gluant. Lorsque je surprenais cette expression déplaisante dans son œil unique, je lui tournais le dos, mais je ne pouvais m'empêcher d'éprouver une appréhension grandissante. Mère Entine n'était plus là pour me protéger, et j'avais peur.

Un matin de la fin du mois, alors que je revenais de la cour et que je me penchais sur le feu pour allumer le petit bois, Léon entra dans la cuisine. Je surpris son regard et je me redressai, inquiète de me trouver seule avec lui. Avant que je puisse me retourner, il s'approcha de moi, m'attrapa par-derrière et, comme la fois précédente, il se mit à me tripoter partout, palpant mon corps de ses mains brutales, me pétrissant les seins, les cuisses, le ventre. Je me débattis, je criai :

— Lâchez-moi!

Peine perdue. Il me maintenait contre lui, et je n'étais pas de taille à lutter contre sa force. Je me penchai en avant, voulus saisir le tison, n'y parvins pas. Et pendant tout ce temps, les mains de Léon continuaient leur odieuse exploration, me donnant la nausée. Affolée, je hurlai :

— Au secours! Au secours!

J'entendis, à travers les grognements bestiaux de Léon, la porte de la cuisine qui s'ouvrait. J'entendis une exclamation horrifiée, des pas précipités, puis la voix de Thomas :

— Patron! Arrêtez, patron! Laissez-la!

Léon ne me lâcha pas tout de suite. Thomas dut lui saisir les bras, le tirer vers l'arrière. Léon, furieux, se retourna et l'apostropha :

— De quoi te mêles-tu, toi?

Je me libérai et m'enfuis. Je courus m'enfermer dans ma chambre. La cuvette, sur la commode, contenait encore l'eau dont je m'étais servie pour me laver. J'y trempai un coin de la serviette, me frottai le visage, le cou, les poignets. Je tremblais de frayeur et de répulsion. J'attendis jusqu'à ce que je fusse à peu près calmée, puis je me décidai à sortir de ma chambre. Je ne pouvais pas rester là indéfiniment. Il y avait le feu à allumer, le café à faire, la première traite des vaches, puis le petit déjeuner à préparer, sans compter les autres tâches de la matinée.

J'entrouvris la porte avec précaution, revins dans la cuisine. Thomas garnissait de charbon le feu qu'il avait allumé. Léon n'était plus là. Je poussai un soupir de soulagement.

— Il est sorti, annonça Thomas. Que s'est-il passé?

Je vis son expression contrariée et inquiète. Je m'approchai de lui, décidée à lui dire la vérité et à lui demander son aide.

— Il m'a attrapée par-derrière alors que j'allumais le feu. Il l'avait déjà fait une fois, mais mère Entine l'avait surpris et tant qu'elle était là, avec moi, il n'osait pas recommencer. Mais maintenant... j'ai peur, Thomas.

Il hocha la tête avec compréhension :

— C'était le jour où j'ai mis le verrou à la porte de ta chambre ?

— Oui. La nuit, je m'enferme. Mais le matin...

— Écoute, dit Thomas, voilà ce que nous allons faire. Autant que possible, dans la journée, lorsque je serai à la ferme, je m'arrangerai pour ne jamais être loin de toi, et si je suis avec Léon, je le surveillerai sans en avoir l'air. Et puis, le matin, je me lèverai avant toi, et je viendrai frapper aux volets de ta chambre comme ça. — Il donna trois coups brefs et rapprochés sur la table. — Ça voudra dire que tu peux venir dans la cuisine, j'y serai avec toi. Et le soir, j'attendrai que tu sois partie t'enfermer dans ta chambre pour regagner la mienne. En bref, je serai toujours là pour l'empêcher d'être seul avec toi.

Je sentis mon appréhension se dissiper un peu, et je souris faiblement à Thomas :

— Merci, Thomas.

— À mon avis, ajouta-t-il, tu devrais en parler à tes grands-parents. Moi, je ne suis que le valet de ferme, et je dois obéir aux ordres. Si Léon décide de me renvoyer, je ne pourrai rien faire.

Je réfléchis un instant, mais je finis par secouer la tête :

— Non. Si je parlais à mes grands-parents, ils seraient furieux, ils menaceraient Léon, et lui, il ne les écouterait pas. Il trouverait un moyen de se venger sur moi ensuite. J'ai peur de lui.

Je me souvenais trop bien de ses menaces, lorsqu'il me frappait dans mon enfance, me promettant les pires représailles si je me plaignais à qui que ce fût de ses brutalités. Maintenant, ses brutalités avaient changé de nature, et je me disais que j'aurais encore préféré les coups et les injures des années précédentes.

Nous fîmes ce que Thomas avait dit. Le matin, il frappait aux volets de ma chambre, et le soir, il ne regagnait sa chambre que lorsque je m'étais enfermée dans la mienne. Dans la journée, s'ils étaient aux champs, pas de problème. Lorsqu'ils étaient à la ferme, Thomas ne s'éloignait jamais beaucoup. De mon côté, je retenais le plus possible Sophie, lorsqu'elle venait m'aider. La brave femme était contente de voir que j'appréciais sa présence, et elle ne se faisait pas prier pour rester plus longtemps. Elle me remerciait de lui permettre de se rendre utile, contrairement à sa belle-fille, qui ne la laissait plus rien faire. Mais cette solution que nous avions trouvée, Thomas et moi, m'apparaissait fragile et provisoire lorsque je surprenais le regard que Léon continuait à poser sur moi.

Le mois de mars arriva. Dans notre jardin, les jonquilles fleurirent. J'en faisais des bouquets, que je portais sur la tombe de mère Entine. Dès que le travail de la ferme me laissait un peu de temps, j'allais chez mes grands-parents, ou bien je conviais ma grand-mère Henriette à venir me rendre visite. Lorsque je voyais le sourire chaleureux et le regard plein d'affection de mon oncle Georges, j'avais envie de me confier à lui et de lui parler de l'attitude de Léon. Mais je n'osais rien dire.

Deux ou trois semaines passèrent, et notre organisation, à Thomas et à moi, fonctionnait parfaitement. Je parvenais à ne jamais me trouver seule avec Léon. Pourtant, un jour, notre vigilance fut mise en défaut.

C'était le dix-neuf mars, jour de la Saint-Joseph, qui marquait la date limite de plantation des pommes de terre. Léon avait annoncé, quelques jours avant, que toutes ses pommes de terre chaudes étaient plantées. Ce matin-là, il envoya Thomas porter, chez le bourrelier, une pièce de harnais qui devait être réparée. Thomas ne put qu'obéir, et je ne m'inquiétai pas, parce que Sophie était avec moi.

Mais, quelques minutes après le départ de Thomas, Jeannette, la petite-fille de Sophie, arriva, l'air affolé :

— Mémère Sophie ! Viens vite ! Rémi s'est brûlé avec la bassine d'eau bouillante. Il pleure. Maman m'a envoyée te chercher.

Je savais que Rémi, âgé de deux ans, était un petit garçon éveillé, espiègle et curieux. Rien ne lui faisait peur, et il fallait sans cesse le surveiller pour éviter qu'il ne tombe, se brûle ou se blesse.

Sophie laissa en plan l'écrémeuse qu'elle était en train de laver et suivit sa petite-fille.

— J'arrive. Mon Dieu, ce n'est pas grave au moins? Ne pouvais-tu l'en empêcher? Tu sais bien qu'il touche à tout. Excuse-moi, Pauline, me lança-t-elle en partant. Il faut que j'y aille. Tu sauras bien terminer toute seule.

Je ne pus que la laisser partir tandis que fondait sur moi la pensée que j'allais demeurer seule avec Léon. Il était dans la grange, et tout en finissant de nettoyer l'écrémeuse, je lançais de ce côté des regards emplis d'appréhension. En même temps, je guettais le retour de Thomas.

Lorsque j'eus terminé mon travail, j'allai reporter l'écrémeuse dans la remise située près de l'étable. Je venais de la poser, et je me détournais pour sortir, lorsque Léon entra et fonça vers moi. En voyant l'expression de son visage, je me figeai. Sans un mot, comme la fois précédente, il m'attrapa brutalement; il me coinça contre lui d'une main, et de l'autre se mit à pétrir violemment mes seins. En même temps, il soufflait, il grognait, et je voyais son visage, près du mien, son œil blessé et sa cicatrice, et je sentais sa main continuer son exploration. Je tentai de me débattre, j'appelai :

— Thomas! Au secours, Thomas!

La main de Léon descendit sur mon corps, vint s'immobiliser entre mes cuisses. Je me cabrai, hurlai de nouveau :

— Au secours! Au secours!

Par la porte demeurée ouverte, j'entendis une voix, en écho à la mienne, qui s'écriait :

— Eh bien! Que se passe-t-il, ici?

Avec un soulagement indescriptible, je vis s'encadrer, sur le seuil, la silhouette massive de Norbert, le facteur, qui faisait sa tournée du matin. J'aperçus son bon visage rond, son air étonné. Je criai instinctivement :

— Au secours, Norbert!

Il s'avança, et l'expression de son visage se fit ahurie. Il bégaya :

— Mais... mais... Ah ben!...

Léon se redressa, se retourna. En grommelant des paroles indistinctes, il passa près de Norbert et sortit de la remise. Je demeurai appuyée à la table, tremblante, au bord des larmes. Norbert, qui me connaissait depuis mon enfance, s'approcha avec sollicitude :

— Pauline, tu vas bien ?...

Je constatai, en voyant son regard empli d'effarement et de pitié, qu'il avait tout compris. Je tentai de me calmer, de cesser de trembler. Le dégoût provoqué par les gestes obscènes de Léon me donnait la nausée. Je respirai un grand coup :

— Merci, Norbert, d'être arrivé alors que...

— Je t'ai entendue appeler au secours, Pauline, et j'ai eu peur. J'ai cru que tu étais blessée. Je n'aurais jamais pensé que... Ah ben ! répéta-t-il en secouant la tête comme quelqu'un qui a reçu un coup et qui cherche à retrouver ses esprits.

Je l'emmenai dans la cuisine, lui offris de s'asseoir, et me laissai moi-même tomber sur une chaise, les jambes faibles. Norbert, embarrassé, ne savait que dire. Il tendit une enveloppe qu'il tenait à la main et que je n'avais pas remarquée.

— J'apportais ça. Elle vient de Belgique.

À travers le brouillard tremblant qui m'environnait encore, je reconnus l'écriture de Georgina. Depuis que nous nous étions rencontrées, nous nous écrivions régulièrement. Je lui avais annoncé, peu de temps auparavant, la mort de mère Entine. Cette lettre était sans doute sa réponse.

— C'est Georgina, dis-je. Voulez-vous un peu de café ?

C'était ce que mère Entine faisait toujours, lorsque Norbert nous apportait du courrier : lui offrir du café, ou, si la matinée était plus avancée, un bol de soupe, qu'il appréciait toujours l'hiver. Je continuais la tradition. Tandis que je prenais la cafetière toujours prête sur le coin du feu, j'aperçus, par la fenêtre, Thomas qui revenait et se dirigeait vers l'écurie. Peu de temps après, il attela Papillon et, avec Léon, partit pour les champs. Je poussai un soupir de soulagement.

Norbert, qui finissait de boire, reposa sa tasse et m'interrogea du regard :

— As-tu besoin d'aide, Pauline ? demanda-t-il maladroitement. Euh... je veux dire... Quand tu as appelé, tout à l'heure... Ça ne me regarde pas, bien sûr, mais est-ce que Léon... euh... il t'embête ?

Le tremblement et la nausée s'étaient apaisés. Je retrouvais peu à peu mon état normal. Norbert m'observait avec bonté. Il avait vu la scène, et je ne pouvais pas nier l'évidence. En rougissant, malheureuse, révoltée, honteuse, je dis, à voix basse :

— S'il vous plaît, Norbert, n'en parlez pas.

— Mais...

— Je ne veux pas qu'on sache, continuai-je d'un ton pressant. Je ne l'ai jamais dit à mes grands-parents. J'ai peur de la réaction de Léon. Me plaindre de lui attirerait sa colère et sa vengeance.

— Mais... protesta-t-il de nouveau. Il y a longtemps qu'il... ? Quand même, tu as besoin de protection, Pauline. Tout à l'heure, si je n'étais pas arrivé...

— C'est vrai, et je vous remercie, Norbert. Mais Thomas est toujours là, et il y a Sophie aussi. Je ne suis jamais seule avec Léon, j'y veille. Tout à l'heure, c'était un imprévu. Sophie a dû repartir subitement chez elle, et Léon en a profité. Mais ça ne se reproduira plus. Je ferai attention, dorénavant.

Il secoua la tête, refusant de se laisser convaincre :

— Ça ne me plaît pas, Pauline. Après ce que j'ai vu... te laisser ici et savoir que... non, ça ne me plaît pas.

— Ne vous inquiétez pas, Norbert. Je me débrouillerai. J'ai la protection de Thomas. Oubliez ce que vous avez vu et promettez-moi de ne pas en parler.

Il se leva, les sourcils froncés, visiblement contrarié :

— Si tu y tiens vraiment... Bien sûr, ça ne me regarde pas. Mais quand même...

Il sortit, et je le regardai partir en me demandant s'il tiendrait sa promesse. Mais, le lendemain et les jours suivants, en allant chez mes grands-parents, je pus constater qu'ils ne savaient rien. Mon oncle Georges se comporta envers moi comme d'habitude, me montrant les alouettes qui montaient dans le ciel en grisollant et me répétant combien ma mère les aimait :

— Chaque année, au printemps, elle guettait la première, et, dès qu'elle l'avait entendue, elle venait nous l'annoncer.

Je regrettai une fois de plus qu'elle n'eût pas vécu. Elle aurait su me protéger de Léon. Je poussai un profond soupir. Mon oncle Georges m'observa plus attentivement :

— Tu vas bien, ma petite Pauline ?

— Bien sûr, *mononc'* Georges.

Je tentai un faible sourire, ajoutai, pour le convaincre :

— C'est que... je suis triste, depuis que mère Entine n'est plus là.

Il hocha la tête avec compréhension :

— Oui, bien sûr. Mais nous t'aimons, ma petite Pauline. Tu peux venir nous voir quand tu veux.

J'acquiesçai, tout en songeant que, malgré tout, j'étais seule. Je n'osais pas me confier à eux. Par peur de Léon, d'abord. Une peur qui, depuis ma petite enfance, ne m'avait jamais quittée. Et puis, à l'idée de rapporter ce que faisait Léon, mes joues brûlaient de honte. Je m'en sentais incapable. Je n'avais que Thomas pour me protéger.

Je lui avais raconté, en profitant d'un moment où nous étions seuls, la scène que Norbert avait surprise. Furieux et mécontent, Thomas m'avait promis de redoubler de vigilance et m'avait conseillé, une nouvelle fois, de prévenir mes grands-parents. Là encore, je m'étais obstinée. Il avait fait cette menace :

— Si une pareille scène se produit encore une fois, c'est moi qui les préviendrai. C'est honteux, ce qu'il te fait ! Veux-tu donc te faire violer sans réagir ?

Je n'avais pas répondu, sidérée de constater chez Thomas, toujours calme et doux, une violence et une indignation qui, en même temps, m'étaient agréables, parce que je les devinais causées par le souci qu'il se faisait pour moi.

Léon, quant à lui, semblait avoir oublié la scène. Il ne m'adressait la parole que pour me donner des ordres, de ce ton bref, méprisant et agressif qu'il utilisait toujours envers moi. Il évitait de me regarder en face, mais je surprenais encore, de temps à autre, son œil fixé sur moi, me détaillant de cette manière que je détestais. Je redoublais de vigilance, et grâce à Thomas et à Sophie, je parvenais à ne jamais me trouver seule avec lui.

Mais, le dernier mardi de mars, eut lieu, dans notre village, le concours du Comice Agricole.

Ce concours, organisé par le Comice du canton, était toujours attendu avec impatience par les fermiers qui désiraient exposer un ou plusieurs animaux. Il y avait le choix entre vaches de tout âge et de toutes races, génisses, taureaux, veaux gras, moutons, porcs, chevaux hongres, juments pleines, poulains, brebis, chèvres, poules, lapins...

Léon y participait toujours. Cette année-là, il voulait présenter principalement Cartouche, notre taureau, certain de remporter avec lui le premier prix.

— Il pèse 1375 kilos. Il est superbe. Il ne peut que gagner, répétait-il.

Plus la date approchait, plus il s'excitait. Je dus repasser son costume, sa chemise blanche, brosser son pardessus et sa casquette des dimanches. Mon oncle Georges, de son côté, s'était inscrit pour le concours de conduite de chariots. Ce concours demandait beaucoup d'adresse, car il fallait conduire l'attelage, — à un ou deux chevaux — sur un parcours aux tournants difficiles, délimité par des billes de bois qu'il ne fallait pas renverser. Après avoir examiné les animaux, un jury déciderait du palmarès, et la distribution des prix et des diplômes était prévue, dans l'après-midi, à la mairie.

Le matin même, tous les animaux devaient être amenés sur la place pour neuf heures. Léon, qui s'était levé plus tôt que d'habitude, était prêt une heure avant, bouillant d'impatience. Je le vis partir avec soulagement, emmenant Thomas. Ils conduisaient tous deux Cartouche, qu'ils maintenaient à l'aide de cordes entourant l'animal, passant sous l'abdomen, sous les pattes, autour du poitrail et du mufle.

Je fis mon travail comme d'habitude, avec Sophie. Elle m'expliqua une fois de plus que son fils présentait une génisse en état de gestation, ainsi que Bella, leur pouliche de deux ans, et qu'il espérait avoir un prix avec l'une ou l'autre.

— Mais il y a tant d'animaux, Pauline ! Tous les fermiers du canton... ça en fait du monde ! C'est difficile de gagner.

Vers midi, Thomas et Léon revinrent. Ce dernier, rouge et encore plus excité, mangea gloutonnement, ne cessant de répéter, la bouche pleine, que Cartouche allait remporter le premier prix. Thomas ne disait rien, mais son regard, lorsqu'il se posait sur moi, me rassurait. Je savais que, tant qu'il serait à mes côtés, je ne risquerais rien.

Ils repartirent en début d'après-midi. La publication des résultats devait avoir lieu vers seize heures, et Léon ne voulait pas la manquer. Restée seule, je fis la vaisselle, mis de l'ordre, balayai la pièce. J'eus la visite de l'une de nos voisines, venue acheter des œufs. Elle bavarda quelques instants avec moi, parla du concours, puis s'en alla. L'après-midi s'avança. J'épluchai des pommes de terre, des carottes, des poireaux, les mis à cuire pour la soupe du soir, ajoutant du persil, du céleri, du thym, du cerfeuil, comme me l'avait appris mère Entine. Je gardai soigneusement les épluchures pour les lapins et les cochons. Vers dix-sept heures, ma grand-mère Henriette arriva, essoufflée :

— Pauline, il fallait que je vienne te l'apprendre sans tarder : Georges a eu le deuxième prix de conduite de chariot !

— C'est très bien, approuvai-je. Il doit être content.

— Oui, mais il dit qu'il fera mieux la prochaine fois !... Un autre qui doit être content aussi, c'est Léon. Cartouche a obtenu le premier prix dans la catégorie taureau. Georges dit qu'il est allé fêter ça chez Onésime, et qu'il a payé à boire à tout le monde.

Si cela pouvait le mettre de bonne humeur... pensai-je avec un soupir. Ma grand-mère, tout en buvant une tasse de café, me mit au courant des autres résultats. Puis elle s'en alla, et je promis d'aller féliciter mon oncle Georges dès que possible.

Après son départ, comme les légumes étaient cuits, je

décidai de passer la soupe. J'installai le *couët* sur la table, pris le passe-soupe et, à l'aide du pilon en bois, me mis à écraser les légumes en procédant progressivement. Je m'appliquai à bien les réduire en bouillie, versant de petites quantités de liquide et mélangeant souvent, sachant que, si je laissais quelques morceaux plus consistants, Léon ne manquerait pas de m'insulter. J'étais là, penchée sur mon travail, lorsque des pas retentirent dans la cour, et la porte s'ouvrit.

Léon entra, et je vis tout de suite qu'il avait bu. Il vacillait, son gros visage était écarlate et semblait prêt à éclater. Ce que je lus dans son œil unique m'affola. Je me figeai tandis qu'il fonçait sur moi, me bloquant contre la table et me coupant toute retraite.

— Cartouche a gagné... annonça-t-il d'une voix pâteuse.... Ai payé à boire pour arroser ça... Pensé qu'il fallait venir fêter ça avec toi... Allez, Chose, viens ici...

Il m'attrapa à bras le corps, m'attira à lui. Je me débattis. Il me serra plus fermement, m'empêchant de bouger. Il m'envoyait dans la figure des relents d'alcool, et je détournai la tête, écœurée, me reculant le plus possible. Alors, tout en me maintenant d'un bras, de l'autre main il se mit à me tripoter partout. Je me cabrai d'horreur, je criai :

— Non, non ! Thomas, au secours !

Il eut un rire aviné :

— Pas la peine de l'appeler, ton Thomas... Pas là... L'ai envoyé ailleurs...

Je me débattis de plus belle, sans autre résultat que de l'exciter davantage. Il grogna, me poussa contre la table, sur laquelle il me coucha presque. Je sentis sa main, qui avait glissé sous ma jupe, remonter le long de ma cuisse, comme un animal rampant et obscène. C'était horrible. Je me raidis, tentai désespérément de me débattre, mais Léon pesait de tout son poids et me paralysait totalement. Je hurlai. Une brume rouge passa devant mes yeux, envahit mon esprit. Penché sur moi, Léon soufflait et bredouillait des mots incompréhensibles. L'horreur me révulsait. Il fallait que je l'arrête, à tout prix.

Sans savoir comment, ma main rencontra, sur la table, le pilon du passe-soupe. Instinctivement, je le saisis et, de toute la force de ma haine, de ma terreur et de mon dégoût, je frappai le visage de Léon. Il reçut le coup à la tempe, et s'immobilisa. Je frappai de nouveau, encore et encore, avec force, avec rage, avec fureur. Ce ne fut que lorsque je sentis son corps devenir plus lourd et glisser sur le sol que je m'arrêtai.

Je me penchai sur lui. Le pilon l'avait atteint à la tempe, et du sang maculait tout le côté gauche de son visage. Je paniquai. Incapable de rester là plus longtemps, je me ruai hors de la maison, traversai la cour, gagnai la rue et me mis à courir aveuglément jusqu'à la ferme de mes grands-parents. Les personnes que je croisais me regardaient avec surprise, mais je m'en rendais à peine compte. Je courais, hagarde, affolée, les yeux fous, sanglotant sans m'en apercevoir.

J'arrivai à la « Cense aux alouettes », entrai en trombe dans la cuisine. Mes grands-parents et mon oncle Georges, occupés à discuter, me regardèrent avec ahurissement. Dans ma poitrine, mon cœur semblait prêt à exploser. Je le comprimai de mes deux mains, tentai de retrouver mon souffle :

— C'est Léon, dis-je. Léon... Il...

Je m'affalai sur une chaise, secouée de sanglots, traversée de frissons d'horreur. Je tremblais, je suffoquais. Le souvenir de la main de Léon le long de ma cuisse me donnait envie de hurler. Je cachai mon visage dans mes mains et me mis à pleurer bruyamment, comme un enfant terrorisé. J'entendis, très loin, l'exclamation de mon oncle Georges :

— Ma petite Pauline, que se passe-t-il ?

Je sentis que ma grand-mère m'attirait avec tendresse en me caressant les cheveux et en murmurant :

— Calme-toi, ma petite fille. Doucement... calme-toi... Ici, tu ne crains rien. Qu'y a-t-il ?

Je m'abandonnai contre elle, cachant mon visage dans sa poitrine, mouillant son tablier de mes larmes. Et, à travers mes sanglots, je répétais, malheureuse et éperdue :

— C'est Léon... c'est Léon...

— Qu'a-t-il fait, celui-là ? gronda mon oncle Georges. S'il t'a fait du mal, ma petite Pauline, il aura affaire à moi.

— Laisse-la se calmer, conseilla mon grand-père. Elle est bouleversée.

— Trempe un torchon dans de l'eau fraîche et apporte-le-moi, dit ma grand-mère. Et verse-lui un peu de genièvre. M'est avis qu'elle en a bien besoin.

La fraîcheur d'un linge mouillé sur mon front me fit du bien. Mes sanglots devinrent moins spasmodiques, s'espacèrent, mais mes larmes continuèrent à couler, brûlantes et douloureuses. Mon grand-père m'obligea à boire un verre de genièvre. L'alcool me brûla la gorge, m'étrangla, me fit tousser. Mais, presque aussitôt, une chaleur se diffusa dans tout mon corps et chassa le tremblement qui l'agitait. Je cessai de claquer des dents, mes larmes s'arrêtèrent, et je parvins à regarder autour de moi, reprenant pied dans la réalité. La scène d'horreur que je venais de vivre, si elle était toujours présente dans mon esprit, semblait maintenant plus éloignée, moins réelle.

Je levai vers mes grands-parents et mon oncle Georges des yeux où l'effroi demeurait encore, et poussai un long soupir frémissant. Ils me regardaient, tous les trois, et leur visage exprimait une attente inquiète. Il fallait que je leur raconte mais, à cette seule pensée, je sentais mes joues brûler de honte. Mon oncle Georges vit mon embarras, mon hésitation. Il vint à mon secours :

— Qu'a fait Léon ? Il t'a frappée ?

— Non, c'est pire, dis-je d'une voix encore enrouée de sanglots. Avant, il me frappait. Mais maintenant, il...

Mon oncle Georges rugit :

— Je me doutais bien qu'il te battait ! Ces traces de coups que tu avais trop souvent... Le lâche ! Le salaud ! Pourquoi ne le disais-tu pas ?

— Je n'osais pas. Il menaçait de me punir si je rapportais. Mais maintenant c'est encore pire. Depuis quelque temps, il...

Je m'arrêtai, le visage rouge. Comme c'était dur à avouer ! Tandis que je cherchais comment continuer, ma grand-mère Henriette comprit subitement et poussa un cri horrifié :

— Pauline ! Tu ne veux pas dire qu'il essaie... euh... qu'il se conduit mal envers toi ?

Les larmes aux yeux, j'acquiesçai :

— Lorsque nous sommes seuls, il m'attrape et... C'est affreux, affreux ! Ses mains partout sur moi ! Et aujourd'hui, il avait bu, et il a voulu... Il a soulevé ma jupe, et... Alors j'ai pris le pilon du passe-soupe et j'ai frappé, frappé pour l'arrêter... Il est tombé, et je me suis sauvée jusqu'ici...

Je cachai mon visage dans mes mains et me remis à sangloter. J'entendis l'exclamation de ma grand-mère :

— Mon Dieu ! Pauvre enfant !

Elle me reprit contre elle, tandis que mon oncle Georges, outré, s'exclamait d'une voix forte :

— Cette fois-ci, il va avoir affaire à moi, ce salaud ! J'y vais, à l'instant même !

— Je vais avec toi, Georges, déclara mon grand-père. Nous ne serons pas trop de deux pour lui faire entendre raison.

Je relevai la tête, vis leur expression résolue, leurs sourcils froncés, leur visage sombre. J'essuyai mes larmes, dis faiblement, prise d'une crainte nouvelle :

— Je l'ai assommé... et peut-être tué ? J'ai frappé de toutes mes forces.

— Pour le tuer, il en faudrait plus que ça ! assura mon oncle Georges. Et tu n'as fait que te défendre. Simplement, tu aurais dû en parler avant. Je serais allé le trouver, moi, et le menacer. Il n'aurait plus osé porter la main sur toi.

— Il y a longtemps qu'il... qu'il t'embête comme ça ? interrogea ma grand-mère.

Je hochai la tête, soulagée de pouvoir enfin me confier, d'être soutenue, entourée, défendue.

— Il a commencé peu avant la mort de mère Entine. Elle l'avait surpris, et tant qu'elle était là, il n'a plus recommencé. Mais depuis... Il y a eu une fois où Thomas est arrivé, puis, la fois suivante, c'était Norbert... Et puis tout à l'heure... Il avait bu, en plus...

— Thomas et Norbert ? dit mon grand-père. C'est très bien, ils serviront de témoins si c'est nécessaire.

Dans la cour, Toupie, la chienne, aboya. On frappa à

la porte et Thomas entra. Il salua mes grand-parents et me regarda avec soulagement :

— Ah, tu es là, Pauline ! Je t'ai cherchée dans toute la maison. Lorsque j'ai vu que Léon n'était plus au cabaret, je suis rentré aussi vite que j'ai pu. Je l'ai trouvé par terre, assommé, et toi, tu avais disparu. Il a recommencé, hein ?

— Oui, dis-je, et pour me défendre, je l'ai frappé. Il n'est pas mort ?

— Oh non, il n'est pas mort ! répondit Thomas, l'air furieux. C'est tout ce qu'il aurait mérité, pourtant ! Lorsque je suis arrivé à la ferme, il commençait à revenir à lui. Je l'ai laissé et j'ai couru jusqu'ici. Je voulais savoir où tu étais, je m'inquiétais à ton sujet. Ça va, Pauline ?

Son regard m'interrogeait avec une tendresse anxieuse qui fit battre mon cœur plus vite. Je tentai de sourire :

— Oui, ça va, Thomas. Mais je ne veux plus le revoir. Je ne veux pas retourner auprès de lui.

— Justement, dit mon grand-père en enfilant son paletot. On va aller discuter de tout ça avec lui. Viens, Georges.

Ils sortirent. Avant de les suivre, Thomas se tourna vers moi :

— Reste ici, Pauline, tu as raison. Ce soir, je ferai la traite avec Sophie. Et, pour les autres jours, nous nous débrouillerons.

— Je ne la laisserai pas retourner vivre auprès d'un beau-père pareil, affirma ma grand-mère avec conviction.

— Alors, je pourrai rester ici ? demandai-je avec espoir.

— Bien sûr, ma petite-fille. Tu resteras ici, avec nous.

Thomas sourit à ma grand-mère, rassuré.

— Moi aussi, je serai plus tranquille. Merci, madame Henriette.

Puis il me regarda, et son sourire se fit plus doux :

— J'espère que ça ira, maintenant, Pauline. Au revoir.

— Au revoir, Thomas.

Il sortit à son tour. Thomas, mon protecteur, mon ami, presque mon frère... Je me souvenais de ce jour où il avait partagé son morceau de flamique avec moi. Depuis, il avait toujours été là, solide, et rassurant. Ma grand-mère remarqua :

— C'est un bon garçon, Pauline. Et il semble t'aimer beaucoup.

Cette dernière phrase me fit plaisir. Je constatai que, grâce à Thomas, j'avais un instant oublié la scène avec Léon. Elle revint brutalement à mon esprit, et de nouveau, l'horreur et la peur furent là. Je dis à ma grand-mère :

— Si je reste ici, il faudra que j'aille chercher mes affaires. Mais...

— Tu iras demain. Pour cette nuit, je te prêterai une chemise. Et demain, j'irai avec toi. Nous choisirons un moment où Léon sera aux champs.

— Merci, mémère Hiette, dis-je, soulagée d'être comprise. Je ne veux plus jamais me trouver avec lui. Il est trop affreux!...

Seule avec ma grand-mère, ce fut plus facile de me confier. Tandis qu'elle m'écoutait, entrecoupant mon récit d'exclamations horrifiées, je racontai tout. À la fin, je me retrouvai en larmes, et ma grand-mère, pleine de révolte et de pitié, me prit dans ses bras :

— Ma pauvre, pauvre enfant! Comme cela a dû être dur pour toi! Tu aurais dû nous en parler dès le début.

— Je n'osais pas. J'ai si peur de lui!

— Mais maintenant, c'est terminé, affirma-t-elle. Tu resteras ici, avec nous. Il ne t'embêtera plus. Baptiste et Georges seront là pour te protéger. Surtout Georges, termina-t-elle avec un sourire à la fois fier et amusé. Il est terrible, mon garçon! Quand il est furieux après quelqu'un, gare!

Je parvins à sourire en séchant mes larmes.

— Je vous aiderai pour le travail de la ferme, dis-je. Traire les vaches, donner aux poules, aux lapins, aux cochons, faire le beurre... tout, enfin!

— Ce n'est pas de refus. Je me fais vieille, malheureusement. Il me tarde que Georges me ramène une jeune femme, une bonne fermière dure à l'ouvrage. Je me demande ce qu'il attend. Tiens, le voilà qui revient!

Mon oncle Georges entra, suivi de mon grand-père. Il s'exclama avec satisfaction :

— Ça y est, ma petite Pauline! Tout est réglé. Tu

vivras ici, avec nous. Nous l'avons dit à Léon. Entre nous, tu ne l'as pas raté ! Son visage est salement amoché. C'est bien fait ! Ce n'est qu'un faible retour de tout ce qu'il t'a fait subir depuis toujours.

— Il n'a rien dit ? demandai-je avec crainte.

— Au début, il a voulu protester, sous prétexte qu'il a besoin de toi pour le travail de la ferme. Je lui ai répondu que s'il voulait une servante, il n'avait qu'à en chercher une, et que tu ne remettrais plus les pieds chez lui. Et je n'ai pas hésité à le menacer, n'est-ce pas, père ?

Mon grand-père acquiesça d'un signe de tête :

— Nous avons dit que nous étions au courant de la façon dont il s'est conduit envers toi, Pauline, que nous avions des témoins, et que nous étions prêts à porter plainte. Il était furieux, mais nos menaces lui ont fait peur. Je pense qu'à partir de maintenant, il te laissera tranquille.

J'osais à peine y croire. Vivre avec mes grands-parents et mon oncle Georges, qui m'aimaient, qui s'étaient toujours montrés bons envers moi ; ne plus recevoir les insultes de Léon, ne plus avoir à craindre de me retrouver seule avec lui... J'en eus les larmes aux yeux, et, cette fois-ci, c'étaient des larmes de soulagement et de bonheur.

Ce fut ainsi que, à partir de ce soir-là, je vécus à la « Cense aux alouettes ».

5

Je n'eus plus besoin de fermer ma porte au verrou chaque soir, je n'eus plus à avoir peur. J'étais débarrassée de Léon, de sa méchanceté, de ses insultes, de ses regards lubriques. Lorsque mes grands-parents et mon oncle Georges posaient les yeux sur moi, je n'y voyais que tendresse et affection. À leur contact, j'oubliais ce que j'avais subi, et je pus vivre dans une sérénité que, par la faute de Léon, je n'avais jamais connue.

Ma chambre, qui avait été celle de ma mère, donnait sur l'arrière de la maison, vers les champs. Dès l'aube, les alouettes me réveillaient. Elles se mettaient à chanter au premier rayon du soleil et, pelotonnée dans mon lit, je les écoutais avant de me lever. Il m'était doux de penser que je dormais dans le lit où avait dormi ma mère, et je devinais que ma grand-mère était heureuse de ma présence auprès d'elle, parce qu'elle lui rappelait celle de sa fille.

Il fallut donner, aux habitants du village, la raison pour laquelle je vivais dorénavant chez mes grands-parents. Je ne voulais pas dire la vérité, j'avais honte, j'avais peur de la réaction des gens et de leurs critiques. Mon oncle Georges m'expliqua patiemment que seul Léon était coupable, et que je n'étais qu'une victime. Avec mes grands-parents, il raconta à tout le monde ce qui s'était passé. Après quelques instants de surprise horrifiée, tous accablèrent Léon et me plaignirent sincèrement. Norbert, en apportant le courrier, approuva d'une voix forte :

— Je suis rassuré de savoir que tu es ici, Pauline. Ça ne me plaisait pas que tu restes chez Léon, après ce que j'avais vu l'autre jour... Non, ça ne me plaisait pas.

Je ne voyais plus mon beau-père, et j'en étais satisfaite. Thomas, par contre, me manquait. Je savais que Sophie me remplaçait pour l'essentiel, et que Léon cherchait à embaucher une servante. Mais, après la façon dont il s'était conduit avec moi, personne dans le village ne voulait aller travailler chez lui. Bientôt, nous apprîmes qu'il avait demandé et obtenu, par l'Office Central de la Main d'Œuvre Agricole, une jeune femme venue de Pologne, nommée Janina. Je la plaignis de tout mon cœur. Devoir vivre avec Léon était quelque chose que je ne souhaitais à aucune femme.

Les animaux de la « Cense aux alouettes » s'habituaient à moi. Toupie, la chienne — ainsi baptisée parce que, à l'époque où elle n'était encore qu'un chiot, elle tournait sans cesse sur elle-même pour attraper sa queue —, me suivait partout et semblait ravie de ma présence. Comme je l'avais fait pour Bellot et Papillon, je portais de temps à autre un morceau de pomme à Major, le poulain que mon grand père avait acquis récemment. Dans l'écurie, lorsque je me trouvais avec mon oncle Georges, il me demandait gravement si j'allais bien et si j'étais heureuse. Ce qui s'était passé l'avait visiblement contrarié. Un jour, peu de temps après mon arrivée, il me dit :

— Je vais te confier quelque chose que je n'ai jamais dit à personne, ma petite Pauline. C'est au sujet de ta mère... et de Léon.

— Qu'est-ce que c'est ? questionnai-je aussitôt, appréhendant une méchanceté quelconque de la part de mon beau-père.

— Lorsque Mélanie a eu sa pneumonie, avant de mourir, elle a été très malade, avec beaucoup de fièvre. Je suis allé la voir, et c'est tout juste si elle m'a reconnu. Pourtant, à un moment, elle m'a pris la main et, en parlant avec effort, elle m'a avoué qu'elle ne voulait plus vivre avec Léon, et qu'elle le soupçonnait d'avoir commis quelque chose de grave.

— Qu'avait-il fait ? demandai-je, et ma question dévoilait que, tout de suite, je considérais Léon comme coupable.

— Eh bien, voilà... L'avant-veille, on avait retrouvé, en bas du petit pont, un gars du village voisin, un nommé Edmond, un ami de ton vrai père. Il était mort. Tout le monde a pensé qu'il s'était tué en tombant du pont. L'enquête, d'ailleurs, a conclu à un accident. Mais Mélanie m'a affirmé qu'elle avait vu, ce jour-là, Léon se disputer violemment avec Edmond. Et, d'après elle, Léon pouvait très bien avoir poussé Edmond pour le faire tomber. Elle n'avait aucune preuve, mais elle semblait certaine de ce qu'elle avançait. Elle m'a paru complètement affolée. J'ai essayé de la calmer, j'ai pensé que la fièvre la faisait délirer. Le lendemain, sa température avait encore augmenté, et elle est morte peu de temps après. Si bien que je n'ai jamais eu d'autres précisions...

Malgré ma prévention contre Léon, je ressentis d'abord une incrédulité mêlée d'horreur. Puis je repensai à sa brutalité, à sa violence, à sa méchanceté envers moi. Dans un accès de colère, il était parfaitement capable de frapper quelqu'un, de le pousser, de le faire tomber d'un pont... Ainsi, en plus, il était un assassin ? Malgré moi, je frissonnai.

— Ne parle de ceci à personne, ma petite Pauline. Moi-même, je l'avais plus ou moins oublié. Ça m'est revenu l'autre nuit, alors que je repensais à ce qu'il t'avait fait. Je me suis dit que Mélanie avait peut-être raison. Mais, d'un autre côté, elle avait tellement de fièvre... Elle ne savait sans doute plus ce qu'elle disait.

— Léon serait capable de n'importe quoi, constatai-je avec rancune. Même d'un crime.

— Ce n'était peut-être qu'un accident, corrigea mon oncle Georges. Je pense que nous ne saurons jamais la vérité.

Je hochai la tête, certaine que Léon pouvait très bien vivre sans remords même s'il était un criminel.

***

Un dimanche après-midi, en allant au cimetière avec ma grand-mère, je rencontrai Thomas devant la tombe de mère Entine. Je me rendis compte que ma joie de le revoir était réciproque. Il me demanda de mes nouvelles, et je lui assurai que j'allais très bien.

— Ça se voit, acquiesça-t-il en souriant. Tu n'as plus cet air inquiet et malheureux que tu avais toujours.

— Forcément, dis-je. Je n'ai plus à craindre Léon.

Tandis que nous revenions, à pas lents, il me parla de la ferme, de Bellot et de Papillon qui avaient remarqué mon absence, des vaches qui avaient bien accepté Janina, car elle avait la manière pour traire.

— Là-bas, en Pologne, elle a toujours vécu dans une ferme. Mais ils étaient si pauvres qu'elle a décidé de venir travailler en France. À vrai dire, elle est surtout venue pour suivre son fiancé, qui s'est fait embaucher dans les mines. Dès qu'ils auront un peu d'argent, ils retourneront en Pologne pour se marier.

— Ou bien ils se marieront par ici, et ils resteront en France, commenta ma grand-mère. Certains l'ont déjà fait.

— Et... comment se comporte-t-elle avec Léon ?

— Elle n'a pas peur de lui, en tout cas. C'est une fille robuste, elle a vingt-huit ans, et tout en étant courageuse et obéissante, elle ne se laisse pas manquer de respect.

— Léon ne l'insulte pas ? demandai-je, incrédule.

— Non. Il l'a fait une fois, au début. Elle a croisé les bras et elle lui a dit, dans un mélange de polonais et de français, qu'elle était venue pour travailler, mais pas pour se faire insulter. Et que, s'il recommençait, elle s'en irait. Comme elle est dure à l'ouvrage, et qu'elle travaille bien, il n'a jamais recommencé.

— Moi aussi, je suis dure à l'ouvrage, murmurai-je. Et toi aussi, Thomas. Et, pour nous, il ne s'en est pas privé.

— Mais pour toi, maintenant c'est fini. Quant à moi, je n'y fais pas attention. J'ai tellement reçu d'injures, depuis toujours, que ça ne me fait plus rien.

Ma grand-mère, qui venait de rencontrer une de nos voisines, s'était arrêtée et discutait avec elle. Je ralentis le pas pour l'attendre. Thomas fit de même. Il m'accompagna jusqu'à la tombe de ma mère. Là, il remarqua tristement :

— Je ne saurai jamais qui était ma mère. Ni mon père.

— Ne sois pas triste, Thomas, dis-je doucement.

Il se secoua, redressa les épaules :

— L'essentiel, c'est que tout aille bien pour toi. Ça me fait chaud au cœur lorsque j'y pense, le soir, quand je me retrouve tout seul. Je n'ai plus besoin d'aller frapper aux volets de ta chambre, chaque matin, pour te dire que je suis réveillé et que tu peux te lever.

Il me sourit, et je lui rendis son sourire. Ma grand-mère Henriette vint nous rejoindre, et nous sortîmes du cimetière. À la grille, elle rencontra Martha, l'épicière, et échangea quelques mots avec elle. Thomas se pencha vers moi :

— Tu viens ici chaque dimanche après-midi, Pauline ?

— Oui. Et aussi quelquefois dans la semaine.

— Dans la semaine, moi, je ne pourrai pas. Mais le dimanche, je viendrai pour te rencontrer. Es-tu d'accord ?

— Oui, dis-je sans hésiter, car, depuis que j'étais chez mes grands-parents, je devais m'avouer que Thomas me manquait.

Il s'en alla après avoir salué ma grand-mère, et je pensai avec bonheur que, chaque dimanche, je le reverrais.

***

J'eus la visite de mon amie Joséphine. À la fois horrifiée et apitoyée, elle s'exclama :

— Pauline, pourquoi ne m'as-tu jamais rien dit ? Je n'aurais jamais cru ça de Léon. Je ne l'aime pas beaucoup, et je savais qu'il n'était pas tendre avec toi. Mais ça... quand même ! Comme tu as été courageuse, Pauline ! Réussir à l'assommer !

— Tu aurais fait la même chose, assurai-je, si tu t'étais trouvée dans les mêmes conditions. C'était si horrible !

— Je l'ai vu, quelques jours après. Il avait plusieurs traces de coups, et son visage était violacé. Il est déjà laid, avec son œil crevé, mais là, c'était encore pire ! Ma pauvre Pauline !

Elle me regarda d'un air entendu :

— C'était lui, n'est-ce pas, tous ces bleus que tu avais,

lorsque tu venais à l'école, et que tu prétendais être tombée ? Pauvre Pauline ! répéta-t-elle.

— Mais maintenant, c'est terminé, dis-je fermement.

Elle me sourit :

— J'en suis bien contente pour toi. Le seul problème, continua-t-elle avec malice, c'est que tu ne pourras plus faire du charme à Thomas.

Je me sentis rougir. Je protestai :

— Voyons, Joséphine, je n'ai jamais fait du charme à Thomas, comme tu dis !

Elle se mit à rire :

— Je te taquine, tout simplement. C'est un beau garçon, Thomas. Il me plaît bien. Dommage qu'il vienne de l'Assistance. Mes parents disent que ce n'est pas un beau parti, puisqu'il ne possède rien.

Je ne répondis pas, laissai mon amie papoter de choses et d'autres. Le soir, je répétai ces paroles à mes grands-parents et à mon oncle.

— Il possède ses deux bras et son courage, remarqua mon grand-père.

— Et puis, ajouta ma grand-mère, c'est un brave garçon.

Je fus heureuse de leur approbation. Je pensai, quant à moi, que je préférais Thomas qui ne possédait rien, à Léon, qui se vantait d'avoir la plus grosse ferme du village. À quoi bon posséder des bêtes et des terres, s'il fallait vivre avec un homme comme lui, brutal et mauvais, et qui, peut-être, était un assassin ? J'étais certaine que ma mère avait dû faire le même raisonnement, et je savais maintenant que, avec lui, elle aussi avait été malheureuse.

***

Mon oncle Georges s'intéressait toujours aux sports, aux voitures, à l'aviation. Il parlait encore de la première traversée aérienne de l'Atlantique, qui avait été effectuée, en 1930, par Costes et Bellonte, sur *Le Point d'Interrogation*, et qui l'avait enthousiasmé. Il se passionnait pour les nouvelles automobiles, envisageait de posséder un jour une Renault, ou une Peugeot, ou une Rosengart. Mon grand-père le laissait rêver, puis constatait calmement que, pour le peu de déplacements que nous faisions, le train suffisait amplement.

Chaque dimanche après-midi, mon oncle Georges s'absentait. Le repas à peine terminé, il prenait le bassin émaillé qui servait pour notre toilette, faisait chauffer de l'eau, se lavait une deuxième fois, frictionnait ses cheveux à l'eau de Cologne, se coiffait avec soin, mettait sa chemise blanche et son costume des dimanches. Il s'en allait ensuite prendre le train pour rendre visite à son ami Antoine qui habitait Béthune. Cet ami, dont il parlait souvent, était un copain de régiment avec lequel il avait gardé de bonnes relations. Avec lui, nous disait-il, il se promenait dans la ville, allait au cinéma voir un des nouveaux films parlants, puis boire un verre au cabaret. Après son départ, ma grand-mère, parfois, protestait. Mon grand-père prenait le parti de son fils :

— Laisse-le s'amuser, Henriette. Le dimanche après-midi, il est libre de faire ce qu'il veut. Il travaille assez tout au long de la semaine.

Ma grand-mère pinçait les lèvres :

— Il a déjà vingt-huit ans, et il ferait mieux de penser à se marier. Et puis, pourquoi aller à la ville? Là-bas, il ne va rencontrer que des filles faciles. Ce n'est pas là qu'il trouvera une femme.

— Ça viendra, Henriette. Ne t'inquiète donc pas. Notre Georges est un gars sérieux. Il sera capable de se choisir une fille bien. Je lui fais confiance.

Ma grand-mère secouait la tête, refusant de se laisser convaincre par ces paroles rassurantes.

Moi, je me disais que j'aurais bien aimé, au moins une fois, accompagner mon oncle Georges à la ville. Je connaissais le cinéma et les cabarets du village, mais, d'après mon oncle, à la ville c'était beaucoup mieux, plus grand, plus luxueux. Il y avait aussi des magasins où l'on vendait des vêtements, des chaussures et même de la lingerie. En l'écoutant me raconter tout cela, mon envie d'y aller augmentait. Je ne connaissais rien de la ville. Ma grand-mère Henriette qui, avant la guerre, s'y rendait chaque samedi pour vendre du beurre au marché, affirmait qu'elle n'y avait rien vu d'extraordinaire. Mon oncle Georges lui répondait que nous étions maintenant en 1932, et que, depuis vingt ans, il y avait eu tellement de progrès que ce n'était plus comparable. Et puis, ajoutait-il, ma grand-mère n'était jamais allée jusqu'à Béthune, qui était une grande ville, avec tous les divertissements que l'on pouvait désirer.

Chaque fois que je demandais à mon oncle Georges si je pouvais l'accompagner, il demeurait évasif :

— Une autre fois, Pauline. Tu es encore bien jeune. Je ne veux pas que ta grand-mère m'accuse de te « débaucher ». Nous verrons ça plus tard.

J'insistais, mais sa réponse ne variait pas. Ce refus me surprenait car, le plus souvent, mon oncle Georges cherchait toujours à me faire plaisir. J'eus bientôt l'explication de cette réticence.

Mon oncle rentrait le dimanche soir et c'était moi qui, le lendemain, m'occupais de brosser et de ranger son costume, de laver et de repasser sa chemise. Un lundi de juin, je remarquai, sur le revers de la veste, quelques cheveux blond doré, et, sur le col de la chemise, une très légère trace de rouge. Je fronçai les sourcils, à la fois intriguée et amusée. Mon oncle Georges rencontrait-il une jeune fille à Béthune ? Était-ce pour cette raison qu'il refusait de m'y emmener ? Je me promis de lui poser la question dès que j'en aurais l'occasion.

Je n'en parlai pas à ma grand-mère. J'attendis toute la journée et, vers le soir, lorsque mon oncle revint des champs avec mon grand-père, il reconduisit Major à l'écurie. Je pris prétexte d'aller donner un morceau de sucre au cheval, et je le rejoignis. Il bouchonnait Major avec un vieux sac de toile, lui versait de l'eau fraîche, garnissait la mangeoire. Je le regardai faire puis, lorsqu'il eut terminé, je me lançai :

— *Mononc'* Georges, j'ai quelque chose à te demander.

Il me sourit :

— Je t'écoute, ma petite Pauline. Je ne sais pas si tu l'as remarqué, mais l'écurie est notre lieu de conversation préféré !

Je hochai la tête et le regardai bien en face, guettant sa réaction :

— *Mononc'* Georges, quand tu vas à Béthune, le dimanche, tu rencontres une jeune fille ?

Son sourire disparut, fut remplacé par une stupeur presque comique, puis par un embarras qui le fit ressembler à un petit garçon coupable.

— Mais... comment as-tu ?... bégaya-t-il.

— Comment je le sais ? C'est très simple. Il y avait des cheveux blonds sur ton costume, et du rouge sur ta chemise.

Son embarras s'accrut. Il demanda :

— En as-tu parlé à mère ?

— Non, je n'ai rien dit. C'est un secret entre nous, ajoutai-je, mutine. Mais il faut que tu me dises la vérité.

Il passa une main dans ses cheveux, exactement comme le faisait mon grand-père lorsqu'il était embêté.

— De toute façon, il va falloir que je me décide à en parler. Je rencontre une jeune fille, c'est vrai, mais c'est pour le bon motif. C'est tout à fait sérieux.

— Qui est-elle ? demandai-je avec curiosité.

Il me regarda, grave soudain.

— Elle s'appelle Viviane. Je l'aime, et elle m'aime. Je veux l'épouser. Mais elle a toujours vécu à la ville, elle ne connaît rien de la campagne. Mère risque de critiquer. Tu sais quelles sont ses idées là-dessus.

— Viviane... répétai-je. C'est joli, comme prénom. Comment l'as-tu rencontrée ?

— Eh bien... Antoine et moi, nous avions l'habitude de boire une bière, avant de reprendre le train, chaque dimanche. Les parents de Viviane tiennent un café, pas loin de la gare, et nous allions là. Viviane aide à servir les clients. J'ai tout de suite été attiré par elle. De semaine en semaine, nous avons parlé, nous avons fait connaissance. Une fois, je lui ai demandé de nous raccompagner jusqu'à la gare, et ensuite elle a pris l'habitude de le faire chaque dimanche. Bien sûr, son père a voulu savoir quelles étaient mes intentions. Moi, je m'étais rendu compte que je l'aimais, et je l'ai dit. Nous avons eu une explication, ses parents et moi. Et j'ai demandé *« l'entrée de la maison »*.

— L'entrée de la maison ? Mais c'est très bien ! Alors, à partir de maintenant, tu peux la fréquenter officiellement ?

— Oui, mais il faut que je l'annonce à père et mère. Je ne sais pas comment ils vont réagir.

— Et ses parents à elle, qu'ont-ils dit ?

— Ils lui ont demandé si elle était sûre d'elle, et elle a répondu oui. Par amour pour moi, elle veut bien quitter la ville, venir vivre dans une ferme, y apprendre un travail qu'elle ne connaît pas. J'espère simplement que ce ne sera pas trop dur pour elle.

— Je serai là, dis-je avec élan. Au début, je l'aiderai. Je lui apprendrai tout, comme mère Entine l'a fait pour moi.

— Mais toi, tu as toujours vécu à la ferme. Tandis qu'elle...

— Elle y sera avec toi, et elle s'adaptera. Je suis bien contente. J'aurai une amie, une tante, une sœur. Elle est gentille, au moins ?

— Très gentille. Elle m'aime, et elle dit qu'elle est prête à faire n'importe quoi pour que je sois heureux.

— Alors, parle d'elle sans crainte à pépère et mémère. Il faut que tu nous la présentes, aussi. Quand viendra-t-elle ?

Mon oncle Georges s'approcha de moi en souriant, me tapota la joue.

— Malgré ton jeune âge, tu réagis avec sagesse, Pauline. Merci d'accepter Viviane sans même la connaître. Je lui ai parlé de toi. Elle sait que tu es ma petite nièce bien-aimée. Elle a hâte de te connaître.

— Quand viendra-t-elle ? répétai-je.

— Si tout va bien, je voudrais l'inviter un prochain dimanche. J'en parlerai ce soir, et j'espère que père et mère réagiront aussi bien que toi.

— Bien sûr, dis-je avec confiance. Pourquoi pas ? L'important, c'est qu'elle t'aime. Rien que pour ça, je l'accueillerai à bras ouverts.

Mais mes grands-parents furent beaucoup moins enthousiastes que moi. Dès les premiers mots de leur fils, je vis leur visage s'assombrir. Ma grand-mère pinça les lèvres, comme je m'y attendais, et objecta :

— Une belle-fille qui ne sait même pas traire une vache... À quoi servira-t-elle ?

— Tu ne pourrais pas choisir une bonne fermière ? reprocha mon grand-père. Ce n'est pourtant pas ce qui manque. Tiens, Marguerite, la fille de Nicolas. Une belle fille, en plus. Et si tu ne veux pas d'elle, il y en a d'autres.

Mon oncle secouait la tête, avec un sourire inébranlable :

— Quand bien même vous me présenteriez toutes les filles de la terre, ça ne servira à rien. C'est Viviane que j'aime.

— Une qui vient de la ville ! reprit ma grand-mère. On ne sait rien d'elle. Est-elle sérieuse, au moins ?

Pour ma grand-mère, la ville était le lieu de toutes les perditions, et y vivre, surtout pour une jeune fille, ne pouvait rien apporter de bon.

Le visage de mon oncle se fit dur :

— Autant que Catherine, la fille d'Onésime, qui a toujours vécu dans un café.

— On ne peut pas comparer, s'obstina ma grand-mère. Au village, si elle sert les clients, ce n'est pas pareil. Elle connaît tout le monde.

— Là n'est pas le vrai problème, intervint mon grand-père. Le vrai problème, c'est qu'elle n'a jamais travaillé dans une ferme.

Le même élan me fit répéter ce que j'avais déjà dit à mon oncle Georges :

— Si vous voulez, je lui apprendrai tout. Avec de la bonne volonté, elle y arrivera.

Ma grand-mère me lança un regard sévère :

— Ne te mêle pas de ça, Pauline. Tu es trop jeune. Laisse-nous discuter sérieusement.

Mortifiée, je posai le torchon avec lequel je finissais d'essuyer la vaisselle, et je sortis dans la cour. Je contournai la grange, allai jusqu'au fond du jardin, là où se trouvaient nos quelques arbres fruitiers. La soirée de juin était douce. Le soleil s'apprêtait à se coucher dans un ciel éblouissant, strié d'or et de feu. Dans les champs, deux ou trois alouettes chantaient encore éperdument, et je les écoutai tout en essayant de les repérer dans le ciel. Un vent léger faisait frissonner les feuilles des arbres. Je cherchai, dans les branches les plus basses de notre cerisier, les premières cerises mûres. J'en trouvai quelques-unes, que je cueillis et savourai avec gourmandise.

En même temps, je pensai à mon oncle Georges. Je n'approuvais pas l'attitude de mes grands-parents. Je ne voyais, moi, que le plus important : Georges et Viviane s'aimaient. Dans les romans que me prêtait parfois mon amie Joséphine, l'amour triomphait toujours. Viviane apprendrait le travail de la ferme et, surtout, elle vivrait avec un mari qu'elle aurait choisi. Elle serait bien plus heureuse que ma mère, qui avait dû vivre avec Léon alors qu'elle ne l'aimait pas.

Je revins lentement vers la maison. Toupie, qui m'avait suivie, courut vers l'avant en frétillant. Je vis arriver mon oncle Georges. Il me fit une grimace mi-amusée, mi-exaspérée.

— Ouf! C'est terminé! J'ai eu bien du mal à les convaincre. Je ne suis même pas sûr d'y être arrivé. Ils doutent de Viviane et de ses capacités de fermière. Mais ils ont fini par accepter le fait qu'elle sera ma femme.

— C'est bien, *mononc'* Georges! Je suis très contente.

— Merci, ma petite Pauline. Je compte sur toi pour bien accueillir Viviane, et pour être son amie, n'est-ce pas?

— Bien sûr, *mononc'* Georges. Si elle se sent un peu perdue au début, je serai là.

— Merci, ma petite Pauline, répéta-t-il.

Ma promesse parut le rasséréner. Je fus heureuse de constater que, dans cette histoire, contrairement à ce que prétendait ma grand-mère, je pouvais jouer un rôle. Le mien serait d'accueillir Viviane et de la considérer comme une sœur aînée. Je m'y sentais toute prête.

J'étais tellement impatiente de la connaître que, tout au long de la semaine, je suppliai mon oncle de m'emmener avec lui le dimanche suivant. Pour une fois, je ne verrais pas Thomas, que j'avais l'habitude de rencontrer après les vêpres. Je lui expliquerais la raison de mon absence, et j'étais persuadée qu'il comprendrait.

En riant de mon insistance, mon oncle Georges finit par accepter que je l'accompagne. Excitée et heureuse, je brossai ma robe des dimanches, ma veste, et pour la première fois je déplorais qu'elles fussent noires, une couleur bien sévère, parce que je portais le deuil de mère Entine. Je me préparai avec fébrilité, et ma grand-mère, qui protestait en répétant que j'étais bien trop jeune pour aller affronter les périls de la ville, finit par sourire, elle aussi, de mon impatience. Mon grand-père accepta même de nous conduire jusqu'à la gare, et ma grand-mère me laissa partir après d'ultimes recommandations, d'où il ressortait que je ne devais jamais quitter mon oncle Georges une seule seconde, dans les rues, mais aussi dans le cabaret des parents de Viviane.

Ce fut une aventure pour moi de prendre le train. Assise sur la dure banquette de bois de notre compartiment de troisième classe, je regardais le paysage par la vitre, admirant les champs sous le soleil, et remarquant, au fur et à mesure que nous avancions dans le bassin minier, la présence des terrils et des chevalements. À cause des autres personnes qui se trouvaient avec nous, je n'osais pas parler à mon oncle Georges, et lui aussi demeurait silencieux, l'air rêveur. Il semblait différent du jeune homme que je connaissais, je lui trouvais une expression plus douce. Je me dis que la perspective de rencontrer Viviane était responsable de ce changement, et que le fait d'être amoureux lui allait bien.

À la gare, lorsque nous descendîmes du train, je pris son bras et ne le quittai pas. Dans les rues, des gens se promenaient, endimanchés. Un marchand de journaux proposait aux passants *Le Réveil du Nord*. Mon oncle Georges marchait rapidement, et je devais presque courir pour rester à sa hauteur. Je regardais néanmoins autour de moi, et je ne voyais rien qui pût appuyer les dires de ma grand-mère concernant la ville. Aucun danger ne semblait guetter les promeneurs. De la porte ouverte d'un café parvenaient les bribes d'une chanson de Joséphine Baker, *J'ai deux amours*, ainsi qu'une alléchante odeur de frites. Je me demandai si là se trouvait Viviane, mais mon oncle Georges passa rapidement sans s'arrêter. Plus loin, il tourna dans une rue transversale et entra dans un café d'apparence plus modeste, que je n'avais pas aperçu au premier abord.

L'intérieur était propre et accueillant, presque intime. Au comptoir, quelques hommes discutaient. Plusieurs tables étaient occupées par des joueurs de cartes, qui fumaient et buvaient de la bière. Derrière le comptoir, une jeune fille essuyait des verres, qu'elle replaçait, étincelants, sur une étagère, derrière elle. Elle était blonde et jolie, avec un visage avenant qui me plut. Près d'elle, un homme, que je devinai être son père, les manches de chemise retroussées sur ses avant-bras, bavardait avec les clients.

Dès qu'elle nous vit, la jeune fille devint toute rose et posa le verre qu'elle essuyait. Les yeux dans les yeux, mon oncle Georges et elle semblaient avoir oublié le reste du monde. Ils se souriaient tandis qu'il arrivait face à elle et murmurait :

— Bonjour, Viviane.

— Bonjour, Georges. Je t'attendais.

Mon oncle parut revenir sur terre, se tourna vers moi :

— Je suis venu avec ma petite Pauline. Elle voulait absolument te connaître.

Les yeux de Viviane, des yeux couleur noisette, se posèrent sur moi, et son sourire creusa des fossettes dans ses joues :

— J'en suis très heureuse, me dit-elle. Moi aussi, je voulais vous connaître.

Intimidée, je ne répondis pas. Mon oncle salua le père de Viviane, qui s'appelait Raymond, et me le présenta. Ils discutèrent quelques instants, tandis que je regardais autour de moi. Conditionnée par les avertissements de ma grand-mère, je constatais avec étonnement que le café n'était pas fort différent de celui d'Onésime. Je remarquai que les clients, ici aussi, étaient connus du patron car Raymond, à un moment, leur adressa quelques mots en les appelant par leur prénom. Je les observai mieux. Eux non plus n'étaient pas différents des hommes qui jouaient aux cartes chez Onésime. J'en déduisis que ma grand-mère avait tort, et j'en ressentis une sorte de satisfaction.

— Allez rejoindre Marie, proposa Raymond. Elle vous attend.

Alors que nous suivions Viviane vers le fond du cabaret, je remarquai plusieurs joueurs de fléchettes. Ils commentaient bruyamment le tir de l'un d'eux, qui venait d'atteindre la mouche, au centre du disque de bois. Depuis mon enfance, j'avais vu les hommes jouer ainsi dans les cafés de notre village. Cette similitude, elle aussi me fit plaisir.

Dans une pièce tenant à la fois de salle à manger et de salon, la mère de Viviane nous accueillit. Elle nous fit asseoir, nous offrit du café et des tranches de gâteau. Je ne participais pas à la conversation, m'appliquant à manger en évitant d'éparpiller des miettes sur ma robe noire et à boire mon café posément. J'écoutais Viviane et sa mère discuter du cinéma, qui de plus en plus était parlant, reléguant sans pitié les films muets dans le passé. Elles avaient aimé, notamment, *Parade d'amour*, avec Maurice Chevalier. Puis elles m'interrogèrent, me demandant si cela me plairait, un jour, d'aller faire une « partie de vitrines » avec elles dans la ville, ce qui signifiait se promener en regardant les magasins. En rougissant de confusion et de plaisir, je dis que j'en serais ravie, mais que mon travail ne me laissait pas beaucoup de loisirs.

— Allons, protesta Viviane, il doit être possible de trouver un moment. Il ne faut pas toujours travailler. Il faut aussi s'amuser de temps en temps. Le travail de la ferme peut bien laisser un peu de liberté ?

Cette dernière question révélait une inquiétude que je m'empressai de rassurer. Nous avions bu une deuxième tasse de café, et Viviane se leva en disant qu'elle allait sans tarder me montrer les magasins les plus proches. Vive comme un feu follet, elle nous entraîna dehors, mon oncle Georges et moi, et nous nous retrouvâmes sur le trottoir ensoleillé. Donnant le bras gauche à mon oncle, elle me prit l'autre.

— Allons-y, dit-elle avec décision.

L'après-midi s'avançait, et les gens étaient encore plus nombreux dans les rues. Tout en marchant, je me sentais heureuse. Viviane me plaisait. Pour le moment, tournée vers mon oncle Georges, elle l'écoutait parler. Il lui confiait à mi-voix que, tout au long de la semaine, elle lui manquait, et qu'il attendait avec impatience le dimanche pour la revoir. Sur le même ton, elle répondit que c'était la même chose pour elle. Ils oubliaient ma présence, et je me sentis déçue. Mais, bientôt, Viviane se tourna vers moi alors que nous passions devant un magasin de mode. S'approchant de la vitrine, elle m'expliqua :

— Mère et moi, nous venons souvent ici, chez Susane. Elle vend des chapeaux si élégants ! Celui-là, là-bas, avec des fleurs en tissu. Qu'en penses-tu, Georges ? Et toi, Pauline ? N'est-il pas ravissant ? Et cinquante francs, en plus, ce n'est pas cher !

Le fait qu'elle me demandât mon avis tout en me tutoyant me flatta. Je dis que le chapeau était très joli. Viviane éclata de rire en serrant mon bras contre le sien :

— Je crois que nous allons bien nous entendre, toutes les deux, n'est-ce pas ?

Je souris en acquiesçant. Viviane était une jeune fille charmante, avec une spontanéité et une vivacité qui me plaisaient. Devant le cinéma Caméo, elle leva la tête, et lut à haute voix le film à l'affiche :

— *Le Rêve*, d'après le roman d'Émile Zola. C'est bien trop sérieux pour moi, ajouta-t-elle avec une moue. Je préfère les films amusants. Mère aussi. Père, lui, s'intéresse surtout aux films de guerre. Il est allé voir *Douaumont*, et *Les Croix de bois*. Mais moi, je n'y suis pas allée. C'est trop triste ! De toute façon, aujourd'hui, avec ce beau soleil, ce serait dommage d'aller s'enfermer dans un cinéma. Je préfère te montrer ma ville, Pauline. Tu n'es jamais venue, n'est-ce pas ?

Je secouai la tête, n'osant pas avouer que je n'étais pratiquement jamais sortie de mon petit village. Nous continuâmes notre promenade, et à chaque magasin Viviane s'arrêtait. Elle regarda longuement la devanture d'une bijouterie, comparant les différents modèles d'alliances.

— J'aime les bijoux, avoua-t-elle avec sincérité. Surtout les colliers. C'est ici que j'achèterai mon alliance. Ils offrent un cadeau aux jeunes mariés.

Elle leva la tête vers mon oncle Georges et lui dédia un sourire complice. J'aimais bien l'entente et l'amour visibles qui existaient entre eux. Et j'avais l'impression, alors que je venais seulement de la rencontrer, de connaître Viviane depuis longtemps. Elle nous conduisit jusqu'au jardin public et, alors que nous marchions lentement dans les allées ensoleillées, elle m'interrogea sur moi, sur ma vie, sur Léon qui s'était « si mal comporté », déclara-t-elle avec un air horrifié. Avec confiance, je lui racontai tout, complétant ce que mon oncle Georges lui avait déjà dit. Elle m'interrogea aussi sur le travail qui serait le sien lorsqu'elle serait la femme de Georges ; je lui affirmai qu'il n'y avait rien de difficile et que je lui apprendrais tout. De nouveau, elle se mit à rire :

— J'aurai un professeur bien jeune, et bien séduisant. Avec toi, Pauline, je suis sûre d'y arriver.

Lorsque nous revînmes de notre promenade, j'étais enchantée. Nous bûmes une bière, que Raymond nous servit. En même temps, avec volubilité, il nous expliqua qu'il était un passionné de courses hippiques et qu'il avait déjà pris des paris pour celles qui auraient lieu à Béthune le 3 juillet. Puis, avec mon oncle Georges, ils discutèrent du concours de la Race Bovine Flamande, prévu le dimanche suivant, place de la République et au marché aux Bestiaux. Mon oncle sourit à Viviane :

— Nous irons faire un tour, déclara-t-il. Ainsi, tu auras l'occasion de voir de près des vaches laitières. Lorsque nous serons mariés, tu seras une fermière, et tu auras les nôtres à traire.

Comme il était bientôt l'heure de notre train, nous ne pûmes pas nous attarder, et nous prîmes congé. Viviane vint nous accompagner jusqu'à la gare et, au moment de nous quitter, lorsque je lui tendis la main, dans un élan spontané et un nouvel éclat de rire, elle m'attira à elle :

— Embrassons-nous, Pauline. J'ai été ravie de faire ta connaissance. Tu seras comme une sœur pour moi, tu veux bien ? Je n'en ai pas.

J'acceptai avec plaisir et l'embrassai affectueusement.

Et lorsque mon oncle Georges, dans le train, me demanda avec beaucoup de fierté et un peu d'inquiétude :

— Alors, comment la trouves-tu ?

Ma réponse fut sincère et enthousiaste :

— Je la trouve vraiment très bien.

6

Le dimanche suivant, mon oncle Georges revint de Béthune, enchanté :

— Nous sommes allés voir cette exposition, Pauline. C'était formidable ! Il y a une immense laiterie, avec vingt-cinq vaches magnifiques. L'une d'elles, Supra, a donné vingt-sept litres de lait. Une autre, Lisette, plus de trente-trois litres ! Tu te rends compte ? C'est incroyable !

Je partageai son enthousiasme. Une bonne vache laitière donnait, en moyenne, de vingt-deux à vingt-cinq litres de lait par jour. Le chiffre de trente-trois litres était vraiment un record.

— Et Viviane ? demandai-je. A-t-elle aimé le concours ?

— Oui. Et elle a hâte de venir voir nos vaches. Je vais demander à mère de l'inviter dimanche prochain.

Avec ma grand-mère, je nettoyai la maison de fond en comble, et elle reluisait de propreté lorsque Viviane arriva. Pour l'occasion, elle avait cru bien faire de s'habiller élégamment et de se maquiller. Je vis le regard réprobateur de ma grand-mère tandis qu'elle détaillait le tailleur élégant, les lèvres fardées et les bijoux de la jeune fille — collier, bague et bracelet. Mais elle invita poliment Viviane à entrer. Mon grand-père, pour compenser la froideur de sa femme, déclara tout de suite, avec un clin d'œil espiègle :

— Maintenant que je vous vois, mademoiselle, je comprends Georges. Je crois bien qu'à sa place, moi aussi...

Un regard sévère de ma grand-mère le fit taire. Viviane, semblant ne rien remarquer, lui adressa ce joli sourire qui faisait naître deux fossettes dans ses joues, et demanda à visiter la ferme.

— Venez, dis-je en lui prenant la main. Je vais tout vous expliquer.

Nous sortîmes avec mon oncle Georges, et nous fîmes le tour des bâtiments. Je montrai à Viviane la baratte, l'écrémeuse, et dans la grange mon oncle Georges nomma pour elle, un à un, les instruments nécessaires aux travaux des champs : le semoir, la faucheuse, la moissonneuse-lieuse, l'extirpateur... Viviane regardait d'un air un peu effaré ces appareils qu'elle découvrait pour la première fois.

— Ne craignez rien, dis-je en riant. Vous vous y habituerez très vite. Allons plutôt voir les animaux.

Elle aima les lapins, ne s'approcha pas trop des poules ni des cochons, s'intéressa au veau qu'elle trouva « adorable et mignon », et recula avec effroi lorsque, dans l'écurie, mon oncle lui présenta Major :

— Mon Dieu ! Comme il est grand ! Je crois que... j'ai toujours eu un peu peur des chevaux.

— C'est un tort, affirma mon oncle. Major est très doux. Approche-toi et caresse-le.

Mais elle recula davantage :

— Euh... pas aujourd'hui. Une autre fois, plutôt.

Je ne comprenais pas sa réaction, mais je jugeai plus sage de ne pas la brusquer.

— Bien sûr, approuvai-je. Vous aurez tout le temps de faire sa connaissance.

Alors que nous sortions de l'écurie et que nous traversions la cour, elle regarda autour d'elle, indécise :

— Mais... où sont les vaches ?

— Je les ai conduites en pâture ce matin. Vous les verrez une autre fois. Vous n'aurez pas peur d'elles, au moins ?

— Non, je ne crois pas. Il n'y a que les chevaux... je ne sais pas pourquoi.

— Si ce n'est que ça, ce n'est pas grave, constata mon oncle, puisque ce n'est pas toi qui travailleras avec Major.

Nous rentrâmes dans la maison. Ma grand-mère servit le repas. En l'honneur de Viviane, elle avait fait un bouillon de poule, avec des légumes de notre jardin et plusieurs tartes au *libouli*, crème onctueuse confectionnée à l'aide de lait, de sucre et d'œufs. Mais Viviane, sans doute impressionnée par cette première visite, mangea très peu. Ma grand-mère la regarda chipoter dans son assiette sans faire de commentaire, mais je devinais ce qu'elle pensait : ce n'était pas en *pluquant* de cette façon que la femme de Georges aurait suffisamment de forces pour supporter le travail de la ferme.

Heureusement, grâce à mon oncle, et aussi à mon grand-père qui semblait trouver la jeune fille charmante, l'ambiance fut néanmoins agréable. Mon grand-père parvint même à faire rire Viviane à plusieurs reprises, en lui racontant des anecdotes amusantes ayant trait aux animaux de la ferme.

Lorsqu'elle s'en alla, à la fin de l'après-midi, pour prendre congé elle m'embrassa, puis se tourna vers ma grand-mère :

— Me permettez-vous de vous embrasser également? demanda-t-elle avec un charmant sourire.

Je vis le visage de ma grand-mère s'adoucir, tandis qu'elle acceptait. Et je me dis que, malgré sa prévention, elle finirait par aimer Viviane.

À partir de ce jour, la situation devint officielle. Tout le monde, dans le village, sut que Georges *fréquentait avec* une fille de Béthune.

Il y eut des critiques. Comme ma grand-mère, beaucoup pensaient qu'une fille de la ville ne s'adapterait jamais à la vie laborieuse et au dur travail d'une ferme. Certaines personnes, plus optimistes, suggéraient néanmoins que, si elle était courageuse, ce serait possible. Mon amie Joséphine vint me voir, les yeux brillants de curiosité. Elle m'interrogea sur Viviane, et je parlai d'elle avec enthousiasme.

— Comme je t'envie, Pauline! s'exclama mon amie.

Grâce à elle, tu pourras aller plus souvent en ville! Comme tu as de la chance!

Je constatai, durant toute notre conversation, que le visage de ma grand-mère exprimait doute et réprobation. Dès que mon amie fut partie, je l'interrogeai :

— Mémère Hiette, pourquoi n'aimes-tu pas Viviane?

Je n'avais pas l'intention de poser la question aussi abruptement, mais je voulais savoir. Ma grand-mère, interloquée au début, se reprit très vite :

— Je n'ai jamais dit que je ne l'aimais pas, Pauline. Ne raconte pas n'importe quoi.

— Mais je le vois bien! Pépère Baptiste, lui, trouve qu'elle est gentille, et que finalement *mononc'* Georges n'a pas si mal choisi. Mais toi, tu ne dis jamais rien.

Ma grand-mère resta silencieuse un instant, le regard pensif. Je crus qu'elle n'allait pas me répondre, et je me préparais à insister, lorsqu'elle déclara d'une voix changée, sourde et basse :

— Ne le répète pas à Georges, Pauline, mais je ne peux pas m'empêcher de penser qu'avec elle, il sera malheureux.

Je protestai avec sincérité :

— Oh non! Elle l'aime, c'est visible. Elle ne le rendra jamais malheureux!

Ma grand-mère m'observa, le visage tendu, et pour la première fois je n'étais plus l'enfant qu'elle avait toujours connue, mais la seule confidente à qui elle pouvait parler de ses craintes.

— Pas volontairement, bien sûr. Mais ce n'est pas une fille de chez nous, et elle ne s'habituera jamais ici. Elle sera forcément malheureuse, et elle rendra Georges malheureux.

Ainsi, cette prévention contre la ville était tellement ancrée dans l'esprit de ma grand-mère qu'elle finissait par la rendre pessimiste, alors que j'étais persuadée, moi, que tout irait bien. Je le lui dis, et ma conviction amena sur les lèvres de ma grand-mère un sourire hésitant :

— Oui, peut-être que je me trompe... Je le voudrais bien, Pauline, je le voudrais bien...

Elle ne m'en parla plus, et elle se comporta envers

Viviane comme si elle l'avait totalement acceptée. Mais parfois, je surprenais le regard expectatif qu'elle posait sur la jeune fille, et je me disais qu'au fond d'elle-même demeurait une réticence qu'elle n'avouait pas. Quant à moi, je n'étais pas inquiète. Avec confiance, j'étais persuadée que, dès qu'elle serait la femme de Georges, Viviane prouverait à ma grand-mère qu'elle avait eu tort d'avoir peur.

Déjà, elle faisait preuve d'une bonne volonté touchante. À cause du travail des champs, mon oncle Georges ne pouvait se rendre à Béthune que le dimanche. Alors, une ou deux fois par semaine, Viviane venait chez nous. Pendant que mon oncle était occupé, elle me demandait de tout lui montrer dans la ferme. Elle voulait connaître le fonctionnement de l'écrémeuse, de la baratte. Elle s'habituait aux animaux. Avec moi, elle allait rechercher les vaches que j'avais menées en pâture le matin. Elle m'aidait à couper, sur les revers des talus, de l'herbe pour la nourriture des lapins. Elle observait ma grand-mère lorsqu'elle faisait le pain, et le jour où ma grand-mère la laissa essayer, Viviane me donna l'impression d'avoir remporté une victoire. Elle me disait :

— Si j'apprends dès maintenant, ça sera plus facile après, lorsque je serai la femme de Georges. Tu comprends, Pauline ?

Elle m'avait demandé de la tutoyer, en précisant, avec ce rire qu'elle avait souvent et qui la rendait si agréable :

— J'ai vingt et un ans, et je ne me sens pas beaucoup plus vieille que toi. Lorsque tu me dis « vous », ça me donne l'impression de vieillir d'un seul coup. Et surtout, quand je serai la femme de Georges, s'il te plaît, ne m'appelle pas « ma tante » ! Quelle horreur ! Promets-moi de continuer à m'appeler Viviane.

J'avais promis, en riant moi aussi.

Lorsque mon oncle pouvait se libérer, il l'emmenait faire une promenade dans le village et dans les environs. Ils prenaient les voyettes, et mon oncle lui indiquait les champs qui nous appartenaient. En même temps, il la présentait aux gens qu'ils rencontraient, et elle se montrait gracieuse avec tous, si bien que, lorsqu'ils venaient ensuite à la ferme, ils disaient à ma grand-mère :

— Elle est très bien, cette jeune fille. Gentille et simple. Pas fière du tout.

Lorsque je les entendais, ces compliments me procuraient autant de joie que s'ils m'avaient été destinés.

Une fois, Viviane revint d'une de ces promenades avec une moue désapprobatrice :

— Nous avons croisé Léon, me confia-t-elle. Avec son gros visage et son œil crevé, qu'il est laid ! Ma pauvre Pauline ! Comme je te plains d'avoir dû vivre avec lui si longtemps !

Léon... Moi aussi, il m'arrivait parfois de l'apercevoir de loin. Je m'arrangeais aussitôt pour ne pas avoir à le rencontrer, au besoin en faisant demi-tour. J'avais de ses nouvelles par Thomas, que je retrouvais régulièrement au cimetière, chaque dimanche après les vêpres.

— Il est de plus en plus désagréable, me disait-il. Heureusement que Janina est là. Il y a au moins quelqu'un qui se montre gentil avec moi. Car Léon, lui, me ferait mourir à la tâche.

Un jour, après une hésitation, en rougissant, il avoua plus bas :

— Tu me manques, Pauline. Bien sûr, je suis content de savoir que tu es maintenant en sécurité, et que Léon ne peut plus rien te faire. Mais... tu me manques.

J'eus envie de répondre que c'était la même chose pour moi, mais je parvins à ne rien dire. Une jeune fille ne devait jamais dévoiler ses sentiments. Ma grand-mère me le répétait, Viviane me disait la même chose, ainsi que les livres que continuait à me prêter mon amie Joséphine. Néanmoins, cette déclaration de Thomas me fit plaisir et, ce dimanche-là, en rentrant à la maison, je me sentis particulièrement heureuse.

***

Après une année de fiançailles, mon oncle Georges épousa Viviane. Le mariage eut lieu un samedi, à la fin du mois d'août 1933. Pour le repas, ma grand-mère avait préparé de nombreuses tartes, au *libouli* et à la compote. Plusieurs poules avaient été sacrifiées, et je l'avais aidée à les plumer et à les vider. Je m'étais fait faire une nouvelle robe et Viviane, les yeux brillants de bonheur, m'avait longuement décrit sa robe de mariée, tout en précisant que personne — et surtout pas Georges — ne devait la voir avant le jour des noces.

Le repas se fit dans le café de ses parents, fermé pour cette occasion. Ma grand-mère avait invité ses cousins, qui habitaient le Pévèle et que nous voyions rarement. Je l'avais suppliée de ne pas inviter Léon, et mon oncle Georges avait été de mon avis, d'autant plus que Léon n'était qu'un cousin éloigné. Mon grand-père avait remarqué avec tristesse que nous avions bien peu de famille.

— Mon neveu a été tué à la guerre, mon frère en est mort de chagrin. Il ne reste que ma nièce.

Cela me fit plaisir de revoir Georgina, et je fis ainsi la connaissance de son mari et de sa fille. Nous fûmes néanmoins nombreux car, si Viviane était fille unique, ses parents avaient chacun un frère et une sœur, des neveux et des nièces.

Le repas fut gai, entrecoupé de chansons avec, à la fin de chacune d'elles, des bans chantés en patois : « *Qu'i cante bin, qu'i cante bin, in l'mettra din l'guéiole, in dirot, in dirot, un mâle eud pierrot.* » Un oncle de Viviane, qui avait apporté un carnet de chansons, se levait entre chaque plat, sortait le carnet de sa poche, annonçait qu'il allait « en dire une petite ». D'une belle voix profonde, il se mettait à chanter *Ferme Tes Jolis Yeux*, *Rêve de Valse* ou *La Chanson des Blés d'Or*, accompagné, au moment des refrains, par tous les convives.

Raymond, pour taquiner mon oncle Georges, lui assura que, comme tous les hommes mariés, il regretterait un jour de ne pas être resté célibataire et, pour illustrer ses propos, il entonna avec entrain, bientôt imité par tous les hommes présents : « *Si j'avos su, j'aros resté garchon.* »

Les parents de Viviane possédaient un gramophone et des disques et, pour la première fois de ma vie, je dansai. Un des invités, Michel, qui était mon cavalier, voulut m'apprendre la valse et la polka, mais je ne trouvai pas ces danses faciles. Je lui marchais sur les pieds, nous trébuchions, nous perdions le rythme, et cela nous faisait bien rire.

Mais, pour mes grands-parents et moi, il y avait le travail de la ferme que nous ne pouvions pas oublier. Nous dûmes partir à l'heure de la traite. Un oncle de Viviane, qui possédait une automobile, une conduite intérieure Ford, nous reconduisit à la maison. Ce fut la première fois que je montai dans une voiture, et j'appréciai les sièges moelleux qui contrastaient avec la banquette de bois du compartiment de troisième classe lorsque je prenais le train.

À la maison, nous reprîmes nos vieux vêtements, et, avec un soupir de regret, j'empoignai les seaux de fer-blanc et m'en allai aider ma grand-mère. Pour la première fois — une autre première fois, beaucoup moins agréable, celle-ci — le travail de la ferme me parut contraignant. J'aurais bien aimé continuer à rire et à m'amuser avec les autres. Je constatai avec amertume que nous avions été les seuls à devoir partir, et j'eus l'impression d'être victime d'une injustice.

Je fus bien obligée de me résigner et de faire mon travail comme les autres jours. Nous n'avions plus faim et, avant d'aller nous coucher, nous ne prîmes qu'une assiette de soupe. Je rangeai soigneusement, dans l'armoire, ma jolie robe, avec la même impression de regret : quand aurais-je l'occasion de m'amuser de nouveau ? Je me glissai dans mon lit et, longtemps, je guettai le retour de mon oncle Georges et de Viviane. Mais ils ne rentraient pas, et je les imaginais, riant et chantant, je revoyais Viviane virevolter avec les hommes qui, tous, voulaient avoir l'honneur de faire danser la mariée.

Lorsque je m'endormis, ils n'étaient toujours pas rentrés.

***

Le lendemain, je me levai tôt pour traire les vaches avec ma grand-mère. Viviane arriva dans la cuisine alors que, la traite terminée, nous revenions préparer le petit déjeuner. Le visage rose et ensommeillé, ses cheveux blonds encore emmêlés, elle était adorable. Elle nous sourit :

— Bonjour, mère. Bonjour, Pauline. Aujourd'hui, je me suis levée tard, mais c'est une exception. Dès demain, je travaille.

Elle tint parole. Le lendemain et tous les autres jours, debout en même temps que nous, elle nous suivait dans chacune de nos tâches, observait, apprenait. Ma grand-mère prétexta qu'elle était trop vieille et qu'elle n'avait plus suffisamment de patience, et me laissa la responsabilité de tout expliquer à Viviane. Je lui montrai comment il fallait traire et, au début, elle eut bien du mal. Mais elle recommençait sans se décourager, répétant avec obstination :

— J'y arriverai. Je suis la femme de Georges, et je veux qu'il soit fier de moi.

À force de ténacité, elle y parvint. Comme je l'avais fait lorsque j'avais quitté l'école, elle apprit à se servir de l'écrémeuse, à faire le beurre. Elle s'appliquait, voulant absolument que son travail fût satisfaisant sur tous les points. Elle ne se plaignait jamais. De temps en temps seulement, quelques remarques désabusées lui échappaient. Elle regardait ses mains, que le froid et les travaux rougissaient :

— Avant, j'avais de jolies mains blanches, soupirait-elle.

Ou bien, elle jetait un coup d'œil désolé au tablier de grosse toile qu'elle portait :

— Dans le café de mes parents, pour servir les clients, j'étais élégante.

Si ma grand-mère entendait l'une de ces réflexions, elle protestait d'un ton bref :

— Pour travailler ici, on ne fait pas de toilette, ça c'est sûr.

Et Viviane ne disait plus rien.

Néanmoins, en dehors de ces remarques, elle gardait sa bonne humeur, s'attaquait aux besognes avec entrain, chantonnait en ramassant les œufs ou en nourrissant les lapins. Son regard s'éclairait dès que mon oncle Georges revenait des champs. Elle courait l'accueillir, se pendait à son cou, l'embrassait. Mon grand-père riait, avec un peu de nostalgie dans le regard :

— Moi aussi, j'aimerais bien être accueilli comme ça ! Profites-en, mon garçon, disait-il à Georges. Ça ne durera pas toujours !

J'étais heureuse de les voir s'aimer autant, et pas une seule fois je ne regrettai le choix de mon oncle Georges. De plus, grâce à Viviane, nous sortions plus souvent. Quelquefois, le dimanche après-midi, nous allions voir ses parents et nous allions au cinéma. Une fois, pour aller rendre visite à l'un de ses oncles, qui habitait Bruay, nous prîmes l'autobus, et ce fut pour moi une expérience nouvelle qui me plut beaucoup.

Viviane aimait porter de beaux vêtements, mettre des bijoux et se maquiller. En semaine, son travail ne le lui permettait pas mais, le dimanche, pour aller chez ses parents, ou simplement pour aller à la messe dans l'église de notre village, elle s'habillait élégamment et se pomponnait. Je la regardais utiliser de la poudre de riz, du rouge à joues, du rouge à lèvres. Elle m'avait proposé, une fois, ces produits nouveaux pour moi, mais ma grand-mère s'était récriée :

— Pauline est trop jeune ! Et puis, une honnête femme ne se peinturlure pas le visage. Ce sont les femmes de mauvaise vie qui le font !

Viviane avait rétorqué sans s'énerver que les temps avaient évolué et que, maintenant, une femme pouvait se maquiller sans pour autant être une gourgandine.

Elle déplorait le manque de magasins et elle guettait chaque mois le marchand ambulant qui passait dans le village, avec sa camionnette motorisée, et qui avait remplacé l'ancien colporteur, Corentin, dont parlait parfois ma grand-mère. Tandis que cette dernière achetait des choses utiles comme du fil, des aiguilles ou un balai, Viviane s'intéressait aux produits de beauté comme la crème Tokalon, ou encore aux bas de soie, la toute dernière nouveauté, tout en faisant la sourde oreille aux réflexions désapprobatrices de ma grand-mère. Le soir, elle montrait ses achats à mon oncle Georges, et si ma grand-mère répétait ses critiques, déclarant que c'était de l'argent dépensé pour rien, donc gaspillé, il répondait qu'il aimait que sa femme fût jolie et soignât son apparence. Mon grand-père et moi n'intervenions pas et, ne se voyant pas soutenue, ma grand-mère, pour un instant, abandonnait la lutte.

Le dimanche, lorsqu'elle m'accompagnait au cimetière, et que je rencontrais Thomas, Viviane me taquinait gentiment :

— Cela ressemble fort à un rendez-vous, Pauline. Et ce garçon te regarde d'une façon... hum !

Je riais, et elle riait avec moi. Je lui rapportais, comme à une amie, ce que Thomas m'apprenait. Ainsi, depuis quelque temps, il remarquait que Léon buvait de façon exagérée. Certains soirs, resté seul, il s'enivrait. C'était Janina qui l'avait remarqué. Elle occupait ma chambre et l'entendait gagner la sienne d'un pas lourd et incertain, se cognant aux murs. Le lendemain matin, en se levant, elle retrouvait sur la table la bouteille de cognac et le verre que Léon avait laissés là. Ces révélations ne me surprenaient pas ; concernant Léon, rien ne pouvait me surprendre. Le jour où je l'avais assommé, il était ivre aussi. Je pensais à ce que m'avait dit mon oncle Georges, au sujet de cet Edmond qui était tombé du petit pont. Si Léon l'avait poussé, peut-être avait-il des remords ? Était-ce pour cela qu'il s'enivrait ? J'étais d'autant plus satisfaite de l'avoir quitté, et de vivre avec mes grands-parents, mon oncle Georges et Viviane.

***

Après quelques mois, Viviane attendit un enfant, et son caractère se mit à changer.

C'était un jour d'avril. Pour le repas du midi, ma grand-mère avait fait du *rassacache*, une soupe au lard avec des pommes de terre, des carottes, des navets, des haricots blancs. Nous en mangions d'abord le bouillon, puis les légumes avec le lard, qui formaient un ragoût délicieux. Vers le milieu du repas, Viviane eut une sorte de hoquet, se leva brusquement et se précipita hors de la pièce. Après un instant de surprise, mon oncle Georges sortit derrière sa femme, puis revint peu après, l'air rassuré.

— Ce n'est pas grave. Elle est en train de vomir. Elle dit que c'est le repas qui ne passe pas.

Le visage de ma grand-mère s'éclaira :

— Moi, je dirais que c'est autre chose.

Mon oncle eut un sourire heureux et fier :

— Peut-être... Espérons-le.

Viviane revint en s'essuyant le visage. Elle avait le teint verdâtre, les traits creusés, les lèvres tremblantes. Elle fut incapable de continuer à manger, et demanda la permission de se retirer quelques instants dans sa chambre pour s'allonger. Je la regardai partir, désolée de la voir aussi mal en point et de ne pouvoir l'aider.

Ce malaise fut le premier d'une série interminable. Ils se succédèrent, ne laissant à Viviane aucun répit. Nous sûmes bientôt qu'un bébé viendrait pour le début du mois de décembre, mais le fait de voir Viviane sans cesse malade nous empêchait de nous réjouir complètement.

— Prenez patience, lui disait ma grand-mère. Dès le quatrième mois, ça ira mieux. Les nausées disparaîtront.

Bien que Viviane rejetât tout ce qu'elle mangeait, ma grand-mère voulait l'obliger à se nourrir, mais c'était peine perdue. La moindre bouchée provoquait des haut-le-cœur.

Entre les malaises, courageusement, Viviane essayait de s'acquitter de son travail. Elle devait parfois s'arrêter, essuyait son front où perlait une sueur froide. Avec pitié, je conseillais :

— Repose-toi un peu. Je terminerai toute seule.

À ces moments-là, si ma grand-mère était présente, elle intervenait en lançant à sa belle-fille un regard incisif :

— Allons, secouez-vous. Vous vous écoutez trop.

Je la regardais avec reproche. Je la trouvais trop dure. Je voyais bien, moi, que Viviane ne « s'écoutait » pas et que ses malaises n'étaient pas feints.

Je n'entendais plus jamais son joli rire perlé, qui m'avait tant plu lorsque j'avais fait sa connaissance. Elle maigrit, son visage se creusa, devint d'une pâleur cireuse. Seul mon oncle Georges parvenait à la faire sourire.

Comme l'avait prévu ma grand-mère, après le quatrième mois, il y eut une amélioration. Nausées et vomissements disparurent. Mais Viviane avait perdu son caractère enjoué. Elle, toujours si aimable, se mit à critiquer la façon dont vivaient mes grands-parents, la comparant à l'existence qu'elle avait menée chez ses propres parents. Les altercations entre belle-mère et bru devinrent fréquentes.

Un jour, après le repas, Viviane alla jeter sur le fumier, dans la cour, l'eau ayant servi à faire la vaisselle. Ma grand-mère protesta :

— Il ne fallait pas vider toute la bassine. Vous savez très bien que je récupère toujours un peu de cette eau pour la pâtée des cochons.

Viviane, dans un accès de colère inhabituel, s'écria :

— Cette manie de toujours tout récupérer ! Ce n'est plus de l'économie, c'est de l'avarice !

Ma grand-mère pinça les lèvres :

— Il ne faut rien perdre. Qu'est-ce que vous croyez ? Nous ne sommes pas riches. Nous ne pouvons pas nous permettre de gaspiller. Comme le disait mon père : Un sou c'est un sou.

Viviane haussa les épaules :

— Il y a des moments, quand même, où c'est trop. Comme votre manie d'allumer la lumière le plus tard possible, sous prétexte que l'électricité coûte cher et qu'on y voit encore assez. Moi, je n'ai pas été habituée à agir comme ça. Si mes parents laissaient leur café dans l'obscurité, ils n'auraient pas beaucoup de clients !

Le visage de ma grand-mère se ferma davantage.

— On ne peut pas comparer. On ne fait pas le même métier.

Viviane ne dit plus rien, mais son visage demeura sombre et mécontent.

Un autre jour, ma grand-mère remarqua que les oignons avaient plusieurs pelures et que l'hiver serait sans doute rigoureux.

— S'il fait trop froid dans les chambres, continua-t-elle, nous mettrons le bébé dans l'étable pour la nuit. Les vaches lui tiendront chaud.

Viviane eut une exclamation horrifiée :

— Dans l'étable ? Mais ce n'est pas sain !

— Et pourquoi ? C'est ce que nous avons fait pour Georges. Et il a toujours été en excellente santé.

— En tout cas, vous ne ferez pas la même chose pour mon enfant. Je refuse absolument !

Ce fut ma grand-mère, cette fois, qui ne répondit pas, mais son expression disait clairement que Viviane avait tort.

Entre elles deux, je ne savais que dire. J'aimais ma grand-mère, mais j'aimais aussi Viviane. Par l'âge, je me sentais plus proche d'elle. Je regrettais qu'elle eût perdu sa bonne humeur et qu'elle fût devenue si facilement irascible. Une fois, j'en parlai à mon oncle Georges. Il me dit de ne pas m'inquiéter, que c'était la grossesse qui transformait son caractère mais que, après l'accouchement, tout redeviendrait normal. Alors je ne prenais pas parti, mais j'essayais de consoler Viviane lorsqu'elle se plaignait :

— Les journées sont bien longues. Georges est aux champs du matin au soir, et je ne le vois jamais. Mes parents, au moins, travaillent ensemble. Ils ne sont pas séparés.

J'essayais d'être objective :

— Ils sont rares, les métiers où le mari et la femme peuvent travailler ensemble. Dans la plupart des cas, ils ont chacun leur occupation. Regarde les mineurs, les ouvriers...

Elle soupirait et, à son air buté, je voyais que je ne l'avais pas convaincue.

Elle se plaignait également du travail de la ferme, répétant qu'il était dur, incessant, fatigant. Malgré tout, ne voulant pas être traitée de paresseuse, elle continuait à s'acquitter de ses besognes habituelles. Mais je remarquais que, bien souvent, elle bâclait le travail. Je devais laver une seconde fois, après elle, l'écrémeuse et la baratte. Pour chacune de ses tâches, je vérifiais derrière elle, et je corrigeais ce qui laissait à désirer. Je ne voulais pas que ma grand-mère eût une raison supplémentaire de critiquer.

Au moment de la moisson, bien qu'elle fût enceinte de six mois, Viviane tint à venir faire les meules avec ma grand-mère et moi. Derrière la moissonneuse-javeleuse, nous dûmes travailler en pleine chaleur. Il fallait nous baisser, ramasser les gerbes, les mettre en monts bien alignés. Viviane, gênée par son ventre, se baissait avec difficulté, se relevait en se tenant les reins, et malgré tout s'obstinait. Là encore, elle bâcla son travail, ne disposant pas correctement les gerbes, ne s'occupant pas de les placer selon une ligne bien droite. Ma grand-mère lui en fit la remarque. Avec mauvaise humeur, en essuyant son front couvert de sueur, elle protesta :

— Qu'est-ce que ça change si ce n'est pas tout droit? C'est sans importance.

— C'est une sorte d'honneur, répliqua ma grand-mère avec fierté. Nous avons toujours fait en sorte que nos champs aient un aspect bien ordonné. Regardez chez les autres. C'est pareil. Tout le monde s'applique à présenter « de la belle ouvrage ».

Viviane eut ce haussement d'épaules qu'elle opposait de plus en plus aux explications de ma grand-mère :

— Tout ce que je vois, c'est que ça nous donne une fatigue supplémentaire et inutile.

Elle chancela, s'appuya sur moi. Inquiète, je lui proposai d'aller se reposer sur le talus à l'ombre des buissons. Pour la première fois, ma grand-mère se montra magnanime :

— C'est vrai, il ne faut pas trop vous fatiguer dans votre état. Ce n'est pas bon pour l'enfant.

À dater de ce jour, elle conseilla à Viviane d'éviter les travaux les plus durs. D'ailleurs, la grossesse s'avançait, et la jeune femme se déplaçait plus lourdement. Elle se mit à tricoter, en utilisant uniquement de la laine bleue. D'abord, elle désirait un garçon, et de plus, Flavie, la sage-femme du village, lui affirmait qu'elle le portait « en avant » et que, dans ce cas, le sexe du nouveau-né serait sans doute masculin.

Ma grand-mère prodiguait de nombreux conseils, incitait Viviane à manger « pour deux », à boire un peu de vin, et surtout à satisfaire ses « envies » si elle en avait. Il y avait aussi certaines choses qu'elle lui déconseillait de faire : par exemple, il fallait éviter de regarder des choses laides, afin que l'enfant ne fût pas laid. Un autre exemple se présenta bientôt, et un nouveau conflit opposa les deux femmes.

Un dimanche, Viviane, qui s'habillait pour se rendre chez ses parents avec mon oncle Georges, alla dans sa chambre, revint avec un joli collier et, debout devant la glace de la cuisine, s'apprêta à le passer à son cou. Un cri de ma grand-mère l'arrêta :

— Viviane ! Qu'allez-vous faire ?

Étonnée, Viviane répondit :

— Je vais mettre ce collier. Ma mère me l'a offert pour mes vingt et un ans.

Ma grand-mère étendit une main, comme pour l'en empêcher :

— Ne faites pas ça, surtout ! Votre enfant serait « cordonné » !

Viviane fronça les sourcils, mécontente :

— Allons donc ! Qu'est-ce que c'est, encore ?

Ma grand-mère expliqua d'une voix sévère :

— Si vous mettez un collier pendant votre grossesse, votre enfant naîtra avec le cordon autour du cou. Ça peut être dangereux. Il y a eu des cas où le bébé a été étranglé. Pour l'éviter, mieux vaut ne pas mettre de collier.

— Allons donc ! répéta Viviane avec humeur. Ce sont des histoires de bonne femme, tout ça. Moi, je n'y crois pas. De toute façon, au début de ma grossesse, un dimanche, chez mes parents, j'ai essayé le nouveau collier de ma mère. Elle ne m'en a pas empêchée. Elle non plus, elle ne croit pas à des histoires de ce genre.

Et, d'un geste résolu, elle agrafa le collier autour de son cou, sans tenir compte des protestations de ma grand-mère. Mon oncle Georges, qui arrivait de sa chambre, habillé et prêt à partir, s'inquiéta :

— Que se passe-t-il ?

Ma grand-mère lui rapporta ce qui venait de se passer. Son expression réprobatrice accusait Viviane. La jeune femme, un air de défi sur le visage, ne disait rien. Mon oncle Georges voulut minimiser l'incident :

— Bah, ce n'est pas grave. Si tu es prête, Viviane, allons-y.

Ils sortirent. Lorsque mon grand-père revint du cabaret où il était allé jouer aux cartes, ma grand-mère, de nouveau, rapporta la scène. Mon grand-père, comme son fils, ne voulut pas y attacher d'importance. Il essaya de calmer la colère de sa femme :

— Tout ça, ce sont des on-dit. Laisse-la donc mettre un collier si elle en a envie.

— Ce ne sont pas des on-dit. C'est arrivé à toutes celles qui l'ont fait. Elles ont eu un bébé cordonné.

— Ne t'en fais pas à l'avance. Ça ne prouve rien. Et même si ça arrive, il ne sera pas pour autant étranglé.

Ma grand-mère voulut encore protester puis, avec un soupir d'exaspération, elle abandonna. Et, par la suite, bien que visiblement contrariée, elle ne fit plus aucune remarque lorsque Viviane mit encore son collier.

***

Je continuais à rencontrer Thomas, chaque dimanche après-midi, au cimetière. Ces rencontres étaient innocentes, en compagnie de ma grand-mère et, de plus en plus rarement, de Viviane. Malgré tout, il y eut des critiques. Certaines commères ne se privèrent pas de sous-entendre que Thomas cherchait à « fréquenter avec une jeune fille qui avait du bien ». En l'apprenant, je me mis en colère. Ma grand-mère me conseilla d'espacer ces rencontres, mais je refusai. Je ne faisais rien de mal, et le fait de parler avec Thomas m'était agréable. J'aimais la façon dont son visage s'éclairait lorsqu'il me voyait, et le regard doux et chaleureux qu'il attachait sur moi. Lorsque je le quittais, je savais que je le retrouverais le dimanche suivant, et sa présence mettait pour toute la semaine un peu de soleil dans mon cœur.

Bien que je n'aie rien répété, le bruit commença à courir, dans le village, que Léon « se mettait à la boisson ». Plusieurs dimanches de suite, il avait quitté le café d'Onésime dans un état voisin de l'ivresse. Flavie elle-même, un lundi où elle était venue pour visiter Viviane, nous raconta qu'elle l'avait croisé, la veille, alors qu'il rentrait chez lui :

— Il avait un verre dans le nez, et même plusieurs! Il ne m'a même pas reconnue quand je lui ai dit bonjour.

Je plaignais Thomas d'être obligé de continuer à vivre avec un patron qui, en plus de tous ses défauts, devenait maintenant un ivrogne. Lorsque je le lui disais, Thomas objectait que, pour travailler, Léon était toujours sobre. Il ne buvait que le soir, ou encore le dimanche chez Onésime.

Après la façon dont il s'était comporté envers moi, et que tout le monde connaissait, il était plutôt mal vu de la plupart des habitants du village. Le fait de s'enivrer lui apporta de nouvelles critiques. Personne ne songea à le comprendre ou à lui trouver des excuses, moi moins que tout autre.

Un autre sujet contrariait tous ceux qui, comme mes grands-parents, étaient fermiers. Nous étions en 1933, et une crise générale commençait à sévir, n'épargnant pas l'agriculture. Concurrencé par le blé étranger, le blé français demeurait en excédent. Les paysans éprouvaient des difficultés à écouler leur production. Mon grand-père ne cachait pas son inquiétude. Lorsque mon oncle Georges et lui discutaient de la situation, Viviane, de plus en plus, glissait dans la conversation des remarques auxquelles mes grands-parents ne répondaient jamais :

— Vous avez mal choisi votre métier. Si vous teniez un café, vous n'auriez pas ce genre de problème. Comme le dit très justement mon père, il y a toujours des gens qui ont soif.

Ses parents venaient de reprendre, à Béthune, un café plus grand, avec une table de billard située dans le fond de la salle, qui attirait des habitués venant disputer de longues parties. En plus des boissons, ils proposaient aux clients des petits pains au jambon, au pâté, au saucisson. Certains réclamaient parfois des frites, et Raymond envisageait d'installer un coin de restauration rapide. Viviane nous rapportait qu'il était satisfait, et que, si les affaires continuaient de la même façon, il devrait bientôt engager un serveur.

D'après elle, le métier de ses parents ne présentait que des avantages, contrairement au nôtre qui n'avait que des inconvénients. Elle les exposait volontiers :

— Ils travaillent à l'abri, au lieu de labourer et de semer par tous les temps. Ils n'ont pas à craindre la gelée, la pluie, ou au contraire la sécheresse. Et puis, en ville, ils ont tout le confort.

Une fois, elle ajouta, avec un soupir de regret et de mécontentement :

— Ah, si Georges m'avait écoutée...

Je surpris le regard de ma grand-mère, plein d'inquiétude et de questions informulées. Moi-même, je m'interrogeai. Que voulait dire Viviane ?

Sa grossesse arrivait à son terme. La naissance était prévue pour le début du mois de décembre. Le vingt-cinq novembre, jour de la Sainte-Catherine, qui était la fête de toutes les jeunes filles, elle m'offrit une carte ornée d'un ruban, tellement jolie que je m'extasiai longuement, lui demandant où elle avait trouvé une carte aussi ravissante. Au lieu de rire gentiment, comme elle l'aurait fait un an plus tôt, elle dit, avec une expression d'ironie supérieure sur le visage :

— Je l'ai trouvée à Béthune. En ville, on trouve de tout. Ce n'est pas chez Martha qu'il y a des choses pareilles !

Martha, qui tenait l'épicerie du village, vendait aussi, au moment de la Sainte-Catherine, quelques cartes toutes simples, qui n'avaient rien de comparable avec celle que je tenais dans les mains. Prise entre mon admiration et mon désir de ne pas dénigrer mon village que j'aimais, je ne sus que dire. Je remerciai Viviane pour son cadeau et l'embrassai, mais ma joie était ternie.

7

Quelques jours plus tard était prévu le banquet de la Saint-Éloi. Chaque année, le premier décembre, après une messe célébrée uniquement à cette intention, les fermiers — que nous appelions des *cinsiers*, patois du mot « censier », ceux qui possédaient une cense — se réunissaient pour un banquet. S'y joignaient le bourrelier et le forgeron du village qui, eux aussi, avaient Saint-Éloi pour patron.

Mes grands-parents et mon oncle Georges y assistaient régulièrement. C'était une réunion joyeuse où tout le monde mangeait, buvait, chantait, et je savais par cœur, sans avoir assisté aux banquets, le chant dédié au saint patron : *Non, saint Éloi i n'est pas mort, car i vit encor, car i vit encor.* J'avais hâte d'être mariée, et de participer, moi aussi, à ce repas dans la gaieté et la bonne humeur.

L'année précédente, Viviane avait accompagné son mari et ses beaux-parents. Mais, cette fois, sa grossesse était si avancée qu'elle hésitait. De plus, son état d'esprit avait changé. Elle était souvent d'humeur sombre, belliqueuse, et avouait elle-même qu'elle n'avait aucune envie de s'amuser.

— Dans ce cas, disait mon oncle Georges, conciliant, je n'irai pas non plus. Ce sera pour l'an prochain.

Il continuait à affirmer avec optimisme que Viviane, après la naissance du bébé, retrouverait son entrain et sa joie de vivre. Ma grand-mère elle-même concédait que la grossesse pouvait, en effet, aigrir le caractère, et que tout reviendrait dans l'ordre ensuite. Ces paroles nous rassuraient, mon grand-père et moi, car nous aimions bien Viviane et nous voulions la retrouver telle qu'elle était et, surtout, la voir heureuse.

Elle ressentit les premières douleurs la veille du banquet, dans la soirée, alors que ma grand-mère finissait de préparer et de brosser les vêtements du dimanche pour le lendemain. À la première contraction, elle se plia en avant et, se tenant le ventre à deux mains, poussa un cri de douleur. Ma grand-mère comprit tout de suite :

— Ça y est, il arrive. Georges, va prévenir Flavie. Et vous, continua-t-elle à l'adresse de Viviane, n'ayez pas un air aussi affolé. Il n'y a rien de plus normal que de mettre un enfant au monde.

Viviane se redressa, respira avec effort :

— Ma mère... Il faut la prévenir aussi. Je veux qu'elle soit là.

— Ne t'inquiète pas, dit mon oncle Georges. En revenant de chez Flavie, j'irai voir Élie.

Élie était un des rares fermiers du village à posséder une automobile. Ami de mon oncle Georges, il lui avait promis, lorsque le moment serait venu, d'aller chercher la mère de Viviane à Béthune. Mon oncle regarda sa femme avec inquiétude :

— Ça va aller ?

Ma grand-mère répliqua, d'un ton convaincu :

— Bien sûr que ça va aller. Ne t'en fais donc pas. Et vous, Viviane, venez dans votre chambre.

Viviane se laissa emmener, le visage défait et effrayé. Elle ressemblait à une enfant perdue, et j'eus envie d'aller lui tenir la main. Je comprenais son besoin d'avoir, à cet instant, sa mère auprès d'elle. Plusieurs fois, elle avait émis le désir d'aller accoucher à Béthune, où Élie l'aurait volontiers conduite, mais ma grand-mère avait refusé :

— De père en fils, les naissances ont toujours eu lieu ici, à la Cense aux alouettes. Votre enfant continuera la tradition. Sans compter qu'il ne serait pas prudent de vous en aller sur les routes alors que vous serez prête à accoucher. En décembre, elles peuvent être enneigées, verglacées, il peut y avoir du brouillard. Vous accoucherez ici, ce sera beaucoup mieux. Et si vous voulez que votre mère soit auprès de vous, Élie ira la chercher.

Mon oncle Georges avait appuyé ce raisonnement, et Viviane avait fini par s'incliner. Dans la cuisine, où nous étions demeurés seuls, mon grand-père s'approcha du feu pour l'activer.

— Il va falloir faire bouillir de l'eau, dit-il en tisonnant vigoureusement. Ce petit qui arrive me rappelle la naissance de Mélanie, et celle de Georges. Il va naître un premier décembre, et si c'est un garçon, on l'appellera Éloi. Avec un prénom pareil, on pourra être sûr qu'il sera un bon fermier !

Il y avait dans ses yeux une lumière qui le rajeunissait. Je lui souris, tout en me sentant inquiète pour Viviane. Je me rassurai en pensant que Flavie, lors de sa dernière visite, quelques jours auparavant, avait affirmé que tout allait bien et que l'accouchement se déroulerait normalement.

Mon grand-père prit le chaudron et mit de l'eau à chauffer. Ma grand-mère revint, une pile de linge dans les bras, regarda le chaudron, ordonna :

— Surveille l'eau, Pauline, et envoie-moi Flavie dès qu'elle arrivera. Je retourne auprès de Viviane.

Je me dis qu'en attendant la sage-femme, ma présence, peut-être, rassurerait Viviane. Je posai la question timidement :

— Est-ce que je peux venir un peu ?

Ma grand-mère me lança un regard réprobateur :

— Ce n'est pas la place d'une jeune fille, Pauline.

Elle repartit. J'attendis avec mon grand-père, ne pouvant rien faire d'autre. Ému, il revivait ses souvenirs :

— Lorsque Mélanie est née, Henriette était dans le même état que Viviane. Un premier enfant est toujours une expérience assez angoissante. Et moi, ici, dans cette même cuisine, je me suis rongé les sangs toute la nuit. Au matin, lorsque tout a été terminé, je suis entré dans la chambre, et je les ai vues, toutes les deux, Henriette dans le grand lit, et Mélanie, toute petite, dans le berceau qui avait été le mien. C'est bête, mais j'ai pleuré. De joie, de bonheur, de fierté. Et après, pour Georges, ça a été la même chose.

Il renifla, se frotta le nez d'un revers de main. La porte s'ouvrit et Flavie entra :

— Alors, ça y est, il s'est décidé ?

— Viviane est dans sa chambre, dit mon grand-père. Elle vous attend.

— J'y vais, j'y vais. Rien ne presse. Pour un premier, le travail n'avance jamais bien vite.

Elle prit le temps d'ôter son manteau, de se laver les mains et de les chauffer au-dessus du feu.

— Je ne peux rien faire avec des doigts gelés et engourdis, expliqua-t-elle.

Elle se tourna vers mon grand-père avec un sourire complice :

— Ça nous rajeunit, hein, Baptiste ? Il y a trente ans, j'étais ici pour Georges. On a l'impression d'être reparti en arrière.

— C'est vrai, acquiesça mon grand-père. C'est justement ce que j'étais en train de dire à Pauline lorsque vous êtes arrivée.

Un gémissement prolongé nous parvint de la chambre, et je me figeai. Flavie, sans s'affoler, se détourna :

— Bon, on dirait que ça se précise. Je vais voir.

Elle sortit de la cuisine. Mon grand-père me regarda :

— Tu peux peut-être aller te coucher, Pauline. Ça risque d'être long. Il est inutile que tu attendes toute la nuit.

— Oh non, protestai-je. Je préfère rester. Raconte encore, lorsque ma mère est née.

Le visage de mon grand-père s'illumina de tendresse. C'était si rare, de le voir ainsi, que je ne le reconnaissais pas. Toujours dur au travail, avare de paroles et de gestes d'affection, il donnait l'impression d'être un homme rude, renfermé, taciturne. Mais, ce soir, grâce à la naissance toute proche de son petit-fils, il laissait entrevoir les sentiments qu'il cachait habituellement.

— Mélanie... C'était un bébé adorable. Elle dormait tout le temps. Il fallait la réveiller pour l'obliger à se nourrir. Tout le contraire de Georges, qui hurlait à pleins poumons ! À cause de lui, on en a passé, des nuits blanches !

Attendri, ému, il renifla de nouveau. Je l'écoutais parler sans l'interrompre et, à travers ses récits, je découvrais ma mère et mon oncle Georges tels que je ne les imaginais jamais : des bébés minuscules, fragiles, occupant le berceau d'osier que ma grand-mère avait préparé quelques jours auparavant et qui, maintenant, attendait le bébé de la génération suivante.

Mon oncle Georges revint, accompagné de Marie, la mère de Viviane. Contrairement à Flavie qui avait pris son temps, cette dernière se précipita immédiatement dans la chambre. Mon oncle demeura dans la cuisine, avec nous. Après quelques instants, ma grand-mère arriva :

— Ça va. Le travail avance. Lentement, mais pour un premier, c'est normal. Il y en a encore pour plusieurs heures. Va te coucher, Baptiste. Et toi aussi, Pauline. Il est inutile de rester là. On vous préviendra le moment venu.

Mes yeux commençaient à picoter et ma tête s'alourdissait. Le gros réveil, sur la cheminée, indiquait plus de minuit. Je me levai, imitée par mon grand-père. Je passai devant la chambre de Viviane, dont la porte était fermée, entendis un gémissement prolongé qui se termina en cri.

— Poussez, ordonna Flavie. Allez-y, poussez !

Je gagnai ma propre chambre, m'allongeai sur mon lit sans me déshabiller, entre les couvertures et l'édredon de plumes sous lequel je me blottis. Je voulais être prête à me lever dès qu'on m'appellerait, impatiente d'aller voir ce nouveau-né qui serait mon cousin ou ma cousine.

Je somnolai, demeurant toujours aux aguets. Un peu avant le matin, je sombrai dans un sommeil plus profond, et me réveillai en sursaut en entendant notre coq chanter. Je me levai d'un bond. La porte de la chambre de Viviane était toujours close, et, en passant devant, je tendis l'oreille, mais aucun bruit ne me parvint. Dans la cuisine, je ne trouvai que mon grand-père. Il était assis à la table, le front appuyé entre ses mains. Il releva la tête à mon entrée, et il me regarda avec une expression si désespérée que je m'arrêtai net. Il pleurait.

— Pépère Baptiste... murmurai-je, affolée. Qu'y a-t-il ?

Incapable de répondre, il sortit de sa poche son grand mouchoir à carreaux et se moucha bruyamment. Derrière moi, ma grand-mère arriva, le visage gris et décomposé. Je me tournai vers elle, lui répétai ma question :

— Mémère Hiette, qu'y a-t-il ?

Elle laissa échapper un sanglot et dit d'une voix enrouée :

— Le bébé... Il était cordonné... Il a été étranglé... C'était un garçon.

Elle se mit à pleurer et gémit, dans une plainte :

— J'en avais peur... Je l'avais prévenue... Oh, pourquoi ne m'a-t-elle pas écoutée ?...

Atterrée, je ne disais rien. Cette naissance, que nous attendions comme un événement heureux, était subitement devenue source de malheur et de désespoir. Et ce jour de la Saint-Éloi, qui devait être un jour de réjouissances, se déroula dans la tristesse et les larmes.

J'allai voir Viviane dans sa chambre. Pâle, épuisée, échevelée, elle sanglotait dans les bras de sa mère. Je m'approchai du lit, je lui pris la main dans un geste de réconfort. Ses sanglots redoublèrent et, les larmes aux yeux, je demeurai immobile, ne sachant que dire.

— Ça ne serait pas arrivé si elle avait accouché chez nous, maugréa sa mère, le visage rougi par les pleurs.

Je restai là quelques instants puis, voyant que ma présence était inutile, je retournai dans la cuisine. Mon oncle Georges rentrait du jardin. Il était allé enterrer l'arrière-faix dans un coin, tout au fond, et lui aussi pleurait. Je le regardai, malheureuse, ne trouvant pas de mots non plus pour le consoler. Il marmonna entre ses dents :

— Si je l'avais écoutée, ça ne serait peut-être pas arrivé...

Cette phrase, qui ressemblait à celle qu'avait prononcée Marie, peu de temps auparavant, m'intrigua. J'en eus bientôt l'explication par Viviane elle-même.

Le lendemain et les jours suivants, lorsque le travail de la ferme me laissait quelque répit, j'allais lui tenir compagnie pour essayer de la distraire. Elle pleurait sans cesse, devenait dépressive, tenait des propos désabusés. Ses seins gonflés de lait la faisaient souffrir. Ma grand-mère les avait bandés étroitement, en appliquant contre la peau, de chaque côté de la poitrine, sous les bras, quelques branches de persil frais.

— Voilà, vous allez rester avec ça quelques jours. Ça fera partir le lait.

Viviane, trop faible pour protester, s'était laissé faire avec indifférence.

Le pauvre bébé avait été enterré sans cérémonie religieuse puisque, nous avait expliqué M. le curé, il n'avait pas vécu et, donc, n'avait pas pu être baptisé. Le berceau d'osier, préparé avec tant de soin, d'amour et d'espoir, avait été remporté au grenier. J'évitais de parler à Viviane de son enfant, mais elle répétait ce qu'avait dit sa mère :

— J'aurais dû insister pour accoucher à Béthune. Mon bébé n'aurait pas été étranglé.

Je ne répondais pas, mais ma grand-mère, une fois, objecta :

— Ce que vous auriez dû faire, surtout, c'est m'écouter et ne pas mettre de collier. Je vous avais dit que votre enfant serait cordonné, et que ça pouvait être dangereux.

Malgré sa faiblesse, Viviane s'agita :

— Ce sont des bêtises. C'est plutôt Flavie qui n'a pas su se débrouiller.

— Flavie ? C'est une excellente sage-femme. Elle a mis au monde Georges, et Pauline, et beaucoup de gens du village. Il n'y a jamais eu de problème.

— Mais maintenant, elle est trop vieille. Chez nous, il y a des médecins compétents et des cliniques, et tout se serait bien passé.

Ce raisonnement devint chez elle une idée fixe, et elle voulut faire partager son point de vue à mon oncle Georges. Celui-ci ne savait que croire. Dès qu'elle put se lever, Viviane demeura assise frileusement auprès du feu, affirmant qu'elle se sentait trop faible pour travailler. Ses yeux noisette avaient perdu leur éclat, son visage tiré et malheureux faisait pitié. Elle ne se consolait pas de la perte de son enfant. Ma grand-mère, en voulant la secouer, lui dit un jour :

— Pensez à l'avenir. Vous aurez d'autres enfants.

Viviane baissa la tête et je l'entendis répondre entre ses dents, à mi-voix :

— Dans ce cas, ils ne naîtront pas ici.

Les jours passaient, et elle continuait à se traîner, pâle, amorphe, refusant de participer aux travaux de la ferme. Elle donnait l'impression de vivre en dehors de notre existence, parlant à peine, répondant par monosyllabes aux questions qu'on lui posait. Elle restait indifférente à Toupie, notre chienne, qui avec un instinct sûr comprenait qu'elle était malheureuse et lui donnait des petits coups de museau pour l'inciter à réagir. Flavie, que ma grand-mère interrogea, expliquait cette attitude par l'accouchement, et surtout par la mort de l'enfant. D'après elle, il fallait être patient, et tout finirait par rentrer dans l'ordre. Mais je voyais bien, moi, que Viviane n'avait plus le goût de vivre. Quelquefois, je lui demandais ce que je pourrais faire pour l'aider, et elle répondait alors, sur un ton découragé :

— Rien, tu ne peux rien faire, Pauline.

Et je n'osais pas insister. Elle, auparavant si coquette, se laissait aller, ne prenait même plus la peine de se coiffer. Mon oncle Georges la suivait d'un regard malheureux et impuissant. Lui non plus ne savait que faire. Il me confiait que le soir, avant de s'endormir, elle avait de longues crises de larmes.

Un matin, une semaine avant Noël, à l'offre que je fis une nouvelle fois de l'aider, Viviane répondit :

— Ce n'est pas la peine, Pauline. De toute façon, j'en ai assez d'être ici. Je me demande pourquoi j'y reste.

Interdite, je la regardai. Son visage avait une expression nouvelle, résolue, qui m'inquiéta. Je voulus l'interroger, mais ma grand-mère entra à ce moment-là dans la cuisine, et je remis ma question au lendemain.

Mais je n'eus pas l'occasion de la poser.

Chaque après-midi, depuis qu'elle avait repris des forces, Viviane se rendait au cimetière, sur la tombe de son enfant. Je l'accompagnais, la tenant par le bras, et en la voyant sangloter avec désespoir devant le petit tertre de terre, j'approuvais ma grand-mère lorsqu'elle répétait à Viviane que ces moments ne faisaient que la rendre encore plus malheureuse. Mais celle-ci s'obstinait, sans écouter ni les protestations de sa belle-mère ni les conseils inquiets de son mari.

Cet après-midi-là, Viviane se prépara, mit son manteau, son chapeau, prit son sac et déclara :

— En revenant du cimetière, je passerai chez Berthe, acheter quelques boutons. Ma mère va me faire faire un chemisier noir.

Heureuse de constater qu'elle s'intéressait à quelque chose, je ne m'étonnai pas de la voir se préparer avec beaucoup plus de soin que les jours précédents. Au contraire, je pensai avec satisfaction qu'elle reprenait enfin goût à la vie. Comme j'étais fortement enrhumée, elle insista pour que je reste au chaud, m'assurant qu'il était parfaitement inutile que je l'accompagne. Là non plus, je ne devinai rien. Je me laissai convaincre, satisfaite de demeurer près du feu au lieu d'affronter l'air humide et glacé du dehors.

Elle partit seule. Après son départ, l'une de nos voisines vint chercher des œufs et bavarda quelques instants avec nous, s'apitoyant sur le sort de Viviane et de son bébé étranglé. Elle aussi croyait aux bébés « cordonnés » et donnait raison à ma grand-mère. Elle s'en alla et, peu de temps après, mon oncle Georges et mon grand-père, qui étaient allés consolider la clôture d'une de nos pâtures, revinrent complètement transis. Ils s'étonnèrent de l'absence de Viviane. J'échangeai avec ma grand-mère un regard inquiet :

— Elle est allée au cimetière, et elle a dit qu'elle repasserait chez Berthe acheter des boutons. Elle devrait être rentrée.

Mon oncle Georges fronça les sourcils :

— Ça ne me plaît pas. Vous n'auriez pas dû la laisser partir seule. Elle est encore faible. Je vais aller à sa rencontre.

Il ressortit. Le soir commençait à tomber, et j'imaginais Viviane prise de faiblesse dans la rue. Peut-être était-elle restée plus longtemps chez Berthe pour se réchauffer et se reposer ? Il était vrai qu'elle était encore faible, malgré le fortifiant que lui faisait prendre ma grand-mère chaque matin, et qu'elle confectionnait elle-même en délayant un jaune d'œuf dans un bol de café noir.

L'absence de mon oncle Georges se prolongeait. Nous supposions qu'il cherchait Viviane partout sans la trouver. La nuit était tombée, et les vitres se couvraient d'une buée indiquant qu'il faisait froid dehors. Mon grand-père remit du charbon dans le feu et tisonna avec vigueur, tout en marmonnant, sourcils froncés :

— Elle va être complètement gelée... pas prudent de sortir par un temps pareil, dans l'état où elle est...

Ma grand-mère mit la soupe à réchauffer, et nous partîmes à l'étable traire les vaches. Nous venions de terminer lorsque mon oncle Georges revint, essoufflé, le visage rouge de froid, les yeux emplis d'inquiétude :

— Je ne l'ai trouvée nulle part. Ni au cimetière, ni chez Berthe, ni dans les rues. J'ai cherché partout. Où peut-elle être ?

L'image de Viviane prise d'un malaise et s'affaissant entre les tombes repassa devant mes yeux. J'interrogeai mon oncle :

— As-tu bien regardé partout, au cimetière ? Dans toutes les allées ?

— Partout, sans exception. Si elle y était, je l'aurais vue. Le cimetière n'est pas si grand, quand même ?

— Et chez Berthe ? demanda ma grand-mère.

— Elle n'y est même pas allée. Berthe dit qu'elle ne l'a pas vue.

— Peut-être chez Joséphine ?... hasardai-je sans trop y croire. C'est mon amie, et c'est aussi un peu la sienne...

Mon oncle fit demi-tour :

— Je vais aller jusque-là.

Il sortit, et pendant un moment le silence régna, troublé seulement par le feu qui chantait. Lorsqu'il chantait ainsi — une sorte de ronronnement aigu, agréable, complice —, ma grand-mère affirmait que c'était un signe de froid, au même titre que les rouges-gorges qui venaient picorer dans le jardin.

Mon grand-père se leva subitement et nous regarda. À mesure que le temps passait, notre inquiétude devenait affolement.

— Je ne peux pas rester là à ne rien faire. Je vais aller la chercher, moi aussi. À deux, on a plus de chances de la trouver.

Ma grand-mère approuva et lui tendit son paletot, sa casquette, son cache-nez. Tandis qu'il s'habillait, Élie, l'ami de mon oncle Georges qui possédait une voiture et qui, parfois, nous conduisait à Béthune, frappa et entra.

— Bonsoir la compagnie ! s'exclama-t-il. Eh bien, il fait meilleur ici que dehors ! Georges n'est pas là ?

— Non, dit mon grand-père. Il est parti à la recherche de Viviane, qui n'est pas rentrée du cimetière. Il est tard, et nous sommes inquiets.

— Ah, je m'en doutais bien ! C'est pour ça que je suis venu. Ne vous en faites pas, Viviane va bien. Elle est chez ses parents.

— Chez ses parents ? répéta ma grand-mère, ahurie.

— Mais... Mais... comment ? bégaya mon grand-père, sa casquette entre les mains.

— Figurez-vous que cet après-midi, elle est venue me demander de la conduire chez ses parents. Elle m'a dit que sa mère était malade et qu'elle devait y aller le plus vite possible. Elle était crispée, elle ne semblait pas dans son état normal. Pendant le trajet, je l'ai interrogée, mais elle m'a à peine répondu. J'ai pensé qu'elle était inquiète pour sa mère, et je n'ai pas insisté. À Béthune, lorsqu'elle est descendue de la voiture, elle m'a dit : « Merci, Élie. Je vous revaudrai ça. Si vous voulez encore me rendre un service, quand vous serez rentré, allez prévenir Georges. Il n'est pas au courant. » Je n'ai pas compris grand-chose à toute cette histoire, mais je fais ce qu'elle m'a demandé. Ainsi, vous ne saviez rien ? Comment se fait-il ?...

Ma grand-mère poussa un soupir de soulagement et avoua :

— Non, on ne savait rien, et on s'inquiétait. Merci à toi, Élie. Tu prendras bien un bol de soupe ?

— Chez ses parents? grommela mon grand-père en enlevant son paletot. Sa mère malade? Qu'est-ce que c'est que cette histoire?

Ma grand-mère me regarda :

— Elle ne t'a rien dit, Pauline? À toi, peut-être...

— Non, dis-je avec sincérité, elle ne m'a rien dit.

Tandis qu'Élie buvait son bol de soupe, s'arrêtant de temps à autre pour répéter son récit, mon oncle Georges revint, encore plus agité :

— Nulle part! s'exclama-t-il en entrant. Elle n'est nulle part!

Élie se tourna vers lui :

— Ne t'inquiète plus, elle est chez ses parents. Je l'ai conduite là-bas tout à l'heure.

— Chez ses parents? Mais...

Le visage de mon oncle exprima la surprise, puis l'incompréhension, et, enfin, le soulagement. Avec un grand soupir, il se laissa tomber sur une chaise, ôta son paletot.

— Chez ses parents? répéta-t-il. Mais pourquoi?

Une nouvelle fois, Élie raconta ce qu'il savait. Puis il se leva :

— Bon, il va être l'heure de souper, je vous laisse. Bon appétit, et à bientôt.

Ma grand-mère l'accompagna jusqu'à la porte.

— Merci, Élie. Merci pour tout.

— De rien, de rien. C'est naturel.

Après son départ, ma grand-mère, toujours prosaïque, mit le couvert :

— Eh bien, puisque nous voilà rassurés, nous allons souper.

Elle mit une assiette de moins, et cela me parut bizarre de voir la place de Viviane inoccupée. Ce midi, encore, elle était là. Mon oncle Georges constata, l'air abasourdi :

— Je ne comprends pas... Partir comme ça, sans rien dire... On ne savait même pas que sa mère était malade. Comment l'a-t-elle appris?

— Allons, ne t'inquiète plus, lui conseilla ma grand-mère. Nous serons renseignés bientôt, sans doute. Le principal est de savoir où elle se trouve.

— Demain, c'est dimanche. J'irai jusque-là. Je veux savoir ce qui s'est passé.

— Si tu veux, concéda ma grand-mère. En attendant, mange.

Il ne répondit pas et finit de manger sa soupe, mais je lisais sur son visage les questions qu'il se posait. Bientôt, n'y tenant plus, il se remit à réfléchir tout haut, répétant toujours la même chose :

— Mais, enfin, je ne comprends pas. Pourquoi ne m'a-t-elle rien dit ? Je n'y comprends rien !

Nous non plus, nous ne comprenions pas. Tout ce que j'avais pu constater, c'était que Viviane avait été perturbée par la mort de son bébé, et qu'elle n'allait pas bien. Mais, malgré les réflexions que je l'avais entendue faire, je ne m'étais pas doutée qu'elle envisageait de partir, et je ne pensais pas que son départ pouvait être définitif. Ce fut le billet que mon oncle Georges trouva sur sa table de nuit qui nous l'apprit.

Alors que nous avions gagné nos chambres et que je m'apprêtais à me coucher, une exclamation de mon oncle me parvint :

— Ça alors ! Ah ben ça alors !

Je sortis de ma chambre, me heurtai à mon oncle qui arrivait en brandissant un papier :

— Regarde ça, Pauline ! Voilà ce qu'elle m'a laissé sur la table de nuit.

Je pris la feuille qu'il me tendait. Quelques lignes avaient été tracées au crayon par Viviane : « Pardonne-moi, Georges, mais je ne peux plus rester ici. Je t'aime toujours, mais c'est au-dessus de mes forces. Je retourne chez mes parents. Essaie de ne pas m'en vouloir, et d'être heureux sans moi. Viviane. »

— Elle est folle ! cria mon oncle avec colère. Partir comme ça, sans rien dire, et me laisser un simple mot !

— Elle n'est pas folle, dis-je calmement. C'est la mort du bébé qui...

— Mais ça ne se passera pas comme ça ! cria-t-il de plus belle sans m'écouter. Dès demain, je vais la chercher, moi, et je la ramène ici. Elle est ma femme, oui ou non ?

Mes grands-parents, attirés par les éclats de voix, arrivèrent, ahuris. Avec les mêmes commentaires furieux, mon oncle leur tendit le papier. Ils lurent. Le visage de mon grand-père exprima la surprise, le désarroi, la contrariété, la pitié. Celui de ma grand-mère se durcit, et elle pinça les lèvres de ce mouvement que je connaissais bien et qui, je le compris, disait silencieusement sa désapprobation d'une telle conduite. Mon oncle Georges nous regarda tour à tour, et, derrière la colère, se devinait une surprise douloureuse.

— Comment a-t-elle pu me faire ça ? Elle ne m'a rien dit, rien... Était-elle donc si malheureuse avec moi ? Je faisais tout ce que je pouvais, pourtant !

De nouveau, j'essayai d'expliquer :

— Elle n'a pas accepté la mort du bébé, et...

Mon oncle me coupa :

— Et moi, alors ? Moi aussi, ça m'a durement frappé. Et tout ce qu'elle trouve à faire, c'est de m'abandonner ! Mais je vais aller lui dire comment elle doit se conduire, moi !

— Tu as raison, mon garçon, approuva mon grand-père. Sa place est ici, il faut qu'elle le comprenne.

— Elle le comprendra, et pas plus tard que demain !

Il nous tourna le dos, rentra dans sa chambre dont il claqua la porte. Mon grand-père hocha la tête :

— Il n'est pas content, c'est normal. Il doit montrer à Viviane qui porte la culotte dans le ménage.

Ma grand-mère, pendant toute l'altercation, n'avait pas dit un seul mot. Suivie par son mari, elle regagna sa chambre, le visage toujours aussi fermé. Je me souvins alors qu'elle n'avait jamais accepté Viviane, et je me demandai si elle n'était pas satisfaite de son départ.

***

Le lendemain, mon oncle Georges, toujours aussi furieux et agité, partit pour Béthune en nous répétant qu'il ramènerait sa femme le soir même. Les heures passèrent, et nous attendîmes leur retour. Viviane me manquait, et je découvrais combien je m'étais attachée à elle.

Je ne doutais pas que mon oncle Georges parviendrait à la raisonner et à la ramener chez nous. Je savais qu'elle l'aimait, et elle ne pouvait pas souhaiter vivre en étant séparée de lui. Elle avait simplement agi dans un moment de dépression.

Après les vêpres, j'allai au cimetière avec ma grand-mère. Comme tous les dimanches, je rencontrai Thomas, et en lui faisant promettre de garder le secret, je lui racontai tout. Il me regarda longuement :

— Je crois que, si j'aimais quelqu'un, je ne le quitterais jamais, quoi qu'il arrive.

Paradoxalement, je voulus défendre Viviane :

— Je suis sûre qu'elle aime mon oncle Georges, mais, en ce moment, elle est désespérée par la mort de son bébé, et elle ne raisonne plus normalement.

— Peut-être... Mais moi, si j'avais quelqu'un qui m'aime et que j'aime, je ne voudrais le perdre pour rien au monde. Ça ne m'est jamais arrivé, jamais.

La blessure de l'enfant abandonné, mal aimé, meurtri, reparut dans ses yeux. Je voulus le consoler et, oubliant qu'une jeune fille ne doit jamais faire de déclaration à un garçon, je dis :

— Mais si, Thomas. Il y a eu mère Entine, qui t'aimait bien. Et il y a moi aussi.

Son visage changea. Ses yeux perdirent leur expression torturée, s'emplirent de douceur. Le regard qu'il posa sur moi m'enveloppa de tant de tendresse que j'eus l'impression d'être environnée de soleil alors que le temps était gris et froid. D'une voix basse, troublée, il murmura :

— Merci, Pauline.

J'eus l'impression qu'il voulait ajouter quelque chose, mais il se mordit les lèvres et ne dit plus rien. Ma grand-mère, qui s'était arrêtée pour parler à quelqu'un, vint nous rejoindre, et notre tête-à-tête se termina là. Mais je gardai le regard de Thomas au fond de mon cœur.

Vers la fin de l'après-midi, mon oncle Georges revint. Il était seul. Il claqua la porte en entrant dans la cuisine, à la fois effondré et furieux.

— Eh bien, me voilà ! Elle n'a pas voulu revenir. J'ai

passé plusieurs heures à la menacer, à la supplier. Elle ne veut rien savoir. Je ne sais plus quoi faire.

Il se laissa tomber sur une chaise, et j'eus l'impression qu'il allait se mettre à pleurer. Mon grand-père fronça les sourcils :

— Comment ça, elle n'a pas voulu ? Mais...

Mon oncle le regarda avec désespoir :

— Je ne pouvais quand même pas la ramener de force ! Elle pleure, elle est malheureuse, mais elle refuse de revenir. Et sa mère, bien sûr, l'approuve.

J'osai donner mon avis :

— Quand elle ira mieux, elle reviendra. Laisse-lui un peu de temps, *mononc'* Georges.

— Un peu de temps ? soupira-t-il avec impuissance. Elle dit, elle, qu'elle ne reviendra jamais.

— Elle dit ça pour le moment, mais...

Ma grand-mère intervint :

— C'est beaucoup mieux comme ça. Elle a choisi de partir, et elle a bien fait. Elle n'était pas à sa place ici. Sépare-toi d'elle, Georges. Ce n'est pas une femme pour toi. Je l'ai vu tout de suite, même si je ne l'ai jamais dit.

Mon oncle demeura un instant interloqué. Puis il protesta :

— Mais... c'est ma femme, quand même ! Je l'aime, je veux vivre avec elle, moi !

— Si elle t'aimait, remarqua durement ma grand-mère, elle ne serait pas partie.

Mon oncle eut un air si malheureux que je protestai :

— Ce n'est pas vrai ! Elle t'aime, *mononc'* Georges, j'en suis sûre !

— Toi, tais-toi, intima sévèrement ma grand-mère. Tu es trop jeune pour juger. Et si je dis que c'est bien mieux ainsi, continua-t-elle en s'adressant à son mari et à son fils, vous pouvez me croire.

Mais mon oncle Georges refusa d'adopter ce point de vue. Il continua à se rendre chaque dimanche à Béthune, gardant l'espoir de ramener sa femme. À chaque fois, je le regardais partir en espérant que, le soir, Viviane serait avec lui. Mais cet espoir s'avérait toujours déçu. Mon grand-père et moi étions désolés. Je regrettais Viviane, surtout la Viviane d'avant, enjouée, coquette, toujours prête à rire. J'avais perdu une amie. Toupie, notre chienne, la cherchait parfois en gémissant pitoyablement.

Quant à mon oncle Georges, il passait par des alternatives de colère et de découragement. Je voyais avec tristesse son visage se creuser. Il avait perdu sa bonne humeur, son enthousiasme naturel, il était toujours triste. Il s'abrutissait de travail, parlait à peine, et j'avais l'impression que la mort de son enfant et le départ de sa femme l'avaient définitivement brisé.

8

L'absence de Viviane fut abondamment commentée dans le village. Joséphine me rapportait les réflexions qu'elle entendait. La plupart des habitants, les femmes surtout, réagissaient comme ma grand-mère, déclarant qu'une fille de la ville ne pouvait pas faire une bonne épouse pour un fermier. Certaines allaient jusqu'à la trouver légère, frivole, et — pourquoi pas — peu sérieuse. Pensez donc, disaient-elles, une qui se maquillait, qui se mettait du rouge, qui se parfumait et qui portait des bijoux... Comment Georges avait-il pu s'amouracher d'une telle femme, et surtout l'épouser ? Les hommes étaient vraiment trop bêtes, parfois !

Ces commérages me rendaient furieuse. Je les soupçonnais encore plus virulents, car Joséphine, par amitié pour moi, ne me répétait pas tout. Et je savais qu'ils étaient faux. Je connaissais Viviane, et je l'aimais sincèrement. Je me désolais de voir mon oncle toujours aussi malheureux, et je me demandais que faire pour l'aider.

Après plusieurs semaines, il rentra un dimanche soir encore plus découragé que d'habitude. Il s'affala avec lassitude sur une chaise et baissa la tête dans un geste de vaincu :

— Il est inutile de continuer. Elle dit qu'elle ne changera pas d'avis. Et sa mère, aujourd'hui, au moment où je m'en allais, m'a demandé de ne plus venir. D'après elle, chacune de mes visites fait du mal à Viviane. Dans la semaine, elle va mieux, mais le dimanche soir, dès que je suis parti, elle se met à pleurer sans s'arrêter. Sa mère m'a dit : « Si vous l'aimez, laissez-la tranquille. » Alors, je me demande si...

Il releva la tête, nous regarda avec désarroi. Ma grand-mère fit un signe d'approbation vigoureux :

— Bien sûr, c'est ce qu'il faut faire. Marie a tout à fait raison. Laisse ta femme où elle est. Pour elle, et pour toi.

Une expression d'égarement et de détresse passa sur le visage de mon oncle. Il voulut protester, mais ne dit plus rien et baissa de nouveau la tête, donnant l'impression d'être complètement anéanti.

À dater de ce jour, il cessa ses visites à Béthune. Il ne parlait jamais de sa femme, mais je voyais bien qu'il pensait à elle et qu'il était profondément malheureux.

La Chandeleur arriva, et, comme d'habitude, ma grand-mère fit des crêpes. C'était une tradition fortement ancrée dans nos esprits ; comme me l'avait si souvent répété mère Entine, « pas de crêpes, pas de récolte ». Ma grand-mère, elle aussi, lançait la première sur le dessus de l'armoire, où elle demeurait pendant un an, afin de nous assurer une grande abondance en blé.

L'année précédente, avec Viviane, tour à tour, chacun de nous s'était amusé à faire sauter sa crêpe avec une pièce dans la main gauche, ce qui nous garantissait richesse et bonheur. Viviane et moi l'avions fait en pouffant comme des enfants, et elle avait même demandé à ma grand-mère si la chance d'être riche ne doublait pas lorsqu'on mettait deux pièces dans la main au lieu d'une seule. Ma grand-mère lui avait enjoint sévèrement de ne pas se moquer de cette ancienne tradition, et nous avions pouffé de nouveau.

Cette scène me revint à l'esprit, tandis que nous mangions nos crêpes sans Viviane. Cette année, plus d'ambiance joyeuse, ni de rires, ni de tendres regards échangés entre mon oncle et sa jeune femme. Ce dernier se contentait de manger les yeux baissés, sans parler, comme il le faisait depuis quelque temps. Il refusa même de faire sauter sa crêpe avec une pièce dans la main, et lorsque ma grand-mère insista, il haussa les épaules et grommela avec hargne :

— Laissez-moi donc tranquille. À quoi bon toutes ces sornettes ? Donnez-moi plutôt une méthode pour faire revenir ma femme !

Ma grand-mère eut son pincement de lèvres habituel et se retint visiblement de répliquer. Elle regarda son fils courber la tête et se prendre le front entre les mains, et ses yeux s'emplirent de pitié. Je compris que, sans le dire, elle aussi était malheureuse de le voir dans cet état, et l'idée d'aider mon oncle Georges revint dans mon esprit.

Ce soir-là, je réfléchis, et je pensai à aller voir Viviane. Je lui expliquerais la situation, je lui décrirais combien son mari était désespéré d'être séparé d'elle. Je savais qu'elle avait bon cœur, et j'étais certaine qu'elle l'aimait toujours. Peut-être parviendrais-je à la convaincre, peut-être la séparation était-elle dure pour elle aussi ?...

Mais j'étais persuadée que ma grand-mère ne me permettrait pas d'y aller. D'abord parce qu'elle ne désirait pas le retour de Viviane. Elle affirmait que Georges finirait par prendre le dessus et que tout redeviendrait comme avant. Et puis, il y avait le fait que, selon elle, une jeune fille sérieuse ne se promenait pas seule dans une ville. Donc, si je voulais aller voir Viviane, il fallait que je trouve une solution. Laquelle ?...

J'essayai d'en parler à mon oncle Georges le lendemain, mais il me répondit d'un ton désabusé que ce serait une démarche inutile et qu'il valait mieux en rester là. Je pensai alors à me faire un allié de mon grand-père et de lui demander de m'aider à me rendre à Béthune, mais la situation fut résolue de façon inattendue et bien involontaire par mon amie Joséphine.

Ce fut sa mère qui nous fit le récit des événements quelques jours plus tard. Au cours de la nuit du 2 février, Joséphine avait été prise de vomissements et de nausées. Elle se plaignait de douleurs dans le ventre, et sa mère avait cru à une simple indigestion de crêpes. Le lendemain, les douleurs n'ayant pas cessé, elle avait fait prendre à Joséphine les remèdes habituellement employés dans un tel cas : de la liqueur d'angélique et des infusions de sauge. Mais la nuit suivante, Joséphine avait été encore plus malade et, au matin, pliée en deux par la souffrance, elle avait été incapable de se lever. Affolée, sa mère s'était décidée à appeler le médecin.

Celui-ci avait diagnostiqué une menace de péritonite et parlé d'opération le plus rapidement possible. Élie, qui était leur voisin, avait emmené Joséphine gémissante et sa mère effrayée à l'hopital de Béthune. Là, Joséphine avait été opérée et, selon le chirurgien, il était plus que temps.

— Ma pauvre Joséphine ! concluait sa mère. J'en suis encore toute retournée !

Et elle répétait cette expression que nous employions lorsque nous parlions d'un événement qui aurait pu devenir catastrophique :

— Quelle *aubatte* ! Ah oui, quelle *aubatte* !

J'appris que mon amie devait rester quelque temps à l'hôpital, et que ses parents iraient lui rendre visite le dimanche après-midi. Ce fut alors que l'idée me vint : je demanderais à ma grand-mère la permission d'aller, avec eux, voir Joséphine et, en étant à Béthune, je trouverais bien un moment pour me rendre chez Viviane et lui parler.

Ma grand-mère fit bien quelques difficultés, au début, mais la mère de Joséphine appuya ma demande, déclarant que sa fille serait ravie de me voir. Élie, une fois de plus, s'offrit à faire le taxi, et je lui parlai de mon projet. Il m'approuva dans mon désir d'aider mon oncle Georges. Lui aussi, il se désolait de le voir devenir l'ombre de lui-même.

Le dimanche arriva et, pour la deuxième fois de ma vie, je roulai en automobile. Mon plaisir fut néanmoins gâché par l'inquiétude que je ressentais : parviendrais-je à convaincre Viviane de revenir ? Il fallait que je lui fasse comprendre combien mon oncle Georges était malheureux sans elle.

À l'hôpital, je suivis les parents de Joséphine, et je fus désolée de découvrir mon amie alitée, pâle, dolente et affaiblie. Elle me sourit faiblement, et je l'embrassai avec affection.

— Reprends vite des forces, Joséphine, et reviens au village. Je m'ennuie sans toi. Nos conversations me manquent.

Elle acquiesça et ses yeux brillèrent, ramenant un peu de vie dans son visage émacié. Pendant que sa mère s'affairait autour d'elle, lui brossait les cheveux, lui mettait une chemise de nuit propre, j'expliquai que j'allais dire bonjour à ma belle-sœur et que je reviendrais avant la fin des visites. Malgré sa faiblesse, Joséphine m'interrogea avec curiosité :

— Que vas-tu lui dire ? Vas-tu la ramener avec toi ?

— Pour mon oncle Georges, je le voudrais bien. Mais je n'ose pas l'espérer. Ce serait trop beau.

Le nouveau café des parents de Viviane n'était pas très éloigné de l'hôpital. Le père de Joséphine et Élie m'accompagnèrent, affirmant que l'odeur d'éther et de désinfectant leur avait desséché la gorge et qu'ils boiraient bien une bonne bière. Laissant Joséphine avec sa mère, nous partîmes à pied, et tout en regardant autour de moi, je pensais à cette première fois où, avec Viviane et mon oncle, j'avais parcouru ces rues. Comme Viviane était enthousiaste alors, pleine d'entrain, de gaieté, de joie de vivre !

Lorsque Raymond nous vit arriver, il s'arrêta de frotter le comptoir et resta immobile quelques instants. Sa femme, qui était occupée à servir des clients assis à une table, nous aperçut à son tour et vint vers nous rapidement :

— Bonjour, dit-elle avec une expression intriguée. Que se passe-t-il ? Il n'y a rien de grave, au moins ?

— Pas du tout, répondit Élie. Nous avons soif, tout simplement.

Sans donner davantage de détails, ils s'approchèrent du comptoir. La mère de Viviane me regarda bien en face :

— C'est Georges qui vous envoie, n'est-ce pas ? Ça ne lui a pas suffi de venir faire pleurer ma fille chaque dimanche ? Qu'est-ce qu'il veut encore ?

Derrière son ton agressif, je devinai son inquiétude. Je voulus la rassurer :

— Il ne sait pas que je suis ici. Je suis venue voir mon

amie Joséphine, qui a été opérée. Et, en même temps, j'ai pensé à dire bonjour à Viviane. Je l'aime bien, vous savez, et elle me manque. Puis-je la voir?

Marie m'observa un instant, les yeux plissés, comme pour jauger ma sincérité. Je soutins son regard avec candeur. Elle accepta avec un soupir :

— Pas longtemps, alors. Elle n'est pas encore entièrement remise. Promettez-moi de ne pas la troubler.

— Je vous le promets.

Elle me précéda jusqu'à la pièce où, la première fois, elle m'avait accueillie. J'aperçus immédiatement Viviane. Assise dans un fauteuil, la tête penchée, elle cousait. À notre entrée, elle releva la tête, me vit, et demeura bouche bée. Puis elle posa son ouvrage, et avec une vivacité qui me fit oublier l'apathie dont j'avais gardé le souvenir, elle se leva et vint vers moi. Sur son visage, l'étonnement faisait place à une joie sincère :

— Pauline! dit-elle en m'embrassant. Quelle bonne surprise! Comment se fait-il?... Tu es seule?

Sa question cachait-elle le désir de revoir mon oncle Georges? J'expliquai que j'étais venue avec Élie et le père de Joséphine. Viviane s'empressa, me fit asseoir, m'offrit des biscuits, du café. Je la regardais, et je lui trouvai meilleure mine. Ses joues étaient plus pleines, plus roses, et surtout, elle n'avait plus ce regard éteint et cette attitude découragée qui avaient suivi la mort de son enfant.

Tout en grignotant un biscuit, je racontai l'*aubatte* qui était arrivée à mon amie Joséphine. La présence de Marie, qui ne quittait pas sa fille, me gênait. Devant elle, je n'osais pas parler du désespoir de mon oncle; or, j'étais venue uniquement dans ce but. Heureusement, après quelques minutes, Raymond entrouvrit la porte et passa la tête :

— Mais enfin, Marie, qu'est-ce que tu fais? Viens m'aider! Je ne m'en sors pas, tout seul!

Marie se leva et quitta la pièce, après m'avoir lancé un regard d'avertissement que je compris, et auquel je répondis par un sourire rassurant. À peine fut-elle sortie que Viviane m'interrogea :

— Et Georges? Comment va-t-il?

Alors, je parlai enfin, et je dis tout. Je dis le désespoir de mon oncle, la façon dont il semblait s'éteindre, ne plus vivre, passant ses journées à s'abrutir de travail, enfermé dans son chagrin, ne souriant jamais. J'expliquai que le jeune homme dynamique, enthousiaste, confiant, n'existait plus, et, pour le faire revivre à nouveau, je ne connaissais qu'un seul remède :

— Reviens, Viviane. Sans toi, il est si malheureux ! Il n'en peut plus d'être séparé de toi.

Elle m'avait écoutée avec gravité, avec émotion, les larmes aux yeux. Elle murmura :

— Mon pauvre amour... Moi aussi, je suis malheureuse loin de lui...

— Alors, tu acceptes de revenir ? demandai-je, pleine d'espoir.

Elle fit un geste de dénégation, lent mais obstiné :

— Je ne peux pas... Non, je ne peux pas. Mais il y a quand même une solution... J'ai bien réfléchi, Pauline.

Elle baissa la tête, sembla s'absorber dans la contemplation de ses doigts. J'attendais une explication. Que voulait-elle dire ? Puis elle me regarda, l'air décidé.

— Je vais te raconter une histoire que j'aime beaucoup. Je l'ai lue il y a quelque temps. Elle se passe en Amérique, mais elle pourrait aussi bien se passer en France, ou dans n'importe quel pays. C'est l'histoire d'un couple dont j'ai oublié les prénoms. Appelons-les Jim et Laura. Ils s'aiment, ils vivent ensemble, ils sont heureux, mais ils sont très pauvres. Un jour, pour offrir à Laura un cadeau dont elle a très envie, Jim vole de l'argent. Il se fait prendre, et il est condamné à plusieurs mois de prison.

J'écoutais en silence. Quel rapport cette histoire avait-elle avec la situation ?

— La prison est loin de leur domicile, et, comme ils sont pauvres, Laura ne peut pas aller voir Jim. Elle lui écrit, mais lui, il a tellement honte d'avoir mal agi qu'il ne répond pas à ses lettres. Il se persuade que Laura mérite mieux que lui, un condamné, un repris de justice. Le jour où il apprend qu'il va être libéré, il se décide quand même à lui écrire. « Je sors mercredi prochain. Je prendrai le bus qui passe devant chez nous à 4 heures de l'après-midi. Je ne sais pas si tu veux encore de moi. Pour me le dire, voilà ce que tu vas faire. Dans l'arbre qui est devant chez nous, accroche un chiffon jaune, quelque chose de voyant, que j'apercevrai dès que l'autobus arrivera. Cela voudra dire que tu désires que je revienne auprès de toi. Si tu ne veux pas, ne mets rien dans l'arbre. Je comprendrai. Je ne descendrai pas du bus, et tu ne me reverras jamais. »

J'écoutais maintenant avec intérêt, sans pourtant comprendre davantage.

— Et alors ?

— Alors, Jim prend l'autobus, et tout au long de la route, il est inquiet. Plus il approche, plus il se demande ce que va être la réponse de Laura. Il est nerveux, il s'agite. Son voisin finit par lui demander ce qui se passe. Alors Jim lui raconte tout. Et puis, au moment où le bus va arriver devant chez lui, juste avant le dernier virage, il se sent pris de peur. « Regardez pour moi, dit-il à son voisin. Moi, je n'ose pas. » Il ferme les yeux, il a le cœur qui bat dans sa gorge, dans sa tête, partout. Son voisin lui secoue le bras et lui dit : « Vous pouvez regarder, mon vieux. » Alors il ouvre les yeux, et tu sais ce qu'il voit ?

— Non ! Quoi donc ?

— Il voit un immense éblouissement de jaune. L'arbre a disparu sous des papiers, des chiffons, des cartons, des banderoles, des rubans jaunes. On ne voit plus une branche, plus une feuille. Tout, tout est jaune.

— Oh ! dis-je, la gorge serrée. Quelle merveilleuse réponse !

— Les larmes aux yeux, Jim descend du bus. Il entend à peine le « Bonne chance, mon vieux ! » de son compagnon, il ne voit que cet arbre éclatant, lumineux, qui lui crie « Viens ! Viens ! ». Et il s'en va vers la maison où l'attend Laura.

Viviane se tut. Elle me regarda puis, avec un doux sourire, elle reprit :

— Ce soir, tu raconteras cette histoire à Georges. Tu lui diras que mon cœur est comme cet arbre jaune, et que lui aussi l'appelle : « Viens ! »

Je ne compris pas tout de suite. Désorientée, je demandai :

— Que veux-tu dire ?

— Eh bien... j'ai réfléchi. Je ne veux plus vivre séparée de Georges, je suis sa femme et je l'aime. Mais je ne veux pas non plus retourner à la ferme. Pourtant, j'ai essayé, j'étais pleine de bonne volonté. Mais ça n'a pas marché, et je ne veux pas recommencer. Alors, pourquoi ne pas faire l'expérience inverse ? Pourquoi ne viendrait-il pas, lui, travailler ici, avec mon père ? Il y a de plus en plus de clients, et papa parle d'engager un serveur. Mais moi, j'ai pensé que ce travail, Georges pourrait le faire. Ici, nous serons ensemble. Et nous serons heureux.

Surprise, je balbutiai :

— Mais... il n'a jamais... Depuis toujours, il a vécu à la ferme, c'est son métier... Je ne sais pas si...

Elle balaya d'un geste mon objection :

— Et qu'est-ce que j'ai fait, moi ? Pour lui, j'ai appris un métier dont je ne connaissais rien. Faisons l'inverse maintenant. C'est à lui de faire preuve de bonne volonté. S'il m'aime...

— Oh, oui, il t'aime ! dis-je spontanément. Mais c'est que...

— Demande-lui de venir. Nous discuterons. De toute façon, la situation actuelle ne peut durer toujours. Je suis sa femme, mais une chose est certaine : je ne retournerai pas à la ferme. S'il accepte de venir ici, il travaillera avec mon père, à l'abri, au lieu d'être aux champs par tous les temps. Et c'est un travail moins dur. J'ai fait les deux, je peux comparer.

— Oui, bien sûr. Mais...

L'arrivée de Marie m'empêcha de poursuivre. Je dus ravaler mes objections : la ferme, pour mon oncle Georges, c'était toute sa vie. Elle n'avait plus que lui, c'était à lui de continuer la tâche de ses parents, de ses grands-parents, maintenant que pépère Baptiste se faisait vieux. Comment réagirait-il en apprenant cette proposition ? Ma grand-mère, quant à elle, serait sans doute furieuse, et accuserait Viviane de lui « voler » complètement son fils. Et moi, j'aurais de la peine de ne plus voir mon oncle Georges...

— Élie va partir, Pauline, m'annonça Marie.

Je me levai :

— Eh bien, j'y vais. J'ai été contente de vous revoir, vous et Viviane. À bientôt, j'espère.

Alors que j'embrassais Viviane, elle me chuchota à l'oreille :

— Parle-lui. Dis-lui que je l'attends.

— Compte sur moi.

Je m'en allai sur cette promesse, suivie par le regard plein d'espoir de Viviane.

Dès que je fus rentrée, après m'être changée, j'allai rejoindre mon oncle Georges dans l'écurie. Là où je m'étais si souvent confiée à lui au cours de mon enfance, je lui rapportai tout. Je racontai la jolie histoire, je parlai de l'arbre jaune, ardent, lumineux, qui était un cri d'amour. Et puis, je lui répétai la proposition de Viviane.

Il m'écouta sans m'interrompre. Ému, il hocha la tête. Dans son regard, la lassitude et le découragement avaient disparu. Mais il était visiblement déchiré.

— Abandonner la ferme?... murmura-t-il comme pour lui-même. Elle ne se rend pas compte de ce qu'elle me demande...

— Va la voir, *mononc'* Georges. Tu discuteras avec elle.

— Oui, j'irai. Merci, ma petite Pauline. Merci.

Il me donna plusieurs tapes amicales sur l'épaule, et me sourit. Le premier sourire depuis la mort du bébé et le départ de Viviane. Je quittai l'écurie avec l'impression que, enfin, il se remettait à vivre.

***

D'un commun accord, nous ne dîmes rien à mes grands-parents. Avant de les prévenir, mon oncle voulait que la situation soit éclaircie. Le dimanche suivant, il se prépara pour se rendre à Béthune, ne parvenant pas à cacher la fébrilité et l'espoir qui l'agitaient. Prise de soupçon, ma grand-mère interrogea :

— Pourquoi y vas-tu ? Il me semble que tu avais abandonné...

— Elle me manque, répondit-il simplement. J'ai envie d'aller la voir. Elle est toujours ma femme, non ?

Dans l'après-midi, après les vêpres, je me rendis au cimetière avec ma grand-mère. Comme d'habitude, j'y rencontrai Thomas sur la tombe de mère Entine. Il m'apprit que, vers la fin de la matinée, Léon s'était rendu chez Onésime et s'était enivré. En revenant, il était tombé, quelques mètres avant la ferme. Thomas l'avait trouvé et ramené, avec l'aide de Janina. Pour le moment, il était encore inconscient, sur son lit, en train de cuver tout l'alcool qu'il avait ingurgité.

— Il boit de plus en plus, Pauline. Je suis soulagé que tu ne sois plus là.

— Et Janina ? Comment réagit-elle ?

— Lorsqu'il est dessoulé, elle le menace de partir. Elle dit qu'elle va bientôt se marier avec Vojtek, son fiancé polonais, et que de toute façon elle s'en ira. J'aurai de la peine, car je me suis attaché à elle.

Il se tut, pensif, puis, avec un sourire amer, il reprit :

— Les personnes auxquelles je m'attache finissent par s'en aller. Regarde : ta mère Entine, toi, et maintenant Janina.

Je posai une main sur son bras :

— Moi, je suis toujours là. Quant à Janina, si elle se marie, c'est différent. Elle ne t'abandonne pas volontairement. Elle te soigne bien, n'est-ce pas ?

— Oh oui ! Elle dit que je lui rappelle son frère, qu'elle a laissé en Pologne et qui a mon âge. Et, pour la cuisine, elle fait des plats polonais. Elle dit qu'ils sont nourrissants. De la soupe aux choux, qu'elle appelle *bigos*. Et des *kluski*. Ce sont des boules de pommes de terre et de farine.

Je souris, amusée :

— Voilà que tu connais le polonais, maintenant !

— Et elle fait aussi du *placek*, un gâteau recouvert de

sucre, délicieux. Mais, pour moi, il ne vaut pas la flamique. Tu te rappelles, Pauline ?

Oui, je me rappelais, et je comprenais ce qu'il voulait dire. C'était grâce à un morceau de flamique partagé qu'avait débuté notre amitié, et cette pâtisserie, pour lui comme pour moi, resterait toujours liée à ce souvenir.

Le soir, mon oncle Georges revint. Il avait perdu son air triste et abattu, mais il paraissait contrarié. En aparté, il me glissa :

— Viviane et moi, nous avons discuté. Elle s'obstine dans sa décision. Si je veux sauver notre mariage, il ne me reste plus qu'à abandonner la ferme, et aller vivre avec elle. Je ne sais pas si elle comprend ce que ça représente pour moi. À ma place, que ferais-tu, ma petite Pauline ?

— Je ne sais pas, *mononc'* Georges... Si tu l'aimes vraiment, tu seras plus heureux avec elle là-bas qu'ici tout seul. Ces dernières semaines, tu étais bien malheureux, non ?

Il eut un long et profond soupir :

— Oui, oh oui ! Mais ce sera un crève-cœur de ne plus vivre ni travailler ici. Et mes parents... Je ne peux pas les abandonner comme ça, c'est impossible. Ils comptent sur moi. Je me ferais l'effet d'un lâche, Pauline...

Je comprenais son déchirement. S'il partait, mes grands-parents seraient désespérés, sans aucun doute. Quelle était la solution ?...

Ne pouvant se résoudre à leur parler, il continua à travailler comme d'habitude mais, chaque dimanche, il se rendait régulièrement à Béthune. Il avait retrouvé sa bonne humeur, il sifflotait de nouveau, et je savais qu'il pensait de plus en plus à une réconciliation définitive avec Viviane, malgré le prix qu'elle lui coûtait.

Après quelques semaines, un dimanche soir, il me confia :

— Cette situation ne peut plus durer. Viviane s'impatiente. Elle ne comprend pas pourquoi je ne parle pas à père et mère. Elle dit que, si ça continue, elle va venir elle-même tout leur expliquer. Mais il vaut mieux que ce soit moi. Je le ferai tout à l'heure, après souper.

Nous étions en mars. Le printemps s'annonçait. Les alouettes avaient repris leur chant mélodieux, et dans notre cour les jonquilles fleurissaient. En sortant de l'écurie, mon oncle Georges regarda autour de lui, leva les yeux vers le ciel où une alouette grisollait interminablement, respira un grand coup :

— Tout ça va me manquer, c'est sûr. Mais j'ai pris ma décision. La seule chose qui me retient encore, c'est que je ne peux pas laisser père faire le travail tout seul.

Après le repas, fidèle à sa résolution, il se décida à parler :

— Viviane vous prie le bonjour, commença-t-il. Elle va mieux. Elle recommence à travailler et à aider ses parents au café. Et nous avons discuté de la situation, car on ne peut pas toujours rester séparés. Viviane a proposé une solution qui, pour elle, arrange tout. Et, après avoir bien réfléchi, je suis prêt à l'accepter.

Ma grand-mère releva la tête avec vivacité :

— Elle va revenir?

— Non, elle ne va pas revenir. Elle ne le veut pas. Ce qu'elle propose, c'est le contraire : que moi, j'aille vivre avec elle, et que je travaille dans le café de ses parents.

Il y eut un silence abasourdi. Mes grands-parents paraissaient frappés de stupeur. Le premier, mon grand-père réagit :

— Mais... c'est impossible. Et la ferme ?... Tu ne peux pas partir et nous laisser !

Ma grand-mère pinça les lèvres avec réprobation, avec rancune :

— Ainsi, voilà ce qu'elle a trouvé ? Ça ne m'étonne pas d'elle. Et toi, tu vas te laisser faire, et lui obéir comme un bon petit toutou !

Mon grand-père tapa du poing sur la table. Sourcils froncés, il s'écria avec colère :

— Mais où as-tu la tête, mon garçon? Réfléchis un peu ! Tu ne peux pas faire ça ! Et nous, ici, qu'est-ce qu'on va devenir ? Et la ferme ? Elle est pour toi, tu le sais.

Si j'ai travaillé toute ma vie, c'est pour qu'elle te revienne. Et maintenant, tu voudrais tout abandonner?

Ma grand-mère renifla avec mépris :

— Cette femme !... Elle ne nous aura apporté que des problèmes. Et ça, c'est vraiment le pire de tout !

— Tu ne peux pas partir, c'est impossible, répéta mon grand-père. Je me fais vieux, moi, maintenant. En hiver, quand mes rhumatismes me font souffrir et qu'il faut aller travailler dans le froid et l'humidité, c'est dur. Bientôt, je ne pourrai plus le faire.

C'était vrai. De plus en plus, il laissait les gros travaux à son fils. La dernière fois où il avait labouré sous la pluie, derrière Major, je l'avais vu revenir trempé et grelottant. Lui qui ne s'écoutait pas, qui ne se plaignait jamais, le lendemain il avait avoué qu'il avait mal dans l'épaule et qu'il pouvait à peine bouger le bras. Ma grand-mère avait appliqué sur la région douloureuse une compresse de bouse de vache, malodorante mais réputée pour calmer les rhumatismes.

— Je le sais bien, dit mon oncle Georges, visiblement mal à l'aise. C'est ce qui me retient ici. Mais on pourrait trouver une solution. Si je pars, rien ne vous empêche d'engager un ouvrier. Élie l'a fait, il n'y a pas longtemps. Il est satisfait.

Tous les fermiers connaissaient l'Office Central de la Main-d'Œuvre Agricole, qui leur permettait de se procurer les ouvriers dont ils avaient besoin. Beaucoup de travailleurs étrangers, particulièrement des Polonais, avaient été ainsi recrutés. Mais mon grand-père s'insurgea :

— Un étranger ici, dans ma ferme, alors que j'ai un fils pour la reprendre? Ce serait le comble! Et puis, un ouvrier, il faut le payer! Et nous n'en avons pas les moyens. Sans compter que je peux tomber sur un incapable!

— Ça m'étonnerait. Ils sont recrutés avec soin, et le plus souvent, ils donnent toute satisfaction.

— Même dans ce cas, c'est impossible, Georges. Ne me fais pas un coup pareil, mon garçon. J'en mourrai.

Cette dernière phrase, énoncée simplement, comme une évidence, et non comme un chantage éventuel, sembla ébranler mon oncle Georges. Il comprit que mon grand-père était sincère et ne sut plus que dire.

D'un geste las, il massa le pli de contrariété qui lui barrait le front :

— Je me doutais bien que vous ne seriez pas d'accord... Mais Viviane est ma femme, et je l'aime. Nous voulons vivre ensemble.

— Eh bien, dans ce cas, va vivre avec elle et ne t'occupe pas de nous, déclara ma grand-mère d'une voix dure. Puisque c'est elle que tu préfères, laisse-nous mourir dans notre coin comme deux vieilles bêtes inutiles.

Je vis des larmes dans ses yeux, et derrière la sécheresse de ses paroles, je devinai qu'elle était blessée et malheureuse. Mon oncle Georges, lui aussi, le comprit :

— Vous savez bien que je ne pourrai pas faire ça. Mais je vais chercher une solution qui arrangera tout le monde. Il doit bien en exister une.

Mes grands-parents ne répondirent pas, et leur silence disait clairement que la seule solution normale, logique, était que leur fils reprenne la ferme. La conversation en resta là, et rien n'était résolu.

9

Je pensais le moins possible à Léon. Je voulais oublier toutes ces années de peur et de larmes. C'était Thomas qui me parlait de lui, le dimanche, lorsque nous nous rencontrions au cimetière, ainsi que Sophie, mon ancienne voisine, qui venait de temps en temps me voir. Depuis ma naissance, mon beau-père n'avait apporté dans ma vie que tristesse et souffrance, et pourtant, ce fut indirectement grâce à lui que la situation se dénoua.

Comme tout le monde dans le village, je savais que Léon buvait de plus en plus. Le dimanche, il quittait le café d'Onésime totalement ivre, et c'était Thomas qui le retrouvait, ensuite, tombé dans un fossé ou dans un champ. Lorsque je l'apercevais, parfois, de loin, je me détournais aussitôt. Il était de plus en plus laid et répugnant, et, sous l'effet de la boisson, son visage normalement rougeaud devenait rubicond et couperosé. Je plaignais Thomas, et aussi Janina, que je rencontrais parfois dans le village, de devoir vivre et travailler avec lui.

Le dimanche suivant, en fin d'après-midi, nous vîmes arriver Thomas. Je l'avais rencontré au cimetière, peu de temps auparavant, et il m'avait dit que Léon n'était toujours pas rentré. Les recherches pour le retrouver, aux alentours de la ferme et du village, n'avaient rien donné.

— Ne t'occupe pas de lui, avais-je conseillé sans aucune pitié. Laisse-le donc où il est. Il saura bien revenir lorsqu'il aura cuvé tout son alcool.

Mais Thomas, inquiet malgré tout, avait poussé plus loin ses recherches. Et il avait fini par retrouver Léon dans l'une des voyettes qui conduisaient au village voisin, en bas du petit pont, inconscient. Thomas avait essayé de le ranimer, n'y était pas parvenu, était revenu à la ferme pour prévenir Janina. Mais elle était allée à Bruay, passer l'après-midi avec son fiancé, et n'était pas encore rentrée. Affolé, Thomas était alors venu chez nous.

— Il ne bouge plus, annonça-t-il, haletant, et on dirait bien qu'il ne respire plus. Je crois qu'il est tombé du pont.

— Je viens avec toi, mon garçon, dit mon grand-père sans hésiter. Allons voir ça.

Ils sortirent. Je pensai que Thomas s'était certainement affolé trop vite, et que Léon ne devait être qu'ivre mort. Ma grand-mère elle-même remarqua :

— Même s'il est tombé, il s'en remettra. Léon, c'est une force de la nature. Ce n'est pas une simple cuite qui peut l'abattre.

C'etait aussi mon avis. Pourtant, la réalité fut différente. Lorsque mon grand-père revint, il nous annonça que Léon s'était tué en tombant du pont.

— Il est mort, ça ne fait aucun doute. Thomas est allé chercher le docteur. J'y retourne. Il va falloir prévenir les gendarmes, et ramener Léon chez lui.

Je ne ressentis qu'une grande incrédulité. Léon, mort? Jamais je n'avais pensé à une telle éventualité. Il s'était tant vanté, devant moi, d'être fort comme un taureau!...

— Eh bien, ça alors! constata ma grand-mère. On ne s'attendait pas à une chose pareille, quand même...

Mon oncle Georges était allé voir Viviane à Béthune. Lorsqu'il revint, nous lui apprîmes la nouvelle. Son regard croisa le mien, et je devinai ce qu'il pensait.

— Tombé du petit pont? Celui-là même où Edmond...

Il ne termina pas sa phrase, mais, peu de temps après, il me glissa en aparté :

— D'après les paroles de Mélanie, j'ai toujours soupçonné Léon d'avoir joué un rôle dans la mort d'Edmond. Eh bien, si c'est le cas, on pourra dire que justice est faite!

Dès le lendemain, tout le village en effervescence commenta la nouvelle. Les gens, d'une façon inévitable, rapprochèrent cet accident de celui qui s'était produit au même endroit, en 1916. L'enquête conclut à un accident : Léon, totalement ivre, était tombé et s'était tué. Un bruit se mit à courir, selon lequel le petit pont était un endroit maudit.

Léon étant un cousin de mon grand-père, ce fut ma grand-mère qui, avec Sophie et Janina, fit la toilette funéraire. Lorsque je vis le corps de mon beau-père, immobile sur le lit, les mains croisées, habillé d'une chemise blanche et de son costume noir des dimanches, l'incrédulité que je ressentais me donna l'impression d'évoluer dans l'irréalité. Pour la première fois, je voyais sur son visage une sorte de paix, alors que, en ma présence, il avait toujours exprimé hargne, animosité et malveillance. Les yeux étaient clos, même l'œil globuleux qui le rendait si laid, et ne me regardaient plus avec concupiscence ou méchanceté. Le corps allongé ne bougeait pas, ne bougerait plus jamais, et cela paraissait impossible, à moi qui me souvenais des coups de pied, des gifles et des injures qui avaient jalonné mon enfance. Avec surprise, je constatai que l'être malfaisant qu'avait représenté pour moi Léon n'existait plus. J'observai longuement le corps immobile et neutre, et je réalisai avec soulagement qu'il ne me ferait plus jamais de mal.

Je pris la branche de buis placée dans un verre, je fis un signe de croix, et je me sentis apaisée. Après tant d'années, je pus enfin faire ce que m'avait recommandé monsieur le curé, au catéchisme, et qui, pendant longtemps, m'avait paru impossible : je pus pardonner à Léon.

***

Il fut enterré dans le caveau de ses parents, où reposait déjà mère Entine. Au cours de la messe, monsieur le curé parla de lui comme d'un homme courageux, toujours prêt à rendre service. Pendant la guerre, nous rappela-t-il, il n'avait pas hésité à fournir un surcroît de travail pour aider les femmes des fermiers restées seules. Ceux qui, ensuite, étaient revenus avaient été satisfaits de voir que, grâce à Léon, leurs champs n'avaient pas trop souffert de leur absence. Pas un instant monsieur le curé ne fit allusion à son ivrognerie, cause de sa mort, ni à la façon dont il s'était conduit envers moi et que tout le monde dans le village connaissait. Avant, ce discours où Léon semblait paré uniquement de qualités m'aurait remplie d'amertume et de révolte. Mais, depuis que j'avais pu lui pardonner, j'étais capable également de comprendre un pareil message, fait de paix et de générosité.

Le lendemain de l'enterrement, maître Courtemont, le notaire, nous convoqua. Il nous expliqua que, puisque j'étais légalement la fille de Léon, ses biens, la ferme et ses terres, me revenaient. Comme je n'étais pas majeure, je ne pourrais disposer de cet héritage qu'à l'âge de vingt et un ans. En attendant, il serait administré par un tuteur, qu'il fallait nommer.

Comme nous étions un peu perdus dans ce dédale juridique, maître Courtemont conseilla à mon grand-père de se proposer comme tuteur, et mon oncle Georges ferait office de co-tuteur. Il y aurait un conseil de famille devant un juge de tutelle qui procéderait à cette nomination. Nous sortîmes de l'étude un peu abasourdis. Mon oncle Georges remarqua :

— La ferme de Léon, une des plus grandes du village… Elle sera à toi, Pauline ! Tu te rends compte ?

Je haussai les épaules, ne sachant que penser. Mon idée première était que cette ferme, qui me venait de Léon et où j'avais été malheureuse, ne me rappelait que des mauvais souvenirs. Je n'en voulais pas. Mais je n'osai pas dévoiler ce sentiment de refus, et je laissai mon oncle discourir avec mon grand-père.

— En attendant que Pauline soit majeure, nous louerons la ferme. Ensuite, elle en fera ce qu'elle voudra. Elle continuera à la louer, ou bien elle la vendra. Ou bien encore, elle ira y habiter lorsqu'elle se mariera.

Je secouai la tête avec énergie. Aller vivre dans cette maison qui me parlerait partout de Léon ? Ah non alors !

— Pour le moment, continuait mon oncle Georges, le plus urgent est de trouver un métayer. Je vais me renseigner. Élie m'a parlé d'un de ses cousins, Hector, qui est métayer dans un village, pas loin d'ici. Le propriétaire veut récupérer la ferme, pour son fils qui vient de se marier. Nous pourrons proposer à cet Hector la ferme de Léon. Sinon, nous chercherons quelqu'un d'autre. Mais ce serait bien d'avoir Hector, parce qu'Élie affirme que son cousin est sérieux et courageux. Nous saurons au moins à qui nous avons affaire.

— Il faudra fixer un loyer? demanda ma grand-mère.

Mon grand-père hocha la tête :

— Certainement. Maître Courtemont nous conseillera pour le montant.

Je demandai avec inquiétude :

— Mais... et Thomas? Que deviendra-t-il?

Mon oncle fronça les sourcils :

— Thomas et Janina devront partir, je le crains. Janina, de toute façon, allait bientôt s'en aller pour se marier. Quant à Thomas, je suppose que l'Assistance le placera ailleurs.

Mon inquiétude devint une sorte de panique. Thomas, aller ailleurs? Mais où?... J'eus l'impression qu'un nuage sombre fondait subitement sur moi.

— Mais... bégayai-je, affolée. Pourquoi ne peut-il pas rester?

— Si c'est Hector qui loue la ferme, il n'aura pas besoin d'un valet. Il a deux grands fils de seize et dix-huit ans. Avec eux, il a une main-d'œuvre suffisante.

Ils continuèrent à bavarder, mais je ne les écoutais plus. Mes pensées restaient fixées sur un seul point noir et menaçant : Thomas allait partir et je ne le verrais plus.

Mon oncle Georges s'occupa de contacter Hector et de lui proposer la location de la ferme. Lorsque, sans cacher sa satisfaction, il nous apprit que l'accord avait été conclu, je le regardai avec rancune et, lui pour qui j'éprouvais tant d'affection, je ne fus pas loin de le détester. Il allait me séparer de Thomas sans remords, et il ne se rendait même pas compte de ma peine! Toute la journée, je fus mécontente, et, en fin d'après-midi, j'allai le rejoindre dans l'écurie. Il s'occupait du cheval lorsque j'entrai, et il me regarda approcher en souriant :

— Je suppose que tu as quelque chose à me dire, ma petite Pauline ? Je t'écoute.

Je déclarai tout de suite :

— C'est au sujet de Thomas. Va-t-il devoir partir ?

— Oui, parce que Hector n'a pas besoin d'un valet de ferme. Je te l'ai déjà dit.

— Mais... où va-t-il aller ? Je ne veux pas qu'il s'en aille, moi. Thomas, c'est mon ami, presque mon frère. Il est arrivé à la ferme l'année de mes treize ans, et il a toujours été là, et il me protégeait lorsque Léon...

Ma voix s'enroua. Je levai vers mon oncle Georges des yeux malheureux :

— Ne pourrait-on pas louer la ferme à quelqu'un qui garderait Thomas ? Je t'en prie, *mononc'* Georges !

— Ce n'est pas évident de trouver un métayer aussi rapidement, et Hector fera parfaitement l'affaire. Bien sûr, je te comprends, ma petite Pauline. Et j'ai réfléchi à tout ça. Ne t'en fais pas.

Comme je l'interrogeais du regard, il eut un sourire complice et mystérieux :

— La solution que je cherchais, pour Viviane et pour moi, chuchota-t-il. Je l'ai trouvée. Et pour Thomas, elle est idéale. Tu seras contente, ma petite Pauline, tu verras ! J'en parlerai ce soir.

Il me fit un clin d'œil, et il paraissait si sûr de lui et si satisfait que je quittai l'écurie un peu rassurée. Néanmoins, je m'interrogeai, tout en aidant ma grand-mère à préparer le repas et en mettant le couvert. Je n'étais plus inquiète, maintenant, j'étais intriguée. Qu'avait trouvé mon oncle Georges ?...

Ce ne fut qu'après avoir mangé qu'il se décida à parler. Pendant le repas, il m'avait adressé de nombreux sourires, et je le comparai à un enfant impatient de dévoiler une heureuse surprise. Combien il était différent de l'homme meurtri et malheureux qui, trois mois auparavant, pleurait la mort de son fils et le départ de sa femme ! La joie qui faisait briller ses yeux était contagieuse, et je finis par répondre à ses sourires, impatiente de connaître la solution qu'il affirmait avoir trouvée et qui, selon lui, nous satisferait tous les deux. Notre manège intrigua ma grand-mère :

— Qu'y a-t-il ? Vous riez sous cape, je le vois bien. Que se passe-t-il ?

Mon oncle Georges s'appuya au dossier de sa chaise et nous regarda tour à tour, l'air victorieux :

— J'ai trouvé une solution qui arrangera tout le monde.

Mon grand-père fronça les sourcils avec inquiétude. Ma grand-mère serra les lèvres et ne dit rien. Tous deux, ils attendirent.

Mon oncle reprit :

— Voilà ce que j'ai trouvé. Vous savez que je désire aller vivre avec Viviane. Mais je ne peux pas partir et vous laisser seuls. Alors, j'ai pensé à Thomas. Il va être placé ailleurs ; pourquoi pas ici ? Vous le connaissez, et Pauline l'aime bien. Il fera mon travail. Et, pour son salaire, vous prélèverez la somme nécessaire sur le loyer que vous versera tous les mois Hector. À condition que Pauline soit d'accord, puisque la ferme est à elle. N'est-ce pas, Pauline ?

J'adressai à mon oncle Georges un sourire radieux :

— Bien sûr, *mononc'* Georges, je suis d'accord ! Thomas ici, c'est formidable !

— Il faudra faire la demande à l'Assistance. Je m'en occuperai. Je préviendrai Thomas, aussi. Je pense qu'il sera content. Mon idée n'est-elle pas bonne ?

— Oh si, *mononc'* Georges ! Elle est excellente !

Avec élan, je me levai et j'allai l'embrasser. Il se mit à rire :

— Eh bien, au moins, ta réaction me fait plaisir !

Ma grand-mère secoua la tête :

— Tu ne peux pas nous demander d'être heureux alors que tu nous annonces que tu t'en vas. Tu nous abandonnes, et tu abandonnes la ferme qui doit te revenir, sans regret ? Tout simplement pour une femme qui...

Elle se tut et serra les lèvres, arrêtant des paroles qui, je le devinai, dénigreraient Viviane. Mon grand-père eut un profond soupir :

— Je suppose que ta décision est prise, mon garçon, et tout ce que nous pourrons te dire ne servira à rien. Alors, puisque tu le veux, pars. J'espère simplement que la vie que tu as choisie te rendra heureux. Toi qui, depuis toujours, as l'habitude du grand air, supporteras-tu d'être toute la journée enfermé dans une salle bruyante et enfumée ?

— Ne vous en faites pas pour moi, je m'y ferai. Et j'aurai l'esprit libre en sachant que Thomas sera là pour me remplacer.

— Mais ce ne sera pas pareil, tu le sais bien... Et je veux aussi que tu saches autre chose : tu pourras revenir quand tu le voudras. Je l'espérerai toujours, parce que, pour moi, ta place est ici.

Je n'écoutais plus. Une immense joie me donnait envie de chanter, et éclairait ma vie d'une lumière nouvelle. Thomas allait venir vivre et travailler avec nous ! Je le verrais tous les jours, nous ne serions pas séparés comme je l'avais craint ! C'était merveilleux. Je pensai que, si la présence de Léon avait empoisonné mon existence pendant seize ans, sa mort, en revanche, m'apportait un grand bonheur.

Mon oncle Georges alla voir Denis, le charretier qui avait amené Thomas chez Léon. Avec lui, il s'occupa de demander à l'Assistance publique l'autorisation d'engager Thomas. Le premier samedi d'avril, il nous annonça joyeusement que tout était en règle, et qu'il s'en irait le lendemain rejoindre Viviane. Hector et sa famille occupaient déjà la ferme de Léon, et dès le départ de mon oncle, Thomas viendrait chez nous.

— Et tu es content de nous annoncer ça ? interrogea ma grand-mère avec amertume. Si tu savais la peine que tu nous fais !

— Allons, ne revenons pas là-dessus, mère. Ma décision est prise. Vous aurez Thomas, qui est un brave garçon, bien courageux. Et Pauline sera peut-être plus satisfaite de sa présence que de la mienne ! conclut-il avec un regard taquin dans ma direction.

Je voulus protester, mais je ne dis rien. J'aimais beaucoup mon oncle Georges et, pourtant, il était vrai que la prochaine venue de Thomas me rendait particulièrement heureuse.

Ce jour-là, pour la dernière fois de son existence d'agriculteur, mon oncle Georges partit dans les champs avec mon grand-père, afin de planter les pommes de terre d'hiver ; les autres, les « chaudes », avaient été plantées pour la Saint-Joseph. Il y avait encore, tardivement, quelques giboulées de mars, imprévisibles, drues, brutales. L'une d'elles tomba, grêle et pluie mêlées, tandis que mon grand-père et mon oncle revenaient. Ils entrèrent dans la cuisine, trempés et ruisselants.

— Quelle *drache*[1] ! s'exclama mon grand-père. J'en ai rarement reçu une aussi forte !

Il se débarrassa de son paletot mouillé et remua le bras gauche avec une grimace :

— Demain, mon épaule va encore me faire souffrir. Saleté de rhumatismes ! Et moi qui espérais que tu me remplacerais, et que je pourrais me reposer...

— Ne revenons pas là-dessus, répéta mon oncle qui, avec une serviette, se frictionnait les cheveux. Pensez plutôt au fait que, dans mon nouveau travail, je n'aurai pas ce genre d'inconvénient. Au moins, je serai à l'abri de la pluie.

Ma grand-mère, occupée à donner des vêtements secs aux deux hommes, demeura silencieuse. Elle se contenta d'observer son fils avec une expression où se mêlaient tendresse et déchirement. Et jusqu'à la fin de la journée, je surpris souvent ce même regard qu'elle attachait sur lui, plein de reproche silencieux et d'amour blessé.

Mon oncle Georges partit le lendemain, à l'heure où, les autres dimanches, il s'en allait rejoindre Viviane à Béthune. Mais, cette fois-ci, il ne reviendrait pas dans la soirée. Nous savions qu'il nous quittait, qu'il avait choisi de vivre ailleurs, et nous avions de la peine.

1. *Drache* : averse très forte, brutale.

Lorsqu'il embrassa ma grand-mère, elle éclata en sanglots et s'accrocha à lui :

— Alors, tu pars ? Tu pars vraiment ?...

— Mais je reviendrai souvent vous voir, au moins une fois par semaine ! Et je ne serai pas loin.

— Alors, puisque tu le veux... Porte-toi bien, mon garçon...

— À bientôt, mère. Ne pleurez pas ainsi. Je m'en vais pour être heureux. Tout ira bien, dorénavant.

Mon oncle Georges donna l'accolade à mon grand-père, dont la moustache tremblait et dont les yeux brillaient de larmes contenues.

— N'oublie pas ce que je t'ai dit, mon garçon. Tu peux revenir quand tu veux. Je t'attendrai. Nous t'attendrons tous les deux, ta mère et moi.

— Je viendrai souvent, je vous le promets, assura mon oncle, sans paraître comprendre que son père parlait d'un retour définitif. Et si elle veut bien m'accompagner, j'amènerai Viviane. Cela vous fera peut-être plaisir de la revoir.

Sans hésiter, j'affirmai que oui. Je n'avais pas revu Viviane depuis le jour où, chez elle, elle m'avait raconté la jolie histoire de l'arbre tout illuminé de jaune. Mon grand-père fit un signe d'assentiment, mais ma grand-mère pleurait et ne répondit pas.

— Attends-moi, *mononc'* Georges, dis-je. Je vais t'accompagner un bout de chemin.

Dehors, je lui pris le bras, et il se mit à marcher d'un pas allègre. Les averses de la veille avaient libéré un ciel clair, d'un bleu tendre, dans lequel brillait un soleil encore pâle. Notre maison étant la dernière du village, nous fûmes très vite dans les champs, et nous entendîmes tout de suite le grisollement des alouettes. Mon oncle leva la tête, les chercha du regard, et pour la première fois, sur son visage, passa une expression de regret :

— Je dois t'avouer que ça me fait quand même de la peine de partir. Je me sens coupable vis-à-vis de père et mère. Et puis, tout ça, ajouta-t-il en montrant, d'un geste circulaire, les champs autour de nous, ça va me manquer, c'est sûr.

Mais aussitôt, il redressa les épaules :

— Bah, tant pis ! Il faut parfois savoir faire des sacrifices, et savoir choisir. Je préfère être ailleurs avec Viviane, plutôt qu'ici tout seul. Tu peux comprendre ça, ma petite Pauline ?

Je hochai la tête avec gravité :

— Bien sûr, *mononc'* Georges. Avec elle, tu seras heureux. Et vous aurez d'autres enfants. Mais, par pitié, même si elle n'y croit pas, dis-lui de ne plus mettre de collier lorsqu'elle attendra le prochain !

— Oui, je le lui dirai, acquiesça-t-il, soudain assombri. Je pense que, après ce qui est arrivé, elle m'écoutera.

Nous marchions d'un bon pas, et bientôt je me sentis essoufflée. Je demandai à mon oncle de ralentir. Il se mit à rire :

— C'est que je suis pressé, vois-tu, ma petite Pauline. Pourtant, le train, lui, sera toujours à la même heure, et ça ne me sert à rien d'être en avance ! Tu as raison, marchons plus lentement.

Tout en ralentissant, il continua à bavarder, pour accélérer de nouveau après quelques mètres et reprendre le même rythme.

— Ce qu'il faudrait, c'est une automobile. Les parents de Viviane envisagent d'en acheter une. Quel gain de temps ce sera ! Plus de train à reprendre, et surtout, plus de kilomètres à faire à pied jusqu'à la gare, comme en ce moment ! Il y a longtemps que je rêve d'en avoir une, et je n'ai jamais pu me l'acheter. Tu connais l'avis de père et mère là-dessus. Ils trouvent que c'est inutile et trop cher. Pourtant, vois autour de nous. Ceux qui en possèdent sont de plus en plus nombreux.

C'était vrai. Les fermiers du village, l'un après l'autre, se décidaient à imiter Élie, qui avait été le premier de la corporation à se lancer dans l'achat d'une automobile. Mais certains demeuraient encore récalcitrants et, parmi ceux-là, mes grands-parents semblaient être les plus irréductibles.

— Nous viendrons te voir souvent, ma petite Pauline. Et dès que nous aurons une voiture, nous t'emmènerons en promenade, à Béthune et ailleurs. Avec ça, on peut aller où on veut. Tu es d'accord ?

— Bien sûr, *mononc'* Georges !

Il s'arrêta :

— Quittons-nous ici. Retourne à la ferme, dis à père et mère que je les aime et que... eh bien, qu'ils essaient de ne pas trop m'en vouloir. Au revoir, ma petite Pauline. À très bientôt, sans doute.

Il se pencha vers moi. Je jetai mes bras autour de son cou et, avec élan, avec affection, je l'embrassai :

— Au revoir, *mononc'* Georges. Tu vas me manquer, tu sais. C'est toi qui, depuis toujours, as un peu remplacé le père que je n'avais pas. Merci d'avoir été là, *mononc'* Georges. Et... sois heureux avec Viviane. Prie-lui le bonjour de ma part, et embrasse-la très fort pour moi.

— Je n'y manquerai pas, ma petite Pauline. Au revoir, au revoir !

Il s'en alla d'un pas encore plus rapide, et je me retournai plusieurs fois pour le regarder s'éloigner. La tête droite, il marchait vers l'existence qu'il avait choisie, et son allure décidée ne laissait plus aucune place aux regrets. Je pensai que c'était bien ainsi, et, accompagnée par le chant des alouettes, je revins à la ferme.

Ma grand-mère avait séché ses larmes, mais ses yeux étaient encore rouges et gonflés. Assis sur le banc adossé à notre maison, immobile et désœuvré, mon grand-père paraissait si malheureux que je m'installai près de lui. Pour le consoler, je lui rapportai les dernières paroles de mon oncle Georges. Il poussa un profond soupir :

— Je le sais bien qu'il nous aime, et je ne lui en veux pas. C'est plutôt à Viviane que j'en veux. Sans elle, il serait encore ici. C'est elle qui l'a attiré là-bas, Henriette a raison. Tu ne peux pas dire le contraire, Pauline.

— Peut-être, pépère Baptiste. Mais elle ne voulait plus vivre ici. Elle a perdu son bébé, c'était trop dur pour elle. Et pour *mononc'* Georges, c'est peut-être la meilleure solution. Rappelle-toi comme il était malheureux ici, séparé d'elle...

De nouveau, mon grand-père soupira :

— Oui, c'est vrai, admit-il. Je ne suis qu'une vieille

bête égoïste, Pauline. Je ne vois qu'un aspect de la situation, le mien. Cette ferme, qui appartenait à mon père, et au père de mon père, elle était pour mon fils. Si j'ai travaillé toute ma vie, c'est pour la lui remettre. Et maintenant, il n'en veut plus, il part. Alors, puisque je n'ai plus d'autre enfant, tout ce que j'ai fait est inutile, et je reste là, tout seul, avec ma pauvre Henriette.

Je me tournai vers lui et, spontanément, je m'écriai :

— Mais je suis là, moi, pépère Baptiste !

Il me regarda, et une grande douceur, une grande tendresse vinrent chasser l'expression triste et désabusée de son visage.

— Oui, tu es là. Il ne nous reste plus que toi.

***

Pour lutter contre son chagrin, ma grand-mère s'activa. Elle prit dans l'armoire de sa chambre des draps, des couvertures, et s'en alla refaire le lit que mon oncle Georges avait installé, l'avant-veille, dans un coin du grenier à foin, pour Thomas. Je lui proposai de l'aider. Je balayai avec soin le sol, essuyai les murs, disposai autour du lit un paravent qui, en isolant le coin, donnerait l'illusion d'une petite chambre. Sur les couvertures, ma grand-mère plaça le gros édredon gonflé et moelleux qui, jusque-là, avait été celui de Georges :

— Il sera plus utile ici, maintenant, et il tiendra chaud à Thomas.

Nous mîmes également une chaise, une lampe, un réveil.

— Il sera bien, constata ma grand-mère. Nous n'avons jamais logé d'ouvrier. C'est nouveau pour nous. S'il manque quelque chose, il nous le dira.

Je regardai le lit installé, je pensai que Thomas y dormirait bientôt, et je me sentis heureuse.

Il arriva le lendemain, avec un baluchon contenant tout ce qu'il possédait. Tout de suite, son regard croisa le mien, et ce que j'y lus augmenta ma joie. Je compris que, lui aussi, il était content de venir travailler à la Cense aux alouettes, parce qu'il y serait avec moi.

Ma grand-mère alla lui montrer sa «chambre», où il déposa son baluchon. Puis il nous expliqua que Hector et sa famille s'habituaient parfaitement dans la ferme de Léon. Ils étaient venus nous voir, la semaine précédente, et ils avaient discuté avec mon oncle Georges et mon grand-père. Je les avais considérés avec sympathie parce que, grâce à leur arrivée, Thomas allait venir chez nous.

— Viens, mon garçon, dit mon grand-père. On va aller semer les betteraves. Mais d'abord, suis-moi à l'écurie. Je vais te présenter Major. Il faut qu'il fasse ta connaissance. Tu travailleras avec lui autant que moi.

Ils sortirent. Je savais que Major aimerait Thomas. Je connaissais la douceur et la patience de mon ami envers les animaux. Je regardai sa haute silhouette, et le visage attentif qu'il tournait vers mon grand-père pour écouter ses explications. Avec une ardeur nouvelle, je nettoyai la maison et je préparai le repas. J'avais l'impression d'être revenue à l'époque où, avec mère Entine, nous avions décidé de choyer ce garçon nouvellement arrivé de l'orphelinat. Et maintenant, c'était encore mieux, pensai-je, car il n'y avait plus Léon.

Au bout de quelques jours, nous avions l'impression que Thomas avait toujours vécu avec nous. Mes grands-parents, tout en regrettant le départ de leur fils, ne tardèrent pas à apprécier leur jeune valet, courageux, efficace, respectueux. Mon grand-père s'entendait parfaitement avec lui, et, en plus du travail qu'ils effectuaient ensemble, il apprenait à Thomas les proverbes qu'il tenait de son père et qui prévoyaient le temps. Thomas, qui ne les connaissait pas, les écoutait avec intérêt. «À la Chandeleur, l'hiver passe ou prend vigueur» ou «Entre la Toussaint et l'Avent, jamais trop de pluie ni de vent» ou encore «À la Sainte Luce, saut d'une puce, à *Noë* (Noël), saut d'un baudet», et d'autres qui annonçaient la pluie, la gelée, une bonne récolte ou un hiver rigoureux.

Un après-midi, j'eus la visite de mon amie Joséphine. Elle était parfaitement remise de son opération, et me montra le nouveau corsage qu'elle venait de se confectionner. Elle me rapporta les commentaires qu'elle avait entendus, dans le village, au sujet du départ de mon oncle Georges.

— La plupart des gens le désapprouvent, et critiquent Viviane. Ils disent que, sans elle, il serait toujours ici.

— C'est ce que dit pépère Baptiste. Et aussi mémère Hiette.

— Et c'est vrai, non? Figure-toi que les avis sont partagés. Pour certains, il est évident que Georges va revenir; pour d'autres, maintenant qu'il est à Béthune, il y restera.

— Je le crois, moi aussi. Il aime Viviane, et il a choisi d'aller vivre avec elle.

Le regard de mon amie se fit pensif :

— J'espère que Viviane apprécie ce qu'il a fait. J'aimerais bien, moi, être mariée à quelqu'un qui, par amour pour moi, laisserait tomber tout ce à quoi il tient. Pas toi, Pauline?

— Oui, peut-être. Je ne me suis jamais posé la question. J'aurais peur qu'il regrette son choix, ou qu'il me le reproche...

Elle sourit, me lança un regard malicieux :

— En tout cas, toi, tu y gagnes au change! Maintenant, tu as de nouveau Thomas. Vas-tu enfin te décider à lui faire du charme?

Je secouai la tête avec désapprobation :

— Voyons, Joséphine, arrête de dire ça. Pourquoi ferais-je du charme à Thomas? C'est ridicule. Thomas, c'est mon ami, c'est comme un frère pour moi.

Elle me lança un autre regard entendu, mais n'insista pas. Et moi, en faisant cette déclaration, j'étais sincère. Mais un incident vint bientôt me faire prendre conscience de la véritable nature de mes sentiments.

10

Les jours passaient, s'ajoutaient, formaient des semaines. Thomas, dorénavant, faisait partie de la famille. Toupie, notre chienne, l'avait adopté tout de suite. Lorsqu'il revenait des champs avec mon grand-père, c'était lui qui s'occupait de Major, comme l'avait fait mon oncle Georges. À ces moments-là, je traversais la cour et j'allais porter un sucre au cheval. Pendant quelques instants, nous étions ainsi seuls tous les deux, Thomas et moi, et nous parlions de tout et de rien. Mais c'était, pour lui comme pour moi, une halte privilégiée dans la journée, qui nous rappelait que, depuis qu'il était arrivé chez mère Entine, l'année de mes treize ans, notre amitié n'avait cessé de croître.

Mon oncle Georges, fidèle à sa promesse, nous rendait visite régulièrement. Les premières fois, il vint seul, par le train. Il arrivait en début d'après-midi, si élégamment vêtu qu'il donnait l'impression d'être endimanché alors que nous étions en semaine.

— *Mononc'* Georges ! m'écriais-je. Comme tu es beau ! Ainsi, te voilà devenu un homme de la ville, maintenant !

Il riait, me serrait contre lui avec affection :

— Et toi, ma petite Pauline, comment vas-tu ? Je ne te manque pas trop ? ajoutait-il, taquin. Il est vrai que, maintenant, Thomas est là !

Il entrait, embrassait ses parents, nous expliquait qu'il

venait le lundi parce que, ce jour-là, le cabaret était plus calme et Raymond pouvait se débrouiller seul.

— C'est qu'il y a du monde, les autres jours ! Et le dimanche ! Il faut voir ça ! Et ici, comment ça se passe avec Thomas ?

Souvent, celui-ci était aux champs et mon grand-père, s'il se trouvait là, affirmait que c'était un bon ouvrier.

— L'ouvrage ne lui fait pas peur. J'irai même jusqu'à dire qu'il travaille aussi bien que toi. Mais, évidemment, ce n'est pas toi.

Mon oncle Georges préférait ne pas répondre à ce genre de réflexion. Il sortait, faisait le tour des bâtiments et, si Major était à l'écurie, il ne manquait jamais d'aller lui dire un petit bonjour. Lorsque mon grand-père était aux champs avec Thomas, il allait les retrouver. Je l'accompagnais, et cela me donnait une occasion supplémentaire de voir Thomas. De plus, en marchant avec mon oncle dans les voyettes, je l'interrogeais, je lui demandais des nouvelles de Viviane, je m'inquiétais de savoir s'il était heureux et si son nouveau travail lui plaisait.

— Viviane va bien, elle m'a dit de te prier le bonjour. Et ne t'en fais pas pour moi. Mon nouveau travail me plaît et... oui, nous sommes heureux.

— Pourquoi ne vient-elle pas avec toi ?

— Elle viendra, elle viendra. Nous préparons une surprise. Mais je n'en dis pas plus !

— Quelle surprise, *mononc'* Georges ?

Il secouait la tête en riant et refusait de me donner d'autres détails :

— Tu verras bien, ma petite Pauline. Si je te le dis, ce ne sera plus une surprise !

Lorsqu'il repartait, ma grand-mère lui donnait du beurre, des œufs, un peu de pâté ou de lard fumé. Là aussi, il riait :

— N'en mettez pas trop ! Je vais être chargé comme un baudet !

Mais ma grand-mère ne l'écoutait pas.

— Au moins, tu auras de bonnes choses à manger.

Avec ce qu'on trouve en ville... je n'ai pas confiance! Viviane te nourrit-elle bien, au moins?

Avec bonne humeur, il se tapotait l'estomac :

— Regardez-moi, mère. Est-ce que je donne l'impression de mourir de faim?

Elle ne répliquait pas, ajoutait aux provisions quelques carottes qu'elle avait retirées du silo :

— Ce sont les dernières. Bientôt, il n'y en aura plus. Il faudra attendre les nouvelles.

Il remerciait, prenait le colis, s'en allait en promettant de revenir la semaine suivante. Après son départ, ma grand-mère laissait libre cours aux critiques qu'elle avait jusque-là retenues :

— As-tu vu, Baptiste? Il met de la brillantine sur ses cheveux, maintenant!

— Bah! disait mon grand-père en haussant les épaules. Et alors? Qu'est-ce que ça peut faire? En tout cas, il m'a donné l'impression d'être heureux.

Je renchérissais :

— C'est vrai. Il rit tout le temps.

Ma grand-mère ne s'avouait pas vaincue. Elle baissait la tête, marmonnait entre ses dents :

— Peut-être, peut-être... Reste à savoir si ça va durer?

Mais sa question pessimiste n'eut pas d'écho. Les semaines passèrent, et mon oncle Georges semblait toujours aussi satisfait. Et puis, vers la fin du mois de mai, un lundi, nous fut enfin dévoilée la surprise que, chaque semaine, il nous promettait.

La grand-porte était ouverte, et, dans l'après-midi, nous vîmes entrer dans la cour une automobile toute neuve, noire, superbe, qui ralentit et s'arrêta devant la grange. Intrigués, nous sortîmes de la maison, et nous aperçûmes, dans la voiture, mon oncle Georges et, assise près de lui, Viviane. Tous deux nous souriaient comme des enfants ravis.

Mon oncle arrêta le moteur, ouvrit la portière, descendit. Avec un ahurissement mêlé de joie, je m'approchai :

— Ça alors!... C'était ça, la surprise?

— Je vous présente la nouvelle automobile de Raymond, déclara mon oncle Georges avec fierté. Elle s'appelle Rosalie. N'est-ce pas qu'elle est belle? C'est une Rosengart. J'ai passé mon permis de conduire, je l'ai obtenu, et me voici! Maintenant, avec Rosalie, je pourrai vous emmener où vous voudrez!

Ma grand-mère s'approcha prudemment, un reste de méfiance sur le visage. Mon grand-père fit le tour de l'automobile :

— Eh bien, ça, pour une surprise, c'est une surprise!

De la main, il flatta la carrosserie. Mon oncle Georges se lança dans des explications techniques que je n'écoutai pas. Je venais de remarquer que Viviane, près de la portière, nous regardait en souriant, immobile et indécise, tout en caressant Toupie, notre chienne, qui frétillait de joie. J'allai vers elle :

— Viviane! Que je suis contente de te revoir! Comment vas-tu?

Ma question était inutile. Elle paraissait en pleine forme, heureuse, épanouie. Le petit visage tiré au regard triste n'était plus qu'un souvenir. Je l'embrassai, respirai avec délices son léger parfum :

— Hmm! Comme tu sens bon!

Elle me serra contre elle, dans un élan affectueux et sincère :

— Moi aussi, ça me fait plaisir de te revoir, Pauline!

Elle se tourna vers mes grands-parents pour les saluer, et nous ne pûmes nous empêcher de rire. Mon grand-père était assis dans la voiture, à la place du conducteur, tandis que mon oncle Georges tenait ouverte la portière du passager et aidait ma grand-mère à s'installer sur le siège. Fascinés, ils regardèrent tous les accessoires, écoutant les explications de leur fils.

— Viens, me dit Viviane. Montons derrière.

Je me retrouvai sur le siège arrière, à côté d'elle. Et, grâce à Rosalie, les retrouvailles de Viviane et de mes grands-parents furent faciles. Ceux-ci, abasourdis, ne pensèrent plus à la rancune qu'ils éprouvaient envers leur bru. Rosalie demeura le centre de la conversation, et mon grand-père conclut gaiement :

— Une acquisition pareille, ça s'arrose! Henriette, va chercher du vin!

Leurs griefs oubliés, ils trinquèrent joyeusement. J'étais heureuse et surprise de leur réaction. Eux qui s'obstinaient à répéter qu'une automobile était un luxe coûteux et inutile, ils se trouvaient complètement séduits par celle que leur présentait mon oncle Georges. Thomas lui-même, que les voitures ne passionnaient pas spécialement, tomba en admiration devant Rosalie. Il était allé sarcler les betteraves, et revint alors que Georges et Viviane s'apprêtaient à prendre congé. De nouveau, pour lui, mon oncle étala les performances de Rosalie, et conclut par les avantages :

— Plus besoin d'avoir peur de rater le train. Et puis, je n'ai plus à craindre d'être chargé comme un baudet ! dit-il en plaçant à l'intérieur les provisions que ma grand-mère lui avait données.

— La prochaine fois, nous vous emmènerons faire une promenade, promit Viviane.

— Oh oui ! approuvai-je, enthousiasmée. Avec plaisir !

Ma grand-mère embrassa Viviane sans réticence, et avoua avec honnêteté :

— Je ne voulais pas qu'il aille vivre à Béthune avec vous, mais maintenant, je vois bien qu'il est heureux. Alors, peut-être que je me trompais...

Viviane lui sourit avec douceur :

— Je l'aime, vous savez. Et qu'il soit heureux, c'est mon plus cher désir.

Elles se regardèrent et, pour la première fois, j'eus l'impression qu'elles se comprenaient.

***

Thomas remplaçait mon oncle Georges, et c'était avec lui maintenant que mon grand-père discutait de labourages, de culture, d'engrais. Il restait attaché aux engrais organiques, fumier et vidanges, qu'il avait toujours connus. Thomas, résolument plus moderne, préconisait l'emploi de potasse, d'engrais minéraux azotés ou phosphatés, afin d'augmenter le rendement. Avec ma grand-mère, il se comportait comme il l'avait toujours fait avec mère Entine et moi : il portait de lourdes charges à notre place, il préparait le bois pour allumer le feu, il allait remplir le bac à charbon... Avec satisfaction, je voyais mes grands-parents s'attacher chaque jour davantage à mon ami.

Le mois de juin était arrivé, et avec lui le temps de la fenaison. Thomas et mon grand-père fauchèrent le foin, le retournèrent pour le faire sécher sous le soleil, le mirent en monts. Avec de la paille de seigle, je liai les bottes de trèfle et de luzerne qui serviraient pour la nourriture de Major. Bien que la chaleur fût pénible, j'aimais ce travail qui me permettait d'être avec Thomas. Nous ne nous parlions pas, nous ne nous regardions même pas, mais il y avait entre nous, tandis que nous peinions sur le même labeur, une connivence qui nous rapprochait. Ensuite, ce fut Thomas qui rentra le foin dans le grenier, tandis que mon grand-père maugréait contre la douleur de ses reins qui ne lui permettait plus de faire ce travail.

— J'ai une chambre qui sent bon, maintenant, nous dit Thomas le lendemain. C'est bien agréable !

Cela me gênait qu'il logeât dans un grenier étouffant l'été et glacial l'hiver, mais Thomas ne se plaignait jamais. Au contraire, lorsque nous nous retrouvions auprès de Major, dans l'écurie, il me répétait souvent que, avec nous, il retrouvait l'impression déjà ressentie lorsque mère Entine vivait, l'impression de posséder une famille. Et je lisais dans son regard ce qu'il ne disait pas : il était heureux parce que, dans cette famille, j'étais présente.

Nous avions fait, ma grand-mère et moi, la lessive du linge d'habillement, chemises, tabliers, vêtements de travail, mouchoirs. Thomas avait porté sur le feu la grande lessiveuse, afin de faire bouillir l'eau dans laquelle ma grand-mère avait jeté des cristaux de soude. Avec elle, j'avais frotté chaque vêtement à la brosse de chiendent, je les avais soigneusement rincés, et je les avais fait sécher au soleil. En fin d'après-midi, je ramassai tout, triai et rangeai. Puis j'allai déposer, sur la chaise près du lit de Thomas, le linge qui lui appartenait.

Avant de quitter le grenier, je regardai le lit. À cause

de la chaleur, le gros édredon n'était plus là, et je remarquai les draps parfaitement tirés et bordés. Thomas m'avait confié, une fois, qu'à l'orphelinat chaque enfant devait savoir refaire son lit. S'il y avait le moindre faux pli, le surveillant n'hésitait pas à punir. Je respirai la bonne odeur de foin fraîchement coupé, et je me mis à descendre, à reculons, l'échelle de bois étroite et raide.

Je ne sais pas ce qui se passa. Le soleil, par la lucarne, m'éblouit brutalement, et ce fut peut-être la cause de mon écart. Mon pied rata un échelon, partit dans le vide. Je tentai de me rattraper, perdis l'équilibre, basculai vers l'arrière et tombai.

La chute n'était pas importante, mais ma tête heurta violemment le sol. Une multitude d'étincelles explosèrent en une énorme boule de feu qui m'aveugla. Puis, sans transition, ce fut l'obscurité complète.

Je ne revins à moi que très progressivement. D'abord, les ténèbres se firent moins épaisses, s'atténuèrent, jusqu'à me laisser deviner, derrière mes paupières closes, la clarté du jour. Ensuite je pris conscience de la dureté du sol sous mes mains, mes épaules, mon dos. Et puis, surtout, venant de très loin mais se rapprochant de seconde en seconde, une voix que je connaissais répétait avec affolement :

— Pauline ! Pauline, réponds-moi !

En même temps, des mains me caressaient le visage, les cheveux, et la voix continuait, pressante :

— Pauline ! Pauline, ma chérie...

Avant que mon esprit ne comprenne, mon cœur se mit à battre plus vite. Mais je ne parvenais pas encore à réagir. Après quelques secondes, je pus quand même ouvrir les yeux. Ce fut pour voir Thomas sortir en courant et appeler, de la même voix affolée :

— Madame Henriette ! Monsieur Baptiste ! Venez vite ! Pauline... Elle est tombée, elle ne bouge plus !

Je voulus me lever, mais l'effort que je fis causa dans ma tête un éblouissement douloureux, et je retombai en arrière. Les ténèbres revinrent m'envelopper, et pourtant je demeurai consciente du monde extérieur. Immobile, les yeux clos, j'entendis ma grand-mère arriver, se pencher sur moi, essayer de me ranimer. Inexplicablement, alors que je le voulais, j'étais incapable de réagir. Elle sortit, revint avec un torchon qu'elle avait trempé dans de l'eau froide, et se mit à m'assener de courtes gifles mouillées.

Le traitement s'avéra efficace. Les ténèbres s'éloignèrent, et je pus ouvrir les yeux. Ce que je vis, tout de suite, fut le regard de Thomas posé sur moi, plein d'inquiétude et d'un autre sentiment qui, de nouveau, fit battre mon cœur plus vite et amena un flot de sang à mon visage.

— Ah, ça va mieux ! constata ma grand-mère, soulagée. Elle reprend des couleurs. Que s'est-il passé, mon enfant ?

Je m'assis, encore étourdie, portai à mon crâne une main incertaine :

— J'ai raté un échelon, dis-je. Je suis tombée. Je crois que je vais avoir une fameuse bosse, conclus-je avec une grimace.

— J'ai eu peur, avoua Thomas. Lorsque je suis arrivé, je t'ai trouvée là, étendue. Tu ne bougeais plus.

Il me sourit et ses yeux clairs, posés sur moi, gardaient la même expression. J'eus un vertige, et ma chute n'en était plus la seule cause.

— Peux-tu te lever ? demanda ma grand-mère.

Thomas s'avança, me tendit les deux mains :

— Accroche-toi à moi.

Je mis mes mains dans les siennes, et il me tira vers lui. Je me retrouvai debout, chancelante, contre sa poitrine. Il me retint un instant. Après le choc causé par ma chute, appuyée ainsi contre Thomas, j'étais bien. Je ressentais l'impression que j'avais toujours eue avec lui, une impression de sécurité, de confiance, et la certitude, inexpliquée mais profonde, qu'avec lui je ne craignais rien.

— Peux-tu marcher ? dit ma grand-mère. Tu n'as rien de cassé, au moins ?

Je fis quelques pas, qui s'affermirent rapidement. Je parvins à sourire :

— Ça va. J'aurai juste un peu mal à la tête. Mais ce n'est pas grave.

Rassurés, nous revînmes vers la maison. Je me sentais

dans un état second, bizarre, qui dura toute la soirée et qui était, sans doute, une conséquence de ma chute. Mais je savais qu'il était dû aussi à une révélation qui faisait grandir en moi une clarté exaltante, radieuse.

Lorsque je me couchai, je ne m'endormis pas tout de suite. Seule dans le silence et l'obscurité de ma chambre, je pus enfin faire face à ce que j'avais découvert. Je revoyais la façon dont, toute la soirée, Thomas m'avait regardée. Je me rappelais sa voix angoissée, lorsqu'il m'avait trouvée inanimée, et l'intonation avec laquelle il avait crié « ma chérie ». Et ce que je déduisais de ces révélations m'apportait un bonheur dont l'intensité m'éblouissait.

Je comprenais subitement que Thomas m'aimait, et que moi aussi je l'aimais. C'était pour cette raison que j'avais eu tant de peine et de crainte à l'idée de ne plus jamais le voir, après la mort de Léon. Je croyais l'aimer uniquement comme un ami ou un frère, mais mes sentiments étaient beaucoup plus profonds. Je l'aimais, tout simplement.

Ma découverte m'emplit de joie, mais aussi de perplexité. Que devais-je faire ? Rien, sans doute. Ma grand-mère m'avait souvent répété qu'une jeune fille ne doit pas dévoiler ses sentiments à un jeune homme, même si elle les croit partagés. Alors, je résolus de garder le même comportement et d'attendre, l'espoir au cœur.

Thomas, lui non plus, ne changea pas d'attitude. Il demeura, comme il l'avait toujours été, gentil, amical, prévenant. J'en arrivai à me demander si je n'avais pas rêvé l'angoisse de sa voix et les mots « ma chérie ». Pourtant, à de nombreuses reprises, lorsque je me retournais à l'improviste, je surprenais son regard posé sur moi, avec la même expression ardente qui mettait, dans mon cœur, une chaleur subite.

Je ne savais à qui me confier. Je n'osais pas en parler à ma grand-mère, ni à Joséphine, qui me taquinerait peut-être. Et ce que je ressentais était trop sérieux pour le voir tourner en dérision.

Si Viviane avait encore été là, je me serais sans doute confiée à elle. Mais elle ne venait qu'une fois par semaine, avec mon oncle Georges, et nous nous trouvions rarement seules. Pourtant, au début du mois de juillet, une occasion me fut donnée.

Comme d'habitude, ils vinrent en automobile. À chacune de leurs visites, mon oncle Georges nous proposait une promenade. Cet après-midi-là, il emmena mes grands-parents et Thomas. Les travaux des champs laissaient quelques jours de répit : les derniers foins étaient rentrés, et il fallait attendre le milieu du mois pour commencer la moisson, avec l'orge que mon grand-père, ensuite, vendrait à la brasserie du village.

Dès que nous fûmes seules, Viviane se tourna vers moi, une lumière heureuse dans les yeux :

— Je veux le dire à toi d'abord, Pauline. Tout à l'heure, je l'annoncerai à père et mère. J'attends un enfant.

Avec joie, je l'embrassai :

— Viviane ! Quelle bonne nouvelle ! *Mononc'* Georges doit être content !

— Oui, et moi aussi. Cette fois, on fera tout pour que ça se passe bien.

— Promets-moi de ne plus mettre de collier, Viviane, dis-je avec sérieux.

— Oui, je sais. Je n'y crois toujours pas, mais je ne veux plus prendre de risque. Plus de collier, c'est promis.

— Moi aussi, commençai-je, j'ai quelque chose à te dire. Et un conseil à te demander.

Elle m'observa avec un intérêt affectueux :

— Qu'est-ce que c'est ?

Alors, sans hésiter, je lui racontai ce qui s'était passé. Je parlai de ma chute, et de l'accent angoissé avec lequel Thomas avait crié « ma chérie ». Et je terminai par la découverte que j'avais faite. Viviane m'écouta sans m'interrompre, puis m'adressa un sourire malicieux :

— J'avais déjà remarqué, moi, la façon dont il te regarde. Je me disais qu'il était secrètement amoureux de toi. Mais je croyais que tu le considérais simplement comme un frère… Et finalement, tu l'aimes ? Tu es sûre ?

— Oh oui ! Et je voudrais bien être sa femme, et vivre avec lui toute ma vie ! Que dois-je faire, Viviane ? Dois-je lui faire comprendre que je l'aime, pour l'amener à se déclarer ?

Elle réfléchit un instant, avec gravité. Puis elle secoua la tête :

— Inutile. À mon avis, il n'osera jamais te dévoiler ses sentiments.

— Mais... pourquoi donc ?

— Regarde la situation, Pauline. Il ne possède rien, et il le sait. Et toi, maintenant, pour lui, tu es la fille de ses patrons. Non seulement il se sent en position d'infériorité, mais, de plus, il ne voudra pas qu'on l'accuse de t'épouser uniquement parce que, pour lui, tu représentes un beau parti.

— Oh ! Mais s'il croit cela, il se trompe !

J'étais consternée. Je n'avais pas pensé à cet aspect matériel de la situation, tel que le verraient les gens. Je n'avais vu que notre amour tout neuf, promesse d'union et de bonheur. Ma déception n'échappa pas à Viviane.

— Je peux me tromper, bien sûr, remarqua-t-elle. Mais c'est ainsi que je réagirais, à sa place. Pas toi ?

— Peut-être, dis-je en soupirant. Alors, que faire ? Je ne veux pas attendre indéfiniment un aveu qui ne viendra jamais !

— Alors, dans ce cas, c'est à toi de le lui dire.

— Oh ! je n'oserai pas, moi non plus. Une jeune fille ne doit pas...

Viviane croisa les bras, catégorique :

— Tout dépend de la situation, Pauline. Pour obtenir le bonheur que l'on désire, il faut parfois savoir prendre les devants.

Indécise, je ne sus que répondre. Viviane vit mon hésitation :

— Ou alors, tu attends, reprit-elle. Après tout, tu n'as pas encore dix-neuf ans. Tu es jeune.

— À ma place, que ferais-tu, toi ?

— Je lui parlerais, répondit-elle sérieusement. Je serais bien incapable d'attendre, en me disant que, peut-être, il ne se déclarerait jamais ! Je préfère les situations bien nettes.

Un bruit de moteur, dans la cour, annonça le retour de Rosalie et de ses occupants, et interrompit notre conversation. Nous sortîmes. Thomas descendit de la voiture et, tout de suite, son regard chercha le mien. Viviane, près de moi, remarqua cet échange muet et me donna un léger coup de coude :

— N'hésite pas, chuchota-t-elle en un dernier conseil. Profite de la première occasion !

Ce soir-là, avant de m'endormir, je repensai à notre conversation. La proposition de Viviane me paraissait difficile à suivre. Une timidité, une pudeur me retenaient. Et puis, si je dévoilais mes sentiments à Thomas, comment réagirait-il ? Peut-être serait-il gêné ? Ou, s'il ne m'aimait pas, contrarié ? C'était extrêmement embarrassant, et je ne parvenais pas à me décider.

Je réfléchis longtemps et, finalement, je pris la résolution de ne rien faire et d'attendre. Il était vrai que nous étions jeunes. Rien ne pressait.

Le lendemain, le temps changea. Le ciel se couvrit, et, la nuit suivante, la pluie tomba sans discontinuer. Ce fut cette nuit-là que Major fut malade. Thomas, dont la « chambre » était voisine de l'écurie, l'entendit le premier. Le bruit des sabots du cheval, qui piétinait d'une manière ininterrompue, le réveilla. Il courut à l'écurie, puis vint prévenir mon grand-père.

— Il souffre de coliques, diagnostiqua mon grand-père. Il faut le faire marcher jusqu'à ce qu'elles passent. L'essentiel est de ne jamais s'arrêter. Et surtout, il faut l'empêcher de se coucher ou de tomber. Car alors, il ne se relèverait pas, et il mourrait.

Réveillée moi aussi, j'étais venue rejoindre ma grand-mère qui, tout de suite, avait compris :

— Ça risque d'être long. Je vais faire du café. Vous en aurez besoin, tous les deux.

À tour de rôle, mon grand-père et Thomas, en tenant Major par le licol, lui firent faire le tour de la cour, encore et encore, en une promenade circulaire indéfiniment répétée. Cela dura toute la nuit, sous la pluie qui ne cessait pas. Au petit matin, Thomas eut pitié de mon grand-père qui, trempé, les épaules voûtées, paraissait exténué.

— Allez vous reposer, monsieur Baptiste. Je vais finir tout seul. Regardez, Major va mieux.

Mon grand-père entra dans la maison et dut se changer entièrement. Je lui versai du café dans lequel il ajouta un peu de genièvre. Ma grand-mère prépara une autre tasse semblable, que j'allai porter à Thomas, dans la cour. Tournant toujours avec le cheval, il la but sans s'arrêter de marcher. Ses cheveux mouillés lui tombaient dans les yeux, la pluie dégoulinait sur son visage, et je le regardai avec amour. Il me rendit la tasse vide avec un sourire :

— Merci, Pauline.

Je m'inquiétai :

— Ça va, Thomas ?

De nouveau, il sourit :

— Ça va, merci. C'est plutôt à Major qu'il faut demander ça. Regarde-le. Il retrouve son état normal. Son ventre n'est presque plus gonflé.

Il tourna encore plus d'une heure avant de s'estimer satisfait et de reconduire le cheval à l'écurie. Là, il le bouchonna longuement, et seulement après il accepta de se sécher et de se changer.

Major fut guéri, et mon grand-père remercia chaleureusement Thomas de son aide.

— Ce que j'ai fait est normal, monsieur Baptiste. Vous n'avez pas à me remercier.

— Et qu'est-ce que j'aurais fait, sans toi ? Heureusement que tu étais là pour m'aider. Si Major est guéri, c'est aussi à toi qu'il le doit.

Dans la journée, j'allai voir le cheval. Thomas était près de lui, occupé à lui verser à boire.

— Ai-je le droit de donner un sucre à Major, ou bien est-il encore au régime ?

Thomas sourit :

— Je pense que tu peux le lui donner. Il l'a bien mérité, non ?

Je m'approchai du cheval, lui offris le sucre, le caressai. Puis je me tournai vers Thomas :

— Merci, Thomas. J'aurais eu de la peine, si Major était mort.

Il tapota affectueusement le flanc du cheval :

— Moi aussi. Je suis content qu'il soit remis.

Major baissa la tête vers lui, et Thomas lui gratta le dessus du crâne, entre les oreilles.

— J'aime les animaux, continua-t-il. Eux, ils ne sont jamais méchants ni cruels volontairement, comme le sont parfois les hommes. Et Major est courageux, honnête et fort. Sais-tu que Bellot et Papillon me manquent, parfois ? Lorsque je les rencontre avec Hector, je vais leur parler. Si tu voyais comme ils sont contents de me revoir !

Je n'avais rien prémédité. Ce furent les mots qui, d'eux-mêmes, jaillirent de mon cœur, et je m'entendis les prononcer :

— Ça ne m'étonne pas. Ils t'aiment, Thomas. Je les comprends. Moi aussi, je t'aime.

Il s'immobilisa. Un instant, il parut ébloui et incrédule, tandis que dansait, autour de nous, l'écho de mes paroles. Puis son visage s'assombrit, et il dit d'une voix sourde :

— Ne te moque pas de moi, Pauline.

Avec ardeur, je protestai :

— Mais je ne me moque pas de toi ! Je suis sincère, il faut me croire ! Je t'aime, Thomas. Je m'en suis rendu compte l'autre jour, lorsque je suis tombée de l'échelle et que tu m'as trouvée assommée. Je commençais à reprendre mes esprits, et je t'ai entendu. Tu m'as appelée « ma chérie ».

Je le regardai, frémissante. Il ne nia pas. Son regard se fit tendre, et il me sourit doucement :

— Oui, avoua-t-il. J'ai eu si peur ! J'ai cru que tu t'étais tuée en tombant. Tu étais toute blanche et tu ne bougeais plus.

— Alors, continuai-je avec ferveur, j'ai compris, et j'en ai été si heureuse ! Je t'aime, répétai-je, et je crois que c'est depuis ce jour où tu es venu me retrouver, derrière la grange, et m'offrir ton morceau de flamique.

J'osai lever une main jusqu'à son visage, caresser sa joue.

— Et ne dis pas que tu ne m'aimes pas. Je ne te croirais pas.

Là non plus, il ne chercha pas à nier. Au contraire, il avoua avec une passion contenue :

— C'est vrai, je t'aime. Depuis le premier jour où je t'ai vue. Au début, tu m'impressionnais, et en ta présence je me sentais timide, maladroit. Et puis, peu à peu, je me suis rendu compte de ta gentillesse, et je t'aimais encore plus. Mais...

Il s'était penché vers moi, et il se redressa. D'un ton douloureux, il reprit :

— Fais comme si je n'avais rien dit, Pauline. Oublie ça...

Je me cabrai aussitôt :

— Et pourquoi donc? Ce serait parfaitement ridicule. Si tu veux de moi, je serai ta femme. C'est mon plus cher désir.

Il secoua la tête :

— C'est un rêve impossible. Tu mérites mieux que moi. Je suis un enfant de l'Assistance, un orphelin. Personne ne sait d'où je viens. Et je ne suis qu'un domestique. Tes grands-parents ont le droit de vouloir, pour toi, un plus beau parti, quelqu'un du village qu'ils connaissent depuis toujours. Pas moi.

Ainsi, Viviane avait raison! Mais cette objection, pour moi, n'était pas valable. Je répliquai avec colère :

— C'est ridicule. Que m'importe d'où tu viens! C'est toi que j'aime, tout simplement. Quant à pépère et mémère, ils approuveront mon choix. Ils t'apprécient, je le sais.

— Ils m'apprécient en tant que valet de ferme, mais ils ne voudraient pas de moi comme mari pour leur unique petite-fille. N'en parlons plus, Pauline, je t'en prie. Je n'oserais jamais leur demander ta main. Ils ne pourraient que refuser, et moi, je me retrouverais humilié et malheureux.

— Mais je leur parlerai, moi! Et ils comprendront, je t'assure. Ils se souviendront qu'ils ont marié ma mère à

Léon, qui était, lui, un beau parti, et qu'ils connaissaient depuis toujours. Et pourtant, avec lui, elle a été si malheureuse qu'elle a voulu s'enfuir. Donc ton raisonnement ne tient pas. Ils ne feront pas une nouvelle fois la même erreur. Et moi, je sais qu'avec toi je serai heureuse.

Je vis que son visage exprimait le doute, je vis qu'il avait envie de me croire mais que, en même temps, il ne l'osait pas. D'un ton décidé, je conclus :

— Et puis, c'est bien simple, si je ne me marie pas avec toi, je n'épouserai personne d'autre. Et on sera malheureux chacun de notre côté, au lieu d'être heureux ensemble. Avoue que ce serait idiot, non ?

Je m'approchai de lui, posai mes mains sur ses épaules, levai mon visage vers le sien :

— Je suis sincère, Thomas. Ne me repousse pas, je t'en prie.

Il voulut lutter encore, mais subitement il céda. Très lentement, il m'entoura le visage de ses mains, et avec émotion, d'une voix rauque, il dit :

— Pauline... je n'ai jamais été aimé, je n'ai jamais rien possédé, et toi, tu me donnes tout. C'est... Merci, ma chérie.

Avec emportement, il me serra contre lui. Je posai ma tête au creux de son épaule, je sentis son cœur battre contre le mien, et je fermai les yeux. À l'abri de ses bras, je me sentais protégée, parfaitement en paix avec moi-même. Là était ma place.

Le soir même, je parlai à mes grands-parents. Je le fis après le repas et, sachant que je défendais mon bonheur, j'attaquai de façon directe :

— J'ai quelque chose de très important à vous dire. Voilà : j'aime Thomas et il m'aime. Je désire l'épouser.

Il y eut un instant de silence interloqué. Mon grand-père, les yeux ronds, nous regarda tour à tour, Thomas et moi. Celui-ci, visiblement embarrassé, ne disait rien. Il craignait sans doute la réaction de mes grands-parents, il avait peur d'être repoussé et, comme il l'avait dit lui-même, humilié. Je repris avec vivacité :

— Thomas ne m'a rien demandé. Il n'ose pas. Alors, c'est moi qui ai tout décidé. S'il vous plaît, ne dites pas non ! Nous serions si malheureux ! C'est lui que je veux épouser, et personne d'autre.

Haletante, je me tus. Mon grand-père m'avait écoutée, l'air toujours aussi ahuri. Je comprenais qu'il fût surpris. Il me connaissait depuis toujours sage, docile, respectueuse, et, subitement, il me découvrait résolue, péremptoire, presque vindicative.

— Ah ben, ça alors ! Ça alors ! répéta-t-il, abasourdi. Si je m'attendais...

Ma grand-mère, une étincelle complice au fond des yeux, avoua :

— Moi, je m'y attendais un peu. J'avais bien remarqué la façon dont Thomas te regarde, ma petite-fille.

Ses paroles ne contenaient aucune hostilité, et j'y vis même un sous-entendu approbateur. Je demandai, pleine d'espoir :

— Alors... c'est oui ?

— Ah mais ! Doucement, doucement ! s'exclama mon grand-père, reprenant ses esprits. Tu dis, Pauline, que tu aimes Thomas ? Et toi, Thomas, qu'as-tu à dire ? Tu veux épouser Pauline ?

— Si vous le permettez, monsieur Baptiste, répondit humblement Thomas. Je le voudrais bien, c'est vrai. Je l'aime.

— Es-tu sincère, mon garçon ? J'espère que ce n'est pas l'intérêt qui te guide.

— Je suis sincère, monsieur Baptiste. Je n'ai que mon courage, et mon amour pour elle. Je les lui offre, et je vous promets de la rendre heureuse.

Sa voix avait un accent de vérité auquel mon grand-père fut sensible. Il eut un hochement de tête appréciateur, tandis que ma grand-mère déclarait :

— Moi, j'ai réfléchi. Nous avons perdu notre fille tragiquement, et maintenant, ton bonheur est notre plus cher désir, Pauline. Je pense qu'avec Thomas tu seras heureuse. Et puis, il est courageux, il fera un bon fermier.

Mon grand-père s'agita :

— Oui, bien sûr, mais...

Il regarda Thomas, et je compris ce qu'il ne disait pas, pour ne pas le blesser : un enfant de l'Assistance, qui ne possédait rien... Je pris aussitôt sa défense :

— Ça m'est égal qu'il ne possède rien. Léon, lui, se vantait d'avoir la plus grosse ferme du village, et avec lui ma mère a été malheureuse.

Avec surprise et soulagement, je vis ma grand-mère m'approuver :

— C'est vrai. Après sa mort, j'ai souvent pensé à notre part de responsabilité, dans ce qui est arrivé.

Elle se tourna vers mon grand-père :

— Vois-tu, Baptiste, si Pauline veut épouser Thomas, c'est plutôt une bonne chose. Il vaut mieux que ce soit lui, plutôt qu'un étranger, qui l'emmènerait vivre à la ville, comme l'a fait Viviane avec Georges. Et si Pauline s'en allait, nous resterions seuls. Nous n'avons plus qu'elle, Baptiste. Puisque Georges est parti, c'est elle qui reprendra notre ferme, avec Thomas si elle le veut.

Mon grand-père réfléchit un instant, hocha de nouveau la tête :

— Je vois que tu as tout prévu. Si tu es d'accord, il ne me reste plus qu'à l'être aussi. À vrai dire, je n'ai rien contre toi, Thomas. Au contraire.

Je bondis sur mes pieds, allai jusqu'à mes grands-parents, les embrassai :

— Merci, oh merci ! J'avais peur que vous ne vouliez pas... Je suis si heureuse !

Thomas, plus posément, joignit ses remerciements aux miens :

— Merci de dire oui. Vous ne le regretterez pas, je vous le promets.

Mon grand-père leva une main :

— Doucement, dit-il encore. Vous êtes bien jeunes tous les deux. Rien ne presse. Fais d'abord ton service militaire, mon garçon, et ensuite nous verrons. Si, à ton retour, tu n'as pas changé d'idée, et Pauline non plus, alors nous parlerons de fiançailles... et de mariage.

Je fus d'accord, et Thomas aussi. Nous avions eu si peur d'un refus que nous voulions bien accepter d'attendre. Une séparation ne me faisait pas peur puisque, ensuite, nous nous retrouverions. Elle ne ferait que renforcer notre amour. Je n'avais aucun doute. Je savais que Thomas m'aimait comme je l'aimais. Et à son amour pour moi se mêlait une immense gratitude, parce que je lui donnerais ce qu'il n'avait jamais eu : une maison, une famille.

Joséphine vint me voir et commenta, l'œil malicieux :

— Ainsi, tu t'es quand même décidée à lui faire du charme ? Et ça a marché ? Tu vas vraiment l'épouser ? Alors qu'il ne possède rien ?

Je répondis avec sévérité :

— Pour moi, Joséphine, cela n'a aucune importance. Je ne l'aime pas pour ce qu'il possède, mais pour ce qu'il est.

Elle acquiesça, le regard soudain devenu grave :

— Et il est bien, c'est vrai. Tu as de la chance, Pauline. Tes grands-parents ont été compréhensifs. Je ne sais pas si mes parents, dans un cas pareil, accepteraient aussi facilement...

Mon oncle Georges, plus que compréhensif, fut tout à fait enthousiaste. Je lui annonçai la nouvelle le lundi suivant, lorsqu'il vint avec Viviane. Ils me félicitèrent tous les deux, et Viviane m'approuva :

— Je vois que tu lui as parlé sans attendre. Bravo, ma petite Pauline !

Mon oncle et mon grand-père discutèrent affaires, et j'écoutai la conversation sans y participer. Je leur faisais confiance, et je savais qu'ils feraient pour le mieux.

— Lorsque tu seras majeure, dit mon grand-père, nous irons trouver maître Courtemont. Je te léguerai la ferme, pour qu'elle t'appartienne après ma mort. Tu m'as déjà dit que tu souhaites vendre celle de Léon. Sur cet argent, nous prélèverons la part qui revient à Georges, pour qu'il ne soit pas lésé.

— Et il te restera assez d'argent pour moderniser la « Cense aux alouettes », continua mon oncle. Et l'agrandir en achetant quelques terres supplémentaires. Et aussi, peut-être, par la suite, faire l'acquisition d'une automobile, pourquoi pas ?

Ainsi tout était bien. Je vivrais avec Thomas dans la « Cense aux alouettes », une maison où Léon n'avait jamais été présent et où je n'avais connu qu'affection et tendresse.

Après le départ de mon oncle Georges et de Viviane, je m'en allai chercher les vaches que j'avais menées en pâture le matin. Thomas était parti terminer le sarclage des betteraves, et il allait bientôt revenir. Je décidai d'aller à sa rencontre ; nous ramènerions les vaches ensemble. En sa présence, tout devenait plus agréable, même les travaux les plus ardus.

Tout en avançant, je regardais autour de moi. Dans les champs, l'orge avait pris l'aspect d'un duvet moiré et mouvant, et, plus loin, les lourds épis de blé mûrissaient, gonflaient, ployaient, s'alanguissaient sous le soleil. Bientôt, la moisson commencerait. Ensuite, ce serait la récolte des pommes de terre, puis celle des betteraves. Et, de nouveau, les labours et les semailles, en un cycle éternellement renouvelé, assorti au rythme des saisons.

Avec bonheur, je pensai que chacune de ces saisons me verrait auprès de Thomas. Après la période de séparation du service militaire, nous nous retrouverions pour toujours. Je savais que nous aurions parfois à affronter des difficultés, comme dans toute existence. Mais je savais aussi que notre amour, sûr et fort, nous aiderait à supporter les vicissitudes de la vie, et que grâce à lui nous serions heureux.

Là-bas, à l'extrémité du chemin, je vis Thomas qui venait vers moi. Il marchait, sa houette sur l'épaule, parfaitement intégré dans ce pays qui était le mien et où, jusqu'à la fin, je vivrais avec lui. Il m'avait aperçue, et son visage s'éclairait d'amour et de tendresse. Je pressai le pas et, tandis que nous avancions l'un vers l'autre, un grisollement ininterrompu me fit lever les yeux. Très haut, dans l'immensité du ciel, une alouette chantait la pérennité de la terre.

Remerciements

Je tiens à dire ici toute ma gratitude aux personnes qui m'ont donné les renseignements nécessaires pour écrire ce roman.

Un grand merci, notamment, à Anna et Émile Vallin, ainsi qu'à Lucienne, Jeannine et André Couillet, qui m'ont parlé de leur métier d'agriculteurs — qui fut également celui de leurs parents — et ont répondu à toutes mes questions.

Un autre merci à Émile Fournier, qui m'a apporté une aide précieuse en recherchant pour moi de nombreux documents.

Aubin Imprimeur
LIGUGÉ, POITIERS

Reproduit et achevé d'imprimer en mars 2004
N° d'édition 04023 / N° d'impression L 66557
Dépôt légal avril 2004
Imprimé en France

ISBN 2-7382-1777-X